KATHARINA WINTER | Puppentod

KATHARINA WINTER ÜBER »PUPPENTOD«

Wie lange haben Sie in etwa gebraucht von der ersten Idee zu »Puppentod« bis zum letzten Satz?
Die Idee kam mir, als ich mit dem Auto in einer fremden Gegend unterwegs war. Ich hatte mich verfahren und stieß auf ein kleines, leer stehendes Haus. Zuerst fuhr ich einfach daran vorbei, dann aber drehte ich wieder um. Ich hatte das untrügliche Gefühl, das Haus wollte mir seine Geschichte erzählen. Drei Stunden später war die Idee geboren. Das Schreiben dauerte etwas länger – circa eineinhalb Jahre vom ersten bis zum letzten Satz.

Warum ein Krimi, was fasziniert Sie an diesem Genre?
Das Dunkle und Geheimnisvolle zieht mich magisch an. Liegt die Wahrheit nicht meist im Verborgenen? Deshalb möchte ich gemeinsam mit meinen Lesern einen Blick in die tiefen Abgründe wagen, in den dunklen Teil der menschlichen Natur.

Ihr Roman spielt unter anderem in der Dominikanischen Republik – gibt es dafür einen Grund?
In meiner Vorstellung war Lisa Kreolin. Sie sollte aus einem Land kommen, in dem die kreolische Religion – der Voodoo mit seinem Glauben an Zauber und Dämonen – allgegenwärtig ist. Damit bot sich die Dominikanische Republik als perfekter Schauplatz an. Auf der exotischen Ferieninsel konnten Lisa und Michael sich kennenlernen, während im angrenzenden Haiti Voodoo bis heute als offizielle Religion gilt.

ÜBER DIE AUTORIN

Katharina Winter, geboren in Sangerhausen im Südharz, verbrachte ihre Kindheit und Jugend in der ehemaligen DDR, bevor sie 1989 nach Westdeutschland ausreisen konnte. Nach verschiedenen beruflichen Stationen begann sie, ihren alten Traum vom Schreiben weiterzuverfolgen. »Puppentod« ist ihr erster Psychothriller. Die Autorin lebt mit ihrem Mann in der Nähe von Offenburg.

KATHARINA WINTER

Puppentod

Thriller

Diana Verlag

Mix
Produktgruppe aus vorbildlich bewirtschafteten Wäldern und anderen kontrollierten Herkünften
www.fsc.org Zert.-Nr. SGS-COC-001940
© 1996 Forest Stewardship Council
FSC

Verlagsgruppe Random House FSC-DEU-0100
Das für dieses Buch verwendete
FSC-zertifizierte Papier *Holmen Book Cream*
liefert Holmen Paper, Hallstavik, Schweden.

Originalausgabe 10/2010

Umschlagmotiv | © Anna Grossman / Photonica / Getty Images
Umschlaggestaltung | Hauptmann & Kompanie Werbeagentur, Zürich, Teresa Mutzenbach
Herstellung | Helga Schörnig
Satz | C. Schaber Datentechnik, Wels
Druck und Bindung | GGP Media GmbH, Pößneck
Printed in Germany 2010
978-3-453-35480-7

http://www.diana-verlag.de

PROLOG

Sie stellte den Eimer ab und gab Reinigungsmittel ins Wasser. Ihre Hände brannten, und ihr Rücken schmerzte. Es war schon spät am Abend, doch vor ihr lagen mindestens noch zwei Stunden Arbeit. Die gesamte obere Büroetage musste noch gereinigt werden.

Normalerweise putzte sie hier oben gar nicht. Nur heute, als Vertretung für jemanden, der krank geworden war. Aber ihr sollte es recht sein. Je mehr sie arbeiten konnte, umso mehr Geld verdiente sie. Sie tat es für ihre Kinder. Damit die es im Leben einmal besser hatten.

Müde schob sie den Wagen mit den Reinigungsutensilien über den langen, spärlich beleuchteten Gang. Rechts und links davon lagen all die dunklen Büros, die sie noch sauber machen musste. Doch sie durfte nicht jammern. Sie sollte dankbar sein für diese Arbeit.

Sie steuerte auf das große Chefbüro zu und griff nach den Staubtüchern, als ihr auffiel, dass die Tür einen Spalt offen stand. Abrupt blieb sie stehen. In dem Büro brannte Licht, und sie hörte die Stimmen zweier Männer, die miteinander stritten. Das war unverkennbar, auch wenn sie die deutsche Sprache nicht gut verstand.

Plötzlich gab es ein kurzes, dumpfes Geräusch. Durch die Türöffnung sah sie einen Mann im Smoking, der neben einem wuchtigen Schreibtisch stand und einen Revolver in seiner Hand hielt, während ein anderer Mann in einem hellblauen, blutbefleckten Pullover stöhnend vor ihm zusammenbrach.

Sie drückte sich die Staubtücher vor den Mund, um ihren eigenen Schrei zu ersticken. Für den Bruchteil einer Sekunde war sie wie gelähmt. Dann ließ sie den Putzwagen stehen und rannte davon – so schnell sie konnte.

Für Gerd,
weil ich dich liebe

ERSTER TEIL

1

Drei Meter noch bis zur Wasseroberfläche. Gleich hatten sie es geschafft.

Michael spürte den sanften Druck ihrer Hand. Alles in Ordnung, sollte das heißen. Ihr zweiter Atemregler sicherte seine Luftzufuhr. Es konnte ihm nichts passieren. Er musste ruhig bleiben. Das war das Wichtigste. Doch er hatte schreckliche Angst.

Entspann dich, dachte er. Bleib ruhig. Gleichmäßig atmen. Langsam aufsteigen. Zeitlupentempo. Nicht in Hektik verfallen.

Er spürte erneut ihre Hand. Lisa war ein Profi, sie schien seine Panik zu bemerken. Wie weit mochte es noch sein? Er wagte einen kurzen Blick nach oben und sah Schwärme bunter Tropenfische. Sie tummelten sich dort, wo das warme Sonnenlicht bereits das Wasser durchdrang. Einen halben Meter noch, höchstens.

Dann durchstießen ihre Köpfe ruckartig die glitzernde Wasseroberfläche. Der Himmel über ihnen erstrahlte in einem satten Türkisblau. Er war noch nie so froh gewesen, den Himmel zu sehen.

Sie ließ seine Hand los und schob sich die Taucherbrille über die Stirn.

»Alles in Ordnung?«, rief sie.

Michael nickte, obwohl davon keine Rede sein konnte. Den ersten Tauchgang im offenen Meer hatte er sich anders vorgestellt. Acht Meter unter Wasser hatte er plötzlich keine Luft mehr bekommen. Er wollte gar nicht darüber nachdenken, was passiert wäre, wenn Lisa, seine Tauchlehrerin, nicht sofort eingegriffen hätte.

»Geht es dir wirklich gut?«, fragte sie noch einmal nach.

Er zog langsam den Atemregler aus seinem Mund.

»Ja, danke, alles okay«, antwortete er. Dabei zitterte er am ganzen Körper. Der Schreck war ihm in die Glieder gefahren, und er musste sich richtig anstrengen, die kurze Strecke bis zum Boot zu schwimmen.

Er kletterte vor ihr die Leiter hinauf, vergaß aber, seine Flossen auszuziehen. Leider fiel ihm das erst auf, nachdem er oben angekommen war. Er sah bestimmt aus wie ein Volltrottel.

An Bord wurden sie von Julio empfangen. Er rief Lisa etwas auf Spanisch zu und schwenkte seinen breitkrempigen Strohhut durch die Luft. Mit seinen sechzehn Jahren war Julio wahrscheinlich der jüngste Bootsführer der ganzen Dominikanischen Republik, aber alles andere als unerfahren. Laut Lisa hatte er ein Boot gesteuert, noch bevor er laufen konnte.

Er schien sie zu fragen, warum sie so früh zurückkamen, und machte bei ihrer Antwort einen betroffenen Eindruck.

»Was hat er?«, wollte Michael wissen.

»Er macht sich Sorgen, dass deine Ausrüstung nicht in Ordnung war«, erwiderte Lisa. »Er hat sie heute Morgen gemeinsam mit Flavio überprüft, und die beiden sind darin normalerweise sehr genau. Ich denke jedoch nicht, dass es an der Ausrüstung lag.«

»Sondern?« Fragend schaute Michael sie an.

Sie zuckte mit den Achseln, setzte sich ihm gegenüber und strich ihr langes, mahagonibraunes Haar zurück. Es war nass und glänzte in der Sonne.

»Manchmal macht das offene Meer den Tauchschülern Angst«, erklärte sie. »Dann kommt es schnell zu einer Panikattacke, die zu Atemnot führt.«

Julio rief ihr etwas zu. Er hatte sich so weit über das Geländer des Bootes gelehnt, dass er aufpassen musste, nicht über Bord zu fallen.

»Die anderen kommen auch schon hoch«, sagte Lisa und fügte verwundert hinzu: »Dabei sollte Flavio mit ihnen doch mindestens fünfzehn Minuten unten bleiben.«

Als Flavio, der zweite Tauchlehrer, kurz darauf mit den vier anderen Tauchschülern an Bord kam, warf Lisa ihm einen ärgerlichen Blick zu.

Temperamentvoll verteidigte er sich. Er habe den Tauchgang abgebrochen, als er sie und Michael aufsteigen sah.

»Was war denn los?«, fragte er aufgeregt.

»Michael hatte ein kleines Luftproblem«, antwortete Lisa. »Aber es war nur halb so schlimm.«

»Alles wieder okay?«, wandte Flavio sich an Michael.

Michael nickte. »Alles okay.«

»Wir brechen für heute ab und fahren zurück zur Basisstation«, rief Lisa der Gruppe zu. Daraufhin gab sie Julio ein Zeichen, und er ließ den Motor des Bootes aufheulen.

*

Nachdem Michael sich von dem Schreck des ersten Tauchganges erholt hatte, ging er zum Büro der Tauchschule, das sich in einer kleinen Holzbaracke befand, nur wenige Meter vom Strand entfernt. Er klopfte an die angelehnte Tür, öffnete sie und steckte den Kopf in den Raum. Lisa, seine schöne Lebensretterin, saß hinter einem L-förmigen Schreibtisch am Computer.

»Komm herein«, rief sie.

Daraufhin trat er ein, wobei er sich den Kopf an einem Holzbalken stieß. Wie ungeschickt, fluchte er bei sich. Was sollte sie bloß von ihm denken?

Doch sie lachte nur und sagte: »Dieses Büro ist nicht für große Männer gebaut.«

Dann blickte sie ihn mit ihren großen, schwarzen Augen so unverhohlen an, dass er ganz nervös wurde.

»Ich habe meine Taucherausrüstung zurück ins Gerätehaus gebracht und dort auf die Bank gelegt«, sagte er und musste aufpassen, bei ihrem Anblick nicht ins Stottern zu geraten. Ihr Lächeln war einfach umwerfend.

»Geht es dir wieder besser?«, wollte sie wissen.

Er nickte. »Ich glaube, ich habe den Schock überwunden, und wollte mich noch einmal bei Ihnen … bei *dir* …«, verbesserte er sich. Menschen sofort zu duzen war für ihn ungewohnt, doch das war beim Tauchen so üblich. »Also, ich wollte mich auf jeden Fall noch einmal bedanken!«

Sie winkte ab. »Kein Problem, es ist ja alles gut gegangen.«

Gott sei Dank, dachte er, denn er hing an seinem Leben und hatte vor, über die erreichten dreiunddreißig Jahre hinauszukommen.

»Ich habe dir trotzdem ein Zertifikat ausgeschrieben«, sagte sie lächelnd und gab es ihm. »Da steht, dass Michael Westphal seinen Anfängerkurs erfolgreich absolviert hat. Und das stimmt auch! Bis auf die kleine Panikattacke hast du deine Sache sehr gut gemacht. Aber das kann beim ersten Tauchgang passieren. Ich hoffe, du wirst deswegen nicht mit dem Tauchen aufhören.«

Er lachte kurz auf. *Kleine Panikattacke* war eine nette Beschreibung für das, was er in acht Meter Tiefe empfunden hatte, als er keine Luft mehr bekam. Pure *Todesangst* hatte ihn in der Dunkelheit des Ozeans überfallen. Während Fischschwärme und seltsame Meeresbewohner stumm an ihm vorbeigezogen waren, hatte er mit seinem Leben bereits innerlich abgeschlossen. Tauchen war nicht seine Sache, das stand nach dem heutigen Tag für ihn fest. Er hatte sich nur aus Spaß zu diesem Tauchkurs angemeldet und weil ein Gutschein dafür auf seinem Hotelzimmer gelegen hatte. Das einzig Erfreuliche an dieser Geschichte war, dass ihn diese schöne Frau aus dem Karibischen Meer gerettet hatte, die sich nun – mit viel Glück – von ihm zum Essen einladen ließ.

Er betrachtete das Zertifikat und versuchte, ihre Unterschrift zu entziffern.

»Heißt das Lisa M. Elbert?«, fragte er.

Sie nickte.

»Wofür steht das M?«

»Für Marie.«

»Lisa Marie – das ist ein schöner Name«, meinte er und fragte: »Würde eine Frau mit einem so schönen Namen mit mir essen gehen?«

Leicht verdutzt sah sie ihn an, weshalb er schnell hinzufügte: »Als Dankeschön, sozusagen … weil ich froh bin, dass ich noch lebe.« Er begegnete ihrem Blick. Diese Augen brachten ihn vollkommen durcheinander. So sanft, wie sie zu lächeln schienen, so feurig funkelten sie ihn an.

»Nette Männer aus den Tiefen des Ozeans zu retten ist zwar mein Job«, sagte sie, »aber deine Einladung nehme ich trotzdem gern an.«

In einem weißen, leicht durchscheinenden Leinenkleid, unter dem sich die Silhouette ihres schlanken Körpers abzeichnete, kam sie um den Schreibtisch herum. Er konnte seine Augen nicht von ihr abwenden.

»Ganz in der Nähe, direkt am Strand, gibt es ein gutes Fischlokal«, sagte sie. »Es gehört Margerita, und dort gibt es den besten Fisch der ganzen Insel.«

»Ich liebe Fisch«, entgegnete er gut gelaunt.

Sie griff nach dem Büroschlüssel. »Dann lass uns gehen.«

Als sie die Tür abschloss, fiel ihm auf, dass sie barfuß war.

»Wir gehen unten am Strand entlang«, erklärte sie. »Das ist der kürzeste Weg.«

Also zog er seine Flip-Flops aus und krempelte seine Hose auf.

Es war ein schöner Abend. Ein kräftiges Orangerot überzog den Horizont, während am Himmel bereits der Vollmond aufstieg.

Durch den Sand stapften sie hinunter zum Wasser. Das Meer war ganz ruhig, und die auslaufenden Wellen umspülten ihre Füße.

Lisa zeigte strandaufwärts. »Siehst du die bunten Lichter da vorn? Sie gehören zum Lokal – es ist überhaupt nicht weit.« In diesem Augenblick jedoch schien sie etwas zu bemerken, was sie stutzig machte.

»Im Gerätehaus brennt Licht«, murmelte sie, »obwohl um diese Zeit dort niemand mehr sein sollte. Warte einen Moment, ich gehe schnell nachschauen.«

Sie lief eilig zum Gerätehaus zurück. Kurz darauf hörte Michael das Quietschen der Holztür.

Als sie wiederkam, fragte er besorgt: »Alles in Ordnung?«

»Alles in Ordnung«, antwortete sie. »Es hatte nur jemand vergessen, das Licht auszumachen.«

*

Margeritas *Fisch- & Cocktailbar* war eine kleine Attraktion. Die einfachen Holztische, die unter freiem Himmel mitten im Sand standen, wurden ausschließlich mit bunten Lampions oder Kerzen in hohen Windlichtern beleuchtet. Auf einer improvisierten Bühne, zusammengezimmert aus ein paar Holzbrettern, spielten drei Jungs mit Gitarren und Steeldrums heiße karibische Musik, und auf einem riesigen runden Grill brutzelte alles, was das Meer an Köstlichkeiten zu bieten hatte. Bei Margerita gab es nicht nur den besten Fisch der ganzen Insel, sondern auch die besten Meeresfrüchte, die buntesten Cocktails und die heißeste Musik. Dafür war das Lokal bekannt. So war es auch kein Wunder, dass alle Tische belegt waren. Fast alle. Ein einziger, vorn am Wasser, war noch frei.

»Der ist genau richtig für uns«, stellte Lisa fest und forderte Michael auf, sich zu setzen.

Er aber zögerte, denn ein *Reserviert*-Schild lehnte an den zwei Windlichtern.

»Sollten wir nicht erst jemanden fragen?«, gab er zu bedenken.

»Keine Sorge!« Sie lachte. »Dieser Tisch ist für mich reserviert, ich gehe jeden Abend hier essen.«

Er sah sich um. Es war sehr romantisch hier. Der nächtliche unendlich weite Sternenhimmel funkelte über ihnen, die Wellen schwappten leise an den Strand, und draußen auf dem Meer leuchteten die unzähligen Lichter der Fischerboote wie kleine Glühwürmchen. Eigentlich zu romantisch, um Abend für Abend hier allein zu sitzen. Oder kam sie gar nicht allein hierher?

Dieser Gedanke war ihm bisher noch nicht gekommen. Eine Frau wie Lisa hatte mit Sicherheit eine ganze Schar von Verehrern, wenn nicht sogar einen festen Freund. Oder Ehemann?

Er warf einen flüchtigen Blick auf ihre rechte Hand, entdeckte jedoch keinen Ring. Sie trug überhaupt keinen Schmuck, bis auf eine zarte Kette mit einem goldenen Kreuz. Verheiratet schien sie also nicht zu sein. Blieb nur noch die Frage, ob sie in festen Händen war.

Die Antwort darauf bekam er umgehend. Als hätte sie seine Gedanken erraten, sagte sie: »Mein Nachbar leistet mir oft Gesellschaft. Er ist ein komischer Kauz und leider nicht sehr gesprächig, aber eigentlich ist er sehr nett.«

Das klang nicht nach einer Liebesbeziehung.

Kurz darauf erschien Margerita, die Inhaberin des Lokals, eine fröhliche, temperamentvolle, korpulente Frau in einem langen, roten Leinenkleid. Passend dazu steckte eine rote Blüte in ihrer schwarzen, wallenden Haarpracht, und um den Hals trug sie eine Blumenkette, die ihr beim Gehen über den großen Busen hüpfte.

Sie stellte einen Krug Wasser mit Limettenscheiben und eine Platte mit Meeresfrüchten auf den Tisch. Dann beugte sie sich hinunter zu Lisa und gab ihr zwei Küsschen auf die Wangen. Auch Michael bekam welche. Sie kannte ihn zwar nicht, doch das schien kein Grund zu sein, ihn nicht zu küssen.

Mit großen Worten und Gesten empfahl Margerita einen besonderen Fisch, und als sie sagte, Flavio habe auch einen feinen Hummer auf dem Grill, zwinkerte sie dazu verschwörerisch.

Hatte sie eben Flavio gesagt? Michael drehte sich um. Tatsächlich, dort stand der Tauchlehrer.

»Ist Grillmeister sein zweiter Beruf?«, fragte er, nachdem Margerita gegangen war.

»Genauso ist es«, antwortete Lisa. »Hier hat praktisch jeder einen zweiten Beruf. Sieh dir die Musiker an. Auch davon müsstest du einen kennen.«

Er sah zu den drei Jungen hinüber, von denen einer einen breitkrempigen Strohhut trug.

»Das ist doch Julio, unser Bootsführer!«, rief er erstaunt. »Sind Tauchschule und Fischlokal ein Familienbetrieb?«

»So ungefähr.« Sie spießte eine Garnele auf ihre Gabel und schob sie Michael in den Mund. »Köstlich, nicht wahr?«

Er nickte kauend, während Lisa erklärte: »Flavio legt sie für mehrere Stunden in eine süß-scharfe Soße. Das ist das ganze Geheimnis.«

»Wirklich lecker«, bestätigte er, obwohl die Zubereitung der Garnelen ihn im Moment nicht interessierte. Sein Herz bekam jedes Mal einen Aussetzer, wenn Lisa ihn mit ihren schwarzen Augen anfunkelte. Er wollte unbedingt mehr über sie erfahren. »Seit wann lebst du hier auf der Insel?«, fragte er.

»Noch gar nicht«, antwortete sie. »Eigentlich lebe ich zurzeit noch in München.«

»In München?«

»Ja.«

»Du lebst in München?«

»Ja. Was erstaunt dich daran so?«, wollte sie wissen.

»Weil ich ganz in der Nähe wohne«, antwortete er aufgeregt, »am Starnberger See. Wenn das kein Zufall ist!«

Sie lächelte.

Dieses Lächeln brachte ihn um den Verstand. Es gab keine Möglichkeit, sich dagegen zu wehren, das spürte er. Er hatte Feuer gefangen. Noch nie hatte eine Frau sein Herz so zum Rasen gebracht und seinen Puls so beschleunigt. Nun stellte sich auch noch heraus, dass sie in München lebte. Was für ein Glück! Hier hatte das Schicksal seine Hand im Spiel, davon war er überzeugt.

»Wann kommst du zurück nach Deutschland?«, fragte er.

»Gar nicht«, antwortete sie. »Im Grunde ist Deutschland für mich schon Vergangenheit. Ich bin seit drei Monaten in der DomRep und fühle mich hier sehr wohl.

Ich werde hierbleiben, das steht fest, zumal ich inzwischen den Job in der Tauchschule und eine kleine Wohnung gefunden habe.« Dann strich sie eine Strähne ihrer langen Haare aus der Stirn und fügte hinzu: »Ich fliege nur noch ein einziges Mal nach Deutschland, nächsten Freitag, um meine letzten Sachen zu holen, danach bin ich für immer weg.«

Erlaubte sich das Schicksal gerade einen schlechten Scherz?

»Das ist nicht dein Ernst!«, rief er und machte ein betretenes Gesicht.

Margerita kam mit zwei riesigen Tellern, auf denen der Fisch und der Hummer lagen, garniert mit gebackenen Kartoffeln und Gemüse.

Es schmeckte alles fantastisch – nur war ihm der Appetit vergangen.

»Ist es nicht toll, unter diesem Sternenhimmel zu sitzen und hinaus aufs Meer zu schauen?«, schwärmte Lisa. »Wie lange dauert dein Urlaub denn noch? Wann geht's zurück nach Hause?«

»Morgen früh«, antwortete er und fand das in dem Moment überhaupt nicht lustig.

Sie wirkte überrascht. »Morgen schon?«

Hörte er da ein leises Bedauern in ihrer Stimme?

»Eigentlich wäre mein Urlaub noch gar nicht zu Ende«, erklärte er ihr. »Ich breche ihn ab, um ein wichtiges Meeting in der Firma nicht zu verpassen. Dieser Urlaub kam sehr überraschend; mein Freund Erik und ich haben ihn bei der Verlosung in einem Münchner Sportgeschäft gewonnen. Ich habe schon viele wichtige Termine abgesagt. Um wenigstens an diesem Meeting teilnehmen zu können, wollte ich eher nach Hause fliegen.«

»Schade«, erwiderte sie achselzuckend. »Es hätte dir am Salto del Limón bestimmt gefallen.«

»Wo?«

»Am Salto del Limón. Gerade wollte ich dich fragen, ob du morgen mit mir dorthin fahren möchtest.«

Verwirrt schaute er sie an.

»Sag bloß, du kennst den Salto del Limón nicht«, sagte sie daraufhin in leicht empörtem Tonfall.

»Nein«, gestand er kleinlaut, »davon habe ich noch nie gehört.«

»Das ist der schönste Wasserfall der Karibik«, erzählte sie. »Eigentlich darf man die Insel gar nicht verlassen, wenn man ihn nicht gesehen hat.«

»Ehrlich?«

Sie nickte und sagte mit ernstem Gesicht: »Du wirst morgen früh am Flughafen bestimmt ein Problem bekommen.«

Grübelnd zog er die Stirn in Falten. »Du meinst … sie werden mich nicht abreisen lassen?«

Entschieden schüttelte sie den Kopf, während es in ihren Augen kurz aufblitzte. »Ich wette, spätestens morgen Mittag stehst du wieder in meinem Büro und willst unbedingt mit mir zum Salto del Limón fahren. Wart's nur ab, so wird es sein.«

Sie lächelte. Dann gab sie Julio ein Zeichen, woraufhin der begann, mit seiner Gitarre ein spanisches Lied zu spielen. Es hieß *Hasta Mañana* und war Lisas Lieblingslied. Michael meinte, eine Sternschnuppe ins Meer tauchen zu sehen, genau dort, wo der Lichtteppich des Mondes in den Horizont floss.

»Du meinst, ich sollte noch bleiben?«, fragte er leise.

»Du solltest es zumindest versuchen«, flüsterte sie.

Über das flackernde Kerzenlicht hinweg sah er sie an. *Hasta Mañana* – bedeutete das nicht: *Bis morgen*? Und überhaupt, brachten Sternschnuppen nicht Glück?

2

Es war stockfinster. Eine dicke Wolke hatte sich vor den Vollmond geschoben und verhinderte genau zum richtigen Zeitpunkt, dass sein helles Licht den Strand ausleuchtete. Der Himmel schien ihr beizustehen, denn sie brauchte den Schutz der Dunkelheit.

Sie stellte die schwere Tasche ab und öffnete leise die Tür des Gerätehauses. Nur einen Spaltbreit, nicht zu weit, damit sie nicht quietschte.

Dann schob sie die Tasche durch die schmale Öffnung und huschte selbst hindurch. Im schwachen Licht ihrer Taschenlampe erkannte sie Michaels Ausrüstung auf der Bank. Davor stand die von ihm benutzte Druckluftflasche.

Sie kniete sich auf die Holzdielen, zog den Reißverschluss der Tasche auf und nahm die darin liegende Druckluftflasche heraus.

Plötzlich hielt sie inne. Hatte sie nicht eben etwas gehört? Wie ein Luchs spitzte sie die Ohren. Da war es wieder: ein kurzes, knackendes Geräusch. Kam jemand?

Reflexartig rollte sie sich unter die Bank, zog blitzschnell die leere Tasche hinterher und hielt die Luft an. Doch nichts geschah. Es war vielleicht nur ein Tier gewesen.

Sie kroch wieder hervor, verstaute Michaels Druckluftflasche in der Tasche, stellte die andere auf genau den gleichen Platz und verschwand so lautlos, wie sie gekommen war.

3 Michael blickte zur Uhr. Zwanzig Minuten telefonierte er nun schon mit einer Angestellten der Fluggesellschaft, um seinen morgigen Flug zu stornieren und einen neuen zu buchen. Es schien alles voll zu sein, und sie hatte Mühe, ihn in einer anderen Maschine unterzubringen. Dabei war ihm völlig gleichgültig, ob er Business Class oder Economy flog. Er würde auch First Class buchen oder zur Not in einem Ballon nach Deutschland zurückkehren, nur bitte nicht morgen früh. Wenigstens einen einzigen Tag wollte er gewinnen. Einen einzigen Tag mehr mit Lisa!

»Verstehen Sie doch«, versuchte er der Angestellten der Fluggesellschaft zu erklären, »ich habe die aufregendste Frau der Welt getroffen und kenne diesen verdammten Wasserfall nicht. Ich kann unmöglich morgen nach Hause fliegen. Das sehen Sie doch ein, oder?«

Die Frau in der Leitung zeigte Verständnis. Wenigstens eine Menschenseele, die mit mir fühlt, dachte Michael, denn sein Vater würde ihn einen Kopf kürzer machen, sobald er von der Verlängerung seines Urlaubs erfuhr. Aber das musste er in Kauf nehmen.

Er sank in einen der eleganten Sessel seines Hotelzimmers und dachte an Lisa. Vor seinem geistigen Auge sah er sich mit ihr am Meer entlangfahren, in einem schnittigen Cabriolet, bis zu diesem Wasserfall. Wenn das Wasser vor ihnen herabstürzte, würde er sie in die Arme schließen und sie leidenschaftlich küssen.

Seine Umbuchung wurde bestätigt. Ihm fiel ein Stein vom Herzen. Das wäre also geklärt. Er legte auf und wischte sich mit der flachen Hand die Schweißperlen von der Stirn.

Er schwitzte, obwohl die Klimaanlage auf Hochtouren lief. Es war die Angst, die er empfand, nun, da er seinen Vater anrufen und ihm sagen musste, dass er bei dem Meeting mit Mr Ming nicht dabei sein würde.

Erneut hob er den Telefonhörer ab. Wie spät war es jetzt eigentlich in Deutschland? Mitten in der Nacht! Sofort legte er wieder auf. Er nahm sich vor, gleich morgen früh Frau Meierhöfer anzurufen. Die würde, diplomatisch wie sie war, seinem Vater von einem Unwetter in der Karibik erzählen, aufgrund dessen alle Flüge storniert wurden, und den darauffolgenden Tobsuchtsanfall nicht allzu ernst nehmen. Dazu war sie schon viel zu lange seine Sekretärin.

Michaels spontaner Urlaub war seinem Vater von Anfang an ein Dorn im Auge gewesen. Solch einen Luxus leistete sich ein hart arbeitender Mensch nicht. Erst recht nicht einer, der Westphal hieß.

Michael stand auf und nahm ein frisches Hemd aus dem Schrank, während er an den letzten Streit mit seinem Vater dachte. Worte wie Verantwortungslosigkeit und Disziplinlosigkeit klangen noch deutlich in seinen Ohren. Und das alles wegen eines Urlaubs, der zehn Tage dauern sollte und der erste seit drei Jahren war.

Doch nun wollte er nicht mehr an seinen Vater und die Firma denken, er hatte Wichtigeres im Kopf. Die schöne Lisa zum Beispiel, mit ihrem zauberhaften Lächeln. Außerdem wartete sein Freund Erik an der Bar, dem er einiges zu erzählen hatte.

*

Wie es anders nicht sein konnte, amüsierte sich Erik bereits mit den zwei Blondinen, die er am Abend zuvor kennengelernt hatte. Er hatte die eine rechts und die andere links im Arm, und der Champagner floss in Strömen. Getreu dem Motto, was kostet die Welt! Typisch Erik. Und genauso typisch war dieser schreckliche Schlag auf die Schulter, mit dem er jeden begrüßte, wenn er etwas getrunken hatte.

»Da bist du ja endlich, alter Junge«, rief Erik. »Wo warst du denn nur? Du wirst schon sehnsüchtig von unseren zwei Nixen erwartet.«

Die Mädels kicherten. Sie kamen aus Frankfurt und machten keinen Hehl daraus, dass sie auf der Suche nach gut situierten Männern waren, die Bereitschaft zum Heiraten zeigten. Zwar war Erik alles andere als heiratswillig, doch das schienen sie noch nicht erkannt zu haben.

Erik war Scheidungsanwalt, und die Ehe gab es für ihn nur, damit Anwälte daran Geld verdienten. Sich einem solchen Martyrium auszusetzen stand für ihn vollkommen außer Frage.

»Wir dachten schon, du wärst beim Tauchen ertrunken«, hauchte eine der Blondinen, die mit den rosa angemalten Lippen, ihm zu.

»Wäre ich auch fast«, entgegnete Michael höflich.

Sie lächelte, mit gekonnt verführerischem Blick.

Ihre Bemühungen waren allerdings umsonst, denn Schickimicki-Mädels interessierten ihn nicht. Er bevorzugte natürliche Frauen, die über das gewisse Etwas verfügten und ihm nicht zu Füßen lagen, nur weil er von Haus aus finanziell gut gestellt war.

»Tauchst du eigentlich auch?«, erkundigte die andere sich inzwischen bei Erik.

»Bist du verrückt!«, fuhr der entsetzt auf. »Ich spiele Golf, da ist die Gefahr zu ersaufen ziemlich gering. Und ganz nebenbei gewinnt man noch Karibikreisen, was, Alter?« Wieder schlug er Michael auf die Schulter.

»Habt ihr den Urlaub bei einem Preisausschreiben gewonnen?«, fragten die zwei begeistert.

»Bei einer Verlosung«, antwortete Erik grinsend. Ein gut aussehender Animateur entführte die zwei Blondinen auf die Tanzfläche.

»Sind sie nicht süß?«, wandte Erik sich an Michael. »Eine davon vernasche ich heute noch, wirst schon sehen.«

Daran zweifelte Michael keine Sekunde. Er bestellte beim Barmann ein Bier.

»Wie sieht's denn mit dir aus, alter Junge? Die eine ist doch total scharf auf dich. Das ist deine letzte karibische Nacht.«

»Meine vorletzte«, entgegnete Michael.

»Häh?« Verwirrt starrte Erik ihn an. »Wolltest du nicht morgen nach Hause fliegen?«

Michael schmunzelte. »Wollte ich auch, doch jetzt habe ich es mir anders überlegt und vor fünf Minuten meinen Flug umgebucht.«

»Das muss aber einen triftigen Grund haben.« Eriks alles durchdringender Anwaltsblick bohrte sich in Michaels Augen. »Da steckt doch eine Frau dahinter. Stimmt's oder hab ich recht?«

In diesem Punkt war Erik nicht zu schlagen. Man konnte einfach nichts vor ihm geheim halten, das war schon im Sandkasten so gewesen. Erik wusste immer sofort, wer seine Schippe kaputt gemacht oder seinen Eimer geklaut hatte.

»Muss ja ein heißer Feger sein, wenn du dafür deinen Flug sausen lässt«, fuhr er fort. »Da wird dein Alter dir aber kräftig die Leviten lesen. Wo ist die Lady denn? Willst du sie mir nicht vorstellen?«

»Nein, will ich nicht«, erwiderte Michael. »Und sie ist kein heißer Feger, sondern die aufregendste Frau der Welt.«

»Das sind sie in solchen Augenblicken alle«, seufzte Erik.

Die Mädels kehrten zurück. Kreischend tänzelten sie in Eriks ausgestreckte Arme, schütteten einen großen Schluck Champagner hinunter und zogen ihn auf die

Tanzfläche. Michael hingegen wehrte sich erfolgreich und verzog sich danach schleunigst auf sein Zimmer. Er wollte morgen fit sein und hatte sowieso keine Lust, den Abend mit diesen Püppchen zu verbringen.

*

Michael wartete nicht bis zum Mittag – wie Lisa es vorhergesagt hatte –, sondern erschien bereits sehr früh im Büro der Tauchschule.

»Guten Morgen«, begrüßte er sie gut gelaunt.

Sie saß am Schreibtisch, über einen Stapel Papiere gebeugt. Als sie ihn sah, huschte ein Lächeln über ihr Gesicht.

»Sie haben mich tatsächlich am Flughafen zurückgeschickt«, erklärte er ihr. »Sie lassen wirklich keinen weg, der diesen Wasserfall nicht kennt.«

Sie nickte verständnisvoll und sagte: »Ich habe dich gewarnt.«

»Nun müssen wir also doch dorthin fahren. Ist es denn weit?«, fragte er und verzog dabei das Gesicht, so als sei dieser Ausflug nur ein notwendiges Übel.

Sie spielte das Spiel mit. »Ein Stück ist es schon. Wir werden bestimmt den ganzen Tag unterwegs sein.«

»Ich habe Zeit«, erwiderte er. »Mein Flug jedenfalls ist auf morgen verschoben.«

Sie kam um den Schreibtisch herum und musterte ihn kritisch von oben nach unten. Beim Anblick seiner Flip-Flops legte sie die Stirn in Falten. »Mit diesen Schlappen ist das aber vollkommen unmöglich. Du brauchst in den Bergen festes Schuhwerk.«

»In den Bergen?«, rief er erstaunt.

»Na klar. Wo soll ein Wasserfall denn sonst sein?«, entgegnete sie lachend und ging zu einem kleinen Büroschrank. Sie selbst trug eine olivgrüne Hose, eine langärmelige Hemdbluse über einem weißen T-Shirt und richtige Wanderschuhe. Sie sah aus wie ein Urlauber in Tirol.

»Hier, probier mal die.« Sie gab ihm ein Paar feste Männerschuhe. »Die könnten passen. Sie gehören Flavio, aber sie sind ganz neu. Er hat sie noch nie getragen. Durch den Regenwald zu laufen gehört nicht zu seinen Lieblingsbeschäftigungen.«

Michael zog die Schuhe an. Sie passten tatsächlich.

»Und ich dachte, wir fahren in einem schnittigen Cabriolet romantisch am Meer entlang«, scherzte er.

Sie lachte erneut. Ihr Lachen war unglaublich schön und natürlich. »Da, wo wir hin wollen, kommen wir mit einem schnittigen Cabriolet nicht weit. Aber mit einem offenen Auto kann ich trotzdem dienen, zumindest für die ersten Kilometer.« Sie schnappte sich einen graugrünen Rucksack und schob Michael sanft zur Tür hinaus.

Hinter dem Haus stand ein klappriger roter Jeep. Das Dach fehlte, und somit war er notgedrungen zu einem Cabriolet geworden. Immerhin aber verfügte er noch über alle vier Räder und auch über ein Lenkrad, und nach mehreren Versuchen startete sogar der Motor.

»An sehr warmen Tagen will er manchmal nicht«, erklärte Lisa.

Blieb zu hoffen, dass es heute nicht allzu heiß wurde.

Sie fuhren über die Insel und ließen sich den warmen Wind ins Gesicht wehen. In den kleinen Ortschaften hupte Lisa immer wieder den Leuten am Straßenrand zu, die freudig zurückwinkten. Das schien hier so üblich zu sein, denn nach drei Monaten konnte sie unmöglich alle Inselbewohner kennen.

In einem Dorf namens Limón hielten sie vor einem Bauernhof an. Als sie ausstiegen, kamen zwei Esel angetrottet, und einer davon machte vor Michael halt.

»Den Wagen müssen wir jetzt stehen lassen. Von nun an kommen wir nur noch zu Fuß oder zu Pferd voran«, sagte Lisa, während sie sich den Rucksack über die Schulter warf.

»Aber ich kann nicht reiten«, erklärte Michael entsetzt.

Sie war überrascht. »Du kannst nicht reiten?«

»Nein.«

»Dann nimmst du eben den Esel«, sagte sie augenzwinkernd. »Auf einem Esel ist es völlig ungefährlich.«

Ungläubig sah er sie an. Das konnte nicht ihr Ernst sein. Auf einem Esel über die Karibikinsel? Das hatte er sich romantischer vorgestellt.

In diesem Moment kam ein älterer Mann mit zwei gesattelten Pferden auf sie zu, und Michael ahnte Böses.

»Keine Angst«, beruhigte ihn Lisa. »José gibt dir einen zahmen Gaul. Der ist Leute gewohnt, die nicht reiten können, und weiß von allein, was er tun muss.«

Er rang sich ein Lächeln ab und bestieg mithilfe des Mannes das Pferd. Als Kind hatte er einmal ein paar Reitstunden gehabt, aber dabei war es auch geblieben.

Lisa verstaute zwei Flaschen Wasser in den Satteltaschen ihrer braunen Stute, und Josés Frau brachte ihr einen Korb voller Früchte, die sie in den Rucksack packte.

Dann ging es los. Der Gaul gewöhnte sich schneller an Michael als er sich an ihn. Nach einigen Anfangsschwierigkeiten jedoch verstanden sie sich prächtig, und Michael ritt gemächlich neben Lisa her, mitten hinein in die Berge und den Regenwald. Den Wirrwarr von Hängepflanzen, den zeitweise dichten Nebel und die vielen fremden Geräusche fand er unheimlich. Doch Lisa schien jeden Meter zu kennen, und das beruhigte ihn.

Der Ritt dauerte fast zwei Stunden und war am Schluss recht anstrengend, weil es nur noch bergauf ging. Als der dichte Wald aber den Blick auf den Wasserfall freigab, war Michael für alle Strapazen entschädigt, so faszinierend, wild und gigantisch präsentierte sich das Naturschauspiel.

Aus dem Felsen gegenüber, der trotz der tiefen Schlucht zum Greifen nah erschien, traten gewaltige Wassermassen aus und stürzten über eine grüne, von Farnen bewachsene Bergwand in die Tiefe. Dort sammelte sich das Wasser in einem natürlichen Becken und war so kristallklar, dass man bis auf den Grund schauen konnte.

Lisa band die Pferde an einen Baum, während Michael sich leicht nach vorn beugte und in die Tiefe sah. Er erschrak. Es ging so furchtbar steil bergab, dass ihm schwindelig wurde. Wollte sie mit ihm dort hinunterklettern?

»Es ist nicht so schlimm, wie es aussieht«, sagte sie. Das beruhigte ihn keineswegs, doch das wollte er nicht zugeben, sonst meinte sie am Ende noch, er sei ein Feigling.

Der Weg nach unten war kein Spaziergang, und trotzdem behielt Lisa recht. Es machte Michael richtig Spaß und war sehr abenteuerlich. Er stieg über wuchernde Baumwurzeln und hielt sich, wie Tarzan, an den Hängelianen fest. Es war lange nicht so anstrengend, wie er es sich vorgestellt hatte.

»Sei vorsichtig! Manchmal kommen die Schlangen aus dem Dickicht«, rief Lisa.

»Kein Problem«, entgegnete Michael, bemüht, nach außen hin gelassen zu wirken. Insgeheim aber schickte er ein kurzes Stoßgebet gen Himmel. Einer Schlange wollte er nicht begegnen, bei aller Liebe zur Natur.

Unten angekommen, sah der Salto del Limón noch viel gewaltiger aus. Tosend fiel das Wasser herab.

Sie setzten sich auf ein großes Tuch, das Lisa mitgebracht hatte, und bestaunten minutenlang schweigend den Wasserfall. Plötzlich sprang Lisa auf, zog Hemd, Schuhe und Hose aus und sprang in Slip und T-Shirt in das kristallklare Nass. Verdutzt sah Michael ihr nach.

Sie schwamm ein paar Meter, drehte sich dann zu ihm um und winkte ihm zu. »Komm rein. Es ist herrlich.«

Das wollte er gerne tun, doch er hatte keine Sachen zum Wechseln dabei. Da aber außer ihnen kein Mensch da war, entledigte er sich ebenfalls der Klamotten und sprang in der Unterhose kopfüber ins Wasser. Es war angenehm frisch, fast kühl, und glasklar.

Sie schwammen an den Wasserfall heran, wobei er Mühe hatte, Lisa zu folgen. Sie war eine gute Schwimmerin, vollführte ruhige und kraftvolle Bewegungen. Ihr Körper war muskulös und wirkte doch auch zart.

Als sie wieder aus dem Wasser stiegen, konnte Michael kaum seinen Blick von ihr wenden. Ihr weißes, durchnässtes T-Shirt klebte an ihrer Haut, und darunter zeichneten sich ihre kleinen Brüste ab.

Sie setzte sich auf einen großen Stein, um sich von der Sonne trocknen zu lassen. Nervös ließ er sich neben ihr nieder.

»Was hältst du von einem Picknick?«, fragte sie nach einer Weile und holte die Früchte aus dem Rucksack. »Mangos, Ananas, Papayas. Es ist alles da. Sogar ein Messer hat Lucia uns eingepackt.«

Sie setzte sich wieder neben ihn, und dieses Mal so nah, dass er fast schon ihre Haut spürte. Das Wasser perlte auf ihren Armen und glitzerte in der Mittagssonne. Am liebsten hätte er ihr jede einzelne Wasserperle von ihren wunderschönen vollen Lippen, von ihren süßen kleinen Brüsten, ihrem Bauch und ihrem Bauchnabel geküsst. Bei diesem Gedanken wurde ihm innerlich ganz heiß. Und als ihre schwarzen Augen ihn wieder einmal so herausfordernd anfunkelten, war er kurz davor, sie wild an sich zu reißen. Doch er hielt an sich und nahm stattdessen ein Stück Ananas, das sie ihm mit einem Lächeln reichte.

»Die ist schön süß. So etwas Leckeres bekommt man nur hier«, sagte sie und schnitt gleich noch ein weiteres Stück für ihn ab.

»Warst du in Deutschland auch Tauchlehrerin?«, wollte Michael wissen.

»Ich war Yogalehrerin und habe Privatunterricht gegeben«, antwortete sie, während sie begann, die Mango zu schälen.

Er schaute sie fragend an.

Sie lachte. »Klingt komisch, nicht wahr? War es auch. Ich wurde von reichen Frauen engagiert, die mir lieber von den Erektionsproblemen ihrer Männer erzählten, statt Yoga zu machen. Das war vielleicht ein toller Job! Darauf hatte ich bald keine Lust mehr. Ich suchte nach etwas anderem und stieß im Internet auf die Stellenanzeige einer Tauchschule in der Dominikanischen Republik.«

»Und da bist du einfach so losgezogen?«

»Nicht einfach so. Ich bin als Tauchlehrerin ausgebildet und spreche gut Spanisch, weil ich im Sommer in Spanien oft Tauchstunden gegeben habe. Es war kein Risiko dabei. Warum also nicht, dachte ich mir.«

»Willst du wirklich für immer hierbleiben?«, fragte er.

Ihre Antwort kam spontan. »Ja, für immer. Ich gehe nicht mehr zurück nach Deutschland. Würdest du nicht auch bleiben, wenn du könntest?« Wieder sah sie ihn mit diesem ganz bestimmten Blick an.

Hinter ihnen kreischte ein Vogel, ein bunter Papagei, der sich, auf einem Baumstamm sitzend, sein Gefieder putzte.

Was hatte sie gerade gefragt? Ob er hierbleiben wollte? Diese Frage stellte sich nicht. Er war seiner Familie und der Firma verpflichtet.

»Probier die Papaya«, sagte sie und schob ihm ein Stück in den Mund. Dabei berührten ihre Finger sanft seine Lippen. Ein heftiger Stromschlag durchfuhr ihn. Dann zog sie ihre Hand schnell zurück, und der Zauber des Augenblicks war vorbei.

*

Zum Abendessen hatten sie sich wieder bei Margerita verabredet. Michael saß schon an dem Tisch vorn am Wasser, als Lisa in einem kurzen, roten Kleid auf ihn zukam, das ihre schlanken Beine und ihre schmalen, wippenden Hüften betonte. Sie sah hinreißend aus.

»Wartest du schon lange?« Sie setzte sich ihm gegenüber und strich durch ihr welliges, dunkles Haar, während Margerita zwei orangerote Drinks brachte. In seinem steckte ein Schirmchen, in Lisas nicht. Das Getränk schmeckte süß und gleichzeitig etwas bitter.

»Wann genau kommst du nach Deutschland?«, wollte er wissen.

»Nächsten Freitag. Aber nur für eine Woche.«

»Werden wir uns dann sehen?« Vorsichtig berührte er ihre Hand und sah ihr in die Augen. Das Mondlicht spiegelte sich darin.

»Es ist besser, wenn wir uns nicht sehen«, sagte sie leise und mit einem Augenaufschlag, der ihn verwirrte.

Er hätte sie jetzt am liebsten geküsst, fand aber wieder nicht den Mut dazu.

So verging der Abend wie im Flug, und es gelang ihm lediglich, den Arm um ihre Schultern zu legen, während er sie nach Hause brachte.

Ihr gemietetes Zimmer befand sich nur wenige Schritte von Margeritas Lokal entfernt, im ersten Stock eines Holzhauses, das keinen sehr komfortablen Eindruck machte.

»Das täuscht, es ist wirklich sehr luxuriös«, sagte Lisa und erzählte mit einem Augenzwinkern, dass es sogar ein richtiges Badezimmer gab. Allerdings mit einer kleinen Einschränkung, denn sie musste es sich mit ihrem Nachbarn teilen.

Der Nachbar bewohnte die andere Seite des oberen Stockwerks, und Michael lernte ihn auch sofort kennen. Er kam gerade aus seiner Wohnung.

»Guten Abend, Yoshitoki«, rief Lisa ihm zu und knipste die spärliche Beleuchtung an. Eine Glühbirne, die an einem Draht baumelte. Der kleine Asiate lief flink die Treppe herunter, machte vor Lisa eine kurze Verbeugung und ebenso vor Michael. Danach trippelte er mit einer Schüssel unterm Arm eilig davon.

»Er holt sich bei Margerita seinen Fisch«, erklärte Lisa.

»Um diese Zeit isst er erst zu Abend?«, fragte Michael erstaunt.

Sie lachte. »Er holt sich sein Frühstück. Er ist Japaner.«

Michael runzelte die Stirn. Mit diesem Herrn Yoshitoki, der zum Frühstück Fisch aß, teilte sich Lisa das Badezimmer? Dieser Gedanke gefiel ihm ganz und gar nicht.

»Mach's gut«, sagte sie plötzlich und ging ein paar Schritte rückwärts in Richtung Treppe. Der Augenblick des Abschieds war gekommen.

»Gib mir wenigstens deine Telefonnummer«, rief Michael verzweifelt. »Hast du ein Handy? Kann ich dich irgendwie erreichen?«

Sie schüttelte den Kopf.

»Aber ich will dich anrufen. Und wenn du nach Deutschland kommst, will ich dich wiedersehen …«

Sie schüttelte erneut den Kopf und stieg wortlos die Stufen hinauf. Nur ein einziges Mal drehte sie sich noch um. In dem matten Lichtschein sah er ihr Gesicht. Ein Träger ihres Kleides war verrutscht. Sie schob ihn langsam wieder nach oben, hauchte ihm über ihre Hand hinweg einen Kuss zu und verschwand in ihrem Zimmer.

4

Michael konnte Lisa einfach nicht vergessen. Unentwegt schwirrte sie ihm im Kopf herum, lief in ihrem kurzen, roten Kleid barfuß durch den Sand, stieg im nassen T-Shirt aus dem Wasser und hauchte ihm, auf der Treppe stehend, einen Kuss zu.

Dieser Kuss beschäftigte ihn rund um die Uhr und brachte ihn fast um den Verstand.

Sie hatte sich auch in ihn verliebt, dessen war er sich ganz sicher. Aber warum wollte sie ihn nicht wiedersehen? Aus Vernunftgründen? Weil sie in die Karibik auswandern wollte?

So konsequent konnten nur Frauen sein.

Männer waren da ganz anders. Wenn Männer sich verliebten, zählten solche Dinge nicht. Dann wollten sie der Frau ihrer Träume einfach nur wiederbegegnen. Und genau darauf würde es Michael anlegen. Ob es Lisa nun passte oder nicht. Leider konnte er in dieser Ausnahmesituation, in diesem Zustand schlimmster Verliebtheit, keine Rücksicht auf ihre Zurückhaltung nehmen. Außerdem fragte er sich seit Tagen, was ihn abgehalten hatte, sie zu küssen. Schon allein um das nachzuholen, musste er sie treffen. Er musste sie sehen und hatte deshalb beschlossen, sie vom Flughafen abzuholen, denn heute war Freitag, der Tag, an dem sie nach Deutschland kommen würde. Zumindest hatte sie ihm das erzählt.

Seitdem ihm gestern Abend diese grandiose Idee gekommen war, sah er Lisa unentwegt im Geiste aus der Gepäckabfertigungshalle treten und bei seinem Anblick glücklich lächeln. Vor Aufregung hatte er die ganze Nacht nicht geschlafen. Müde war er jetzt aber keineswegs. Im Gegenteil, er fühlte sich, als hätte er ein Aufputschmittel genommen. Zum hundertsten Mal blickte er an diesem Vormittag zu der metallisch schimmernden Wanduhr, die zu der zweckmäßigen Einrichtung des Sekretariats gehörte. Dieser Raum war das Reich von Frau Meierhöfer. Rechts davon lag das Büro seines Vaters, links davon sein eigenes.

Frau Meierhöfer, die gerade am Telefon versuchte, ihrer am Flughafen arbeitenden Schwägerin zu entlocken, in welcher Maschine Lisa sitzen könnte, warf Michael einen strengen Blick über den Rand ihrer großen

Brille zu. Er wusste, dass es sie nervös machte, wenn er ständig mit seinen Fingern auf der Schreibtischplatte herumtrommelte. Doch er konnte seine Finger nicht kontrollieren. Er hoffte so sehr, dass Frau Meierhöfer etwas herausfand. Ihre Schwägerin aber durfte diese Art von Informationen nicht weitergeben.

»Tut mir leid, Michael«, sagte Frau Meierhöfer, nachdem sie das Gespräch beendet hatte. Sie nannte ihn auf seinen eigenen Wunsch hin noch immer beim Vornamen und sprach ihn nur bei offiziellen Anlässen mit Herr Westphal an. Das fand er dann ganz komisch, denn sie kannte ihn seit seiner Geburt; so viele Jahre war sie bereits in der Firma.

Michaels Großvater hatte sie als Schreibkraft eingestellt, unter seinem Vater hatte sie sich mit außergewöhnlichem Fleiß und Pflichtbewusstsein zur Chefsekretärin hochgearbeitet, und inzwischen war sie unersetzbar geworden. Sie hatte alles unter Kontrolle, und ihr Gedächtnis arbeitete wie ein Computer.

»Ich konnte leider nichts für Sie tun«, fügte sie bedauernd hinzu. »Meine Schwägerin wollte sich da auf nichts einlassen.«

Er nickte. Natürlich wusste er, dass man nicht ohne Weiteres Passagierlisten abfragen konnte, aber es war einen Versuch wert gewesen.

»Trotzdem danke«, sagte er und wollte gerade wieder in sein Büro gehen, als Frau Meierhöfer ihm nachrief: »Es landet heute aber nur eine einzige Maschine aus der Dominikanischen Republik.«

Erstaunt drehte er sich zu ihr um. »Nur eine?«

»Ganz richtig. Die beiden anderen wurden gestrichen und die Passagiere umgebucht. Sie landet um 15.25 Uhr!« Frau Meierhöfer lächelte spitzbübisch. »Soll ich Rosen bestellen oder lieber einen hübschen Frühlingsstrauß?«

»Weder noch«, beeilte Michael sich zu sagen, denn sie hatte schon den Telefonhörer in der Hand. »Habe ich heute Nachmittag noch irgendwelche Termine?«

»Nein, keine«, erwiderte sie mit einem kurzen Blick in den aufgeschlagenen Kalender. »Sie müssten lediglich Ihrem Vater Bescheid geben, dass Sie bei Mr Mings Begrüßung nicht anwesend sein werden.«

Sie hatte die Worte kaum ausgesprochen, da ging auch schon die Tür zum Büro seines Vaters auf. Typisch, dachte Michael. Er hat einfach ein Talent dafür, immer im falschen Moment zu erscheinen.

»Wer wird bei Mr Mings Begrüßung nicht anwesend sein?«, knurrte Rudolf Westphal und sah die Meierhöfer an.

»Michael hat leider einen wichtigen Termin in München«, antwortete sie kurz und knapp und widmete sich sofort wieder ihrer Arbeit.

»Einen Termin? Was für einen Termin?«, wandte sich Rudolf Westphal an seinen Sohn.

»Einen Termin eben«, entgegnete Michael genervt. Er hasste es, sich stets rechtfertigen zu müssen.

»Heute Nachmittag gibt es nur einen Termin«, zischte sein Vater, »und der heißt Ming. Oder hast du als zukünftiger Geschäftsführer von MediCare vergessen, dass unser chinesischer Importeur heute kommt?«

Diese Worte saßen. Meist genügte es, an Michaels Pflichtbewusstsein zu appellieren, damit er sich in der Falle fühlte und das schlechte Gewissen an ihm nagte.

Frau Meierhöfer aber kam ihm zu Hilfe. »Sie müssen jetzt gehen, Michael«, sagte sie und machte ein ernstes Gesicht, das ihn an eine Oberlehrerin erinnerte. Dann drückte sie ihm einen Aktenordner in die Hand und fügte hinzu: »Sie kommen sonst zu spät.«

Entschlossen klemmte Michael sich den Ordner unter den Arm, griff nach der Laptoptasche, die auf dem Stuhl vor ihm lag, und sagte zu seinem Vater: »Ich werde versuchen, rechtzeitig zu Hause zu sein.«

Daraufhin drehte er sich um und verließ schnurstracks das Büro.

*

Wenig später stand er inmitten der wartenden Menschenmenge im Münchner Flughafengebäude und war schrecklich aufgeregt. Jedes Mal, wenn sich die Schiebetür der Gepäckabfertigungshalle öffnete, hielt er den Atem an und meinte, Lisas Gesicht vor sich auftauchen zu sehen. Menschen über Menschen strömten durch die Tür, die Wagen voller Gepäckstücke vor sich herschoben und angezogen waren, als sei in Deutschland Hochsommer – nur Lisa war nicht darunter.

Er wartete und wartete, aber sie kam nicht.

Je mehr Zeit verging, umso betrübter wurde er. Er harrte aus, bis niemand außer ihm mehr da war und die Tür sich nicht mehr öffnete.

Sie schien ihre Pläne geändert zu haben. Leise Verzweiflung überkam ihn. Und nun? Jetzt musste das Krisenmanagement greifen. Regel Nummer eins: einen kühlen Kopf bewahren. Er hasste es, einen kühlen Kopf zu bewahren!

Regel Nummer zwei: Ziel definieren. Das fiel ihm wesentlich leichter, denn das Ziel lautete, Lisa wiederzusehen – unter allen Umständen.

Er musste herausfinden, ob Lisa noch in der Karibik oder bereits in Deutschland war. Dazu benötigte er die Telefonnummer der Tauchschule, die konnte er im Internet recherchieren. Sollte sie es sich anders überlegt haben und in den nächsten Tagen tatsächlich nicht nach Deutschland kommen, würde er sich in ein Flugzeug setzen und zu ihr fliegen – auch auf die Gefahr hin, seinen Vater vollends zu erzürnen. Aber er hatte seine Traumfrau nicht getroffen, um sie im selben Augenblick wieder zu verlieren.

Sein Jagdinstinkt war geweckt, und an Rückzug war nicht mehr zu denken.

Zuerst einmal musste er sicherstellen, dass heute wirklich nur eine einzige Maschine aus der Dominikanischen Republik in München landete. Frau Meierhöfers Schwägerin hatte sich vielleicht geirrt. Im Sturmschritt lief er zu der riesigen Anzeigentafel und überflog hastig die zur Landung angezeigten Flüge. Aus der Dominikanischen Republik war kein zweiter dabei.

Dann las er alles noch einmal, das Ergebnis aber blieb das gleiche. Allerdings waren nur die Flüge bis zwanzig Uhr angeschrieben.

Deshalb ging er zum nächsten Info-Stand und bat um Auskunft. Die Frau hinter dem Schalter warf einen Blick auf ihren Monitor und verneinte. Es gab keine zweite Maschine.

»Die Fluggäste aus der Karibik fliegen oft über Miami«, erklärte sie hilfsbereit und fügte hinzu: »Das ist meist billiger, und die Verbindungen sind besser.«

Er starrte sie ungläubig an, während sein Herz wie verrückt zu schlagen begann. Sofort schöpfte er neue Hoffnung.

»Wann landet die nächste Maschine?«, rief er aufgeregt.

Die Frau schaute nach. »Sie ist bereits gelandet. Vor zwanzig Minuten. Ausgang E, ganz hinten.«

Sie hatte es kaum ausgesprochen, da rannte er auch schon los. Er rannte, als ginge es um sein Leben. Auf einmal war er sich sicher, dass er Lisa heute noch treffen würde. Das sagte ihm sein Gefühl. Er hatte Ausgang E noch nicht ganz erreicht, da sah er sie bereits aus der Tür kommen.

»Lisa«, schrie er über den Gang, so laut, dass sich alle Leute nach ihm umdrehten. Aber das war ihm egal. Er rief ihren Namen gleich ein zweites Mal, diesmal noch viel lauter. Als er endlich vor ihr stand, keuchte er atemlos: »Hallo, Lisa.«

Sie wirkte überrascht und schien sehr irritiert zu sein, denn sie hatte wohl nicht mit ihm gerechnet. Er hatte sie überrumpelt. Diese Strategie führte meist schnell zum Erfolg – so jedenfalls hatte er das im Managerseminar gelernt.

»Hattest du einen guten Flug?« Er strahlte sie an und freute sich über ihren verwirrten Gesichtsausdruck.

Sie trug Jeans, einen schwarzen Wollpullover mit einem großen Rollkragen, der ihr halbes Kinn verdeckte, und eine kurze, schwarze Jacke. Über ihrer Schulter hing eine kleine Reisetasche.

»Brauchst du vielleicht ein Taxi?«, fragte er augenzwinkernd.

Sie antwortete nicht, die Überraschung hatte ihr die Sprache verschlagen. Als sie nach einer Weile immer noch nichts sagte, wurde er unruhig.

Leise fügte er hinzu: »Ich bin das einzige Taxi, das noch frei ist.«

Nun lächelte sie und sagte: »Ein Taxi wäre gut.«

Daraufhin nahm er ihre Tasche und ging mit ihr zu seinem Wagen. Währenddessen warf er unauffällig einen Blick gen Himmel und dachte: Na bitte, geht doch! Manchmal musste man das Glück eben zwingen.

*

Der Schneeregen klatschte gegen die Windschutzscheibe, als Michael den Wagen durch das typische Freitagnachmittags-Verkehrschaos lenkte.

»Hattest du einen guten Flug?«, wandte er sich an Lisa, obwohl er ihr die Frage bereits bei ihrer Ankunft gestellt hatte. Aber ihm fiel nichts Besseres ein. Lisa war ziemlich wortkarg. Es wollte einfach keine Unterhaltung zustande kommen.

Um überhaupt etwas zu sagen, fragte er nach einer Weile: »Warst du wieder mal tauchen?«

Sie schmunzelte.

Tolle Frage, dachte er ärgerlich. Natürlich war sie tauchen gewesen, das war schließlich ihr Job.

»In der Bucht von Samaná sind jetzt unzählig viele Buckelwale«, sagte sie auf einmal. »Sie kommen jedes Jahr, um sich zu paaren und ihre Jungen dort zur Welt zu bringen.«

»Aha.« Er atmete auf, weil es endlich ein Gesprächsthema gab, auch wenn er nichts über Buckelwale wusste.

»Woher kommen die Wale?«, fragte er interessiert.

»Aus den arktischen Gewässern«, erzählte Lisa. »Von Grönland oder Island. Das Wasser dort ist zu kalt für ihren Nachwuchs. Die Walbabys würden nach der Geburt erfrieren, weil sie nur eine sehr dünne Haut haben, die ihren Körper nicht ausreichend schützt. Deshalb nehmen die Wale den weiten Weg auf sich und kommen nach Samaná. Jedes Jahr, immer zur gleichen Zeit und immer in die gleiche Bucht, als hätten sie ein inneres Navigationssystem. Es macht riesigen Spaß, sie zu beobachten, vor allem, wenn sie ihre Liebesspielchen spielen.«

»Was spielt denn so ein Wal, wenn er verliebt ist?«, fragte Michael gut gelaunt. Das Thema gefiel ihm ausgezeichnet.

»Er singt«, sagte Lisa. »Um ihre Weibchen zu erobern, fangen die Walbullen an zu singen. Man kann ihnen dabei zuhören, es klingt sehr schön.«

Er verzog sein Gesicht. »Stell dir vor, das wäre bei den Menschen auch so. Dann hätten viele Männer keine Frau.«

»Und du?«, fragte Lisa. »Hättest du eine?«

Er lachte. »Höchstens eine, die Mitleid mit mir hätte.«

Er bog in eine kleine Straße ein, während Lisa auf ein mehrstöckiges Mietshaus zeigte.

»Dort vorne wohne ich«, sagte sie.

Er hielt an, zwängte den Wagen in eine schmale Parklücke, stellte den Motor ab und drehte sich zu ihr. Ihre schönen schwarzen Augen machten ihn verlegen. Eine Weile saßen sie schweigend da, bis sie zögernd fragte: »Möchtest du mit hochkommen? Vielleicht auf eine Tasse Tee?«

Natürlich wollte er.

Sie stiegen aus und gingen in das Haus. Es machte einen ungepflegten Eindruck. Im Hausflur roch es nach gekochtem Kohl, Pellkartoffeln und billigem Parfüm.

Unter jedem Schritt knarrten die abgenutzten Stufen der Holztreppe, die sich wie eine Spirale nach oben wand. Lehnte man sich übers Geländer, konnte man bis hinauf zum Dach schauen und bis zu Lisas kleinem Appartement. Es lag im sechsten Stock, und Michael war ziemlich außer Atem, als er oben ankam, während Lisa, die ruckzuck hinaufgespurtet war, bereits die Tür aufgeschlossen und die Wohnung inspiziert hatte. Es schien alles in Ordnung zu sein.

Die Wohnung war klein – sehr klein – und sehr eng. Sie bestand aus nur einem einzigen Wohnraum, einer Miniküche und einem Bad.

Während Lisa in der Küche verschwand, stellte Michael die Reisetasche ab und sah sich um. Links stand ein Bett mit einem Eisengestell, rechts ein Kleiderschrank, der statt Türen nur weiße Vorhänge hatte, daneben ein Tisch und zwei Stühle. Das war alles. Es gab keinen Fernseher, kein Telefon, keine Bilder, keine Fotos, keine Bücher oder irgendetwas Persönliches, was daran erinnerte, dass hier jemand wohnte. Wahrscheinlich steckten all diese Dinge in den wenigen an der Wand aufgestapelten Umzugskartons.

Michael ging zu dem einzigen Fenster, das es gab, einem Dachfenster in der Schräge, und schaute in den wolkenverhangenen Himmel, als plötzlich ein rotes Licht den Raum durchzuckte.

»Schrecklich, nicht wahr?«, sagte Lisa, die gerade mit zwei Tassen Tee hereinkam, aus denen die Etiketten der Teebeutel baumelten. »Das ist die Leuchtreklame vom Haus gegenüber. Daran konnte ich mich nie gewöhnen.«

Sie stellte die Tassen auf den Tisch und setzte sich auf einen der Stühle. Sie hatte noch immer ihre Jacke an. Kein Wunder, hier drin war es bitterkalt.

»Soll ich die Heizung aufdrehen?«, fragte Michael.

Sie nickte, während sie fröstelnd mit beiden Händen die heiße Tasse umfasste.

»Wir könnten etwas essen gehen, so lange, bis es hier ein bisschen wärmer geworden ist«, schlug er vor.

Aber Lisa schüttelte den Kopf.

»Woher wusstest du eigentlich, mit welcher Maschine ich komme?«, wollte sie wissen.

Vielsagend zuckte er mit den Schultern, ohne ihr eine Antwort zu geben. Er wollte sie nicht belügen, ihr aber auch nicht erzählen, dass er über den ganzen Flughafen gehetzt und schon kurz davor gewesen war, sich selbst ein Ticket in die Karibik zu kaufen.

Stattdessen fragte er: »Wie lange wirst du bleiben?«

Sie nippte an ihrem Tee. »Genau eine Woche. Das Rückflugticket für nächsten Freitag habe ich bereits in der Tasche.«

»Hast du nicht doch Hunger?«, vergewisserte er sich, in der Hoffnung, sie überreden zu können.

Lisa jedoch verneinte. »Der Flug war lang. Ich brauche jetzt erst einmal Schlaf.«

Dafür hatte er Verständnis und schlürfte schnell seinen Tee aus, um sich kurz darauf zu verabschieden.

»Aber morgen gehst du mit mir essen, nicht wahr?«, fragte er, als er schon an der Tür stand.

Daraufhin sah sie ihn eine ganze Weile an, ohne etwas zu sagen. Sie schien zu überlegen, ob sie einwilligen sollte. Ihr Zögern machte ihn noch verrückt. Was gab es denn da zu überlegen? Sie glaubte doch nicht im Ernst, ihm entkommen zu können? Er konnte sehr hartnäckig sein, wenn er wollte. Das war eines der wenigen Dinge, die er von seinem Vater geerbt hatte. So fügte er sanft, aber entschieden hinzu: »Ich bestehe darauf, dass du morgen mit mir essen gehst, morgen Mittag!«

»Heißt das, ich habe keine andere Wahl?«, fragte sie.

Er lächelte. »Leider nicht.«

»Dann erwarte ich dich um zwölf«, sagte sie, stellte sich auf die Zehenspitzen und gab ihm einen flüchtigen Kuss. Ganz zart berührten ihre Lippen die seinen.

»Bis morgen«, hauchte sie.

»Bis morgen«, sagte auch er und glaubte, auf Wolken zu schweben, als er die unzähligen Treppenstufen nach unten lief.

*

Während der Fahrt nach Hause dachte Michael über das einzige Problem des morgigen Tages nach, das es gab – und das hieß Mr Ming.

Ein Besuch bei Dr. Kolberg im Testinstitut stand an, wo Mr Ming Einblick in die Testergebnisse von Strycon, MediCares neustem Medikament gegen Magenverstimmung, nehmen sollte. Es war eigens für den chinesischen Markt entwickelt worden. Und Mr Ming brannte darauf, es herauszubringen, weil eine Schweizer Firma ein vergleichbares Medikament plante. Mr Ming wollte keine Zeit verlieren und war nach Deutschland gekommen, um sich über den Stand der Dinge zu informieren und die Verhandlungen zum Abschluss zu bringen.

Es war wirklich zum Verzweifeln, dachte Michael. Hätte Mr Ming nicht nächste Woche kommen können? Warum ausgerechnet jetzt? Wie sollte er Lisas Herz erobern, wenn ihm keine Zeit dafür blieb?

Er trat auf die Bremse. In letzter Sekunde registrierte er, dass die Ampel auf Rot gesprungen und gegenüber eine kleine Kamera installiert war. Das hätte ihm noch gefehlt.

Er schaltete das Radio aus. Die Musik machte ihn nervös. Er musste sich konzentrieren und überlegen, was er tun sollte. Sein Vater würde explodieren, wenn er morgen nicht anwesend war. Beim bloßen Gedanken daran bekam er schon einen Schweißausbruch. Denn er war ein sehr pflichtbewusster Mensch und hatte die Erwartungen seines Vaters bisher immer erfüllt. Dazu gehörte, dass er Betriebswirtschaft studiert hatte – und *nicht* Germanistik – und dass er für zwei Jahre nach Amerika und für weitere drei nach Schanghai und Hongkong gegangen war, um alles über die Pharmaindustrie zu lernen. Seiner Verantwortung gegenüber dem Familienunternehmen war er sich stets bewusst gewesen.

Er bog rechts ab in Richtung Starnberg, fuhr ein Stück durch den Possenhofener Wald, bis ihn die Straße wieder an den See hinunterführte und vor ihm die weiße Mauer auftauchte, hinter der sich die Villa seiner Familie befand.

Dann griff er zur Fernbedienung und gab den fünfstelligen Zahlencode ein, woraufhin sich lautlos die zwei Flügel des schmiedeeisernen Tores öffneten. Langsam fuhr er die beleuchtete, mit Kieselsteinen belegte Auffahrt entlang. Dabei musste er daran denken, dass im Sommer hier überall Blumen blühten, was Lisa bestimmt gefallen würde. Alles hier würde ihr gefallen, da war er sich ganz sicher – die weiße Villa, das Seegrundstück und die alte Trauerweide im Garten unten am See, unter der man in lauen Sommernächten sitzen und aufs Wasser schauen konnte.

Er fuhr den Wagen in eine der Garagen. Normalerweise parkte er immer vor dem Haus, aber dort stand heute die Mercedes-Limousine seines Vaters. Mr Ming war also schon eingetroffen.

Hinter den hohen Sprossenfenstern der Villa erstrahlte warmes, helles Licht. Das Haus hatte trotz seiner Größe und der Eleganz, mit der seine Mutter es eingerichtet hatte, etwas Gemütliches und war für ihn ein Ort der Geborgenheit, was auch an der behüteten und unbeschwerten Kindheit lag, die er hier verbracht hatte. Nur war das Haus damals nicht so groß und komfortabel gewesen. Zu einem hochherrschaftlichen Anwesen wurde es erst nach dem Tod seines Großvaters, als sein Vater die Firma übernommen und die Umsätze vervielfacht hatte. Ohne Zweifel war sein Vater ein sehr guter Geschäftsmann, ein guter Vater aber war er nie gewesen.

Michael schloss die Eingangstür auf, und ein köstlicher Duft nach gebratenem Fisch strömte ihm entgegen. Seine Mutter hatte ihre Kochkünste wieder einmal unter Beweis gestellt. Sie war eine fantastische Köchin, aber eine noch bessere Konditorin. Das war früher ihr Beruf gewesen, und bis heute hatte sie eine solche Freude am Backen, dass sie fast täglich irgendwelche Kunstwerke aus Sahne, Teig, Schokolade und Marzipan zauberte. Im Grunde ihres Herzens, das wusste Michael, bereute sie es tief, für seinen Vater ihren Beruf aufgegeben zu haben.

Er zog seine Jacke aus und hängte sie in einen der weißen Einbauschränke, als Yakko, der schwarze Labrador seines Vaters, angetrottet kam und ihn begrüßte. Er ließ sich von Michael kurz den Kopf kraulen und verschwand dann wieder durch die offen stehende Glastür in das großzügige Wohnzimmer, wo er sich faul in der Nähe des Kamins niederließ.

Von den feinen Gerüchen magisch angezogen, ging Michael zuerst in die Küche und traf dort, wie erwartet, seine Mutter an. Sie stand am Arbeitstisch und schnitt gerade eine zweistöckige Torte auf.

»Hallo, Mama«, rief er.

Sie aber ließ sich nicht stören, zog seelenruhig das Messer durch ihre weiß-rote Kreation, und erst als sie damit fertig war, wandte sie sich ihm zu.

»Gut, dass du da bist«, sagte sie, während Michael sich zu ihr hinunterbeugte, um ihr einen Kuss auf die Stirn zu geben.

»Sind Papa und Mr Ming im Büro?«, wollte er wissen.

»Wo sonst?« Sie zwinkerte und widmete sich wieder der Torte, von der Michael blitzschnell eine Marzipanerdbeere klaute.

»Lass das«, schimpfte sie.

Daraufhin stibitzte er sich noch eine zweite und aß sie voller Genuss. Seine Mutter machte sogar das Marzipan selbst. Es schmeckte einfach großartig. Er versäumte nicht, sie für die Torte zu loben. Das tat er immer, denn sein Vater äußerte sich nur selten anerkennend.

»Dann werde ich mich mal in die Höhle des Löwen begeben«, sagte Michael und seufzte. Gerade als er die Küche verlassen wollte, kam Harry herein. Harry, der Chef der Sicherheitsabteilung von MediCare, musste heute für seinen Vater wieder einmal Chauffeur spielen. Zu diesem Zweck zwängte er sich jedes Mal in eine Uniform, in der er aussah wie einer Comicserie entsprungen. Harry war ein Muskelpaket mit kahlem Kopf, dickem Hals und einem Geh-mir-aus-dem-Weg-Blick. Die stille Eleganz einer Chauffeursuniform war für ihn völlig ungeeignet.

»Hallo, Harry«, begrüßte ihn Michael. »War der Flieger aus Schanghai pünktlich?«

»Über eine Stunde Verspätung«, knurrte Harry und grinste. Dieses schreckliche Grinsen war in sein Gesicht eingemeißelt, was man auch tat oder sagte, Harry grinste. Im Grunde war er ein unangenehmer Mensch, aber sein Vater schwor auf ihn.

Beruhigt darüber, dass Mr Ming noch nicht sehr lange im Haus war, steuerte Michael das Büro seines Vaters an. Er klopfte kurz an die Tür und trat ein. Der Raum war von einem besonders warmen gelbroten Licht durchflutet, das den Eindruck erweckte, als ginge gerade die Sonne unter. Für diesen Effekt hatte Rudolf extra einen Beleuchtungsspezialisten aus München kommen lassen und diesen Aufwand nicht ohne Grund betrieben, denn hier in seinem Büro befand sich etwas, woran wahrhaftig sein Herz hing und worauf er unendlich stolz war: seine Picasso-Sammlung.

Rudolf war schon immer ein leidenschaftlicher Picasso-Liebhaber gewesen; oder besser gesagt, er war es seit dem Tag, an dem er – angeblich – Anfang der Sechzigerjahre Picasso höchstpersönlich auf einer Party an der Côte d'Azur kennengelernt hatte. So zumindest erzählte er es gern, doch Michael und seine Mutter bezweifelten das stark. In dieser Beziehung durfte man Rudolf nicht unbedingt alles glauben.

Glauben durfte man ihm aber, dass die drei Picasso-Bilder an den Wänden seines Büros sowie die fünf Zeichnungen und die zwei Skizzen Originale waren. Sie stammten aus Picassos Nachlass und gehörten zu den vielen unbekannten Werken, die nach seinem Tod auf seinem Schloss in Südfrankreich gefunden wurden. Allein aus diesem Grund waren sie überhaupt nur bezahlbar gewesen. Den *Jungen mit Pfeife*, der vor ein paar Jahren in New York für hundertvier Millionen Dollar versteigert worden war, hätte Rudolf sich nicht leisten können.

Michael begrüßte Mr Ming, den kleinen, ewig lächelnden Chinesen, der gerade *Jacqueline mit Hut* bewunderte, das Lieblingsbild seines Vaters, und sich von Rudolf erzählen ließ, wie er es vor vielen Jahren bei Sotheby's in Paris Heinz Berggruen vor der Nase weggeschnappt hatte. Auch für den Wahrheitsgehalt dieser Geschichte hätte Michael nicht die Hand ins Feuer gelegt.

Mr Ming jedenfalls war wieder einmal tief beeindruckt. So wie jedes Mal. Er hatte die Geschichte schon so oft gehört und kannte das Bild in allen Details, doch tat er Rudolf immer den Gefallen, beides aufs Neue zu bestaunen.

»Haben Sie schon gehört, dass die Tests für Strycon abgeschlossen sind?«, fragte Michael den Gast.

Mr Ming nickte. »Darüber bin ich sehr erfreut, und Ihr Vater meinte, wir werden noch vor den Schweizern mit Strycon auf den Markt gehen können.« Er sprach gutes Deutsch, nur mit einem leichten Akzent, da er die ersten zehn Jahre seines Lebens mit seinen Eltern in Hamburg verbracht hatte.

»Das ist richtig«, bestätigte Michael. »Das wird uns ein riesiges Umsatzplus bescheren.«

»Das höre ich gern«, sagte Mr Ming. Dann nahm er das Glas mit dem teuren Cognac, das Rudolf ihm reichte, und meinte: »Jetzt, da die Chinesen am liebsten essen und trinken, was aus dem Westen kommt, brauchen sie auch ihre Medizin für den Magen.«

Michael und sein Vater lachten.

»Trinken wir auf Strycon«, rief Rudolf gut gelaunt.

»Und darauf, dass wir die Ersten sind«, fügte Mr Ming hinzu und trank sein Glas mit einem einzigen Schluck leer.

*

Nachdem der Gast verabschiedet war, ging Michael die Treppe hinauf in sein Zimmer. Er bewohnte noch immer sein Jugendzimmer, obwohl es am Haus einen Anbau gab, der nur darauf wartete, von ihm bezogen zu werden. Da dieser für ihn alleine aber zu groß war, hatte er sich entschieden, weiterhin in seinem Zimmer zu leben, zumal hier alles war, was er brauchte – seine Bücher, sein Schreibtisch und der Blick auf den See, der ihn jedes Mal inspirierte, wenn er seinem Hobby nachging: dem Schreiben. Dann saß er an seinem Laptop und schaute über die alte Trauerweide hinweg aufs Wasser, während in seinem Kopf die Ideen sprudelten. Leider hatte er zum Schreiben viel zu wenig Zeit.

Er zog seinen Anzug aus, hängte ihn ordentlich auf einen Bügel, ging ins Bad und warf das Hemd in einen Wäscheschacht. Auf diese Weise gelangte es direkt in die Waschküche, wo es, spätestens am nächsten Morgen, von guten Geistern in Empfang genommen wurde.

In einem flauschigen, frisch duftenden Bademantel ging er zurück ins Wohnzimmer und setzte sich auf das Sofa vor dem Kamin. Das Feuer darin war nicht echt und tanzte auf einer keramischen Hightech-Holznachbildung, doch es knisterte leise und verbreitete eine wohlige Wärme, ohne dabei Asche oder Qualm zu produzieren. Moderne Technik war etwas Faszinierendes.

Schläfrig legte er die Beine auf einen Hocker. Erst jetzt merkte er, wie müde er war. Kein Wunder. Er hatte in der letzten Nacht kaum geschlafen, weil er fortwährend an Lisa denken musste. So viel hatte er über die angeblichen Schmetterlinge im Bauch schon gelesen, gespürt aber hatte er sie noch nie – jetzt zum ersten Mal. Ein wirklich schönes Gefühl.

Er schloss die Augen und träumte davon, ihren Mund zu küssen und ihre süßen kleinen Brüste zu berühren. Dabei schlief er tief und fest ein.

5

Lisa stieg in Starnberg aus der S-Bahn und wickelte sich den langen Wollschal enger um den Hals. Es war bitterkalt und wurde überhaupt nicht richtig hell. Die dicken, dunklen Wolken am Himmel gaben der Sonne keine Chance.

Sie zog die Handschuhe an und lief los. Ihr blieb nur wenig Zeit, und sie musste sich beeilen, denn um zwölf Uhr würde Michael Westphal sie von ihrem Appartement abholen.

Deshalb beschleunigte sie ihren Schritt und wurde immer aufgeregter, je näher sie ihrem Ziel kam. Als die ersten Einfamilienhäuser der Neubausiedlung vor ihr auftauchten, schlug ihr Herz bis zum Hals. Würde Frau Berger sie auch heute wieder abweisen? Sie hoffte, dieses Mal die Gelegenheit zu bekommen, mit ihr zu sprechen.

Sie ging an den Vorgärten der hübschen Häuser vorbei. Blumen mit weißen, glockenförmigen Blüten lugten aus der teilweise noch schneebedeckten Erde. Es musste schön sein, hier zu leben, wo jede Familie ein eigenes Heim hatte, wo es Gärten und Spielplätze gab und Mütter ihre Einkäufe nach Hause trugen, um ihren Kindern das Essen zu kochen. Sie hätte viel dafür gegeben, so aufzuwachsen.

Sie bog nach links ab. Sie kannte ihr Ziel gut. Es war das weiße Haus am Ende der Straße. Unzählige Male hatte sie schon davorgestanden, wurde aber nie hineingelassen.

Bevor sie durch das Gartentor ging, blieb sie stehen und atmete tief durch. Dann lief sie auf die Eingangstür zu und drückte entschlossen den Klingelknopf.

Ilona Berger öffnete. Bei Lisas Anblick verfinsterte sich ihr Gesicht, und sie wollte die Tür sofort wieder zuschlagen, doch Lisa stellte blitzschnell ihren Fuß dazwischen.

»Lassen Sie uns miteinander reden«, flehte Lisa sie an und versuchte, Blickkontakt zu ihr aufzunehmen.

Frau Berger aber sah zu Boden und schlug heftig die Tür gegen Lisas Fuß.

»Wir müssen miteinander reden«, rief Lisa eindringlich.

Ilona Berger starrte sie an. Angst stand in ihren Augen.

»Es gibt nichts zu bereden«, sagte sie schroff. »Nehmen Sie den Fuß aus der Tür, sonst rufe ich die Polizei.«

Das Zittern in ihrer Stimme und die Verzweiflung darin waren Lisa nicht entgangen.

»Gehen Sie«, keuchte Frau Berger. Dann rammte sie mit einer solchen Wucht die Tür gegen Lisas Fuß, dass diese ihn schmerzerfüllt zurückzog. Die Tür knallte zu. Lisa klingelte erneut. Vergeblich. Die Tür blieb geschlossen.

Sie stellte sich auf die gegenüberliegende Straßenseite. Von dort aus konnte sie das Küchenfenster einsehen, hinter dem Ilona Berger jetzt stand und zu ihr herübersah.

Fast eine Ewigkeit blickten die beiden Frauen sich an, nur getrennt durch die Straße und das Fenster. Lisa schöpfte neue Hoffnung.

Es begann zu schneien. Der feuchte Schneeregen durchnässte ihre Jacke, und die Kälte kroch durch ihre dünnen Stiefel hindurch. Lisa aber rührte sich nicht vom Fleck, bis an dem Küchenfenster demonstrativ die Gardinen zugezogen wurden.

Daraufhin ging sie. Doch sie würde wiederkommen, so oft, bis sie ihr Ziel erreicht hatte.

6

Michael stand im Büro seines Vaters und sah genervt zur Uhr. Es war Viertel vor zwölf. Er hätte längst weg sein müssen, doch die Standpauke seines Vaters nahm kein Ende. Geplagt vom schlechten Gewissen, ließ Michael sie über sich ergehen.

»Ausgerechnet wenn Mr Ming da ist, will mein Sohn sich freinehmen«, schnaubte Rudolf wütend. »Das kann doch nicht dein Ernst sein!«

Michael versuchte zu protestieren. »Aber du kannst doch mit Mr Ming auch allein zu Doktor Kolberg in die Klinik fahren.«

»Und ob ich das kann«, pfiff sein Vater ihn an. »Aber Strycon ist dein Projekt, und deshalb solltest du anwesend sein, wenn wir die Testergebnisse präsentieren.«

Natürlich hatte sein Vater recht, und unter normalen Umständen würde er diesen Termin niemals versäumen. Doch ihm blieb nur eine einzige Woche, um Lisas Herz zu erobern, und deshalb war er hin- und hergerissen. Wie sollte sich Lisa in ihn verlieben, wenn er nicht mit ihr zusammen war? Und dass sie sich in ihn verliebte, hatte in dieser Woche absolute Priorität. Fünf Tage blieben ihm dafür, ganze einhundertzwanzig Stunden, das war nicht viel. Er musste sich mit Lisa treffen. Mr Ming hätte dafür bestimmt Verständnis, sein Vater jedenfalls hatte es nicht.

»Bitte, Papa! Dieser Termin ist mir wirklich wichtig.« Er hasste es, sich ständig rechtfertigen und entschuldigen zu müssen – egal, ob er in den Urlaub fahren oder sich mit einer Frau treffen wollte. Manchmal wünschte er sich, ein ganz normaler Angestellter zu sein, der seinen Job jederzeit kündigen könnte.

»Unsinn«, rief Rudolf aufgebracht. »Was gibt es denn Wichtigeres als die Firma? Wäre ich damals mit so wenig Engagement ans Werk gegangen wie du, wären wir heute pleite.«

Michael zwang sich zur Ruhe. Es war sinnlos, mit seinem Vater zu diskutieren. Er war unsensibel und würde ihm noch vorschlagen, sich nur dann mit einer Frau zu treffen, wenn nicht so viel zu tun wäre.

Zwölf Uhr! So ein Mist, dachte Michael. Er hatte nicht einmal eine Telefonnummer, unter der er Lisa anrufen und seine Verspätung mitteilen konnte. Er musste jetzt gehen.

»Ich kann meinen Termin nicht verschieben und will es auch nicht«, sagte er entschlossen und fügte hinzu: »Es geht um eine Frau. Aber ich erwarte natürlich nicht, dass du das verstehst.«

»Um eine Frau?«, rief Rudolf entsetzt. »Ich glaube, ich habe mich verhört. Wir schließen gerade eine Produktentwicklung ab, haben den chinesischen Importeur zu Gast, und du hast nichts Besseres zu tun, als dich zu amüsieren! Verschieb deine Frauengeschichten auf Zeiten, in denen wir nicht so viel zu tun haben.«

»Dann werde ich als Junggeselle sterben«, erlaubte Michael sich zu bemerken.

»Sei froh«, knurrte Rudolf, »mit Frauen hat man sowieso nur Ärger, lass dir das von mir gesagt sein.«

»Das würde ich aber gerne selbst herausfinden«, entgegnete Michael, »und deshalb bitte ich dich, heute Nachmittag allein mit Mr Ming zu Dr. Kolberg zu fahren. Die Tests sind abgeschlossen und gut verlaufen. Es ist ein reiner Höflichkeitsbesuch. Bitte, Papa …«

Hatte er auf Entgegenkommen gehofft, war er im Irrtum. Sein Vater war durch nichts zu erweichen. Somit musste Michael sich allein entscheiden, für Lisa oder für Mr Ming. Wie seine Entscheidung ausfiel, stand allerdings von vornherein fest. Deshalb tat er etwas, was er noch nie zuvor getan hatte. Er drehte sich um und ging fort, ließ seinen Vater einfach stehen. Ihm war unwohl dabei, doch er tat es.

»Ich hoffe, sie ist wenigstens aus gutem Hause«, schrie sein Vater ihm wütend und in einer solchen Lautstärke hinterher, dass alle Mitarbeiter in ihren Büros es mit Sicherheit hörten. Seinem Vater war nichts peinlich.

Erhobenen Hauptes marschierte Michael den langen Flur entlang, lief eilig die Treppe hinunter, durch den Empfangsbereich hindurch. Er war sehr erleichtert, als er endlich in seinem Wagen saß.

*

Mit einer halben Stunde Verspätung klopfte er an Lisas Appartement. Als sie kurz darauf öffnete, stammelte er ohne Punkt und Komma all die Entschuldigungen, die er sich während der Fahrt zurechtgelegt hatte – bis er registrierte, dass Lisa im Bademantel, mit nassen Haaren und einem Föhn in der Hand vor ihm stand.

»Ich bin sehr froh, dass du dich verspätet hast«, sagte sie. »Wärst du pünktlich gewesen, hättest du mich aus dem Bett geholt.«

Ihm fiel ein Stein vom Herzen.

»Ich habe verschlafen«, erzählte sie, während sie wieder im Bad verschwand und ihm von dort aus zurief: »Um acht Uhr war ich einmal wach, bin aber dann wieder tief und fest eingeschlafen. Die Zeitverschiebung. Willst du Tee? Nimm dir welchen. Er steht in der Küche.«

»Nein, danke«, rief Michael zurück, setzte sich an den Tisch und starrte den Stapel Umzugskartons an. Es schien, als seien seit gestern Abend noch einige hinzugekommen. Fünf Kisten, in denen Lisa ihr Leben verpackt hatte, oder zumindest das, was sich davon noch in Deutschland befand. Das meiste war bestimmt schon in der Karibik.

Plötzlich stand sie vor ihm.

»Fertig«, sagte sie.

Bei ihrem Anblick blieb ihm fast der Mund offen stehen, so umwerfend sah sie aus. Schon in Jeans und Pullover war sie die schönste Frau der Welt, aber jetzt, in diesem langen, schwarzen Wollkleid und dem Hauch Rot auf ihren Lippen, war sie die Verführung in Person.

»Du siehst toll aus«, sagte er unbeholfen, woraufhin sie den Blick senkte und mit den Fingerspitzen flüchtig den Anhänger ihrer Kette berührte, dieses fein gearbeitete goldene Kreuz.

»Wollen wir gehen?«, fragte sie und zog sich ihre kurze Jacke an.

»Darin wirst du erfrieren«, rief Michael erschrocken.

Sie lächelte unbekümmert. »So schlimm wird es hoffentlich nicht werden, denn ich habe keine andere. Ich konnte mir einfach nicht vorstellen, dass es in Deutschland immer noch so kalt ist. Wenn man jeden Tag dreißig Grad im Schatten hat, vergisst man, wie sich fünf Grad unter null anfühlen.« Sie hängte sich ihre braune Leinentasche schräg über die Schulter, öffnete die Tür und fügte hinzu: »Außerdem wollte ich mir nicht extra einen Mantel kaufen. Schließlich bin ich nur noch ein paar Tage hier. Was soll ich denn in der Karibik damit anfangen?«

*

Zum Mittagessen fuhr Michael mit Lisa in die *Villa am See*, ein kleines, aber feines Restaurant in einem herrschaftlichen Gebäude. Dort konnte man im Musiksalon oder im Kaminzimmer nicht nur exzellent speisen, sondern auch die besondere Atmosphäre genießen.

Im Kaminzimmer, direkt am Fenster, hatte Michael einen Tisch reserviert, weil von hier die Aussicht auf den See am schönsten war. Nur hingen heute leider die dunklen Wolken so tief, dass Wasser und Himmel freudlos und grau wirkten.

Doch Michael malte Lisa in bunten Farben aus, wie schön der See war, wenn die Sonne schien. Er schwärmte ihr so sehr davon vor, dass Lisa kaum dazukam, einen Blick in die Speisekarte zu werfen.

»Sobald die ersten Sonnenstrahlen da sind, lasse ich mein Boot ins Wasser«, erzählte er ihr. »Es ist eine zwölf Meter lange Motoryacht. Sie ist superschnell. Du hättest deinen Spaß daran. Du kannst solche Boote fahren, nicht wahr?« Diese Frage war überflüssig, denn das hatte er in der Karibik gesehen.

Sie nickte. »Ja, das kann ich …«, sagte sie, während sie an ihm vorbei aus dem Fenster starrte, als hätte sie dort einen Geist gesehen. Erstaunt drehte Michael sich um und blickte ebenfalls hinaus, konnte aber nichts Außergewöhnliches entdecken.

Der Kellner kam, um die Bestellung entgegenzunehmen. Da sie sich für Fisch entschieden hatten, empfahl er dazu einen trockenen Riesling.

»Sollen wir ihn probieren?«, fragte Michael.

»Ich trinke keinen Alkohol«, entgegnete Lisa.

Verblüfft sah er sie an und bestellte eine Flasche Wasser. Nachdem der Kellner gegangen war, fragte er irritiert: »Haben wir bei Margerita nicht Cocktails getrunken?«

»Das haben wir«, bestätigte Lisa. »Du mit und ich ohne Alkohol.«

Jetzt erinnerte er sich. In seinem Drink hatte immer ein Schirmchen gesteckt, in ihrem aber nicht. Das war ihm aufgefallen, doch er hatte sich nichts dabei gedacht.

»Dies hier ist wirklich ein schöner Ort zum Leben«, sagte Lisa und fragte: »Wohnst du auf dieser Seite des Sees oder auf der anderen?«

Er freute sich über ihr Interesse und wollte gerade antworten, als einer der Kellner, der an ihrem Tisch vorbeiging, sich bückte und eine Karte vom Boden aufhob.

»Die ist Ihnen heruntergefallen«, sagte der Kellner zu Lisa.

Daraufhin griff sie so blitzschnell nach der Karte, dass Michael nur in letzter Sekunde den Schriftzug *Happy Birthday* erhaschte.

»Hast du heute Geburtstag?«, fragte er neugierig.

»Nein. Heute nicht.« Sie lächelte. »Aber morgen.«

»Du hast morgen Geburtstag? Aber das müssen wir feiern«, rief er überschwänglich, fügte jedoch vorsichtig hinzu: »Natürlich nur, wenn du das möchtest.«

»Sehr gern sogar«, antwortete sie. »Ich würde mich sehr freuen, meinen Geburtstag gemeinsam mit dir zu feiern.« Dann öffnete sie ihre braune Leinentasche und ließ die Karte darin verschwinden. Während Michael sie dabei beobachtete, kam ihm ein eigenartiger Gedanke. Die ganze Zeit über hatte Lisas Tasche ungeöffnet neben ihr auf dem Stuhl gelegen. Wie in aller Welt war die Karte dann auf den Boden gekommen?

»Was überlegst du?«, wollte sie wissen und schaute ihn mit ihren schwarzen Augen verführerisch an. Diese Augen könnten Vulkane zum Ausbruch bringen, dachte Michael nervös und vergaß darüber alles, was ihn gerade beschäftigte.

In Lisas Nähe konnte er nicht mehr klar denken. Außerdem wurde gerade das Essen serviert.

*

Der Nachmittag verging wie im Flug, und als Michael, mit furchtbar schlechtem Gewissen, in die Firma zurückkam, war es bereits neunzehn Uhr. Gehetzt lief er den langen, schmalen Gang entlang, vorbei an unzähligen dunklen, verlassenen Büros. Lediglich der großzügige Bereich der Geschäftsleitung am Ende des Flurs war noch hell erleuchtet, und im Vorzimmer saß, auch um diese Zeit, Frau Meierhöfer an ihrem Schreibtisch.

»Sind sie da drin?«, fragte Michael atemlos und zeigte auf die Bürotür seines Vaters.

Die Meierhöfer schüttelte den Kopf.

»Dann sind sie unten im Labor«, vermutete Michael.

Sie aber schüttelte erneut den Kopf.

»Etwa immer noch bei Kolberg in der Klinik?«

Nun umspielte ein verschmitztes Lächeln Frau Meierhöfers schmalen Mund, und da wusste Michael, dass etwas nicht stimmte.

Fragend sah er sie an, während sie ihm durch einen Wink zu verstehen gab, dass er ein bisschen näher kommen sollte.

Verwundert beugte er sich zu ihr herab.

»Mr Ming hat eine Magen-Darm-Grippe«, flüsterte sie ihm ins Ohr. Dann legte sie sofort den Zeigefinger auf ihren Mund und wies auf Rudolfs Büro.

Sein Vater schien noch da zu sein, weshalb sie im Flüsterton erklärte: »Mr Ming hat vom Arzt zwei Tage strikte Bettruhe verordnet bekommen und eine Diät.«

»Ist das Ihr Ernst?«, fragte Michael ungläubig.

Sie nickte und kicherte leise, als sie hinzufügte: »Es gibt Dinge, die regeln sich einfach von selbst.«

Grinsend ging Michael in sein Büro. Dort ließ er sich in seinen Schreibtischsessel fallen und hätte am liebsten laut gejubelt vor Glück. Da dies aber unmöglich war, ballte er beide Hände zur Faust und richtete seinen Blick dankbar in Richtung Zimmerdecke.

Da hatte ihm jemand von oben geholfen. Eine kleine Magen-Darm-Grippe, und schon waren die Probleme gelöst. Seine Laune stieg im Sekundentakt. Nun konnte er morgen den ganzen Tag mit Lisa verbringen, ohne sich wieder mit seinem Vater streiten zu müssen. Es gab keine bösen Worte, und er musste sich weder rechtfertigen noch entschuldigen.

Er musste sich nur eine tolle Überraschung für ihren Geburtstag ausdenken. Vielleicht fiel ihm etwas Außergewöhnliches ein?

Das Telefon klingelte. Automatisch nahm er ab. Er hatte die Stimme von Frau Meierhöfer erwartet, doch es meldete sich sein Freund Erik. Auch den schickte der Himmel, denn wenn sich jemand mit Frauen auskannte und gute Ideen hatte, dann er.

Deshalb unterbrach Michael ihn auch sofort, als Erik gerade beginnen wollte, von seinen neusten Erlebnissen und Errungenschaften zu berichten. Schade, dass es für Fraueneroberungen keine Pokale gab, so wie für gewonnene Golfturniere. Erik hätte Vitrinen damit füllen können.

»Ich brauche dringend deinen Rat«, sagte Michael. »Also, bitte hör mir zu: Stell dir vor, du lernst eine Frau kennen und verknallst dich unsterblich in sie. Du verknallst dich wie nie zuvor …«

»Oje«, seufzte Erik am anderen Ende.

Michael aber fuhr unbeirrt fort: »Aber ausgerechnet diese Frau will in ein paar Tagen in die Karibik auswandern …«

»Es geht doch nicht etwa um die kleine, süße Tauchlehrerin?«, mutmaßte Erik.

»Genau um die«, sagte Michael. »Ich bin unsterblich in sie verliebt. Das Problem ist nur, dass sie Deutschland verlassen will und hier bereits alles aufgegeben hat.«

»Warum verliebst du dich nicht mal in eine nette Millionärstochter aus München?«, unterbrach Erik ihn.

»Weil ich nette Millionärstöchter langweilig finde«, rief Michael. »Aber darum geht es jetzt nicht. Ich will dich Folgendes fragen: Glaubst du, sie würde ihre Pläne ändern, wenn sie sich auch in mich verliebt?«

»Hhmmm«, machte Erik am anderen Ende. »Das ist schwer zu sagen. Frauen sind ja bekanntlich unberechenbar, und man kriegt sie eigentlich nur rum, wenn man die richtige Basis schafft.«

»Was denn für eine Basis?«, wollte Michael wissen.

Erik stöhnte. »Nun sei doch nicht so begriffsstutzig. Frauen wollen Sicherheit, und das nennen sie dann: die richtige Basis. Du kannst vor einer Frau nackt einen Kopfstand machen, und es passiert gar nichts. Machst du ihr aber einen Heiratsantrag, geht plötzlich alles.«

»Einen Heiratsantrag?«, murmelte Michael.

»Das war nur 'n Spaß, klar!«, polterte Erik, doch Michael hörte ihm nicht mehr zu. Wieso war er nicht selbst auf diese Idee gekommen? Das war die einfachste Lösung.

»Hey, bist du noch da? Ich muss dir noch was erzählen …«, rief Erik.

»Ja, ja …«, entgegnete Michael geistesabwesend, weil sich in seinem Kopf gerade alles überschlug.

Lisa zu heiraten war die Lösung aller Probleme. Auch wenn das verrückt war. Vollkommen verrückt.

»Stell dir vor«, hörte er Erik inzwischen sagen. »Gestern Abend treffe ich den Geschäftsführer von *Sport Hülfinger*, und als ich mich für die Karibikreise bedanke, die wir bei dieser Verlosung gewonnen haben, sagt der tatsächlich zu mir, sie hätten überhaupt keine Karibikreise verlost. Komisch, was?«

Was erzählte Erik denn da?

»Aber wir haben die Reise doch gewonnen«, sagte Michael.

Erik lachte kurz auf. »Stimmt! Es hat sie nur niemand verlost.«

»Und woher kamen die Tickets und Hotelgutscheine?«, fragte Michael irritiert.

»Keine Ahnung«, sagte Erik. »Ich dachte, du hättest vielleicht eine Erklärung dafür.«

Die hatte Michael nicht, und er fand diese Geschichte so verwirrend, dass er sich damit nicht weiter beschäftigen wollte. Er musste sich auf Wichtigeres konzentrieren und sah Lisa schon vor seinem geistigen Auge in einem weißen Brautkleid an seiner Seite vor dem Altar stehen.

Doch erst einmal hatte sie Geburtstag, und ihm war immer noch nichts Passendes eingefallen. »Hast du nicht eine tolle Idee für eine gelungene Geburtstagsüberraschung?«, fragte er Erik.

»Du hörst mir ja gar nicht zu«, entgegnete dieser ärgerlich. »Du stehst ja vollkommen neben dir.«

»Allerdings«, bestätigte Michael.

»Und fantasielos bist du dazu«, schimpfte Erik. »So was ist nun wirklich die leichteste Sache der Welt. Ein Besuch bei Cartier, ein Essen bei Feinkost Käfer und für den Abend eine Suite im Bayrischen Hof. Immer schön romantisch sein, ein bisschen Kohle hinlegen, und du kriegst sie rum.«

Eriks Vorschläge fand Michael indiskutabel, aber mit der Romantik lag er richtig. Ihm musste nur etwas anderes einfallen.

Ohne Rücksicht auf Eriks sensible Seele beendete er das Gespräch und lief hinaus zu Frau Meierhöfer.

»Haben Sie vielleicht irgendeine Idee, wie ich sie am besten zum Geburtstag überraschen kann?«, rief er aufgeregt.

»Mich?«, fragte die Meierhöfer skeptisch und blickte ihn über den Rand ihrer Brille hinweg fragend an.

»Natürlich nicht *Sie*«, verbesserte sich Michael. »Sondern Lisa. Sie hat morgen Geburtstag, und ich möchte etwas Romantisches mit ihr unternehmen. Aber ich weiß nicht, was.«

Frau Meierhöfer schmunzelte. »Machen Sie doch einen Termin beim Juwelier Hofstetter«, schlug sie vor. »Damit liegen Sie bei einer Frau nie verkehrt.«

Er schüttelte unzufrieden den Kopf.

»Oder gehen Sie mit ihr in einen exklusiven Wellness-Tempel. So etwas ist jetzt ganz im Trend. Oder in die Oper und danach in ein Gourmet-Restaurant. Das ist auch sehr schick.«

»Nein, das ist alles nicht das Richtige«, sagte er gequält. »Solcher Schickimicki-Kram passt nicht zu Lisa. Es darf nicht so hochgestochen sein.«

Frau Meierhöfer überlegte. »Wie wär's mit der Hütte?«

»Natürlich!« An die Hütte hatte er überhaupt nicht gedacht. »Frau Meierhöfer, Sie sind ein Schatz!« Er beugte sich quer über den Schreibtisch und drückte ihr übermütig einen Kuss auf die linke Wange. Daraufhin sah sie ihn so erschrocken an, dass er laut lachen musste.

»Dann werde ich mal den Sepp anrufen«, sagte sie und rückte ihre verrutschte Brille zurecht. »Er soll für morgen alles vorbereiten, eine Schlittenfahrt organisieren, den Ofen ordentlich einheizen und ausreichend Champagner kalt stellen.«

»Keinen Champagner!«, rief Michael mit erhobenem Zeigefinger. »Der Sepp soll unten in Kitzbühel ausreichend Tee und Saft besorgen.«

Frau Meierhöfer runzelte erstaunt die Stirn. Dann griff sie zum Telefonhörer und sagte: »Ich werde mich um alles kümmern. Aber Sie fahren jetzt nach Hause und nehmen bitte zwei Kapseln Baldrian.«

Er atmete tief durch. »Meinen Sie, Baldrian hilft?«

»Gegen Ihre Krankheit wahrscheinlich nicht«, antwortete Frau Meierhöfer.

*

Zwei schnaubende Pferde zogen den Schlitten durch den Kitzbüheler Winterwald. Riesige Schneehügel hatten sich entlang der Wege aufgetürmt. Somit waren die Wege nur noch sehr schmal – teilweise sogar gefährlich schmal –, doch der Sepp, vorn auf dem Kutschbock, brachte sie sicher nach oben zur Hütte.

Eingepackt in warme Decken, saß Michael so dicht neben Lisa, dass er sogar den Mut fand, den Arm um sie zu legen. Erst ein wenig zögerlich, doch als sie es geschehen ließ, zog er sie fester an sich heran. Daraufhin drehte sie ihm lächelnd ihr Gesicht zu. Sie schien sich wohlzufühlen, und die Schlittenfahrt gefiel ihr, das machte ihn sehr glücklich.

Es war ein Traumtag. Der Himmel erstrahlte in einem kräftigen Azurblau, und die Schneelandschaft glitzerte in der Wintersonne wie ein weißer Sternenteppich.

Manchmal war es so hell, dass sie die Augen zusammenkneifen mussten, und Michael ärgerte sich, keine Sonnenbrillen mitgenommen zu haben. An dicke Mützen hatte er ebenfalls nicht gedacht.

Aber Lisa schien das egal zu sein. Sie genoss die Fahrt durch die winterlichen Berge, obwohl sie vor Kälte schon ein rotes Gesicht hatte und ihre Hände gefährlich blau aussahen. Sie trug keine Handschuhe und ließ während der Fahrt ihre Finger durch die mit Schnee bedeckten Tannenzweige schweifen.

»So viel Schnee habe ich noch nie gesehen«, rief sie übermütig.

Das erstaunte Michael sehr. War sie im Winter nie in den Bergen gewesen?

»Sieh mal dort vorn …«, rief sie plötzlich und zeigte nach rechts.

Rehe flohen über eine Lichtung in den Wald.

»Hier oben sieht man sehr viel Wild, vor allem in diesem Waldstück«, erklärte er ihr. Das wusste er, weil der Wald bereits zur Hütte gehörte und Sepp, der Haus und Gut verwaltete, sich jeden Winter auch um die Tiere kümmerte.

Der Schlitten bog nach rechts ab und machte vor einer Schranke halt, die Sepp per Hand öffnen musste. Dann steuerten sie direkt auf das Haus zu. Eingebettet in die verschneite Berglandschaft, sah dieses typische Almhaus so schön und idyllisch aus wie ein Postkartenmotiv.

Der Begriff *Hütte* war für das große, rustikale Haus eigentlich eine vollkommen falsche Bezeichnung. Es war früher einmal Teil eines Bergbauernhofes gewesen, der der Familie von Michaels Großmutter gehörte. Viele Generationen lang hatten sie den Hof bewirtschaftet, und wäre der Bruder seiner Großmutter nicht bei einem Jagdunfall ums Leben gekommen, wäre das wahrscheinlich heute auch noch so.

Für Michaels Großmutter aber, die die einzige Erbin war, kam ein Leben auf dem Hof nicht infrage. Außerdem war sie zu diesem Zeitpunkt bereits mit seinem Großvater verheiratet, und der hatte gerade die Firma gegründet. So nutzten sie den Hof nur noch für Wochenendbesuche, und Michael durfte mit seinen Freunden hier oben die Schulferien verbringen. Das gehörte zu seinen schönsten Kindheitserinnerungen.

Allerdings hatte sein Vater inzwischen alles verändert. Nachdem aus der kleinen Firma *Westphal-Pharmazeutika* das internationale Unternehmen *MediCare* geworden war und die Gewinne in die Höhe schnellten, ließ er die Stallungen und die alte Scheune abreißen und das einfache Bauernhaus in ein komfortables Bergdomizil umbauen, das er mit allen Annehmlichkeiten der modernen Welt ausstattete.

Michael hätte gern das Ursprüngliche erhalten und am liebsten den Hof wieder bewirtschaften lassen. Dann hätten eines Tages vielleicht auch seine Kinder all das erfahren können, was er hier oben erlebt hatte.

»Wo sind wir hier?«, fragte Lisa, als der Schlitten am Haus vorfuhr und Sepp ihnen beim Aussteigen half.

»Lass dich überraschen«, zwinkerte Michael ihr zu, während er die Eichentür mit den kunstvollen Schnitzereien aufschloss. Sie betraten das Haus, und es strömte ihnen wohlige Wärme entgegen.

Trotz der exklusiven Einrichtung strahlte der Ort viel Gemütlichkeit aus. Dafür sorgten die dunkelbraunen Holzbalken an der Decke und der Kachelofen in der guten Stube, der im Original erhalten geblieben war. Und natürlich auch die dicken Teppiche, die Landhausmöbel und die weiß-rot karierten Vorhänge an den Fenstern.

Sepp und seine Frau hatten für Michaels Besuch alles perfekt hergerichtet. Der Ofen war glühend heiß, und auf dem Tisch zwischen den zwei weißen Sofas stand eine Geburtstagstorte, auf die mit bunten Buchstaben aus Zuckerguss *Happy Birthday* geschrieben war.

»Ich geh dann jetzt«, sagte Sepp, der mit seiner Mütze in der Hand im Eingangsbereich stehen geblieben war.

Michael bedankte sich bei ihm.

»Keine Ursache«, brummte er. »Meine Frau hat Ihnen Käsespätzle gemacht, die brauchen Sie nur noch in den Ofen zu schieben. Und denken Sie daran, dass es heute Nacht einen kräftigen Sturm geben wird. Der Himmel sieht außerdem nach Schnee aus. Wenn Sie wieder runter wollen, dürfen Sie nicht zu lange warten.«

»Kommen wir mit dem Jeep über die Bergstraße?«, erkundigte sich Michael.

»Nur bis zum Huber-Hof«, sagte Sepp. »Danach ist gesperrt. Aber der Huber Josef bringt Sie mit dem Schlitten runter. Ich habe schon mit ihm gesprochen.«

Michael nickte. Nachdem Sepp gegangen war, nahm er Lisa, die sich am Ofen wärmte, in den Arm.

»Ist dir kalt?«, fragte er.

»Ein wenig«, antwortete sie.

Er küsste sie zärtlich auf die Stirn.

»Herzlichen Glückwunsch zum zwanzigsten Geburtstag. Leider habe ich kein Geschenk für dich. Aber es musste alles so schnell gehen, und ich bin in solchen Dingen nicht der Einfallsreichste.«

Sie legte den Zeigefinger auf seinen Mund.

»Pssst«, machte sie. »So etwas darfst du nicht sagen. Du hast das alles für mich organisiert. Ein schöneres Geschenk hättest du mir nicht machen können.«

Ihre Augen funkelten ihn an, und ihr Blick schien zu sagen: Nun küss mich schon. Deshalb nahm er all seinen Mut zusammen, zog sie an sich heran und tat das, was er schon lange hatte tun wollen. Er küsste sie. Erst sehr vorsichtig und abwartend, doch als sie seine Küsse erwiderte und ihren Körper eng an seinen schmiegte, wurde er immer leidenschaftlicher.

Trotzdem aber sollte er bei Verstand bleiben. Sie waren eben erst gekommen. Jetzt sofort mit ihr zu schlafen sah so aus, als hätte er es nur darauf angelegt. Bestimmt ging ihr das alles viel zu schnell. Er wollte nichts kaputt machen.

Lisa allerdings schienen solche Gedanken nicht zu quälen, denn sie hörte nicht auf, ihn zu küssen. Im Gegenteil. Ihre Küsse wurden immer intensiver und fordernder.

Sie will es, dachte er erregt, sie will es jetzt und sofort.

Daraufhin warf er alle seine Bedenken über Bord und gab seiner Begierde endgültig nach. Er ließ seine Hände an ihrem Körper hinabgleiten und begann, sie unter ihrem Pullover zu streicheln. Ihre Brüste fühlten sich weich an – unendlich weich –, und als sie seine Hose öffnete, raunte er ihr mit rauer Stimme ins Ohr: »Wollen wir nach oben gehen?«

Sie lächelte zustimmend. Nun gab es kein Zurück mehr, und er hatte nur noch einen einzigen Wunsch, sie zu spüren und sich in ihr zu verlieren.

*

Danach hätte Michael der glücklichste Mann der Welt sein müssen. Doch es gab etwas, das ihn nachdenklich stimmte. Der Sex war leidenschaftlich und lustvoll gewesen, und trotzdem hatte er eine eigenartige Distanz gespürt. Es hatte die Zärtlichkeit und die Wärme gefehlt. Vielleicht erwartete er beim ersten Mal auch zu viel. Lisa gab sich zwar locker und ungezwungen, doch im Grunde war sie verschlossen und zurückhaltend, das hatte er bereits bemerkt. Sie gab nur wenig von sich preis und sprach kaum über sich selbst oder ihre Familie – auch heute an ihrem Geburtstag nicht. Ihr Inneres war wie in einen Kokon eingesponnen, den er erst durchdringen musste.

Sie hatten sich kuschelige Bademäntel angezogen und waren nach unten gegangen, um die Torte anzuschneiden. Michael hatte Tee aufgegossen und ließ ihn in einer weißen Porzellankanne kurz ziehen, während Lisa es sich auf einem der Sofas gemütlich machte.

»Kommst du oft hierher?«, wollte sie wissen.

»Heute nicht mehr«, antwortete er, »aber früher, als Kind, war ich oft hier.« Er erzählte ihr von seinen Kindheitserinnerungen, von dem alten Bauernhof, den Tieren, der Käserei und davon, wie sehr er es geliebt hatte, im Sommer wochenlang hier oben in der freien Natur zu sein. Dann sagte er wehmütig: »Den Bergbauernhof gibt es ja nun leider nicht mehr.«

»Warum habt ihr den Hof nicht erhalten?«, fragte Lisa.

Michael lachte kurz auf. »Weil ein Bergbauernhof nicht repräsentativ genug ist, das findet zumindest mein Vater. Seitdem er die Firma groß gemacht und viel Geld verdient hat, will er der Welt ständig zeigen, was er sich leisten kann.«

»Was habt ihr denn für eine Firma?«, fragte sie weiter.

Daraufhin erzählte er von MediCare, und Lisa hörte aufmerksam zu. Sie wollte alles erfahren über die einstige Westphal-Pharmazeutika, wann sein Vater daraus MediCare gemacht hatte, auf welchen Märkten sie heute tätig waren und welche Aufgaben Michael im Unternehmen hatte. Er freute sich über ihr Interesse an der Firma und seiner Familie, doch es war ihr Geburtstag, und es wurde Zeit, die Torte anzuschneiden.

»Dazu brauchen wir ein Messer«, sagte Lisa.

Er stand auf, holte eines aus der Küche und brachte auch Streichhölzer mit, um die Kerzen auf der Torte anzuzünden.

»Die musst du jetzt auspusten und dir etwas dabei wünschen«, sagte er.

»Und das geht dann in Erfüllung?«

»Ganz sicher!« Er nickte. »Nur die Wartezeit variiert. Die kleinen Wünsche werden sofort erfüllt …«

»Und was ist mit den großen?«, fiel sie ihm ins Wort und sah ihn erwartungsvoll an.

Er tat so, als würde er überlegen, und sagte nach einer Weile: »Manchmal werden die auch recht schnell erfüllt, vielleicht sogar schneller, als man glaubt.«

»Also gut.« Sie holte tief Luft und pustete so lange, bis auch die letzte Kerze erloschen war. Dann schnitt sie die Torte in einzelne Stücke und legte jedem eines davon auf den Teller. Dabei stellte sie fest, dass dies die wunderbarste Geburtstagstorte ihres Lebens sei.

Das machte ihn stutzig, weil die Torte zwar hübsch, aber eigentlich nichts Besonderes war. Er dachte an die Torten, die seine Mutter für ihn gebacken hatte, wenn Familie und Freunde zu seinem Geburtstag kamen. Hatte Lisa kein schönes Familienleben gehabt? Keine behütete Kindheit, so wie er sie erlebt hatte? Sie erzählte nichts. Ihm fiel nur auf, dass niemand bei ihr anrief, obwohl es ihr Geburtstag war und sie ihr Handy dabeihatte.

Um wenigstens ein bisschen was zu erfahren, sagte er: »Jetzt habe ich so viel von mir geredet. Erzähl mir ein wenig von dir und von deiner Familie.«

»Da gibt es nichts zu erzählen«, erwiderte sie schnell in einem abweisenden, kühlen Ton. »Meine Eltern sind tot.«

»Oh«, sagte er bestürzt und fragte behutsam: »Wie kamen sie ums Leben?«

»Bei einem Autounfall.«

»Wie lange ist das her?«

»Zehn Jahre.«

»Hast du noch Geschwister?«

»Nein.«

»Wer hat sich danach um dich gekümmert?«

»Lass uns über etwas anderes reden«, sagte sie.

Ihre Halsschlagader pochte so stark, dass er es sehen konnte. Er durfte sie nicht weiter mit seinen Fragen quälen, auch wenn er gern mehr erfahren hätte. Sein Großvater, der ein weiser Mann gewesen war, pflegte immer zu sagen: Die Vergangenheit eines Menschen ist das Gefäß, das ihn zu dem geformt hat, was er ist. Für Lisa aber war es eindeutig zu früh, ihm ihre Vergangenheit anzuvertrauen.

Er stand auf, legte ein paar Holzscheite in den Ofen und ging zum Fenster. Draußen war es dunkel geworden, der Wind pfiff ums Haus, und es hatte angefangen zu schneien.

»Ich glaube, Sepp hatte recht«, sagte er. »Es wird einen Schneesturm geben. Komm her, und schau dir das Chaos da draußen an.«

Sie kam zu ihm. Er legte seinen Arm um ihre Schultern, und im Licht einer Außenlaterne beobachteten sie, wie der Wind den Schnee vor sich herpeitschte, während im Ofen das Feuer knisterte und eine kuschelige Wärme verbreitete.

»Ich fürchte, wir kommen heute Abend hier nicht mehr weg«, sagte Michael.

Skeptisch sah sie ihn an. »Gib zu, dass du den Sturm bestellt hast.«

Er lächelte verschmitzt. »Du hast mich ertappt! Trotzdem müssen wir heute Nacht hierbleiben. Bist du darüber sehr traurig?«

Sie schmiegte sich enger in seinen Arm und sagte leise: »Es hätte uns Schlimmeres passieren können.«

7

Mitten in der Nacht wachte Lisa schweißgebadet auf. Ihr Herz raste, und sie bekam keine Luft mehr. Sie glaubte, jeden Moment ersticken zu müssen.

Sie schlug die Decke zurück und setzte sich auf den Bettrand. Es war stockdunkel. Sie wusste nicht, wo sie war. Was war geschehen?

Sie hatte geträumt, und obwohl sie jetzt wach war, gelang es ihr nicht, die Traumwelt zu verlassen und den dichten Nebeln des Unterbewusstseins zu entfliehen. Immer wieder wurde sie zurückgezogen, der Traum gab ihre Gedanken nicht frei.

Sie stand auf und spürte etwas an ihren Füßen. Es war der Bademantel. Sie zog ihn an und tastete sich am Bett entlang nach draußen. Dort fand sie einen Lichtschalter. Es wurde hell. Trotzdem konnte sie sich immer noch nicht erinnern, wo sie war. Sie rang nach Luft, umklammerte das Treppengeländer und stolperte die Stufen hinunter.

Die Bilder des Traums verfolgten sie: die Geburtstagsfeier und die Puppe. Wo war die Puppe jetzt? Wieso hatte sie einen Blutfleck auf ihrem weißen Kleid?

Das Herz schlug so hart gegen ihren Brustkorb, dass es wehtat. Sie brauchte Luft – dringend Luft! Sie riss die Eingangstür auf und lief in die Nacht hinaus.

Draußen war es finster, und der Sturm pfiff bedrohlich durch die hohen Tannen. Es war unheimlich und bitterkalt. Sie zitterte am ganzen Körper. Niemals könnte sie in diesem kalten, unheimlichen Land leben.

Sie schrie. Schrie, so laut sie konnte, doch ihr Schrei ging im Sturm unter. Dann sank sie weinend in den Schnee.

Erst einige Minuten später, als sie durch die Kälte wieder zu sich kam, wurde ihr bewusst, dass sie barfuß war und nur einen Bademantel trug. Sie lief ins Haus zurück, schloss die Tür und lehnte sich erschöpft dagegen. Langsam erwärmte sich ihr Körper, ihr Herzschlag beruhigte sich, sie bekam wieder Luft und begann sich zu erinnern.

Es war die Nacht des dritten April. Sie war mit Michael Westphal in einem Haus in den Bergen. Und in diesem Augenblick hörte sie ihn von oben ihren Namen rufen.

8

»Wer bitte ist Lisa?« Entsetzt starrte sein Vater ihn an.

Michael holte tief Luft. »Die Frau, wegen der ich heute Morgen nicht an deinem kurzfristig anberaumten Meeting teilgenommen habe.«

»Wahrlich unfassbar«, murmelte Rudolf, noch immer sichtlich verärgert, und fragte: »Wer ist nun also diese Lisa? Du willst mir und deiner Mutter diese junge Dame vorstellen, ohne bisher ein einziges Mal ihren Namen erwähnt zu haben? Wie lange bist du mit ihr schon zusammen? Woher kennst du sie? Was weiß man über ihre Familie? Was macht ihr Vater? Raus mit der Sprache.«

Michael bemühte sich, ruhig und gelassen zu bleiben. Er wusste, dass Lisa bei seinem Vater chancenlos war, da sie nichts von all dem vorzuweisen hatte, was Rudolf sich von seiner zukünftigen Schwiegertochter wünschte.

»Kennt man ihre Familie nun oder nicht?«, fragte Rudolf barsch.

»Nein«, erwiderte Michael gereizt. Bei diesen Fragen konnte er keine Ruhe bewahren. »Ihre Eltern sind vor vielen Jahren verstorben. Und ein Vermögen hat sie auch nicht geerbt. Wie du siehst, ist sie einfach nur eine ganz normale Frau. Aber vielleicht könntest du trotzdem ein wenig nett zu ihr sein, wenn sie heute Abend zu uns zum Essen kommt.«

Rudolf räusperte sich ärgerlich. »Eine junge Dame zu uns nach Hause einzuladen, ohne mit mir oder deiner Mutter vorher zu sprechen, ist ziemlich dreist.«

»Ich habe mit Mama gesprochen«, sagte Michael. »Und ich erwarte kein Galadiner. Ich will einfach nur, dass ihr Lisa kennenlernt und sie euch.«

»Wieso soll sie uns kennenlernen?«, fragte sein Vater schroff. »Willst du sie heiraten oder was?«

»Vielleicht«, gab Michael trotzig zurück.

Sein Vater schaute ihn fassungslos an. Bevor er jedoch etwas erwidern konnte, klopfte es an Michaels Bürotür, und kurz darauf stand Martin Schuster im Raum.

»Oh, Entschuldigung«, stammelte der junge Chemiker, als er den entgeistert dreinschauenden Seniorchef erblickte.

Der maßregelte ihn auch sofort. »Wie kommen Sie dazu, hier einfach so hereinzuplatzen? Wird hier niemand mehr angemeldet? Wo ist denn Frau Meierhöfer?«

Herr Schuster zuckte zaghaft mit den Schultern. »Das weiß ich nicht«, sagte er und drehte sich suchend um. »Es ist keiner da. Aber ich habe für vierzehn Uhr einen Termin mit Ihrem Sohn.«

»Das ist schon in Ordnung«, rief Michael ihm zu. »Kommen Sie herein, Herr Schuster. Mein Vater und ich waren gerade fertig.«

»So, waren wir das?«, brummte Rudolf wutschnaubend und sagte beim Hinausgehen zu Herrn Schuster: »Wenn Sie schon einmal da sind, dann informieren Sie meinen Sohn doch auch gleich über das Meeting von heute Morgen. Er hatte ja Besseres zu tun, als daran teilzunehmen.«

Kopfschüttelnd sah Michael seinem Vater nach.

»Was gab es denn in diesem Meeting so Wichtiges zu besprechen?«, fragte er Herrn Schuster, nachdem dieser sich auf einen der schwarzen Lederstühle vor Michaels Schreibtisch gesetzt und eine rote Mappe darauf abgelegt hatte.

»Es ging um die Fabrik, die Ihr Vater in Schanghai bauen möchte. Mr Ming hat Kontakte zu einigen wichtigen Regierungsleuten aufgenommen. Es gibt wohl inzwischen detaillierte Pläne. Ihr Vater meinte, bis Jahresende wird die Fabrik stehen.«

Michael glaubte, sich verhört zu haben. Wieso besprach sein Vater solche Dinge nicht zuerst einmal mit ihm? Ging es darum, rund um die Uhr für die Firma da zu sein, galt er als der zukünftige Geschäftsführer; bei den Entscheidungen für die Zukunft hingegen war Michaels Meinung nicht gefragt.

Manchmal, so überlegte er missmutig, würde er den Job hier am liebsten hinwerfen und seinen eigenen Weg gehen.

Er hing seinen trüben Gedanken nach, während Martin Schuster die Mappe öffnete und verschiedene Testbogen vor Michael auf den Tisch legte. Es waren die Ergebnisse einer zusätzlichen Testreihe, die Michael für das neue Medikament Strycon in Auftrag gegeben hatte.

»Was sagen Sie zu diesen neuen Ergebnissen?«, wollte Martin Schuster wissen. »Ist das nicht ...«, er suchte nach einem Wort, »... eigenartig?«

Michael warf kurz einen Blick auf die Testbögen. Er konnte Herrn Schuster im Moment nicht folgen.

Der Chemiker schien das zu bemerken und fragte: »Haben Sie meine E-Mail nicht gelesen?«

»Ich bin eben erst gekommen«, entschuldigte sich Michael. »Worum geht es? Klären Sie mich auf. Was macht Sie so stutzig?«

»Wenn ich das wüsste«, sagte Herr Schuster und strich sich durchs Haar. »Ich habe die Testbögen auch heute Morgen erst bekommen. Aber irgendetwas stimmt nicht.«

»Dr. Kolberg hat doch alles abgezeichnet«, erwiderte Michael erstaunt. Er verstand nicht, was Herr Schuster meinte.

Geistesabwesend sammelte Martin Schuster die Bogen wieder ein, legte sie zurück in die Mappe und gab diese Michael.

»Ich habe alles für Sie kopiert und möchte Sie bitten, es sich in Ruhe anzuschauen. Ich prüfe auch noch einmal alles gründlich. Wenn mir etwas auffällt, melde ich mich.«

Michael nickte und nahm die rote Mappe entgegen. Nachdem Martin Schuster gegangen war, legte er die Mappe in eine Schreibtischschublade. Er wollte sich in den nächsten Tagen ausgiebig damit beschäftigen. Im Augenblick aber fehlte es ihm an der notwendigen Konzentration. Der bevorstehende Abend, an dem er Lisa seinen Eltern vorstellen würde, bereitete ihm recht viel Kopfzerbrechen.

*

Als Michael mit der Fernbedienung das schmiedeeiserne Tor öffnete und den mit Laternen beleuchteten Kiesweg zur Villa entlangfuhr, wurde Lisa plötzlich ganz still. Sie hatte schon während der gesamten Autofahrt sehr wenig gesprochen und wirkte hoch konzentriert. Erstaunlicherweise aber ausgesprochen ruhig und überhaupt nicht aufgeregt. Trotzdem glaubte Michael, dass sich hinter dieser scheinbaren Ruhe eine unglaubliche Nervosität verbarg.

Oder ging ihr im Kopf herum, was er eben über seinen Vater erzählt hatte?

Er parkte den Wagen direkt vor dem Haus. Als er Lisa beim Aussteigen half, bemerkte er, dass ihre Hand eiskalt war. Sie war also doch aufgeregt. Das wäre er an ihrer Stelle auch. Gerade als er ihr ein paar liebevolle, beruhigende Worte sagen wollte, wurde bereits die Haustür geöffnet. Natürlich weder von seinem Vater, der niemals selbst zur Tür ging, noch von seiner Mutter, die das bei offiziellen Anlässen auch nicht durfte, sondern von Frau Beckstein, der Haushälterin. Die musste, wenn Gäste kamen, länger bleiben, damit sein Vater zeigen konnte, dass er Hauspersonal hatte.

Sie traten in den geräumigen Empfangsbereich. Weiße Garderobenschränke, Sideboards und Spiegel ließen die Eleganz erahnen, mit der Hilde Westphal die Villa eingerichtet hatte.

Wie erwartet war von seinen Eltern weit und breit keine Spur. Dass seine Mutter sich nicht freiwillig so verhielt, wusste Michael. Es war die Art seines Vaters, seine Geringschätzung gegenüber Lisa zum Ausdruck zu bringen, obwohl er sie nicht einmal kannte. Doch sie kam aus keiner angesehenen Familie und besaß kein Vermögen, was genügte, sie als Schwiegertochter abzulehnen. Darüber ärgerte sich Michael maßlos.

Bemüht, sich seinen Missmut nicht anmerken zu lassen, lächelte er Lisa zu, während er ihr den Mantel abnahm. Dabei fiel ihm auf, dass sie heute Abend einen langen, schwarzen Mantel aus feinstem Wollstoff trug. Das verwunderte ihn, weil sie neulich keinen besessen hatte und sich auch keinen mehr hatte kaufen wollen. Dieser hier wirkte aber neu und war ein teures Designerstück, was er am Etikett erkannte. Überhaupt sah Lisa heute Abend aus wie eine vollendete Dame. Sie trug ein auberginefarbenes Kostüm mit knielangem Rock, schwarze Stiefel, ihr Gesicht war dezent geschminkt, und die Haare hatte sie kunstvoll nach oben gesteckt.

Der Erste, der sich von der Familie blicken ließ, war Yakko. Der schwarze Labrador strebte auf Lisa zu, beschnupperte sie ausgiebig, trottete dann zu Michael und ließ sich von ihm den Kopf kraulen.

»Das ist typisch für ihn«, erklärte Michael ihr. »Er ist Fremden gegenüber sehr zurückhaltend. Das hat er so von meinem Vater gelernt.«

»Und das ist auch gut so«, ertönte plötzlich Rudolfs Stimme.

Michael drehte sich um. Arm in Arm kamen seine Eltern wie ein verliebtes Pärchen auf ihn zu. Diesen Eindruck wollte Rudolf unbedingt vermitteln. Hauptsache, die Fassade stimmte. Ob Hilde wirklich glücklich war, spielte dabei eine unwesentliche Rolle. Sie hatte glücklich zu sein, wenn *er* das anordnete.

Ruckartig befreite sich Hilde aus Rudolfs Umarmung und ging in ihrer offenen Art direkt auf Lisa zu.

»Herzlich willkommen in unserem Haus«, sagte sie.

Zum ersten Mal an diesem Abend trat ein halbwegs gelöstes Lächeln in Lisas Gesicht. Dafür war Michael seiner Mutter sehr dankbar.

Sein Vater hingegen verzog keine Miene, als er Lisa die Hand gab. Allerdings fiel Michael auf, dass er sie von oben bis unten musterte, und seine Mimik verriet ein gnädiges Urteil.

Sie hatte ihn so charmant begrüßt, dass auch bei dem Senior das Eis bereits zu schmelzen schien. Sie wirkte sehr sicher und selbstbewusst, sah unglaublich gut aus. Wäre sie eine Millionenerbin, der alte Griesgram würde ihr glatt zu Füßen liegen.

»Wollen wir im Wohnzimmer einen kleinen Aperitif nehmen?«, fragte Hilde.

»Unsinn«, rief Rudolf. »Ich denke, das Essen ist fertig. Ich habe Hunger.«

»Natürlich«, erwiderte Hilde sanft und lächelte in die Runde.

Die Fassade vom ewig verliebten Pärchen und der vollkommenen Harmonie begann bereits abzublättern.

Sie gingen ins Esszimmer. Alles in diesem Raum passte perfekt zueinander, die polierten Kirschholzmöbel zu den beigen Teppichen, die champagnerfarbenen Damastgardinen zu den Stuhlkissen und die wiederum zu der Tapete in zarten Terrakottatönen. Mit dieser Liebe zum Detail hatte Hilde auch den Tisch gedeckt und wie Michael feststellte, das beste Geschirr aus dem Schrank geholt. Das tat sie nur für ganz besondere Anlässe. Er zwinkerte ihr zu. Seine Mutter sah ihn liebevoll an.

Inzwischen kümmerte Rudolf sich um den Wein. Das gehörte zu seinen Lieblingsbeschäftigungen, denn er bezeichnete sich selbst als großen Weinspezialisten und war stolz darauf, seine Rotweine aus Saint-Émilion und die Weißen von der Loire kommen zu lassen.

»Ich hoffe, Sie mögen einen fruchtigen Sancerre«, wandte er sich an Lisa und schwärmte ihr davon vor, bis sie freundlich erwiderte: »Ich trinke keinen Alkohol.«

Rudolf hielt inne. »Überhaupt keinen?«

»Nein«, sagte sie. »Nie.«

Daraufhin brummelte er etwas in sich hinein, was glücklicherweise niemand richtig verstand, weil Hilde ihn sofort übertönte: »Aber das ist doch überhaupt kein

Problem. Wir können Ihnen einen alkoholfreien Cocktail mixen, und wir haben auch verschiedene Säfte im Haus.«

Lisa jedoch bat um ein Glas Wasser.

Während Hilde ihr einschenkte, sagte sie: »Michael hat uns erzählt, dass Sie beide gemeinsam in der Karibik einen Tauchkurs besucht haben.«

»Jetzt bringst du wieder alles durcheinander, Mama«, schimpfte Michael und warf seiner Mutter einen strengen Blick zu. »Ich habe den Tauchkurs gemacht, und Lisa war meine Tauchlehrerin.«

»Sie sind Tauchlehrerin?«, fragte Rudolf pikiert.

»Ja«, sagte Lisa.

»Das ist ein sehr schöner Beruf«, rief Hilde.

»Ich denke, Sie leben in München?«, fragte Rudolf, während er den Weißwein in die dafür bereitgestellten Gläser goss. »Wie können Sie dann in der Karibik Tauchlehrerin sein?«

»Dass ich in München lebe, ist richtig«, erklärte sie ihm. »Aber ich wollte meinen Wohnsitz ganz in die Karibik verlegen, nachdem ich schon drei Monate dort gearbeitet habe.«

»So, so«, knurrte Rudolf. »Als Tauchlehrerin.«

»Ja.« Sie lächelte. »Vorher war ich Yogalehrerin, aber das Tauchen macht mir auch sehr viel Spaß.«

»Yogalehrerin«, rief Hilde entzückt und erzählte von ihrer Freundin Renate, die jede Woche einen Yogakurs besuchte.

»Wann werden Sie denn Ihren Wohnsitz in die Karibik verlegen?«, fragte Rudolf.

»Das weiß sie noch nicht«, antwortete Michael wie aus der Pistole geschossen.

Überrascht sah Lisa ihn an.

»Ach ja«, seufzte Hilde. »Die Karibik muss wirklich wunderschön sein. Weiße Strände, Palmen und das Meer. Ich würde mir das alles gern einmal anschauen.«

»Was willst du denn dort?«, brummte Rudolf. »Den ganzen Tag dasitzen und aufs Wasser schauen kannst du auch hier.«

Sie seufzte leise.

»Mein Mann fährt nicht gern in den Urlaub«, erklärte sie Lisa. »Er mag das nicht. Und Fernreisen macht er erst recht nicht.«

Rudolf räusperte sich als Zeichen dafür, dass Hilde das Thema wechseln sollte. Doch sie überhörte ihn und fuhr fort: »Sie werden es mir nicht glauben, aber ich könnte drohen, ihn zu verlassen …«

Er warf ihr einen entrüsteten Blick zu.

»… selbst dann würde er nicht mit mir in den Urlaub fahren. So ist es doch, nicht wahr, Rudolf?«

»Mag sein«, entgegnete er und wandte sich ebenfalls an Lisa. »Nur verlassen wird meine Frau mich deshalb nicht, denn wie sagte schon Picasso …«, süffisant lächelnd vervollständigte er den Satz, »einen Mann wie mich verlässt man nicht.«

»Trotzdem aber hat Françoise Gilot es getan«, erwiderte Lisa.

Jetzt wurde es still im Esszimmer, und Rudolf zog erstaunt die Augenbrauen nach oben.

Dass Lisa sich mit Picasso auskannte, schien ihn sehr zu überraschen. Allerdings nicht nur ihn. Auch Michael war darüber sehr erstaunt.

»War das 1952?«, fragte Rudolf spitz, um zu testen, wie gut ihr Wissen tatsächlich war.

»Dreiundfünfzig«, antwortete Lisa. »Sie verließ ihn 1953. Nach genau zehn Jahren, und die beiden Kinder nahm sie mit.«

»Sie kennen sich gut aus«, stellte Rudolf fest. »Sie scheinen ein richtiger Picassofan zu sein.«

Sie lachte. »Kein Fan, eher eine Art stille Liebhaberin.«

In Rudolfs Augen blitzte es kurz auf, und er lächelte geheimnisvoll, als er sagte: »Dann werde ich Ihr Herz höherschlagen lassen. Kommen Sie, ich will Ihnen etwas zeigen.«

»Aber Rudolf, doch nicht jetzt«, protestierte Hilde. »Frau Beckstein wird jeden Moment die Suppe bringen.«

»Ich glaube nicht, dass die junge Dame bis nach dem Essen warten will«, erwiderte Rudolf, während er aufstand. Die Vorfreude stand ihm ins Gesicht geschrieben. Endlich gab es wieder einmal jemanden, dem er seine Sammlung präsentieren und seine Geschichten erzählen konnte.

Er bot Lisa seinen Arm an und führte sie in sein Heiligtum. Dort genoss er sichtlich ihr überschwängliches Staunen, und sein Stolz war grenzenlos, als sie ausgerechnet vor seinem Lieblingsbild stehen blieb.

»Das ist ja *Jacqueline mit Hut*!«, rief sie verblüfft. »Sind Sie etwa der Eigentümer?«

»Sie kennen es?«, fragte Rudolf und konnte seine Eitelkeit kaum verbergen.

»Selbstverständlich«, entgegnete Lisa. »Jeder, der sich nur im Geringsten für Picasso interessiert, kennt es. Ich habe es im Katalog von Sotheby's gesehen, es gehört zu den Bildern, die nach Picassos Tod auf Schloss Vauvenargues gefunden wurden.«

»Hut ab«, rief Rudolf zutiefst beeindruckt.

»Soviel ich weiß, haben sich mehrere berühmte Sammler um das Bild gerissen«, sagte Lisa. »Interessierte sich nicht sogar Heinz Berggruen dafür?«

Michael grinste in sich hinein. Damit hatte sie seinen Vaters nun endgültig auf ihrer Seite.

»Ich habe es ihm vor der Nase weggeschnappt«, antwortete Rudolf hämisch.

»Es ist ganz wundervoll«, bestaunte Lisa das Bild und wandte sich dann dem nächsten zu. »Heißt dieses nicht *Picknick am Mont Saint-Victoire*?«

»Wow!«, rief Rudolf. »Sie kennen sich wirklich verdammt gut aus.«

Sie lächelte bescheiden. »Nur weiß ich nicht mehr, wann es gemalt wurde.«

»1958«, erklärte er ihr. »Kurz nachdem Picasso das Schloss Vauvenargues gekauft hat. *Jacqueline mit Hut* entstand vier Jahre später, und das dritte meiner Bilder, *Junge am Meeresstrand*, malte er 1903.«

Dieses betrachtete Lisa gerade. »Es ist sehr hübsch«, sagte sie. »Ich mag die Bilder der rosa Periode sowieso alle sehr gern.«

»Der blauen«, verbesserte Rudolf sie.

»Natürlich!« Sie wirkte verlegen.

Da betrat Hilde das Büro.

»Also wirklich, Rudolf. Nun reicht es«, rief sie erbost. »Frau Beckstein hat schon die Suppe aufgetragen. Es wird ja alles ganz kalt. Vorhin hattest du noch so einen Hunger.«

»Ja, ja. Wir kommen«, unterbrach er sie schroff. Dann bot er Lisa erneut seinen Arm und nickte Michael anerkennend zu, als er mit ihr an ihm vorbeiging.

Michael stand verdutzt im Türrahmen, konnte kaum glauben, was er eben gesehen und gehört hatte. Lisa war eine Picassokennerin, und sein Vater war, nach kaum einer Stunde, völlig fasziniert von ihr – wer hätte das gedacht? Es geschahen tatsächlich noch Zeichen und Wunder.

9

Lisa verschloss die Tür ihres Appartements, zog die Stiefel aus, setzte sich kerzengerade auf den Bettrand und atmete tief durch. Sie hatte heute Abend eine große Hürde genommen und war zufrieden mit sich. Bis auf den Zwischenfall in Rudolf Westphals Büro. Wie konnte ihr so ein dummer Fehler unterlaufen!

Sie zog ein dickes Buch unter dem Bett hervor, schlug es auf und ließ die einzelnen Seiten über ihren Daumen gleiten.

Stopp! Da stand es. Schwarz auf weiß und mit Textmarker angestrichen: Picasso hatte seine blaue Periode von 1901 bis 1905, und erst danach begann die rosa Periode.

Wozu hatte sie dieses verdammte Buch auswendig gelernt, wenn sie im entscheidenden Moment die einfachsten Dinge durcheinanderwarf? Wütend knallte sie es wieder zu. Es stand so viel auf dem Spiel. So etwas durfte ihr nie wieder passieren. Wie hatte Yoshitoki zu ihr gesagt: *Jeder kleine Fehler kann das Leben kosten.*

Sie legte sich aufs Bett und schloss die Augen. Sie war so schrecklich müde und wünschte sich so sehr, endlich wieder einmal durchzuschlafen. Eine ganze Nacht, ohne diese verdammten Träume.

Irgendwann, wenn alles getan war, würde ihr das gelingen. Doch bis dahin war es noch ein langer Weg, dessen Gefahren sie nicht unterschätzen durfte.

10

An diesem sonnigen Freitagmorgen war Michael mit seinen Nerven am Ende. Er war so niedergeschlagen, dass er unfähig war, ins Büro zu gehen. Es war bereits neun Uhr, und er saß immer noch zu Hause. Die ganze Nacht schon hatte er sich bittere Vorwürfe gemacht, denn er hatte sein Ziel nicht erreicht. In genau acht Stunden ging Lisas Flieger zurück in die Karibik, und es war ihm nicht gelungen, sie umzustimmen.

Voller Verzweiflung öffnete er das Fenster. Die Morgensonne spiegelte sich im Wasser, am Himmel zogen gemächlich einige Wolken vorbei, und die milde Luft duftete süß nach Blumen. Der Frühling setzte sich durch. Er vertrieb nun endgültig den Winter, brachte den letzten Schnee zum Schmelzen und die Osterglocken auf der Wiese zum Blühen. Auf der alten Trauerweide hatten die Vögel ihren alten Stammplatz wieder eingenommen und zwitscherten munter vor sich hin.

Im Grunde war das ein Gute-Laune-Wetter. Normalerweise hätte er an einem Tag wie diesem das Boot ins Wasser gelassen und eine Spritztour über den See gemacht. Im Augenblick aber war ihm alles gleichgültig, denn er war einfach nur deprimiert. In acht Stunden würde Lisa zurückfliegen. Ihre Beziehung war damit erledigt.

Aber was hatte er getan, um Lisa zu halten? Nichts! Nicht ein einziges Mal hatte er offen über seine Gefühle gesprochen. Nie war er auf den Punkt gekommen. Nie hatte er den Mut aufgebracht, sie zu fragen, ob sie ihre Pläne für ihn ändern würde. Er war wirklich ein großer Held!

Ein Held? Nein, ganz und gar nicht! Er war ein Idiot. Ein Angsthase. Ein Feigling. Ein Versager. Und zwar ein jämmerlicher. Erik würde ihn auslachen. Aber wie hätte er es auch anstellen sollen? Ihm hatten schlichtweg die Worte gefehlt.

Ausreden, schimpfte seine innere Stimme. Alles nur Ausreden! Was hatte er für überschwängliche Ideen! Sogar einen Heiratsantrag wollte er Lisa machen. Grandios, wie er das umgesetzt hatte. Er sank frustriert in seinen Schreibtischsessel.

Lass sie nicht fliegen – für den Heiratsantrag ist es noch nicht zu spät, hämmerte es plötzlich in seinem Kopf. Aber das war verrückt. Außerdem wusste er gar nicht, ob sie ihn heiraten wollte. *Frag sie doch wenigstens,* meldete sich die innere Stimme erneut.

Er überlegte. Was hatte er schon zu verlieren? War Lisa erst einmal in der Karibik, verlief ihre Beziehung buchstäblich im Sande, und das durfte er nicht zulassen. Deshalb musste er alles versuchen. Nur er musste es schnell tun, sonst war es zu spät.

Skeptisch betrachtete er den Autoschlüssel, der vor ihm auf dem Tisch lag. Es kribbelte in seinen Händen, doch noch zögerte er. Aus Angst, sich zu blamieren? Weil sie vielleicht Nein sagen könnte? Oder bedeutete ein solch überstürzter Antrag nicht doch eine Spur zu viel Abenteuer? Wovor schreckte er zurück? Vor seiner eigenen Courage?

Sicherheiten gibt es nie, redete er sich ein. Schon Paulo Coelho hatte gesagt, dass man im Leben immer mit einem Fuß im Märchen und mit dem anderen am Abgrund steht.

Abenteuer hin oder her. Es war an der Zeit, einmal etwas Verrücktes zu tun. Im Märchen siegte immer die Liebe. Wieso sollte das im wirklichen Leben nicht auch möglich sein? Wer nichts wagte, der konnte auch nichts gewinnen.

11

Seit einer Stunde saß Lisa wie versteinert neben ihrer gepackten Reisetasche. Ohne Unterbrechung starrte sie den Wecker an, der vor ihr auf dem Tisch stand. Sie registrierte jede einzelne Bewegung des Zeigers und zählte dabei die Minuten mit. In siebeneinhalb Stunden ging ihr Flieger. Und noch gab es kein Zeichen von Michael.

Doch sie musste ruhig bleiben und einen kühlen Kopf bewahren. Es war erst halb zehn. Eine weitere Stunde wollte sie noch warten, bevor sie den nächsten Schritt überlegte. Es gab einen Plan B und einen Plan C. Daran durfte sie jetzt aber noch nicht denken.

Yoshitoki hatte sie gelehrt, niemals vorschnell aufzugeben. Mancher Kampf wurde erst in letzter Minute entschieden. Ihr blieben noch siebeneinhalb Stunden. Es konnte noch viel passieren. Sie durfte nicht ungeduldig werden. Ungeduld nahm ihr die Kraft zur Konzentration.

Sie atmete tief durch und umklammerte fest das Kreuz an ihrer Kette. Nichts war verloren. Auch wenn Michael nicht kam, ging das Spiel weiter, nur mit einer kleinen Verzögerung.

Sie sah noch immer zur Uhr. Sie hatte den Wecker nicht eine einzige Sekunde aus den Augen gelassen. Die Zeiger schritten erbarmungslos voran. Die Zeit war nicht aufzuhalten. Niemand konnte das.

Sie hatte noch siebeneinhalb Stunden. Wenn Gott auf ihrer Seite war – und das war er –, dann würde Michael Westphal kommen.

In diesem Augenblick klingelte es.

12 Wie ein begossener Pudel stand Michael vor der Tür des Appartements und wartete darauf, dass ihm geöffnet wurde. War Lisa schon weg? Kam er zu spät? Aber das war doch unmöglich.

Er klingelte wieder und wieder und wollte die Hoffnung gerade aufgeben, als plötzlich die Tür aufging. Er war so froh, sie zu sehen.

Sie hingegen wirkte sehr überrascht. Sie hatte nicht mit ihm gerechnet, das merkte er ihr an.

Er stürmte an ihr vorbei, riss ihren Mantel von der Garderobe, gab ihr einen Kuss und sagte: »Weißt du eigentlich, dass ich dich liebe? Und dass ich nicht vorhabe, dich gehen zu lassen?«

»Wie bitte?«, sagte sie.

»Ich werde dich nicht gehen lassen«, wiederholte er entschlossen und freute sich, als er sah, wie verwirrt und durcheinander sie war.

»Wie willst du das anstellen?«, wollte sie wissen.

Er lachte. »Wart's ab.«

Dann hielt er ihr den Mantel auf, und sie schlüpfte hinein.

»Wohin gehen wir?«, fragte sie.

»Es wird nichts verraten«, antwortete er, schob sie aus der Wohnung und zog sie im Eiltempo die Treppe hinunter.

Unten angekommen, stellte er fest, dass sein Wagen begehrtes Objekt einer Politesse geworden war – zu Recht, denn er parkte in der zweiten Reihe und behinderte somit erheblich den Verkehr. Doch es war nirgendwo ein Parkplatz frei gewesen, und aus Angst, Lisa zu verpassen, hatte er sein Auto dort abgestellt. Sonst wäre seine Zukunft letztendlich nicht an seinem fehlenden Mut, sondern an einem nicht vorhandenen Parkplatz gescheitert.

Dass er einen Strafzettel verdiente, war unbestritten, jedoch ließ die Politesse sich mit dem Ausstellen entsetzlich viel Zeit. So lange konnte er leider nicht warten. Deshalb zückte er seinen Geldbeutel, zog einen Fünfzigeuroschein heraus – den einzigen Schein, den er bei sich trug – und drückte ihn der verblüfften Frau in die Hand.

»Der Rest ist für Sie!«, rief er, während er in sein Auto einstieg. Er gab Lisa, die bereits auf dem Beifahrersitz saß, noch schnell einen Kuss, startete den Wagen und rauschte mit ihr davon.

Nur wenig später hielt er vor dem eleganten Juweliergeschäft Hofstetter inmitten der Münchner Innenstadt. Diesmal parkte er einfach im Halteverbot. Besondere Umstände erforderten besondere Maßnahmen, fand er.

Sie überquerten die Straße, und als sie vor dem Juweliergeschäft standen, fragte Lisa: »Was tun wir hier?«

»Das wirst du schon sehen.« Michael lächelte geheimnisvoll und legte den Arm um ihre Schultern. Dann betraten sie den Laden.

Die Atmosphäre war distinguiert, die Einrichtung sehr exquisit. Zwischen dunklen Möbeln und oval geformten Glasvitrinen, in denen es glitzerte und funkelte, standen etliche Verkaufstische und davor jeweils zwei Sessel mit rotem Samtüberzug. Es waren viele Menschen da, fast alle Tische waren besetzt, trotzdem aber ging es sehr ruhig zu. Nur leises Gemurmel war zu hören und hin und wieder der entzückte Seufzer einer Kundin.

Es dauerte keine Minute, da schoss auch schon Herr Hofstetter, ein kleiner Mann mit lichtem Haar, der seine untersetzte Statur mit sehr eleganter Kleidung kaschierte, höchstpersönlich auf sie zu.

Überschwänglich begrüßte er Michael und sofort darauf auch Lisa, die er mit *gnädige Frau* ansprach. Leicht verwundert zog sie die Augenbrauen nach oben.

Dann wandte er sich wieder an Michael und erkundigte sich nach dem Befinden der werten Frau Mama.

»Es geht ihr sehr gut«, antwortete Michael und fügte in Gedanken hinzu: *Noch!*

Denn sie wusste nichts von seinen Plänen. Es war aber nicht sicher, ob überhaupt alles so kam, wie er es wollte. Das lag ganz allein bei Lisa.

»Was kann ich für Sie tun, Herr Westphal?«, fragte Herr Hofstetter freundlich.

»Ich möchte der jungen Dame einen Ring schenken«, antwortete Michael.

Entsetzt sah Lisa ihn an. Ihr Blick schien zu fragen, ob er noch bei Trost sei, und als Herr Hofstetter sie daraufhin bat, an einem der Verkaufstische Platz zu nehmen, hatte Michael größte Bedenken, sie würde sich einfach umdrehen und gehen. Deshalb drückte er sie sanft in einen der Sessel hinein, setzte sich schnell neben sie und ergriff ihre Hand. Somit hatte er sie erst mal daran gehindert, diesen Ort gleich wieder zu verlassen.

Eine Dame im schwarzen Kostüm servierte Kaffee und Tee von einem silbernen Tablett, während Herr Hofstetter die ersten Schmuckstücke präsentierte. Dabei wären andere Frauen wahrscheinlich in pure Verzückung geraten, Lisa aber betrachtete die Ringe, ohne ihre Miene zu verziehen. Trotzdem gab Herr Hofstetter sich die größte Mühe.

»Schauen Sie sich dieses wundervolle Stück an«, versuchte er Lisa für einen Ring mit drei Diamanten zu begeistern und steckte ihr diesen an den Finger. »Wie für Sie gemacht, gnädige Frau, er steht Ihnen ausgezeichnet. Was meinen Sie dazu, Herr Westphal?«

»Wirklich sehr schön«, bestätigte Michael und fragte Lisa: »Gefällt er dir?«

Sie zuckte mit den Schultern. Herr Hofstetter machte ein betretenes Gesicht.

»Er gefällt dir also?«, hakte Michael nach.

»Ich weiß nicht …«, erwiderte sie zaghaft.

»Er gefällt ihr«, sagte Michael zu Herrn Hofstetter.

Der lächelte zufrieden, während Michael nun den richtigen Zeitpunkt für gekommen hielt.

Im Job hatte er gelernt, dass Schnelligkeit zum Erfolg führte. Darauf musste er jetzt einfach vertrauen. Also los, dachte er und spürte das Adrenalin in seinem Körper. Sein Herz schlug in Höchstgeschwindigkeit, als er plötzlich aufsprang, vor Lisa niederkniete und ihre Hand ergriff, an der noch immer der Ring steckte.

»Lisa, ich liebe dich. Willst du mich heiraten?«, rief er.

Sie starrte ihn an, als sei er ein Wesen von einem anderen Stern. Ebenso starrte Herr Hofstetter ihn an, und auch die anderen Menschen drehten sich nach ihm um. Alle Augen waren auf ihn und Lisa gerichtet, und in

Herrn Hofstetters Juweliergeschäft herrschte für einen Augenblick absolute Stille.

Lange, furchtbare Sekunden verstrichen, in denen Lisa keine Antwort gab. Ihr Gesicht war wie versteinert.

Wollte sie ihn nicht heiraten? Oder war sie nur verwirrt? Er versuchte, in ihren Augen zu lesen. Freude sah er jedenfalls nicht. Und auch keine Zustimmung. Nicht eine einzige Emotion. Als wären es die Augen einer Puppe. Ein ungutes Gefühl überkam ihn.

Es war ein Fehler gewesen, sie so zu überfahren. Was für Manager galt, war auf Frauen scheinbar nicht übertragbar. Hoffentlich hatte er nun nicht alles zerstört.

Sie schwieg noch immer.

Ihm wurde auf einmal klar: Sie wollte ihn nicht heiraten! Sie wollte zurückfliegen in die Karibik und dort für immer ohne ihn leben. Resigniert ließ er die Schultern sinken und gab die Hoffnung schon auf, als er plötzlich ein leises Ja hörte. Hatte sie eben Ja gesagt? Fragend, fast überrascht, blickte er sie an. Daraufhin sagte sie es noch einmal, dieses Mal aber laut und deutlich: »Ja.«

Wie von Sinnen sprang er auf, riss sie in die Arme, küsste sie und drehte sich zu den anderen Menschen um. »Sie will mich heiraten!«, rief er euphorisch.

Herrn Hofstetters Kunden applaudierten. Einige Damen zückten sogar ihre Taschentücher, und auch Herr Hofstetter kam gerührt auf sie zu, um zu gratulieren. Vorher aber schickte er die Dame im schwarzen Kostüm einen Fotoapparat holen.

Michael schwebte im siebenten Himmel. Er war so aufgeregt, dass er die Glückwünsche und Gratulationen nur wie aus der Ferne mitbekam. So glücklich hatte er sich noch nie in seinem Leben gefühlt. Er glaubte zu träumen. Als wäre das alles gar nicht wahr. Er würde Lisa heiraten. Wer hätte das noch vor einer Woche gedacht?

*

Er erholte sich erst wieder, nachdem er im Café gegenüber den zweiten doppelten Espresso getrunken hatte. Und auch in Lisas Gesicht kehrte langsam wieder Farbe zurück, obwohl sie noch immer sehr angespannt wirkte.

»Ich kann dich nicht einfach wegfliegen lassen«, erklärte er ihr, »denn du bist die Frau meines Lebens. Ich will mit dir zusammen sein.«

»Aber du kennst mich doch gar nicht«, erwiderte sie.

Er zuckte gleichgültig mit den Schultern. »Wann kennt man einen Menschen schon? Manche Paare trennen sich nach zwanzig Jahren und behaupten, den anderen nie gekannt zu haben. Es gibt kein Patentrezept für die Liebe. Wir können es nur versuchen.«

»Da hast du recht«, entgegnete sie leise.

Er legte seine Hand auf die ihre. »Du machst dir Sorgen, nicht wahr? Du wolltest dir ein neues Leben aufbauen und gibst nun deine Pläne für mich auf. Doch durch unsere Heirat bist du abgesichert. Dieser Schritt wird für dich kein unüberschaubares Risiko sein.«

Sie sah an ihm vorbei und starrte aus dem Fenster. Sie hatte ihm gar nicht zugehört, zumindest hatte er diesen Eindruck. In ihrem Kopf schienen sich die Gedanken zu überschlagen. Tiefe Falten hatten sich in ihre Stirn gegraben. Sie wirkte ernst, nachdenklich und überhaupt nicht glücklich. Ganz und gar nicht wie eine Frau, die eben einen Heiratsantrag angenommen hatte.

»Was beschäftigt dich?«, fragte er.

Sie machte eine abwehrende Geste. Anscheinend wollte sie nicht darüber reden.

»Vorübergehend werden wir im Haus meiner Eltern wohnen«, sagte er. »Aber es gibt an der Villa einen Anbau mit einem eigenen Eingang, der nur darauf wartet, von uns bezogen zu werden. Wir müssen ihn nur noch renovieren und schön einrichten. Es lebt sich gut dort am See. Es wird dir gefallen, ganz bestimmt, und wenn wir erst einmal Kinder haben … Möchtest du eigentlich Kinder?«

»Ich weiß nicht«, sagte sie zögernd und schwieg für ein paar Minuten. Danach fragte sie: »Könntest du dir vorstellen, in der Dominikanischen Republik zu heiraten? Das wird sehr romantisch, und ich könnte gleich meine Angelegenheiten regeln. Immerhin muss ich meinen Job kündigen und will mich von meinen Freunden verabschieden.«

»Aber dafür müssen wir nicht das eine mit dem anderen verbinden«, erwiderte Michael, weil dieser Gedanke ihm nicht gefiel.

»Trotzdem möchte ich gern dort heiraten«, sagte sie. »Das wäre mein größter Wunsch.«

Er überlegte. Was war im Grunde schon dagegen einzuwenden? Eine Hochzeit am Strand war sicherlich sehr romantisch. Er sollte ihr das nicht abschlagen.

»So kommt meine Mutter wenigstens auch einmal in die Karibik«, scherzte er und fügte hinzu: »Darüber wird sie sich sehr freuen.«

Lisa schüttelte den Kopf. »Nein! Keine Gäste. Nur wir zwei allein.«

Erstaunt sah er sie an. Sie wollte eine Hochzeit ohne Gäste? Ohne Familie und Freunde?

Sein erster Impuls war Ablehnung. Er hatte sich immer eine große Hochzeit gewünscht, die Braut im weißen Kleid, eine Kutschfahrt, eine kirchliche Zeremonie und eine riesige Feier. Ansprachen und Glückwünsche und Geschenke, das gesamte Programm eben.

Und nun wollte Lisa mit ihm ganz allein sein, in einem fernen Land. Damit musste er sich erst einmal anfreunden.

Andererseits konnte er sie verstehen. Sie kannte weder seine Familie noch seine Freunde, und da Michael mit der Hochzeit nicht lange warten wollte, lernte sie all diese Menschen bis dahin auch nicht kennen. Es wären alles Fremde für sie. Wahrscheinlich machte ihr das Angst.

Hatte Lisa sich erst einmal eingelebt und fühlte sie sich wohl in ihrem neuen Umfeld, stimmte sie vielleicht zu einem späteren Zeitpunkt einer kirchlichen Trauung mit anschließender Feier zu. Vielleicht im Sommer, dachte er. Dann könnten sie ein großes Fest am See veranstalten. Das wäre dann sehr schön.

So willigte er schweren Herzens ein. Er tat es für sie, um ihr zu zeigen, wie sehr er sie liebte.

»Also lass uns in der Karibik heiraten«, sagte er. »Nur wir zwei allein unter dem weiten Sternenhimmel, begleitet vom Rauschen des Meeres.«

Nun lachte sie, und ihre Gesichtszüge entspannten sich.

»Dann sollten wir jetzt meinen Flug stornieren und den Paketdienst abbestellen. Und ich muss bei Margerita anrufen, um ihr zu sagen, dass sie mein Zimmer vermieten kann, weil ich nicht mehr zurückkomme.«

Michael dachte an das Zimmer in dem einfachen Holzhaus. Das war keine gute Umgebung für Lisa gewesen. In Zukunft hatte sie ein schöneres Zuhause. Vor allem musste sie sich nicht mehr mit Herrn Yoshitoki ein Bad teilen.

»Und wenn wir das alles erledigt haben«, sagte er aufgeregt, »fahren wir sofort zu meinen Eltern. Die werden vielleicht Augen machen. Mama wird sich wahnsinnig freuen, und den alten Brummbär wird glatt der Schlag treffen.«

ZWEITER TEIL

1

Michael hatte einmal gelesen, glücklich zu sein sei, wie auf Wolken zu tanzen. Nun konnte er zum ersten Mal verstehen, was damit gemeint war, denn er fühlte sich im Augenblick richtig überwältigt vor Glück. Nur einen Tag nachdem Lisa seinen Heiratsantrag angenommen hatte, zog sie zu ihm in die Villa. So wurde plötzlich greifbar, was ihm gestern noch wie ein Traum erschienen war.

Lisa allerdings war nicht ganz so euphorisch, das merkte er ihr an. Sie wirkte nervös und angespannt, auch wenn sie sich sehr bemühte, es vor ihm zu verbergen. Doch er verstand, dass die Situation für sie nicht einfach war. Sie hatte alle ihre Pläne über Bord geworfen, um mit ihm eine gemeinsame Zukunft aufzubauen. Obwohl sie ihn erst eine Woche kannte. Das erforderte eine Menge Mut. Einen so vorsichtigen und zurückhaltenden Menschen wie Lisa brachte das mit Sicherheit an seine Grenzen.

Ginge es nach ihm, könnten sie dieses Tempo beibehalten. Dann würde er Lisa noch heute heiraten, morgen mit ihr in den Anbau ziehen und übermorgen mit ihr das erste Kind bekommen.

Familiengründung im Schnelldurchlauf! Er erkannte sich nicht wieder. Er war dreiunddreißig Jahre alt und hatte bisher nicht eine einzige langfristige Beziehung gehabt. Und nun wollte er alles auf einmal. Doch der

Anbau musste erst renoviert werden, und ein Kind brauchte neun Monate, um auf die Welt zu kommen.

Es blieb ihm also nichts anderes übrig, als geduldig einen Schritt vor den anderen zu setzen. Jetzt wurde geheiratet, und deshalb wollte er schon einmal üben, Lisa über die Schwelle zu tragen. Es war ihm egal, wenn das altmodischer Kram war.

So schnappte er sie, trotz ihres Protestes, stieß mit dem Fuß die Tür zu seinem Zimmer auf und trug sie auf seinen Armen hinein. Dort wirbelte er sie so wild herum, dass ihm fast schwindelig wurde und er beinah mit ihr hingefallen wäre. Doch er war heute schrecklich übermütig.

Als er sie wieder herunterließ, beobachtete er genau ihre Reaktion. Um sie willkommen zu heißen, hatte er sein Zimmer in ein Meer aus roten Rosen verwandelt. Fast dreihundert dunkelrote Rosen mit taufrischen, halb geöffneten Blüten lagen verstreut auf dem Bett, auf dem Teppich, auf dem Sofa und sogar auf ihren fünf Umzugskartons, die schon zum Auspacken bereitstanden. Es war nicht leicht gewesen, in der Kürze der Zeit so viele Rosen zu besorgen. Bis nach München zu einem Großhändler war er gefahren, weil alle von ein und derselben Sorte sein sollten.

Hatte er aber geglaubt, Lisa fiele ihm deswegen jubelnd um den Hals, dann hatte er sich getäuscht. Die Rosen verfehlten ihre Wirkung. In ihrem Gesicht zeigte sich keine einzige Regung, und nicht einmal ansatzweise verzog ihr Mund sich zu einem Lächeln. Er war enttäuscht.

Der Blick auf den See hingegen gefiel ihr.

»Das ist sehr schön«, sagte sie, während sie aus dem Fenster sah. Dann zeigte sie in Richtung Bootshaus und fragte: »Liegt dort unten die *Albatros*?«

Er stutzte. Er konnte sich nicht erinnern, den Namen seines Bootes ihr gegenüber schon einmal erwähnt zu haben. Aber woher sollte Lisa ihn sonst kennen?

»Wenn du Lust hast, zeige ich sie dir nachher«, sagte er.

Jetzt huschte ein Lächeln über ihr Gesicht. Nicht die Rosen ließen ihr Herz höherschlagen, sondern der Gedanke an eine schnelle Yacht. Dass Lisa leidenschaftlich gern Boot fuhr, wusste er. In der Karibik hatte er einmal beobachtet, wie sie mit einem Rennboot übers Wasser preschte, in einer solchen Geschwindigkeit, dass ihm vom Hinschauen schon mulmig wurde. Sie war so entsetzlich schnell gewesen, dass der kleinste Fahrfehler, oder einfach nur eine zu starke Welle, sie in Gefahr gebracht hätte.

Manchmal, so hatte Michael festgestellt, war Lisa bewundernswert mutig und unerschrocken und im nächsten Moment wieder scheu wie ein Reh. Dann machten ihr Dinge oder Situationen Angst, denen im Grunde nichts Schlimmes anhaftete. Fremde Menschen zum Beispiel, oder eine unbekannte Umgebung. Doch die größte Angst schien sie vor ihren eigenen Gefühlen zu haben. Ständig zwang sie sich, diese unter Kontrolle zu halten.

»Soll ich jetzt meine Sachen auspacken?«, fragte sie unsicher.

Sie fühlte sich hier nicht wohl. Das spürte Michael. Vielleicht war zu viel auf sie eingestürmt. Er musste ihr Zeit geben.

Als er den Kleiderschrank öffnen wollte, den er teilweise für sie leer geräumt hatte, griff sie plötzlich nach seinen Händen und sagte etwas in einer Sprache, die er nicht verstand. Fragend sah er sie an.

Sie erklärte ihm, was sie gesagt hatte: »Es ist eine alte kreolische Weisheit, dass ein Mann einer Frau ewige Liebe schwört, wenn er ihr rote Blumen schenkt.«

Er lächelte. Mit kreolischen Weisheiten kannte er sich nicht aus, doch er war glücklich, dass sie die Rosen erwähnte, und flüsterte ihr zu: »Genauso war es auch gemeint.«

⁕

Um die Umzugskartons auspacken zu können, musste Lisa zunächst die Rosen einsammeln, die darauf verstreut lagen. Das tat sie langsam und bedächtig, und je mehr Rosen sie im Arm hielt, umso langsamer wurde sie.

»Meine Mutter hat diese Blumen sehr geliebt«, sagte sie leise.

Michael horchte auf. Lisa sprach so selten über ihre Familie, dass er diese Gelegenheit nicht ungenutzt verstreichen lassen durfte. Er setzte sich auf eine der Kisten und sagte: »Erzähl mir von deiner Mutter.«

Gedankenverloren setzte sie sich ihm gegenüber und schwieg.

»Hast du ein Foto von ihr?«, fragte Michael.

»Nein.«

»Du hast kein einziges Bild von deiner Mutter?«

»Ich war noch klein, als der Unfall passierte«, sagte Lisa abweisend. »Keine Ahnung, was aus den Sachen geworden ist.«

Er wusste nicht, warum er ihr nicht glaubte. War es das Vibrieren ihrer Stimme? Das Zittern ihrer Hand?

»Was hast du nach dem Unfall gemacht?«, fragte er. »Du warst zehn Jahre alt und hattest keine Geschwister. Das heißt, du warst plötzlich ganz allein auf der Welt. Wer hat sich um dich gekümmert? Deine Großeltern vielleicht? Wo bist du aufgewachsen? Wo zur Schule gegangen?«

Er wollte so vieles wissen, aber Lisa schwieg. Er spürte, dass sie darüber nicht reden wollte. Oder es nicht konnte. Anscheinend hatte sie den Schmerz nicht verarbeitet. Doch er wagte trotzdem einen weiteren Vorstoß.

»Wie ist der Unfall passiert?«, wollte er wissen. »Und wo?«

Von einer Sekunde zur anderen verwandelte Lisa sich in ein Gebilde aus Stein. Bewegungslos saß sie vor ihm und umklammerte so fest das Kreuz an ihrer Kette, dass auf ihrem Handrücken die Adern hervortraten. Sie hatte den Schock von damals nicht überwunden, das wurde Michael in diesem Augenblick klar.

Es irritierte ihn, dass er in ihren Augen weder Trauer noch Traurigkeit entdeckte. Etwas anderes lag in ihrem Blick. Etwas, das er schlecht deuten konnte.

War es Wut? Oder Zorn? Nein. Es war Hass. Was er in ihren Augen las, war purer, blanker Hass.

2 Lisa spürte, dass Michael sie mit seinen Blicken fixierte, und versuchte krampfhaft, die Kontrolle über ihre Gefühle zu behalten. Wenn aber die Erinnerung wie eine Welle über sie hinwegschlug, war das nicht mehr möglich. Vielleicht lag es an den Blumen oder an der Atmosphäre in diesem Haus. Sie fühlte sich, als ertränke sie gerade hilflos in einem dunklen Meer.

Sie starrte auf die Rosen in ihrem Arm. Sie waren rot wie Blut. Ihr süßer Duft stieg wie Gift in den Kopf. Es hatte ein Foto gegeben, auf dem ihre Mutter einen Strohhut trug und Rosensträucher schnitt. Unzählige Sträucher mit dicken, gelben Blüten entlang eines Gartenzauns.

Ihre Mutter war schön gewesen. So wunderschön. Sie hatte sich immer ein kleines Haus mit einem Garten gewünscht. Aber manchen Menschen war das nicht vorbestimmt. Gott war ungerecht. Dafür hasste sie ihn. Und sie hasste ihn auch, weil er sie am Leben gelassen hatte, zurückgelassen mit all dem Schmerz, der sich nun Tag für Tag und Nacht für Nacht durch ihre Seele fraß.

Es wurde dunkel um sie herum. So dunkel wie damals. Angst schnürte ihr die Kehle zu. Das Herz in ihrer Brust schlug so hart, dass sie keine Luft mehr bekam. Genau wie damals. Sie versuchte, gleichmäßig zu atmen. Nur nicht zittern, nur nicht schreien, nur nicht weinen.

Plötzlich spürte sie zwei starke Arme, die sich schützend um sie legten. Sanft zog Michael sie an sich heran und hielt sie fest. Das gab ihr ein Gefühl von Sicherheit. Am liebsten hätte sie ihn gebeten, sie nie mehr loszulassen.

Sie begann sich zu beruhigen. Sie musste atmen. Und sie durfte auf keinen Fall weinen. Bloß nicht weinen. *Große Mädchen weinen nicht!*

3 Mit gemischten Gefühlen war Michael mit Lisa hinunter zum Abendessen gegangen. Er traute seinem Vater nicht und hoffte inständig, dass er sich Lisa gegenüber fair benehmen würde. Zwar war Rudolf beim ersten Kennenlernen von ihr sehr beeindruckt gewesen, doch zu diesem Zeitpunkt hatte er noch nichts von Michaels Heiratsabsichten gewusst. Inzwischen hatte Michael seine Eltern über seine Pläne informiert, zweifelte aber, ob sein Vater damit wirklich einverstanden war. Schließlich entsprach Lisa keineswegs den Vorstellungen, die er von seiner zukünftigen Schwiegertochter hatte.

Seine Befürchtungen erwiesen sich jedoch als unbegründet. Rudolf zeigte sich von seiner besten Seite und war so charmant wie schon lange nicht mehr. Er lud Lisa sogar ein, ihn auf die Eröffnung einer Gemäldeausstellung zu begleiten. Michael glaubte, seinen Ohren nicht zu trauen.

Doch Rudolf war begeistert von dieser Idee.

»Es wird Ihnen gefallen«, sagte er zu Lisa. Er sprach sie noch mit Sie an, während Hilde ihr bereits das Du angeboten hatte. »Es werden Werke von Gauguin, Cézanne, van Gogh und auch einiges von Picasso gezeigt. Aber nichts, was sonst in irgendwelchen Museen hängt. Nur

Bilder aus Privatsammlungen, die bisher kaum jemand zu Gesicht bekam. Das wird spannend. Ganz besonders freue ich mich auf ein Gemälde von Juan Gris. Mögen Sie Gris?«

Lisa zögerte mit der Antwort.

»Er scheint nicht Ihr Fall zu sein«, grinste Rudolf. »Aber einiges von ihm ist sehr gut. Ein Sammler aus der Schweiz stellt *Stillleben mit Karaffe* zur Verfügung. Ich bin gespannt, es im Original zu sehen. Kennen Sie es? Nein? Aber bestimmt kennen Sie das Porträt, das er von Picasso gemalt hat.«

»Ja, das kenne ich«, sagte Lisa. »Aber ich mag es nicht. Picasso wirkt darauf wie ein unförmiger Klotz.«

Rudolf lachte herzhaft. »Soll ich Ihnen mal etwas verraten? Ich mag es auch nicht. Es ist einfach scheußlich. Picasso wirkt total phlegmatisch. Dabei war er voller Energie und Tatendrang. Und ich darf das sagen, schließlich habe ich ihn persönlich kennengelernt, an der Côte d'Azur, das war im Jahre …«

Weiter kam er nicht, denn Hilde unterbrach ihn abrupt. Sie hatte keine Lust, zum tausendsten Mal diese Geschichte zu hören. Deshalb sagte sie, an Lisa gewandt: »Auch mein Mann wurde gefragt, ob er für die Ausstellung einen seiner Picassos zur Verfügung stellt. Am liebsten wäre ihnen *Jacqueline mit Hut* gewesen, aber Rudolf hat es abgelehnt. Der Oberbürgermeister war darüber sehr enttäuscht.«

»Warum haben Sie abgelehnt?«, fragte Lisa erstaunt.

Bevor Rudolf allerdings Luft holen konnte, ergriff Hilde wieder das Wort. »Weil er Angst hat, dass die Bilder gestohlen werden. Oder dass er am Ende eine Fälschung zurückbekommt. So etwas soll ja alles schon vorgekommen sein.«

»Ist es auch«, knurrte Rudolf und warf seiner Frau einen bösen Blick zu. Dann sagte er zu Michael: »Diese Ausstellungseröffnung ist für dich die ideale Gelegenheit, deine zukünftige Frau zu präsentieren. Immerhin werden ein paar wichtige Leute dort sein.«

»Ich soll da auch mit?«, rief Michael überrascht.

»Was hast du denn geglaubt?«, herrschte sein Vater ihn an. »Dachtest du, ich wollte mit ihr alleine dorthin gehen? Am Ende heißt es noch, ich hätte eine junge Geliebte. Von wegen. Wir gehen alle zusammen. Deine Mutter, Lisa und du auch.«

Typisch, dachte Michael grimmig. Sein Vater sprach ein Machtwort, und alle hatten sich daran zu halten. Nur Lisa schien das nicht vorzuhaben und bat Michael mit einem unmissverständlichen Blick, sie aus dieser Situation zu befreien. Um ihrer Bitte Nachdruck zu verleihen, verpasste sie ihm unterm Tisch einen sanften Tritt gegen das Schienbein.

Er seufzte leise. Ausgerechnet jetzt, da sein Vater ein Friedensangebot machte – und anders konnte man die Tatsache, dass er Lisa in aller Öffentlichkeit als Schwiegertochter vorstellen wollte, nicht nennen –, sollte Michael ihm widersprechen.

Er suchte nach Worten und sagte zögernd: »Nun lass Lisa doch erst einmal richtig bei uns ankommen. Im Moment stürzt so viel Neues auf sie ein, und es gibt auch noch etliches zu erledigen.«

Seine Mutter kam ihm spontan zu Hilfe. »Es gibt wirklich viel zu tun, Rudolf. Wir müssen den Anbau renovieren und einrichten. Und natürlich die Hochzeit vorbereiten. Da kommt einiges auf uns zu. Habt ihr zwei euch eigentlich schon ein Datum überlegt?«

Michael verneinte und hoffte inständig, dass seine Mutter das Thema Hochzeitsfeier nicht weiter forcierte. Ansonsten blieb ihm nichts anderes übrig, als hier und jetzt zu gestehen, dass es keine Feier geben werde. Das hätte er lieber erst mit ihr allein besprochen.

Aber Hilde fuhr bereits im munteren Plauderton fort: »Wir sollten dringend eine Gästeliste erstellen, Kinder. Schließlich müssen die Einladungen sehr schnell verschickt werden, damit die Gäste den Termin einplanen können. An welches Datum habt ihr gedacht? Ein Wochenende im Mai vielleicht? Oder Anfang Juni? Das wäre doch hübsch ... Was hast du denn, Michael? Ist dir nicht gut?«

Er räusperte sich verhalten. Nun musste er es ihnen sagen.

»Also für unsere Hochzeit ...«, stotterte er, »... hatten wir eigentlich andere Pläne.«

Wie auf Kommando ließen seine Eltern das Besteck sinken und starrten ihn entgeistert an. Diese Blicke machten es ihm noch schwerer. Doch es half nichts. Er fasste sich ein Herz.

»Lisa und ich ... Wir haben beschlossen, in der Karibik zu heiraten.«

»Wie bitte?«, brummte Rudolf.

Hilde hingegen fand die Idee entzückend. »Das ist doch toll. Dann komme ich endlich auch einmal dorthin. Die Karibik war ja schon immer mein größter Traum.«

Gequält sah Michael seine Mutter an. Ihr zu erklären, dass sie bei der Hochzeit ihres einzigen Sohnes nicht dabei sein würde, fiel ihm wirklich nicht leicht. Doch er wollte nichts verheimlichen.

»Lisa und ich würden gern allein heiraten«, sagte er. Nun war es heraus. Das Drama konnte seinen Lauf nehmen.

Zunächst jedoch herrschte am Tisch eisiges Schweigen, bis Hilde bekümmert fragte: »Du willst uns bei deiner Hochzeit nicht dabeihaben?«

Michael atmete tief durch. Und während er verzweifelt nach Erklärungen und Entschuldigungen suchte, schlug sein Vater heftig mit der Faust auf den Tisch. Hochrot im Gesicht, sprang Rudolf von seinem Stuhl auf und schrie: »Das werdet ihr nicht tun! In der Karibik kann heiraten, wer will. Du bist der zukünftige Geschäftsführer von MediCare und hast eine gesellschaftliche Verpflichtung. Deshalb heiratet ihr hier, und zwar mit allen wichtigen Leuten, die wir kennen. Habt ihr mich verstanden?«

Danach stürmte er wutentbrannt aus dem Esszimmer und knallte die Tür mit einer solchen Wucht zu, dass das Geschirr auf dem Tisch klapperte.

Hilde, die erschrocken zusammengezuckt war, schob ihren halb vollen Teller beiseite und kämpfte mit den Tränen. Trotzdem rang sie sich ein Lächeln ab und fragte: »Möchte jemand noch Dessert?«

»Nein, danke«, antwortete Michael frustriert. »Mir ist der Appetit vergangen.«

»Nun sei ihm nicht böse«, versuchte sie zu beschwichtigen. »Du kennst Papa doch. Er beruhigt sich wieder, und dann reden wir über alles.«

Verständnislos schüttelte Michael den Kopf. Warum musste seine Mutter nur immer so tun, als sei alles in bester Ordnung?

»Da gibt es nichts zu reden«, sagte er und griff nach Lisas Hand. Nach diesem Auftritt stand sein Entschluss endgültig fest. Er wollte sich von seinem Vater nicht länger herumkommandieren lassen, noch dazu vor seiner zukünftigen Frau. Verärgert verließ er mit Lisa das Esszimmer, auch wenn es ihm leidtat, seine Mutter jetzt alleinzulassen. Doch die falsche Harmonie dieser Familie ertrug er nicht länger.

*

»Vielleicht sollten wir darüber nachdenken, uns ein eigenes Haus zu suchen«, sagte Michael, als sie unten am Seeufer standen.

Überrascht sah Lisa ihn an. »Du willst das Anwesen deiner Eltern verlassen? Das solltest du in Ruhe überdenken. Du bist im Moment verärgert und darfst schon allein deshalb keine Entscheidungen treffen.«

Ihre Worte verwirrten ihn. »Aber wir wären hier Tag für Tag diesem Choleriker ausgeliefert! Das kann dir doch unmöglich gefallen.«

Sie umschloss zärtlich seine Hand. »Da hast du recht. Aber du sollst keine Entscheidung aus Wut treffen. Ich mache dir einen Vorschlag: Wir werden ein paar Wochen hier wohnen, und wenn es nicht funktioniert, dann suchen wir uns etwas Eigenes.«

Er holte tief Luft und überlegte. Vielleicht war er jetzt gerade wirklich zu verärgert und sollte sich erst einmal beruhigen. Lisas Vorschlag war vernünftig.

»Also gut«, sagte er.

Sie lächelte zufrieden. »Zeigst du mir jetzt die *Albatros*?« Dann lief sie zum Bootshaus, während Michael am Seeufer stehen blieb. Viele Gedanken schwirrten durch seinen Kopf und nisteten sich dort ein wie die Vögel in der Trauerweide. Seit dreiunddreißig Jahren tanzte er nach der Pfeife seines Vaters. Es wurde Zeit, ihm endlich Paroli zu bieten.

»Nun komm schon«, rief Lisa ungeduldig.

Er ging zum Bootshaus. Lisa die *Albatros* zu zeigen war eine gute Idee. Das würde ihn ablenken und auf andere Gedanken bringen. Tatsächlich vergaß er den unangenehmen Abend, als er sah, wie Lisas Augen beim Anblick der schneeweißen Yacht zu glänzen begannen. An dicken Seilen hängend wartete die *Albatros* darauf, endlich wieder ins Wasser gelassen zu werden.

Lisa bestaunte das Boot, während ihre Finger sanft über den Rumpf glitten. »Wie bist du auf den Namen *Albatros* gekommen? Passt der Name nicht besser zu einem Segelboot?«

Er musste schmunzeln, weil sie den Nagel damit auf den Kopf getroffen hatte. »Ursprünglich war es auch der Name eines Segelbootes«, erklärte er ihr. »Die *Albatros* hat meinem Großvater gehört, und er hat mit ihr so viele Preise gewonnen, dass für mich immer klar war: Wenn ich einmal ein eigenes Boot besitze, werde ich es auch so nennen. Und das habe ich dann auch getan.«

»Dein Großvater war Segler?«

»Hobbysegler. Aber einer mit Ehrgeiz. Er hat an großen Regatten teilgenommen«, erzählte Michael stolz.

»Existiert das Boot heute noch?«, fragte Lisa.

»Nein, aber es gibt ein naturgetreues Modell davon. Willst du es sehen?«

Sie nickte. »Wo steht es?«

»Hier im Bootshaus.« Er zeigte auf eine Eisentür. Dahinter befand sich der Hobbyraum seines Großvaters, den dieser immer schlicht als Büro bezeichnet hatte. Seit einer Ewigkeit war Michael nicht mehr in diesem Raum gewesen.

Er ging mit Lisa zur Tür. Wie erwartet war sie verschlossen. Wegen eines lange zurückliegenden Zwischenfalls, an den Michael sich kaum noch erinnern konnte, wurde dieser Raum von niemandem mehr betreten. Sein Vater wollte das nicht, und wie immer hatten sich alle daran gehalten.

Bis jetzt jedenfalls, dachte Michael, denn ab heute sollte sich das ändern. Wenn er in das Büro seines Großvaters wollte, gab es keinen Grund, um Erlaubnis zu fragen. Michael war nicht nur der Enkel, sondern auch der beste Freund seines Großvaters gewesen, und er kannte so manches Geheimnis, von dem sonst niemand etwas wusste. So auch das Versteck für den Ersatzschlüssel. Er war sich sicher, dass dieser noch an seinem alten Platz lag.

»Das wollen wir doch mal sehen«, sagte Michael zu sich selbst und stieg über herumliegende Seile in den hintersten Winkel des Bootshauses. Der alte Anker, von dem sein Großvater sich nie trennen wollte, lag noch dort. Daneben stand die Werkzeugkiste. Unter Zangen, Schraubenziehern und verrosteten Schrauben fand Michael das braune, abgegriffene Lederetui mit dem Schlüssel.

Seit zwölf Jahren war der Schlüssel in dieser Kiste versteckt, ohne dass jemand ihn bemerkt hatte. Niemand außer Michael betrat je diesen Ort. Sein Vater interessierte sich nicht für Boote, und seine Mutter würde sich, nach dem Vorfall von damals, schwer davor hüten.

Er ging zurück zu Lisa und steckte den Schlüssel ins Schloss. Als dieser sich drehte und die Tür sich öffnen ließ, durchzuckte ihn ein Glücksgefühl.

Feuchte, modrige Luft schlug ihnen entgegen. Fetzen des Abendlichtes fielen durch die geschlossenen Fensterläden und tauchten den Raum in ein gespenstisches Halbdunkel. Dichte Spinnweben hingen wie eigenartige Gebilde von der Decke herab. Als Michael das Licht einschaltete, tanzte der Staub in dessen mattem Schein.

Er ging langsam durch den Raum hindurch. Erinnerungen wurden wach an die Zeit, als sein Großvater im Sessel hinter dem wuchtigen Mahagonischreibtisch saß, Fotos in Alben klebte oder an dem Schiffsmodell der *Albatros* bastelte. Bis heute stand es auf einem ein Meter fünfzig hohen Granitsockel unter einem Glaskasten, den sein Großvater eigens hatte anfertigen lassen. In der Vitrine daneben zeugten stolze Trophäen von einstigen Siegen – Genf, Saint Tropez, Sardinien. Sein Großvater war ein Held gewesen.

Michael sah sich um. Es schien alles unverändert zu sein. Sogar die Fotos hingen noch an der Wand hinter dem Schreibtisch. Teilweise schon vergilbt und noch mit altmodischen Büttenrändern versehen, erzählten sie vom Leben seines Großvaters. Von der Hochzeit auf dem Berghof bei Kitzbühel, vom Kauf der halb verfallenen Villa am See, vom ersten Firmengebäude der Westphal-Pharmazeutika, das an eine Baracke erinnerte, und von der ersten Weihnachtsfeier mit fünf Mitarbeitern. Dazwischen immer wieder Bilder von der *Albatros* und seinem Enkel Michael. Michael fragte sich, weshalb all diese Bilder noch hier hingen. Wieso hatte sie niemand abgenommen und in ein Album geklebt?

Es lief ihm eiskalt den Rücken herunter. Dieser Raum machte den Eindruck, als würde sein Großvater noch leben. Es war alles so wie immer.

Fast alles, dachte er. Denn irgendetwas fehlte. Er konnte nur nicht sagen, was.

Er drehte sich zu Lisa um, die abwartend an der Tür gestanden hatte, jetzt aber langsam auf ihn zukam. Sie bewunderte das Schiffsmodell und fragte genau das, was ihn gerade beschäftigte: »Warum lasst ihr die Sachen so einstauben? Wird hier niemals sauber gemacht?«

»Es gab vor Jahren einen blöden Vorfall«, sagte Michael und wollte ihr die Geschichte gerade erzählen, als er die Stimme seines Vaters vernahm. Erschrocken drehte er sich um. Mit grimmiger Miene stand Rudolf vor ihm.

»Was macht ihr hier?«, fragte er in scharfem Ton.

»Was sollen wir hier schon machen?« Michael bemühte sich, möglichst unbekümmert zu klingen, obwohl Rudolfs bohrender Blick in ihm ein merkwürdiges Unbehagen auslöste.

»Wie bist du hier hereingekommen?«, wollte Rudolf wissen und sah auf das Türschloss. Unweigerlich fiel auch Michaels Blick darauf, wobei er feststellte, dass der Schlüssel nicht mehr steckte.

Er konnte sich nicht entsinnen, ihn abgezogen zu haben. Deshalb benutzte er eine Notlüge: »Es war offen.«

Aber sein Vater glaubte ihm nicht, das merkte er sofort. »Ihr solltet jetzt gehen«, knurrte Rudolf mit versteinertem Gesicht.

»Wieso?«, rief Michael trotzig. »Ich möchte Lisa das Büro zeigen. Ist das verboten?«

Der Blick seines Vaters war unmissverständlich. Du machst, was ich sage, stand in diesen Augen.

Und hatte Michael noch vor wenigen Minuten beschlossen, ihm in Zukunft entschieden die Stirn zu bieten, so ergriff er nun wie ein braver Junge Lisas Hand und ging mit ihr schweigend an seinem Vater vorbei nach draußen. Dabei fühlte er sich, als hätte er eine Ohrfeige bekommen. Widerstand zu leisten musste er erst lernen. Das wurde ihm in diesem Augenblick bewusst.

*

Die Szene im Bootshaus beschäftigte ihn den ganzen Abend. Nicht nur, dass Michael sich maßlos über sich selbst ärgerte. Es gab noch andere Dinge, die ihm keine Ruhe ließen.

Wieso durfte er das Büro seines Großvaters nicht betreten? Aus welchem Grund wurde er dort hinausgeworfen? Was hatte er mit dieser alten Geschichte zu tun?

Diesen Gedanken hatte er noch nicht zu Ende gedacht, da fragte Lisa prompt: »Was ist damals eigentlich passiert?«

»Nichts Besonderes«, antwortete er. »Während eines Frühjahrsputzes beschlossen meine Mutter und Frau Beckstein, auch unten im Bootshaus sauber zu machen. Als sie mitten in der Arbeit waren, erschien plötzlich Rudolf und veranstaltete ein fürchterliches Theater. Er muss sich aufgeführt haben wie ein Verrückter und hat sie beschimpft, sie würden alles durcheinanderbringen und seine Erinnerungen zerstören.« Michael tippte sich mit dem Zeigefinger an die Stirn. »Als hätten die Sachen im Bootshaus ihm je etwas bedeutet. Die Geschichte jedenfalls führte zu einem solchen Ehekrach, dass meine Mutter sich scheiden lassen wollte.«

»Wie lange ist das her?«, fragte Lisa.

Er überlegte. »Ich war damals in Kalifornien und hatte gerade mit dem Praktikum begonnen. Das muss vor neun Jahren passiert sein.«

»Und seitdem war niemand mehr in diesem Raum gewesen?«

»Nein.« Frustriert stand er auf und goss sich einen Kognak ein.

Wahrscheinlich um das Thema zu wechseln, das ihm so schlechte Laune bereitete, stellte sich Lisa vor sein

Bücherregal und betrachtete interessiert die einzelnen Bände.

»Hast du die alle gelesen?«, fragte sie.

»Nicht alle.« Er nahm einen großen Schluck, setzte sich zurück in den Schreibtischsessel und beobachtete sie.

In einem seiner Schlafanzüge stand sie vor dem Regal, das bis unter die Decke reichte, und hielt den Kopf schief, um die Buchtitel besser lesen zu können.

Dann zeigte sie auf eine sehr wertvolle Raymond-Chandler-Reihe. »Magst du diese hier am liebsten?«

»Weil sie so aussehen, als hätte ich sie schon oft in der Hand gehabt?«, entgegnete er amüsiert und erzählte ihr, dass er diese Sonderedition aus dem Jahr 1960 in einem Antiquariat in New York erstanden hatte.

Das schien Lisa aber nicht sehr zu beeindrucken.

»Was liest du gern?«, fragte er sie.

Sie zuckte ratlos mit den Schultern. »Sehr viel habe ich noch nicht gelesen. Aber Bücher interessieren mich. Ich habe es zum Beispiel sehr gern, wenn mir jemand vorliest. Das hat meine Mutter immer getan. Würdest du mir etwas vorlesen?«

»Jetzt?« Michael zögerte. Für den ersten Abend nach Lisas Einzug hatte er eigentlich eine andere Beschäftigung ins Auge gefasst.

Doch Lisa machte es sich bereits auf dem Sofa gemütlich und kuschelte sich in die dicken Kissen.

Also gut, dachte er. Warum nicht? Für wilden Sex hatten sie noch ein ganzes Leben lang Zeit, das musste nicht unbedingt heute Abend sein.

Er entschied sich für einen Krimi, den er als sehr spannend in Erinnerung hatte. Doch bereits auf Seite vier war Lisa tief und fest eingeschlafen.

Krimis schienen nicht ihr Fall zu sein. Dabei war das Buch wirklich sehr gut. Er sollte es wieder einmal lesen.

Jetzt aber legte er es beiseite und stupste Lisa an. Als sie keine Reaktion zeigte, hob er sie vorsichtig vom Sofa auf und trug sie ins Bett. Dort deckte er sie liebevoll zu, gab ihr einen Gutenachtkuss und ließ sie ruhig und friedlich weiterschlafen.

*

Mitten in der Nacht wurde Michael wach und sah auf das rot erleuchtete Display seines Radioweckers. Es zeigte drei Uhr dreißig an.

Er machte Licht und drehte sich zu Lisa um. Sie warf sich unruhig hin und her und schien so intensiv zu träumen, dass sich auf ihrer Stirn kleine Schweißperlen gebildet hatten. Sanft strich er ihr über den Arm und flüsterte ihren Namen.

Er wollte sie nicht wecken, doch er wollte sie aus diesem Traum befreien. Aber sie reagierte nicht.

Er versuchte es noch einmal. Ohne Erfolg. Im Gegenteil. Sie glitt immer tiefer in die Traumwelt hinab und wimmerte wie ein ängstliches Kind. Und sie redete im Schlaf. Er konnte nicht verstehen, was sie sagte, doch sie schien panische Angst zu haben.

Er versuchte, sie zu wecken, und tatsächlich schlug sie die Augen auf. Aber sie sah ihn nicht an, sondern durch ihn hindurch. Sie war nicht wach und schlief auch nicht mehr. Sie war im Niemandsland, in dem Land zwischen den Welten, auf der dunklen Brücke zwischen Bewusstsein und Unbewusstem.

Michael nahm sie in den Arm. Sie fing an zu weinen, und er strich ihr beruhigend übers Haar.

»Sie lassen mich einfach hier allein«, schluchzte sie.

»Ich werde dich nicht alleinlassen«, sagte er leise. »Ich bin bei dir. Es wird dir nichts geschehen.«

Sie zitterte und drückte sich in seine Arme, als wäre dies der einzige Ort, an dem ihr nichts passieren konnte. Er hielt sie ganz fest. Sie sollte spüren, dass sie keine Angst mehr haben musste. Von nun an war er da, um sie zu beschützen. Dann würde dieser Traum vielleicht seine Macht über sie verlieren.

4

Lisa stand am Ufer des Sees neben der riesigen Trauerweide und sog die kühle Morgenluft ein. Der Tag erwachte gerade, und die ersten Lichtstrahlen überzogen behutsam den Horizont.

Sie schaute auf das Wasser und versuchte, sich zu beruhigen. Ihr Herz raste noch immer. Deshalb zwang sie sich, tief und gleichmäßig zu atmen. Die Bilder der Nacht wollten ihren Kopf nicht freigeben. Doch sie durfte nicht zulassen, dass die Träume sie bis in den Tag hinein verfolgten. Dann beherrschte die Angst ihren Körper und lähmte jeden einzelnen Muskel. Davor musste sie sich schützen. Auch vor ihm musste sie sich schützen. Das wusste sie seit heute Nacht.

Geborgenheit war ein schönes Gefühl. Daran durfte sie sich nicht gewöhnen. Auch nicht an seine Zärtlichkeiten, seine Wärme, seine Liebe. Das gefährdete den Plan.

Sie stellte sich auf, um mit ihren Übungen zu beginnen, atmete tief in den Bauch hinein und langsam wieder aus. Sie musste ihren Kopf freikriegen. Sie musste sich konzentrieren!

Wenn du dich nicht konzentrieren kannst, wird dein Schlag nicht die Kraft haben, den anderen zu töten – so hatte ihr Lehrer Yoshitoki es sie gelehrt. Das war eine Grundregel im japanischen Kampf.

Sie faltete die Hände vor der Brust, schloss die Augen und dachte an nichts anderes als an ihre Kraft. Dann winkelte sie das rechte Bein an und streckte es blitzschnell nach links oben aus, während ihr Körper eine halbe Drehung vollführte und ihr Fuß dabei kerzengerade die Luft durchschnitt.

Sie beherrschte diese Technik perfekt. Sie hatte sie jahrelang trainiert und konnte jeden damit schachmatt setzen. Egal wie groß oder wie stark ihr Gegner war, ihr Fuß traf immer genau den Punkt, den er treffen musste. Schneller, als der andere in der Lage war zu reagieren.

Sie sah die Sonne aufgehen. *Jeder neue Tag hat nur einen Sinn: deinem Ziel ein Stück näher zu kommen!*

Sie wiederholte die Übung mehrere Male, erst mit dem rechten, dann mit dem linken Fuß, und spürte, wie sich ihr Herzschlag beruhigte. Nichts anderes zählte, als dem Ziel ein Stück näher zu kommen. Und für nichts anderes gab es in ihrem Leben einen Platz.

5

Als Michael ins Sekretariat kam, stand Harry mit einer Tasse Kaffee in der Hand vor Frau Meierhöfers Schreibtisch.

»Fahren Sie Mr Ming zum Flughafen, Harry?«, fragte er erstaunt, weil dieser wieder Uniform trug.

Harry murmelte etwas vor sich hin, was nach einer Bestätigung klang, und setzte sich in einen der Besuchersessel.

Er war wirklich ein ungehobelter Bursche, aber seinen Job als Chef der Sicherheitsabteilung machte er gut, und er war absolut loyal. Übertrieben loyal sogar. Er vergötterte Rudolf. Würde der von ihm verlangen, von einer Brücke zu springen, dann würde Harry das tun. Er war Rudolf unendlich dankbar, weil der ihn damals eingestellt hatte, obwohl so vieles gegen ihn sprach.

»Ist Mr Ming bei meinem Vater?«, erkundigte Michael sich bei Frau Meierhöfer.

Die Antwort erübrigte sich. Die zwei Geschäftsmänner kamen gerade aus Rudolfs Büro.

»Ich wollte eben zu Ihnen kommen, um mich zu verabschieden«, sagte Michael zu Mr Ming, reichte ihm die Hand und deutete eine Verbeugung an. So, wie er es in China gelernt hatte.

Mr Ming lächelte höflich. »In zwei Monaten erwarte ich Sie und Ihren Vater in Schanghai. Dann beginnen wir mit den Verhandlungen für die neue Fabrik. Bis dahin habe ich den Boden dafür geebnet.«

Das sollte ihm nicht schwerfallen, mit all den Euros im Gepäck, die das eine oder andere Verfahren beschleunigen würden. Wenn Rudolf sich etwas in den Kopf gesetzt hatte, dann sollte ihn niemand aufhalten, erst recht nicht die chinesischen Behörden.

»Wir müssen uns beeilen«, mahnte Rudolf, während er sich von Frau Meierhöfer in den Mantel helfen ließ.

Erstaunt sah Michael seinen Vater an. »Fährst du mit zum Flughafen?«

»Ja. Und anschließend fährt Harry mich nach Nürnberg. Dort habe ich einen Termin.«

Nachdem die drei das Sekretariat verlassen hatten, fragte Michael Frau Meierhöfer: »Was will er denn in Nürnberg?«

Die zuckte mit den Schultern. »Keine Ahnung. Da war er neulich schon einmal, aber ich weiß nicht, warum.«

»Habe ich heute Nachmittag noch Termine?«, wollte Michael wissen, denn er plante bereits einen Besuch im Reisebüro, um die schönsten Hotels in der Dominikanischen Republik ausfindig zu machen.

»Martin Schuster vom Labor hat angerufen«, erwiderte Frau Meierhöfer. »Er möchte Sie gern heute noch sprechen.«

Beim Namen Martin Schuster fielen Michael schlagartig seine Versäumnisse wieder ein. Nicht einen einzigen Blick hatte er bisher in die Mappe mit den Testergebnissen geworfen, obwohl Herr Schuster ihn darum gebeten hatte.

»Er soll in einer Stunde zu mir kommen«, rief Michael der Meierhöfer zu, während er schleunigst in seinem Büro verschwand. Dort setzte er sich an den Schreibtisch und holte die rote Mappe hervor.

Als Martin Schuster eine Stunde später vor ihm saß, hatte Michael sich die Testergebnisse zwar angesehen, jedoch beim besten Willen keine Unregelmäßigkeiten entdecken können. Was den Chemiker daran störte, war ihm unklar.

Martin Schuster aber legte mit ernstem Gesichtsausdruck verschiedene Testbögen aus einer anderen Mappe auf dem Schreibtisch aus und bat Michael danach, die Papiere aus der roten Mappe darunterzulegen.

Nachdem Michael das getan hatte, sortierte Martin Schuster noch etwas um, nahm einen orangefarbenen Textmarker zur Hand und begann, das Ergebnis auf dem ersten Blatt der oberen Reihe zu markieren. Anschließend markierte er das Ergebnis auf dem ersten Blatt der unteren Reihe. Und so fuhr er fort.

»Fällt Ihnen etwas auf?«, fragte er währenddessen.

Michael betrachtete argwöhnisch die Ergebnisse. Natürlich fiel ihm etwas auf.

»Sie sind identisch«, sagte er erstaunt.

Grinsend ließ Martin Schuster den Textmarker in der Brusttasche seines schneeweißen Laborkittels verschwinden. »Das ist eigenartig, nicht wahr? Denn hier oben liegt unsere erste Testreihe und darunter die letzte, die von Ihnen zusätzlich in Auftrag gegeben wurde. Zwei Testreihen mit unterschiedlichen Bedingungen und unterschiedlichen Probanden können unmöglich identische Resultate ergeben. Wenn Sie mich fragen, ist das gefälscht. Manipuliert! Ohne Zweifel.«

Nachdenklich lehnte Michael sich zurück. »Es wird sich um einen Fehler handeln«, sagte er. Manipulation hielt er für ausgeschlossen. »Ein Softwarefehler vielleicht, oder schlichtweg menschliches Versagen.«

»Aber Dr. Kolberg hat alle Testergebnisse abgezeichnet«, gab Martin Schuster zu bedenken. »Sehen Sie es sich an. Auf jedem einzelnen Bogen steht seine Unterschrift.«

Das hatte Michael bereits bemerkt. Trotzdem wollte er nicht an Betrug glauben.

»Warum sollte Dr. Kolberg ausgerechnet die letzte Testreihe manipulieren?«, fragte er und stellte im selben Atemzug fest: »Alle Strycon-Tests hatten doch fantastische Ergebnisse.«

Martin Schuster zuckte mit den Schultern und sammelte die einzelnen Blätter wieder ein, während Michael sich grübelnd in seinen Schreibtischsessel zurücklehnte.

Seit Jahren arbeitete MediCare mit Dr. Kolbergs Testinstitut zusammen, und es hatte nie einen Anlass zur Beschwerde gegeben. Das Institut hatte einen ausgezeichneten Ruf. Es war absolut undenkbar, dass dort Ergebnisse verfälscht wurden. Und warum ausgerechnet die der letzten Testreihe? Die hatte Michael nur in Auftrag gegeben, weil in der Vereinbarung mit den Chinesen die Anzahl der Testreihen festgelegt war und diese eine noch fehlte. MediCare führte seit Jahren immer eine Testreihe weniger durch. Es war bisher nur niemandem aufgefallen.

»Ich werde das umgehend mit Dr. Kolberg klären«, versprach Michael dem Chemiker.

Kaum war Martin Schuster gegangen, griff er auch schon zum Telefon.

Dr. Kolbergs Sekretärin teilte ihm mit, dass ihr Chef seit gestern im Urlaub sei.

»Ist es wichtig, Herr Westphal?«, erkundigte sie sich freundlich.

Den Hintergrund dieser Frage kannte Michael. Für Notfälle hatte Kolberg immer ein Handy bei sich, über das man ihn rund um die Uhr erreichen konnte. Da Michael aber überzeugt war, dass die Angelegenheit sich aufklären würde und da diese letzte Testreihe bei den Verhandlungen mit Mr Ming nicht zur Diskussion gestanden hatte, beschloss er, Kolberg im Urlaub nicht zu stören.

»Nein, so wichtig ist es nicht«, sagte er und fügte hinzu: »Ich melde mich, wenn er zurück ist.«

6

Seit einer Stunde schon stand Lisa auf der Straße gegenüber dem weißen Einfamilienhaus und fixierte es mit ihren Blicken. Ilona Berger war zu Hause und hatte Lisas Anwesenheit längst bemerkt. Wie eine Löwin im Käfig lief sie umher, zeigte sich mal an diesem und mal an jenem Fenster. Sie schien die Hoffnung nicht aufzugeben, die Beobachterin würde sich in Luft auflösen.

Aber diesen Gefallen tat Lisa ihr nicht. Ilona Berger durfte die Vergangenheit nicht einfach vergessen und weiterleben, als sei nichts passiert. Sie konnte sich nicht für ewig in ihrem Haus verstecken, sie musste endlich Stellung beziehen.

Es verging eine weitere Stunde. Lisa hatte inzwischen eiskalte Füße bekommen und war so durchgefroren, dass sie sich kaum noch bewegen konnte. Doch das störte sie nicht im Geringsten. Aus der Ferne hörte sie eine Kirchturmuhr schlagen. Es war ein Uhr – Mittagszeit. Ein Schulbus hielt an. Vielleicht saß Ilona Bergers Tochter darin. Lisa hatte sie noch nie gesehen. Sie wusste nur, dass das Mädchen zwölf Jahre alt war und in München eine Privatschule besuchte. Ilona Berger ließ ihrer Tochter die beste Ausbildung zukommen. Schließlich konnte sie es sich leisten.

Ein hübsches Mädchen mit dunkelblonden Zöpfen und einem roten Anorak stieg aus. Der Busfahrer half ihr dabei. Er trug ihr sogar die Schultasche und stellte diese neben sie auf den Gehweg.

Als der Bus wieder abfuhr, winkte das Mädchen ihm nach. Sie winkte selbst dann noch, als er bereits um die Ecke gebogen und gar nicht mehr zu sehen war. Dann steckte sie ihre Hände in die Anoraktaschen und blickte sich hilflos um. Auch Lisa wurde von ihrem Blick gestreift, doch das Mädchen schien sie nicht zu registrieren. Obwohl sie nur ein paar Meter entfernt stand. Lisa fiel ein Zeitungsbericht ein, in dem von einer Behinderung des Mädchens die Rede gewesen war. Das Mädchen war blind.

Wieso hatte sie daran nicht mehr gedacht?

Sie ging ein paar Schritte auf die Kleine zu. »Kann ich dir helfen?«, fragte sie.

»Meine Mama steht wohl hier nirgendwo, was?«, erwiderte die mit dem genervten Ton eines Teenagers.

Demonstrativ blickte Lisa sich um. »Nein. Hier ist niemand.«

»Könnten Sie mir schnell über die Straße helfen?«, fragte das Mädchen. »Ich wohne da drüben. Aber ich darf nicht alleine gehen. Meine Mutter hat es mir strengstens verboten.«

»Kein Problem.« Lisa nahm die Schultasche und ergriff die Hand des Mädchens. »Es ist alles frei. Wir können.«

Doch sie hatten noch keine drei Schritte gemacht, da riss Ilona Berger die Haustür auf und stürzte auf ihre Tochter zu.

»Um Himmels willen, Anja«, schrie sie und zog das Kind abrupt an sich, als hätte sie Angst, Lisa könnte es entführen.

Das Mädchen war vor Schreck zusammengezuckt und befreite sich entrüstet aus der Umklammerung ihrer Mutter. »Hey, Mama, was soll das denn? Die nette Frau wollte mir nur über die Straße helfen. Was kann ich dafür, wenn du schon wieder vergessen hast, dass wir eine Stunde eher Schluss hatten.«

Lisa sah in Ilona Bergers angsterfüllte Augen, während sie ihr die Schultasche gab.

»Ich wollte Ihrer Tochter wirklich nur helfen«, sagte sie leise.

Ilona Berger senkte den Blick. »Danke«, murmelte sie verstört.

Dann legte sie den Arm um die Schultern ihrer Tochter und ging wortlos mit ihr ins Haus, ohne sich noch einmal nach Lisa umzudrehen.

7

Ein verführerischer Duft von frisch gebackenem Kuchen durchströmte den Empfangsbereich der Villa. Michael lief das Wasser im Mund zusammen. Deshalb legte er die Reisekataloge auf das Sideboard, zog schnell seine Jacke aus und ging direkt in die Küche.

Wie erwartet traf er dort auf seine Mutter und, zu seiner großen Überraschung, auch auf Lisa. Die zwei schienen den ganzen Nachmittag gebacken zu haben, denn der lange Küchentisch stand voller Rühr- und Blechkuchen, die alle auf ihre Vollendung warteten. Einen davon bestrich Hilde gerade mit einer Schokoladenglasur, ein anderer wurde von Lisa mit bunten Smarties verziert.

»Wollt ihr eine Bäckerei eröffnen?«, fragte Michael.

»Gut erkannt«, antwortete Hilde. »Nur, mit einer einfachen Bäckerei geben wir uns nicht zufrieden. Wenn schon, dann eröffnen wir eine Konditorei, am besten am Viktualienmarkt. Eine für echte Leckermäuler.« Sie strahlte Lisa an. »Was hältst du davon? Wäre das nicht das Richtige für uns zwei?«

Abwehrend hob Lisa die Hände und warf Michael einen Hilfe suchenden Blick zu.

»Lass dir bloß nichts erzählen«, beruhigte er sie lachend. »Davon träumt meine Mutter, seit ich denken kann. Ich glaube nicht, dass sie das je in die Tat umsetzen wird.«

»Du weißt doch genau, warum«, erwiderte Hilde beleidigt.

»Und ob ich das weiß«, entgegnete Michael und fügte an Lisa gewandt hinzu: »Mein Vater hält eine Bäckerei für nicht standesgemäß. Außerdem könnten die Leute die Nase rümpfen und auf die Idee kommen, seine Ehefrau müsste Geld dazuverdienen.«

»Er ist eben etwas altmodisch«, verteidigte Hilde ihn und fragte dann verwundert: »Wo ist er eigentlich?«

»In Nürnberg. Er hat dort einen Termin.«

»In Nürnberg?« Sie runzelte ungläubig die Stirn. »Das kann nicht sein.«

»Ganz sicher«, sagte Michael. »Er hat erst Mr Ming zum Flughafen gebracht und ist dann direkt nach Nürnberg weitergefahren.«

»Womit denn? Mit dem Zug?«

Michael schüttelte den Kopf. Als wüsste seine Mutter nicht, dass Rudolf niemals mit einem Zug fahren würde. »Selbstverständlich hat er den Wagen genommen«, sagte er. »Und Harry durfte wieder einmal Chauffeur spielen.«

»Genau den habe ich aber heute in München gesehen«, widersprach Hilde.

»Wen? Harry?«

»Ja! Im Auto deines Vaters. In seiner Uniform. Darin kann man ihn nicht verwechseln.«

»Unmöglich. Ich weiß genau, dass Papa heute Nachmittag einen Termin in Nürnberg hatte.«

»Termin hin oder her, ich habe ihn jedenfalls gesehen«, meinte Hilde. »Und zwar in Grünwald, wo ich mit Renate bei ihrer Cousine war. Dort parkte in einer Seitenstraße der Wagen deines Vaters, und am Steuer saß Harry.«

»Warum bist du denn nicht hingegangen?«, wollte Michael wissen.

»Weil mir das peinlich war«, erklärte sie prompt. »Glaubst du, ich stelle Renate diesen Harry vor? Wo Renate doch immer so etepetete ist. Diesem Harry sieht man doch an, dass ...«

Abrupt brach sie ab, weil Michael ihr einen warnenden Blick zuwarf.

Allerdings war es schon zu spät. Ihre Bemerkung hatte Lisas Aufmerksamkeit geweckt.

»Was sieht man ihm an?«, fragte sie neugierig.

Michael atmete tief durch. Er mochte Harry nicht sehr gern, aber er hasste es, wenn seine Mutter immer wieder mit diesen alten Geschichten anfing. »Harry war im Gefängnis«, erklärte er gereizt. »Er hat im Affekt jemanden totgeschlagen. Aber er hat seine Strafe abgesessen und ist inzwischen seit zwölf Jahren bei uns in der Firma.«

»Ist ja schon gut«, sagte Hilde.

Daraufhin fragte Michael versöhnlich: »Für wen habt ihr nun eigentlich all diese Kuchen gebacken?«

»Für das Frühlingsfest im Kindergarten«, antwortete seine Mutter. »So wie jedes Jahr.«

»Das ist alles für den Kindergarten?«, fragte Michael enttäuscht. »Nichts davon für mich?« Er machte ein betrübtes Gesicht, während er sich ein paar von den bunten Smarties nahm.

Seine Mutter zwinkerte ihm zu. »Wenn ich einen Kuss kriege, schon.«

Er drückte ihr einen Schmatz auf die Wange und bekam umgehend seinen Lieblingskuchen geschenkt – einen Sandkuchen mit dickem Schokoladenüberzug, der einfach köstlich schmeckte. Zum Dank dafür entführte er Lisa. Er wollte mit seiner zukünftigen Frau das Hotel für die Hochzeit aussuchen. Fürs Kuchenbacken mit seiner Mutter würde Lisa in Zukunft noch genug Zeit haben.

*

In seinem Zimmer schlug er in den Katalogen die Seiten der Hotels auf, die er durch Umknicken einer Ecke markiert hatte, und zeigte sie Lisa. Die Hochglanzbilder übertrafen sich gegenseitig. Palmengesäumte weiße Strände, Terrassen, die direkt über dem Meer thronten, Poollandschaften, die übergangslos in den Horizont einzutauchen schienen, und Suiten mit allem erdenklichen Luxus.

Wenn das Paradies tatsächlich existierte, musste es in einer dieser Hotelanlagen sein. Davon war Michael fest überzeugt.

Lisas Begeisterung jedoch hielt sich in Grenzen.

»Willst du wirklich in einem Hotel wohnen?«, fragte sie.

Verblüfft schaute er sie an. »Wo denn sonst?«

Er fragte sich, ob sie am Strand übernachten wollte oder in dieser kleinen Wohnung, in der er sich mit Herrn Yoshitoki das Bad teilen musste. Das entsprach nicht seinen Vorstellungen von einer Hochzeitsreise.

»Setz dich hin, und schließ die Augen«, forderte sie ihn auf, während sie die Kataloge beiseiteschob. »Und nun stell dir Folgendes vor: Wir fahren eine lange Straße entlang, durch einen Palmenwald und einen Berg hinauf, auf dem ein prachtvolles weißes Haus steht. Es ist umgeben von Blumen, Palmen und großen Bananenstauden. Es gibt einen Kakteengarten, einen Swimmingpool und eine Veranda, von der aus man aufs Meer schauen kann. Dort hängen von einem Bambusdach unzählig viele Klangspiele herab, die anfangen zu klingen, wenn der Wind hindurchfährt, und die man auch nachts hört, durch das offene Schlafzimmerfenster. Aber nur ganz leise und vermischt mit dem Rauschen des Meeres. Das ist wirklich sehr, sehr schön.«

Als er seine Augen wieder aufmachen durfte, sah er Lisa verträumt lächeln.

»Wo steht dieses Haus?«, fragte er.

»Über der Bucht von Samaná. Von Margeritas Bar aus kann man es normalerweise sehen, aber es versteckt sich hinter den dichten Palmen und den Bananenstauden. Wir wären dort ganz für uns allein. Wäre das nicht toll?«

Das klang verlockend, so viel musste Michael zugeben. Obwohl er diese eine Woche, die als Hochzeitsreise eingeplant war, gern in einem Luxushotel verbracht hätte, in dem seine Wünsche erfüllt wurden, noch bevor er sie ausgesprochen hatte.

Aber Lisa ließ nicht locker und schwärmte Michael weiter von dem Haus vor. Sie gab sich so große Mühe, ihn zu überzeugen, dass er ihr diesen Wunsch unmöglich abschlagen konnte.

»Wem gehört dieses Haus?«, erkundigte er sich. »Kann man es so einfach mieten? Woher willst du wissen, dass es frei ist?«

»Weil ich das weiß«, sagte Lisa. »Es gehört einem Amerikaner. Er hat es vor ein paar Jahren gebaut, um dort zu leben, ist dann aber zurück nach Florida gegangen. Und nun steht es leer und wird höchstens ein- oder zweimal im Jahr an gute Freunde vermietet.«

»Zu denen du gehörst?«, fragte Michael eine Spur eifersüchtig.

Sie lachte. »Nein, ganz bestimmt nicht. Aber Margerita kennt ihn, und deshalb weiß ich, dass wir es mieten können.«

»Und es ist wirklich so schön, wie du es mir beschrieben hast?«, wollte er wissen.

»Eigentlich noch viel schöner«, versicherte sie ihm. »Glaub mir. Es ist das romantischste Haus, das es gibt.«

Er überlegte und sagte nach einer Weile: »Also gut, wenn du meinst. Ich vertraue dir blind.«

Daraufhin strahlte Lisa ihn an, was ihn sehr glücklich machte. Obwohl er ein wenig enttäuscht war, als er die Kataloge zusammenklappte. »Dann hätten wir das ja geklärt«, meinte er. »Nun müssen wir nur noch einen Termin aussuchen und die Flüge buchen. Doch wir sollten unbedingt vorher zum Standesamt gehen, um zu erfahren, welche Papiere wir dort unten für eine Eheschließung brauchen …«

»Das habe ich alles schon erledigt«, fiel sie ihm ins Wort.

Er war erstaunt. »Du warst auf dem Standesamt? Wann?«

»Heute Morgen. Es ist alles ganz unkompliziert. Hier, sieh es dir an.« Sie legte ihm ein gedrucktes Blatt Papier vor. »Wir brauchen nur unsere Geburtsurkunde, den Reisepass und ein Ehefähigkeitszeugnis. Darin bestätigt ein Anwalt, dass man nicht schon verheiratet ist.«

»Das kann Erik machen«, schlug Michael vor.

»Der ist doch Scheidungsanwalt«, rief Lisa entsetzt.

»Na und?« Er lachte. »Bist du etwa abergläubisch?«

»Ein Scheidungsanwalt soll unsere Papiere jedenfalls nicht ausstellen«, sagte sie. »Außerdem erledigen wir das vor Ort. Das geht ruckzuck und kostet nur ein paar Dollar.«

Er war nicht sicher, ob er sie gerade richtig verstanden hatte. »Willst du damit sagen, dass wir uns ein Ehefähigkeitszeugnis … kaufen sollen?«

»Natürlich nicht«, sagte sie erschrocken. »Aber dort unten geht so etwas wirklich sehr schnell.«

»Wie lange dauert es denn, diese Papiere in Deutschland ausstellen zu lassen?«

»Man hat mir gesagt, bis zu drei Monaten.«

»Drei Monate?«

Lisa nickte. »Glaub mir, so ein Ehefähigkeitszeugnis ist überhaupt kein Problem. Das erledigt die deutsche Botschaft in Santo Domingo sofort.«

Michael aber blieb skeptisch. »Und wenn nicht? Dann fliegen wir dorthin und können unter Umständen gar nicht heiraten.«

»Lass mich mal machen«, erwiderte sie augenzwinkernd. Aber dann wurde sie auf einmal sehr ernst, senkte ihren Blick und sagte: »Ich wollte sowieso noch etwas mit dir besprechen ...«

Ein ungutes Gefühl breitete sich in seiner Magengegend aus. »So? Was denn?«, fragte er und sah sie abwartend an.

Sie zögerte mit der Antwort. Nach einer Weile sagte sie: »Ich wollte gern zwei Tage eher in die Karibik fliegen.«

Seine Auffassungsgabe schien heute nicht intakt zu sein. Er hatte schon wieder den Eindruck, sie falsch verstanden zu haben. Wollte sie tatsächlich ohne ihn vorausfliegen?

»Ich muss mich von meinen Freunden verabschieden, das Zimmer kündigen und auch meinen Job ... und ich könnte mich um dieses Ehefähigkeitszeugnis kümmern«, versuchte sie ihm zu erklären.

Verständnislos schüttelte er den Kopf. »Aber das können wir doch alles zusammen erledigen.«

»Bitte«, flüsterte sie, und weil ihre Augen ihn so anflehten, willigte er ein. Glücklich war er darüber nicht.

8 Fest an die Wand gepresst stand sie hinter der bodenlangen Gardine und wagte kaum zu atmen. Sie hatte Angst. Panische Angst! Sie drückte die Puppe an sich und krallte die Finger in deren blonde Zöpfe.

Wenn es doch nicht so dunkel wäre! Brannte kein Licht mehr im Haus, oder konnte sie es durch den dicken Samtstoff nur nicht sehen?

Tapfer schluckte sie die Tränen herunter. Sie durfte nicht weinen. Nicht jetzt. Auf keinen Fall. *Große Mädchen weinen nicht.*

Sie horchte in die Stille. Es gab kein einziges Geräusch. Im ganzen Haus nicht. Deshalb fasste sie sich ein Herz und schob die Gardine beiseite …

In diesem Augenblick wachte Lisa auf. Schweißgebadet versuchte sie, sich zu orientieren. Wo war sie?

Sie rang nach Luft, musste sich erst einmal beruhigen. Musste gleichmäßig atmen. Doch ihre Kehle war wie zugeschnürt.

Die Augen der Puppe sahen sie an. Große, blaue Kulleraugen.

Lisa hielt sich den Mund zu, weil sie sonst schreien würde.

Sie brauchte Luft. Dringend.

Sie schlug die Decke zurück, tastete im Dunkeln nach ihren Sachen und verschwand damit im Bad. Dort machte sie Licht und ließ kaltes Wasser über ihr Gesicht laufen. Eiskaltes Wasser. Das half ihr aufzuwachen und in die reale Welt zurückzufinden.

Nachdem es ihr ein wenig besser ging, zog sie sich an, band die Turnschuhe zu und schlich durch das Zimmer nach draußen. Michael schlief ruhig und fest. Er schien sie nicht gehört zu haben.

Unten am See stellte sie sich auf, um mit ihren Übungen zu beginnen. Doch es fehlte ihr an der notwendigen Konzentration. Sie sog die kühle Morgenluft ein und lauschte dem Wasser, das leise ans Ufer schwappte. Ihre Gedanken fanden einfach keine Ruhe.

Sie drehte sich zur Villa um. Das große Haus lag noch im Dunkeln. Hinter keinem der Fenster brannte Licht. Um halb sieben würde Hilde aufstehen und den Hund rauslassen. Bis dahin war noch Zeit, die sie nutzen konnte.

Sie lief zum Bootshaus. Unter den Seilen neben dem alten Anker hatte sie den Schlüssel versteckt – den für das Büro von Michaels Großvater. Dieses neue Versteck kannte nur sie allein.

Sie schloss die Eisentür auf. Der modrige, muffige Geruch schlug ihr entgegen, und es war so dunkel, dass sie fast nichts erkennen konnte. Doch sie durfte kein Licht machen, das wäre durch die Fensterläden von außen zu sehen.

Sie ging in den Raum hinein und blieb inmitten der Dunkelheit stehen. Hier war etwas Unheimliches, Gespenstisches, das hatte sie schon beim ersten Mal so empfunden. Man hörte nichts hier drinnen, und doch war es nicht still. Leise Stimmen wisperten umher, als schwirrten Geister durch die Luft.

Die Geister der Vergangenheit, die nicht schwiegen. So hatte Juanita es auch vorhergesagt. Und Juanita musste es wissen. Schließlich war sie es, die den Geist der Toten am Leben hielt.

Plötzlich hörte Lisa ein Geräusch. In Windeseile verließ sie das Bootshaus, lief zurück zur Trauerweide und hatte diese kaum erreicht, als der Hund auf sie zugerannt kam. Von der offenen Terrassentür aus winkte Hilde ihr zu.

9

»Augen zu«, befahl Michael in strengem Tonfall.

Lisa protestierte. Doch Michael war zu keinem Kompromiss bereit. Als sie ihre Augen schloss, legte er zur Sicherheit sogar noch seine Hände auf ihre Lider. Dann führte er sie durch die Eingangstür der Villa nach draußen, wo ihr Hochzeitsgeschenk parkte – schwarzmetallic, mit offenem Dach und einer roten Schleife auf der Motorhaube.

»Und jetzt die Augen wieder öffnen!« Erwartungsvoll blickte er sie an. Er war so unglaublich gespannt auf ihre Reaktion. Seit Tagen schon hatte er diesem Augenblick entgegengefiebert und sich ausgemalt, wie überrascht sie sein würde.

Doch von Freude oder Überraschung keine Spur. Skeptisch und mit einer misstrauischen Falte zwischen den Augenbrauen betrachtete sie das schnittige, nagelneue Mercedes-Cabriolet.

»Freust du dich?«, hakte er nach.

»Soll das … für mich sein?«, fragte sie zögernd.

Demonstrativ drehte er sich nach allen Seiten um. »Ich denke schon. Oder siehst du sonst noch eine Frau, die vorhat, mich zu heiraten?«

Ein flüchtiges Lächeln huschte über ihr Gesicht.

»Gefällt es dir?«, fragte Michael.

»Sehr«, antwortete sie brav, wie ein Kind, das sich für Omas selbst gestrickte Socken bedankt.

Damit brachte sie ihn fast zur Verzweiflung. Emotionen zu zeigen fiel ihr wirklich schwer. Egal ob sie Rosen oder ein Cabriolet geschenkt bekam. Doch sie ging bewundernd um den Wagen herum und ließ ihre Finger über den Lack gleiten, was Michael als ein Zeichen von Freude deutete.

»Der Schlüssel steckt. Wollen wir eine kleine Spritztour machen?«, fragte er.

Sie nickte, und als sie am Steuer saß, bemerkte er das Leuchten in ihren Augen. Sie freute sich also doch. Zufrieden lehnte er sich in den Sitz zurück, während Lisa den Wagen startete.

»Wohin sollen wir fahren?«, fragte sie.

»Einfach am See entlang«, schlug er vor, obwohl er durchaus ein Ziel anstrebte, denn er hatte in der *Villa am See* ein romantisches Candlelight-Dinner bestellt. Seiner Meinung nach brauchte ein Tag wie dieser einen glanzvollen Abschluss.

Sanft glitt der Wagen über die mit Kieselsteinen belegte Auffahrt. Er fuhr leise, und das schicke Cockpit glänzte in der Abendsonne.

Vor dem schmiedeeisernen Tor hielt Lisa an. Um es zu öffnen, benötigte man nicht nur eine Fernbedienung, sondern auch einen speziellen Code, und sie verfügte weder über das eine noch über das andere. Aber auch das wollte Michael jetzt ändern. Darüber war sein Vater zwar nicht sehr glücklich, doch Lisa wohnte nun einmal hier und musste kommen und gehen können, wie es ihr beliebte.

Ihre Fernbedienung lag bereits in der Mittelkonsole.

»Das Tor lässt sich nur mit einem fünfstelligen Code öffnen«, erklärte er ihr. »9-2-5-5-6. Das ist einfach zu merken. Auf der Tastatur eines Telefons ergibt es das Wort *Yakko.*«

Sie nahm ihm die Fernbedienung aus der Hand und drückte die Zahlenkombination ein. Beinah geräuschlos gingen daraufhin die beiden Flügel des imposanten Eingangsportals auf.

»Sind die Kameras dort oben eigentlich echt?«, fragte sie.

Darüber musste Michael laut lachen. »Wenn du glaubst, dass mein Vater Attrappen anbringt, kennst du seine Phobie noch nicht. Er leidet unter schlimmstem Verfolgungswahn. Unser ganzes Grundstück ist voll von Kameras, die Villa mit hochmodernster Alarmanlage gesichert, und selbst für die Garagen braucht man einen Zugangscode.«

»Oje«, seufzte Lisa und fuhr hinunter zum See.

Michael machte Musik an, es lief eine CD von Eros Ramazzotti, die er zuvor schon eingelegt hatte. Und während Eros mit seiner kratzig-schmalzigen Stimme von *Amore* und *Emozione* sang, legte Michael den Arm über den Fahrersitz und streichelte Lisas Schulter. Er wünschte sich romantische Stimmung, vom Abendessen bis tief in die Nacht hinein.

Sie warf ihm einen flüchtigen Blick von der Seite zu, wurde im selben Moment etwas langsamer und bog nach rechts ab.

»Wohin willst du?«, rief er überrascht.

»Nur ein bisschen herumfahren«, entgegnete sie lachend und gab Gas.

Er sah auf die Uhr und danach hinauf in den Himmel. Lange sollten sie nicht mehr ohne Verdeck unterwegs sein, denn die stockdunklen Wolken dort oben sahen ganz nach Gewitter aus.

»Wir müssen das Dach schließen«, warnte er.

Aber davon wollte Lisa nichts wissen und preschte über die Straße. Sie fuhren kilometerlang durch einen Wald, bis sie in eine kleine Ortschaft kamen, die nur aus wenigen Häusern bestand, immerhin aber einen Marktplatz, einen Bäcker und einen Metzger hatte. Allerdings waren die Geschäfte um halb acht abends geschlossen und keine Menschenseele auf der Straße.

»Lass uns umkehren«, drängelte Michael. Sein Magen meldete sich, und er freute sich auf das Essen in der *Villa am See.*

»Schau mal dort vorn«, rief Lisa und zeigte nach links auf eine weiße Kirche. Hinter dem Ortsausgangsschild stand sie auf einer kleinen Lichtung am Waldrand. Ruckartig stieg Lisa auf die Bremse und bog in einen unbefestigten Weg ein.

»Schau nur, wie schön!« Sie war ganz begeistert. »Kennst du diese Kirche?«

»Nein.« Ein erster Regentropfen fiel auf seine Nasenspitze. Er schloss das Dach, nachdem Lisa vor der Kirche geparkt hatte.

»Komm, wir schauen sie uns an«, sagte sie und sprang aus dem Wagen, bevor Michael Einspruch erheben konnte.

Missmutig öffnete er die Beifahrertür. »Was wollen wir denn hier?«, rief er ihr zu. Er hatte Hunger, und ein Unwetter braute sich zusammen. Doch Lisa stand bereits an der Kirchentür.

»Nun komm schon. Es ist offen. Wir werfen nur schnell einen Blick hinein.«

»Also gut!« Er gab sich geschlagen, obwohl sein Interesse sich in Grenzen hielt. Und in der Tat hatte diese kleine Waldkirche nichts Besonderes zu bieten. Teilnahmslos betrachtete er die einfache, schmucklose Innenausstattung und dachte an Jakobsmuscheln und Zanderfilet in Safransoße.

»Sieh nur die schönen Blumen«, sagte Lisa und trat an den Altar. Ein Strauß frischer Rosen lag darauf – gelbe Rosen mit runden Blüten. Sie schnupperte daran.

»Es scheint sich jemand sehr liebevoll um die Kirche zu kümmern«, sagte sie.

»Mag sein«, erwiderte Michael, während er sie entschlossen an der Hand nahm und nach draußen zog. Er hatte nicht nur einen Mordshunger, sondern es jagte auch schon ein erster Blitz über den rabenschwarzen Himmel. Ein krachender Donner folgte, und dicke Tropfen platschten auf die Erde. Sie sollten zusehen, dass sie hier wegkamen.

Doch Lisa schien keine Eile zu haben. Ein Haus auf der anderen Seite des Weges, schräg gegenüber der Kirche, weckte ihre Aufmerksamkeit.

Verlassen und halb verfallen wie es war, schien es seit ewigen Zeiten unbewohnt zu sein. Die Fassade bröckelte und war von Efeu überwuchert, die Fensterläden hingen windschief in den Angeln, und im Garten stand meterhoch das Gras. Ein Schild mit der Aufschrift *Zu verkaufen* lugte gerade noch daraus hervor.

»Wollen wir uns das Haus anschauen?«, fragte Lisa.

Nun verstand Michael keinen Spaß mehr. »Was willst du dir da anschauen?«, sagte er ungehalten. »Lass uns zum Auto gehen. Es fängt schon an zu regnen.«

Kaum hatte er es ausgesprochen, da schmetterte ein so kräftiger Platzregen auf sie herab, dass sie trotz der wenigen Meter bis zum Auto klatschnass wurden. Die Haare klebten am Gesicht, die Klamotten am Körper, und sie sahen aus wie begossene Pudel. Das Abendessen in der *Villa am See* hatte sich damit erledigt.

»Dann werden wir eben von Luft und Liebe leben«, tröstete Lisa ihn.

Das war zwar romantisch, doch davon würde er nicht satt werden. Deshalb hoffte er inständig, dass seine Mutter daheim irgendetwas Leckeres im Kühlschrank hatte.

10 Es war zwei Uhr nachts. Lisa lauschte in die Stille. Im Haus war alles ruhig. Michael schlief und auch seine Eltern, die erst spät von der Ausstellungseröffnung zurückgekehrt waren. Der Zeitpunkt war günstig.

Sie schlug die Decke zurück und stand leise auf. Im Dunkeln zog sie sich die Kleidung an, die sie vorher bereitgelegt hatte. Schwarze Hose, schwarze Jacke und Sneakers.

Ohne Licht zu machen, schlich sie zur Tür. Sie hatte stundenlang wach gelegen, ihre Augen hatten genügend Zeit gehabt, sich an die Dunkelheit zu gewöhnen.

Sie verließ das Zimmer und lief lautlos die breite Treppe nach unten. Dort überprüfte sie, ob das Wohnzimmer verschlossen war, denn der Hund schlief darin, und die Gefahr, dass er sie bemerkte, war groß.

Dann ging sie zum Garderobenschrank, öffnete ihn und ertastete die darin hängenden Jacken. Michaels Jacke erkannte sie am Stoff. Sie griff in die Taschen, doch das, wonach sie suchte, fand sie nicht.

Fieberhaft überlegte sie. Wo könnte die Karte sein? Er trug sie doch immer in der Jackentasche.

Akribisch untersuchte sie alles noch einmal. Die Magnetkarte steckte in der Innentasche. Es ärgerte sie, dass sie nicht gleich daran gedacht hatte.

Sie nahm sie an sich, zog leise die Eingangstür auf und legte einen kleinen Holzstab dazwischen, den sie im Garderobenschrank versteckt hatte. Die Tür musste während ihres kurzen Ausfluges offen bleiben, sonst gab es keine Möglichkeit mehr, unbemerkt in das Haus zurückzugelangen. Denn nachts musste man einen Code in einen unscheinbaren Kasten neben der Haustür eingeben, und den hatte Michael ihr noch nicht verraten.

Sie lief über die beleuchtete Auffahrt zum Tor. Einige Meter davor, im Schutz der Dunkelheit, blieb sie stehen und drückte auf der Fernbedienung die Zahlenfolge ein: 9-2-5-5-6.

Die Flügel öffneten sich geräuschlos. Doch nun war Vorsicht geboten. Jede kleinste Bewegung wurde von den Kameras registriert, nur in ihrem toten Winkel war Lisa geschützt. Deshalb legte sie sich auf den Boden, robbte an das Tor heran und durch den Eingang hindurch, fest an die Mauerseite gepresst.

An der Hauptstraße entlang rannte sie zu einem Waldparkplatz, auf dem zu dieser nachtschlafenden Zeit nur ein einziges Auto stand. Ein unauffälliger Mittelklassewagen von einer Autovermietung, in dessen Kofferraum schon alles bereitlag. Sie hatte alles perfekt vorbereitet.

Lisa aktivierte den Laptop und schob die Karte in das hochsensible Lesegerät. Blitzschnell kopierte es die Daten. Der Kartencode war längst nicht so ausgeklügelt, wie sie geglaubt hatte.

Sie hetzte zurück, gab noch während des Laufens die Zahlenkombination ein, robbte wieder durch das Tor hindurch und lief zum Haus. Jetzt kam der gefährlichste Teil ihrer nächtlichen Aktion. War jemand wach geworden und hatte bemerkt, dass die Haustür offen stand?

Sie schlich sich an. Die Villa lag weiterhin im Dunkeln, es war still, und auch der Holzstab klemmte noch zwischen Tür und Schwelle.

Sie nahm ihn weg und schlüpfte ins Haus. Dort steckte sie die Magnetkarte in Michaels Jackentasche zurück, lief die Treppe hinauf, zog vor dem Zimmer Hose, Jacke und Schuhe aus und machte behutsam die Tür auf. Es war alles in Ordnung. Sie ging auf Zehenspitzen ins Bad, ließ die Sachen in den Wäscheschacht fallen und huschte lautlos zurück ins Bett.

11

Zwei Tage vor Lisas Abflug in die Dominikanische Republik saß Michael in seinem Büro und brütete über einem Vorschlag der Marketingabteilung, als plötzlich die Tür aufgerissen wurde und eine gut gelaunte Lisa auf ihn zustürmte – gefolgt von einer lautstark protestierenden Frau Meierhöfer.

»Sie können hier nicht einfach so eindringen!«, rief Frau Meierhöfer entsetzt. »Es tut mir leid, Michael, aber …«

»Ist schon gut«, beruhigte er sie und stellte ihr Lisa vor.

»Das konnte ich natürlich nicht wissen«, sagte Frau Meierhöfer versöhnlich. »Ich war nur so erstaunt, dass jemand Fremdes … Na ja, es hat sich ja nun aufgeklärt.« Sie rang sich ein Lächeln ab.

Doch nicht nur Frau Meierhöfer, auch er selbst war über Lisas Erscheinen sehr erstaunt. An der Anmeldung hatte man Lisa noch nie gesehen. Sie hätte nicht ohne Weiteres durchgelassen werden dürfen, denn bei

MediCare gab es strikte Anweisungen für den Empfang von Besuchern. Jeder Besucher musste persönlich abgeholt oder von einer der Empfangsdamen in das entsprechende Büro begleitet werden. Niemandem, aber auch niemandem, der nicht zur Firma gehörte, war es möglich, einfach so alleine durch das Gebäude zu spazieren. Außerdem war es für fremde Personen ausschließlich über den Haupteingang zu betreten. Alle anderen Zugänge öffneten sich nur mit einer speziell codierten Magnetkarte.

»Und an der Anmeldung haben sie dich einfach durchgelassen?«, wollte er wissen.

»Das war überhaupt kein Problem«, erwiderte Lisa. »Ich habe ihnen gesagt, ich sei vom Pizzaservice.«

»Das ist nicht dein Ernst!«

»Doch.« Sie schlang die Arme um seinen Hals. »Hast du Zeit?«

»Jetzt? Wofür?«

»Für eine Überraschung«, sagte sie und lächelte geheimnisvoll.

Was denn für eine Überraschung? War Lisa etwa schwanger? Michael träumte schon von dem Ultraschallbild auf seinem Kopfkissen. Vor Freude begann sein Herz zu klopfen.

»Also gut. Wohin fahren wir?«

»Das wird nicht verraten.«

Er nahm seine Jacke und meldete sich für zwei Stunden bei Frau Meierhöfer ab. Kaum hatte er jedoch mit Lisa das Sekretariat verlassen, tat er so, als hätte er etwas vergessen und ging zurück. Die Sache mit dem Pizzaservice ließ ihm keine Ruhe. Wenn sein Vater davon erfuhr, würden alle am Empfang entlassen werden.

»Ist noch was?«, fragte Frau Meierhöfer.

Er beugte sich über ihren Schreibtisch und sagte im Flüsterton: »Wir müssen dringend klären, seit wann die Damen unten am Empfang jemanden durchlassen, der behauptet, vom Pizzaservice zu sein.«

Entsetzt blickte Frau Meierhöfer über den Rand ihrer Brille. »Um Himmels willen, haben sie das?«

Er nickte mit ernstem Gesicht.

»Dann werde ich mich sofort darum kümmern«, entgegnete Frau Meierhöfer und griff bereits zum Telefon, während sie murmelte: »Das sind ja Zustände wie im alten Rom.«

»Nur gab es damals noch keinen Pizzaservice«, fügte Michael augenzwinkernd hinzu. Danach lief er eilig zurück zu Lisa, denn er war gespannt auf ihre Überraschung.

*

Der Weg, den Lisa nahm, kam Michael irgendwie bekannt vor. Hier waren sie neulich schon einmal gewesen.

Sie fuhren wieder durch das kleine Dorf und bogen hinter dem Ortsausgangsschild in den unbefestigten Weg ein, der zu der weißen Kirche führte. Vor dem einsamen, mit Efeu bewachsenen Haus am Waldrand parkte Lisa den Wagen.

»Was machen wir hier?«, fragte Michael verwundert.

»Wir werden uns das Haus anschauen«, sagte sie, während sie ausstieg.

Das Haus? Hatte er sich verhört? Verärgert sah er sie an.

»Du holst mich aus dem Büro, damit wir uns diese Bruchbude anschauen?«

»Die Maklerin hatte nur jetzt Zeit.«

»Welche Maklerin?«

»Die, die das Haus verkauft.«

»Das ist ein Scherz, oder?«

Ein Scherz aber war es nicht, wie Michael feststellte, denn in diesem Moment fuhr ein silbergrauer BMW vor, dem eine kleine, nicht ganz schlanke Frau entstieg. Ihr Name war Frau Lämmers. Sie war um die fünfzig, trug ein graues Kostüm mit weißer Bluse und roch nach einem süßen Parfüm.

Als Michael ihr die Hand gab und seinen Namen nannte, gruben sich nachdenkliche Falten in ihre gepuderte Stirn.

»Kennen wir uns?«, fragte sie.

Er verneinte. Während die Maklerin den Hausschlüssel zückte, fiel sein Blick auf das Schild mit der Aufschrift *Zu verkaufen.* Schon fast nicht mehr lesbar, stand darunter eine Telefonnummer, womit sich zumindest die Frage erübrigte, wie Lisa an diese Frau gekommen war.

»Wollen wir?«, fragte Frau Lämmers und stakste voran, darauf bedacht, mit den Absätzen ihrer Stöckelschuhe nicht in den Ritzen des Kopfsteinpflasters hängen zu bleiben.

»Sehen Sie sich nur diesen großen Garten an«, schwärmte sie. »Ist das nicht toll? Es wird ein bisschen Arbeit notwendig sein, ihn wieder herzurichten. Aber wenn es hier blüht und grünt, wird man Sie beneiden, das schwöre ich Ihnen. Allein schon wegen der herrlichen Rosensträucher am Gartenzaun. Schauen Sie sich doch nur diese Pracht an. Und diese Waldrandlage! Wirklich sehr idyllisch. So ruhig, nicht wahr? Alles wie geschaffen für ein trautes Heim.«

Michael verdrehte die Augen, während Frau Lämmers die drei Stufen zu dem überdachten Vorbau hinaufstieg und die marode Eingangstür aufschloss.

Zu dritt drängten sie sich in einen schmalen Flur. Die Holzdielen des Fußbodens waren morsch, und überhaupt war das Haus in einem katastrophalen Zustand. An den Wänden klebte Schimmel, und aus dem feuchten Mauerwerk stieg ein muffiger Geruch.

»Man kann ein Schmuckstück daraus machen«, versicherte Frau Lämmers und fügte aufmunternd hinzu: »Mit dem Kaufpreis werde ich Ihnen selbstverständlich entgegenkommen.«

Michael winkte dankend ab. Dieses Haus würde er nicht einmal geschenkt nehmen. Doch Frau Lämmers ließ sich nicht irritieren und bat darum, einen Blick in den Raum links vom Flur zu werfen. Michael und Lisa steckten die Köpfe durch den Türrahmen. Das sei früher die Küche gewesen, erklärte die Maklerin. Sie war winzig und vollkommen leer. So wie auch das Wohnzimmer, abgesehen von einem dunkelgrünen Kachelofen mit Sitzbank, den Lisa in den höchsten Tönen bewunderte. Dabei war es nur ein ganz gewöhnlicher dunkelgrüner Kachelofen.

Michael hatte nun genug von dieser blödsinnigen Hausbesichtigung, denn im Büro wartete viel Arbeit auf ihn. Er wollte gehen, und zwar sofort.

Doch die Maklerin fragte charmant: »Sollten wir uns nicht noch die obere Etage anschauen?«

»Gerne«, antwortete Lisa schnell. Und bevor Michael sich wehren konnte, zog sie ihn auch schon die Treppe hinauf. Unter jedem Schritt gaben die Stufen ein bedenkliches Knarren von sich. So bedenklich, dass Michael nicht sicher war, ob die Treppe drei Personen aushielt.

In den oberen Räumen gab es nichts weiter zu sehen. Bis auf eine Blümchentapete aus den Siebzigerjahren, die in Fetzen von den Wänden hing, und einen museumsreifen Badeofen.

Lisa schlug vor, auch den Dachboden zu besichtigen, woraufhin Michael endgültig protestierte.

»Nun tun Sie Ihrer Frau doch den Gefallen«, sagte Frau Lämmers.

Also stieg er über eine Art Hühnerleiter mit Lisa auch noch auf den Dachboden hinauf.

Hier oben lag allerlei Gerümpel herum, als hätte man beim Ausräumen des Hauses den Dachboden vergessen. Unter einem schmutzigen Fenster, durch das sich das Sonnenlicht quälte, stand eine alte Nähmaschine. Darauf ein Nähkorb, in dem noch Garn, Nadeln und Stoffreste waren. Und daneben lagen zwei abgewetzte Koffer, die bestimmt lange Reisen hinter sich hatten.

Einer davon war mit einer Sonne bemalt. Sein Verschluss schien kaputt zu sein, zumindest fiel Michael auf, dass ein Stück des Metallteils herausgebrochen war. Deshalb machte er ihn auf. Ein rosafarbenes Kleidchen lag darin, so klein, dass es wohl einer Puppe gehörte. Er klappte den Koffer wieder zu. Weiter hinten stieß er auf eine alte Truhe aus dunklem Holz. Soweit er es im Halbdunkel erkennen konnte, war sie mit aufwendigen Schnitzereien versehen. Neugierig wie er war, versuchte er, sie zu öffnen. Doch die Truhe war verschlossen.

»Lass uns gehen«, sagte Lisa. »Ich denke, wir haben jetzt alles gesehen.«

Als sie durch den Garten zurück zu den Autos gingen, fiel der Maklerin ein, woher sie Michael kannte. »Firma MediCare, nicht wahr? Sind Sie nicht der Sohn von Rudolf Westphal?«

Kaum hatte er das durch ein Kopfnicken bestätigt, sprudelte es aus der Dame nur so heraus: »Wenn Sie ein idyllisches Haus in Waldrandlage suchen, Herr Westphal, kann ich Ihnen natürlich ganz andere Objekte anbieten. Dieses hier kann doch unmöglich Ihren Vorstellungen entsprechen. Ich bitte Sie! Da habe ich Häuser, die Ihren Ansprüchen wesentlich gerechter werden. Diesbezüglich sollten wir unbedingt einen Termin vereinbaren …«

»Könnten wir das Haus noch einmal alleine besichtigen?«, unterbrach Lisa ihren Redeschwall.

»Dieses hier?« Sichtbares Unverständnis zeichnete sich in Frau Lämmers' Gesicht ab, doch sie lächelte und sagte: »Gerne! Wenn Sie unbedingt möchten, können Sie den Schlüssel jederzeit bei mir im Büro abholen. Oder wissen Sie was? Nehmen Sie ihn doch gleich mit. Für das

Haus hat sich noch nie jemand interessiert. Ziemlich unwahrscheinlich, dass in den nächsten Tagen einer danach fragt.« Sie gab Lisa den Schlüssel. »Bringen Sie ihn mir einfach irgendwann zurück. Und bis dahin mache ich Ihnen eine Mappe fertig mit den idyllischsten Häusern, die Sie je gesehen haben. Sie werden begeistert sein, das garantiere ich Ihnen.«

Dann verabschiedete sie sich, stieg winkend in ihren BMW und rauschte davon.

*

»Was hatte diese Hausbesichtigung zu bedeuten?«, fragte Michael ärgerlich. »Du denkst doch nicht ernsthaft darüber nach, dieses Haus zu kaufen, oder?«

Lisa schüttelte schweigend den Kopf.

Er sah sie an. »Warum in aller Welt mussten wir es dann besichtigen?«

Sie war leichenblass, das war ihm bisher gar nicht aufgefallen.

»Ist dir nicht gut?«, fragte er erschrocken.

»Nein, es ist alles in Ordnung«, erwiderte sie. »Es tut mir leid, dass ich dich deswegen aus dem Büro geholt habe. Aber ich wollte einfach, dass wir beide gemeinsam dieses Haus anschauen.«

Er nahm sie zärtlich in den Arm. »Es wäre dir also lieber, wir würden uns ein eigenes Haus suchen, nicht wahr?«

»Nein, nicht unbedingt …«, wehrte sie ab.

Doch er hatte verstanden. Sie wollte in Zukunft nicht auf dem Anwesen seiner Eltern, sondern in einem eigenen Haus leben. Er selbst hielt das inzwischen auch für die beste Lösung.

»Wenn du möchtest, werden wir uns nach der Hochzeit ein paar geeignete Objekte ansehen«, versprach er ihr. »Aber etwas Schönes. Nicht so ein einsames, verfallenes Hexenhaus wie dieses.«

Sie legte den Kopf an seine Schulter und sagte leise: »Du hast recht. Dieses Haus wäre nicht der richtige Ort für uns. Aber ein Hexenhaus ist es nicht. Es ist ein Geisterhaus. Hast du das nicht gespürt?«

12

Nach einer letzten kurzen Schleife in der Luft setzte das Flugzeug endlich zur Landung an. Erleichtert atmete Michael auf. Es war natürlich faszinierend, dieses grüne Paradies inmitten des azurblauen Ozeans aus der Luft zu bestaunen, doch er konnte es nicht mehr erwarten, Lisa zu sehen. Nach zwei Tagen ohne sie war er schon fast krank vor Sehnsucht. Deshalb zählte jede Minute. Er sah auf seine Armbanduhr, die bereits Ortszeit anzeigte. Es war siebzehn Uhr zehn. Die Maschine landete pünktlich. Sein Herz klopfte vor Aufregung.

»Sehr geehrte Damen und Herren, herzlich willkommen in der Dominikanischen Republik …«

Die Stewardess meldete achtundzwanzig Grad im Schatten und strahlenden Sonnenschein. Genau das richtige Wetter zum Heiraten, dachte Michael, während er sich aus dem Gurt befreite.

Bevor er aufstand, kontrollierte er noch schnell, ob das Kästchen mit den Ringen in der Laptoptasche lag. Die Ringe hatte er beim Juwelier Hofstetter bestellt und gestern erst abgeholt. Sie sollten eine Überraschung für Lisa sein.

Beim Verlassen der Maschine hatte er es dann so eilig, dass die zwei freundlichen Stewardessen, denen er von seiner bevorstehenden Hochzeit erzählt hatte, kaum dazu kamen, ihm viel Glück zu wünschen. Aber er wollte jetzt nur noch zu Lisa. Achtundvierzig Stunden war er von ihr getrennt gewesen. Ganze zweitausendachthundertachtzig Minuten! Das war für einen schwer liebeskranken Menschen vollkommen unzumutbar!

Leider interessierte das den Beamten an der Passkontrolle wenig. Er ließ sich Zeit und war trotz langer Menschenschlange vor seinem Schalter um ein stressfreies Arbeitsklima bemüht.

Auch an der Gepäckausgabe ging es nicht sehr viel schneller. Unzählige Koffer liefen auf dem Band an Michael vorbei und drehten immer wieder die Runde, als hätten sie keinen Besitzer. Nur seiner war nirgendwo zu sehen.

Ein untersetzter Mann drängelte sich vor und zerrte kurzatmig eine riesige Reisetasche vom Band. Dabei rann ihm der Schweiß die Schläfen herunter.

»Heiß hier, was?«, grinste er Michael an, während er auf ein weiteres Gepäckstück wartete. Er roch, als wäre im Flugzeug die Klimaanlage ausgefallen, weshalb Michael einen großen Schritt zurückging und dabei einer Dame auf den Fuß trat.

»Aua«, schrie die laut auf.

Er drehte sich um und entschuldigte sich höflich, als gerade sein Koffer an ihm vorbeiglitt. In letzter Sekunde stürzte er sich auf ihn, rempelte beinah den kugelrunden Mann um, zog mit einem kräftigen Ruck seinen Koffer vom Band und lief wie ein liebestoller Teenager dem Ausgang entgegen.

Als sich die Tür vor ihm öffnete und er Lisa dort stehen sah, überkam ihn ein unendliches Glücksgefühl. Sie trug das kurze, rote Kleid mit den schmalen Trägern, das sie am letzten Abend bei Margerita getragen hatte, dazu weiße, geschnürte Leinenschuhe, und in den offenen Haaren steckte eine riesige Sonnenbrille. Er fand sie unglaublich süß und schloss sie fest in die Arme.

»Du hast mir gefehlt«, flüsterte er.

»Du mir auch«, hauchte sie.

Daraufhin küsste er ihren verführerisch roten Mund. Als sie seine Küsse zärtlich erwiderte, fühlte er sich augenblicklich von seiner schlimmen Krankheit geheilt.

*

Kaum saßen sie in dem weißen Jeep, den Lisa gemietet und direkt vor dem Flughafengebäude geparkt hatte, bekam Michael von ihr einen Umschlag in die Hand gedrückt. Er fragte sich, ob das Ehefähigkeitszeugnis schon fertig war. In den letzten Tagen hatte er immer wieder daran gedacht und Angst gehabt, dass die Ausstellung dieses Dokumentes doch länger dauern würde.

Hastig überflog er das Schreiben. Es gab Auskunft darüber, dass weder bei ihm noch bei Lisa ein Ehehindernis vorlag, und trug den offiziellen Stempel der deutschen Botschaft in Santo Domingo.

»Bedeutet das, wir können sofort heiraten?«, rief er überschwänglich.

Sie lachte und erwiderte mit einem koketten Augenaufschlag: »Die Trauung ist übermorgen, nach Sonnenuntergang, in der Bucht von Samaná. Es ist schon alles vorbereitet. Wollen wir?«

Bevor er dazu kam, ihr einen Kuss zu geben, startete sie den Wagen und gab Gas. Der Jeep ging ab wie eine Rakete. Als Rennfahrerin hätte Lisa sicher Erfolg gehabt, denn ihr Faible für Geschwindigkeit beschränkte sich nicht allein aufs Bootsfahren.

Nach kurzer Zeit allerdings musste sie das Tempo drosseln, denn sie verließen die Schnellstraße, und die Wege waren jetzt mit tiefen Schlaglöchern gespickt. Sie fuhren durch ein paar kleine Ortschaften und dann über eine einsame Straße, mitten durch einen Palmenwald. Bald endete diese jedoch irgendwo im Nirgendwo – vor einem Fluss, über den es keine Brücke gab. Doch Lisa hatte sich nicht verfahren, sie nahm lediglich eine Abkürzung, und ehe Michael sich's versah, preschte sie so rasant durchs Wasser, dass es nach allen Seiten spritzte. Er kam sich vor wie bei der Rallye Dakar. Oder im Abenteuerurlaub. Dabei hatte er sich das Heiraten in der Karibik eigentlich sehr romantisch vorgestellt.

Die von ihm ersehnte Romantik stellte sich ein, als die Straße sich kurvenreich den Berg hinaufschlängelte, am Straßenrand die Kakteen blühten und das türkisblaue Meer zu ihren Füßen lag. Als dann Lisa in eine

Toreinfahrt einbog und durch einen exotischen Garten mit breit gefächerten Palmen, hohen Bananenstauden, bunten Blumen und frei umherfliegenden Papageien auf das weiße Haus zusteuerte, war Michael ganz fasziniert.

Die dichte Bepflanzung des Gartens machte es unmöglich, das Grundstück von der Straße einzusehen, und schützte das Haus vor neugierigen Blicken. Soweit Michael erkennen konnte, war es weit und breit das einzige auf diesem Berg, und in seiner Schönheit und Großzügigkeit übertraf es alle seine Erwartungen.

Lisa parkte den Wagen auf einem Rondell, in dessen Mitte ein Springbrunnen plätscherte.

»Komm mit«, rief sie, nachdem sie ausgestiegen waren. »Ich will dir zuerst etwas zeigen.«

Sie zog ihn um das Haus herum, wo drei Stufen zu einer von Blumen umrankten Veranda hinaufführten. Dort luden bequeme Korbsessel zum Faulenzen ein, und von dem Bambusdach, das die Veranda zur Hälfte bedeckte, hingen die Klangspiele herab, von denen Lisa erzählt hatte. Jedes Mal, wenn der Wind hindurchfuhr, erklangen die zarten, hell schwingenden Töne, die getragen von unsichtbaren Wellen mehrfach nachhallten, bis sie leiser wurden und allmählich ganz verstummten.

»Dort vorn ist der Kakteengarten«, erklärte Lisa und zeigte nach rechts, »und dahinter der Swimmingpool. Du wirst begeistert sein.«

Er war es jetzt schon und küsste sie auf die Nasenspitze. »Du hast nicht zu viel versprochen. Es ist umwerfend schön hier«, versicherte er ihr.

»Am Ende willst du gar nicht mehr weg«, rief sie freudig und fügte grinsend hinzu: »Dann müssen wir deinem Vater eine E-Mail schicken, dass wir hierbleiben. Stell dir das mal vor!«

Er verzog das Gesicht, als hätte er in eine Zitrone gebissen. Allein schon dieser Gedanke verursachte einen Stich in seiner Magengegend. Oder bekam er nur Hunger, weil Lisa gerade vorgeschlagen hatte, zu Margerita zum Essen zu gehen?

»Sie wartet schon auf uns«, sagte Lisa, »denn sie hat, extra für dich, ihre berühmte *Calalou*-Suppe gekocht. Selbst Flavio ist heute Morgen ganz früh aufgestanden, um auf dem Markt den besten Hummer zu bekommen.«

»Und das alles nur für mich?« Michael konnte es kaum glauben, aber Lisa drehte sich demonstrativ nach allen Seiten um. »Für wen sonst? Oder siehst du hier noch jemanden, der mich heiraten will?«

»Ich würde jeden, der das vorhat, dort vorne von den Klippen stürzen«, erwiderte Michael mit gespieltem Ernst.

Sie lachte herzhaft. »Wenn derjenige auch nur einigermaßen gut schwimmen kann, wird er das wahrscheinlich überleben. Du musst dir also etwas anderes einfallen lassen. Aber vorher holen wir dein Gepäck aus dem Auto. Danach zeige ich dir das Haus.«

*

In Margeritas bunt beleuchteter *Fisch- & Cocktailbar* herrschte wie immer Hochbetrieb. Trotzdem aber ließ die beleibte Margerita mit ihrem gutmütigen Lächeln es sich nicht nehmen, so lange bei Michael am Tisch stehen zu bleiben, bis er ihre *Calalou*-Suppe probiert hatte.

Zunächst schmeckte sie sehr würzig, danach ein wenig süß und dann … Was war denn das? In seinem Mund fand plötzlich eine Explosion statt, eine Art Vulkanausbruch, dessen feurig heiße Lava sich über seine Zunge ergoss. Dieses Zeug war so entsetzlich scharf, dass er wie ein Karpfen auf dem Trocknen nach Luft schnappte.

»Bueno?«, fragte Margerita gespannt und blickte ihn mit ihren fröhlichen Augen erwartungsvoll an.

Er kippte verzweifelt ein Glas Wasser herunter, während Lisa amüsiert auflachte.

»Ich hätte dich warnen müssen! Margerita liebt roten Habanero und geht nicht gerade sparsam damit um.«

»Was ist das?«, wollte Michael wissen und nahm aus Anstand noch einen zweiten Löffel. Doch die Schärfe trieb ihm die Tränen in die Augen.

»Ein Chili«, erklärte Lisa. »Einer der schärfsten der Welt.«

»Bueno?«, fragte Margerita noch einmal.

Michael nickte und war froh, dass sie daraufhin zufrieden abzog. Er konnte diese Suppe nicht essen, auch nicht der Köchin zum Gefallen. Er könnte sie nicht einmal essen, wenn er kurz vorm Verhungern wäre.

Lisa schob die Schüssel beiseite und sagte: »Außer den Einheimischen kann das niemand essen, für den Gaumen eines Mitteleuropäers ist es jedenfalls absolut ungeeignet.«

Das beruhigte Michael.

Als Flavio den Hummer brachte, kam Margerita mit einer Flasche Schnaps dazu. In Reih und Glied stellte sie drei Gläser auf den Tisch, füllte diese bis zum Rand, gab eines davon Michael, eines Flavio und das andere behielt sie selbst.

»*Arriba*«, sagte Flavio.

»*Abajo*«, sagte Margerita.

Dann hielten sie ihre Gläser in die Luft und schienen darauf zu warten, dass auch Michael etwas sagte.

Hilflos sah er zu Lisa.

»*Al centro*«, vervollständigte sie den Trinkspruch. »*Arriba* – nach oben, *abajo* – nach unten, *al centro* – in die Mitte, *adentro* – ab in den Mund«, erklärte sie ihm.

Und weil Flavio und Margerita noch immer auf seinen Einsatz warteten, rief er: »*Al centro*« und kippte, so wie die anderen, den Schnaps in einem Zug hinunter. Sein Geschmack war gewöhnungsbedürftig, nach Rum, Honig und Kräutern.

»*Mamajuana*«, sagte Margerita, was so viel hieß wie, der Schnaps sei gut für den Magen.

»Und für den Mann«, ergänzte Flavio grinsend und in schlechtem Englisch.

»Wofür?«, fragte Michael.

»Für die Potenz«, erklärte Lisa ihm und verdrehte die Augen, während Flavio schon wieder nachschenkte. Michael wollte sich wehren, doch es hatte keinen Zweck. Er trank weiter, schließlich war er im Urlaub.

Zu fortgeschrittener Stunde versuchte Lisa, ihm am Strand das Salsa-Tanzen beizubringen, nur schien er dafür nicht begabt zu sein. Er beherrschte den Schwung aus der Hüfte heraus nicht, aber Lisa konnte das gut. So gut, dass er sie am liebsten auf der Stelle vernascht hätte. Dieser Tanz war sehr verführerisch. Und Lisa war an diesem Abend wie ausgewechselt. So locker und fröhlich hatte er sie noch nie erlebt. Als sei sie beschwipst, dabei hatte sie den ganzen Abend nur Wasser getrunken.

Für ihn hingegen war es wohl ein Gläschen zu viel gewesen. Er hätte zwar noch selbst nach Hause fahren können, war aber trotzdem froh, dass Lisa es tat. Warum allerdings das Bett so schwankte, konnte er nicht verstehen. Es kam ihm vor, als mache er eine Kreuzfahrt. Doch unangenehm war das nicht. Solange er Lisa im Arm hielt und ihren nackten Körper spürte, war gar nichts unangenehm. Würde dieses Bett nicht so schaukeln, würde er jetzt wilden Sex mit ihr machen. Aber so fühlte er sich wie in einem Ruderboot. Wieso nur hatte Lisa diese Kreuzfahrt gebucht? Wollte sie nicht ursprünglich in die Karibik?

*

Michael wachte auf, weil eine Fliege durch das Zimmer surrte. Verärgert blinzelte er durch das Moskitonetz in den lichtdurchfluteten Raum.

Munteres Vogelgezwitscher drang an sein Ohr, unterlegt vom Rauschen des Meeres und den zarten Klängen der Windspiele. Er tastete nach Lisa, doch das Bett neben ihm war leer. Nun schlug er die Augen auf. Wie spät war es? Er fand seine Uhr nicht auf dem Nachttisch und versuchte aufzustehen. Das aber war nicht so einfach, denn kaum hatte er festen Boden unter den Füßen, überkam ihn ein leichtes Schwindelgefühl. Die Erinnerung an den

Mamajuana-Schnaps kehrte zurück. Kopfschmerzen hatte er jedoch nicht, und ihm war auch nicht schlecht. Ein starker Kaffee und eine kalte Dusche müssten genügen, ihn wieder fit zu kriegen.

Auf dem Küchentisch fand er einen Zettel, auf dem stand: *Bin schwimmen!* War Lisa schon wieder so früh aufgestanden?

Er stellte einen Kaffeebecher in die Espressomaschine und betätigte den Schalter, wobei sein Blick auf die Wanduhr fiel. Es war zwölf Uhr vorbei.

Im ersten Moment erschrak er, bis ihm einfiel, dass er Urlaub hatte. Deshalb nahm er seinen Kaffee, ging hinaus auf die Veranda, sank in einen der Korbsessel und blickte verträumt auf den Horizont. Es war kaum zu erkennen, wo das Meer endete und der Himmel begann, weil beides in diesem satten Türkisblau erstrahlte. Diese Farbe schien es nur hier zu geben, denn er hatte sie in einer solchen Intensität bisher nirgendwo gesehen. Der liebe Gott war hier sehr verschwenderisch gewesen. Die Blüten der Blumen waren bunter, das Grün der Pflanzen kräftiger, der Sand weißer und das Wasser blauer als anderswo. Sogar das Licht der Sonne war heller, gelber und strahlender.

Er räkelte sich wohlig in den dicken, flauschigen Kissen. An diesem schattigen Plätzchen ließ es sich aushalten. Hier, auf dieser Veranda, könnte er ganz in Ruhe seinen Roman zu Ende schreiben. Dabei fiel ihm auf, dass er Lisa noch nie von seiner Schriftstellerei erzählt hatte. Obwohl der Roman, an dem er momentan arbeitete, nicht sein erster war. Während seines dreijährigen Aufenthaltes in China hatte er einen Wirtschaftsthriller geschrieben und diesen sogar an einen großen Verlag geschickt. Allerdings war das inzwischen über ein Jahr her, und er hatte bis heute keine Antwort erhalten. Sein Manuskript schien auf kein besonders großes Interesse gestoßen zu sein.

Er trank den letzten Schluck Kaffee, als er Lisa vom Pool kommen sah. Sie war in ein buntes, langes Tuch eingewickelt, das an ihrem nassen Körper klebte. Als sie auf die Veranda kam und ihm einen Kuss gab, tropfte das Wasser aus ihren Haaren auf seinen Bauch.

»Wieso hast du mich nicht geweckt?«, fragte er.

»Weil du so schön geschlafen hast«, erwiderte sie und fügte spitz hinzu: »Von diesem angeblichen Potenzmittel *Mamajuana* werden die Männer komischerweise immer todmüde.«

Er lachte, und während sie sich auf seinen Schoß setzte, hatte er eine Idee.

»Was hältst du davon, wenn wir zwei wieder nach oben gehen und …«

Sie schüttelte entschieden den Kopf. »Abgelehnt. Wir haben jetzt etwas anderes vor und müssen uns deshalb ziemlich beeilen.«

»Was denn?«, wollte Michael wissen.

»Das erzähle ich dir später«, sagte sie, sprang auf, lief ins Haus. »Nun komm schon! Wir müssen los!«, rief sie ihm von dort noch einmal zu.

*

Nach fast dreistündiger Autofahrt erreichten sie ihr Ziel, die Stadt Dajabón an der Grenze zu Haiti. Laut Lisa gab es hier einen großen Markt. Was sie dort kaufen wollte, hatte sie Michael aber nicht verraten.

Je näher sie dem Stadtzentrum kamen, umso überfüllter wurden die Straßen, und es herrschte ein schreckliches Durcheinander. Die Kreuzungen waren verstopft, weil die Autofahrer sich in aller Ruhe darauf verständigten, wer wem die Vorfahrt gewährte, und sich dabei auch gleich nach dem Befinden der Familie erkundigten oder aktuelle Themen diskutierten. Dazwischen drängelten sich die Motorroller, auf denen teilweise ganze Familien saßen, und die Fußgänger überquerten in aller Seelenruhe mit ihren vollgepackten Plastiktüten die Straßen, ohne auch nur ein einziges Mal nach rechts oder links zu schauen.

Lisa und Michael quälten sich durch das Chaos, bis Lisa schließlich genug hatte und kurzerhand in eine Seitenstraße einbog, wo sie den Jeep im absoluten Halteverbot abstellte. Doch das war ihr gleichgültig. Der Markt war bald zu Ende, und sie hatte es eilig.

Sie holte einen Korb aus dem Kofferraum, der mit einem Tuch bedeckt und zu Michaels Erstaunen randvoll gefüllt war. Mit einem vollen Korb auf einen Markt zu gehen fand er ungewöhnlich.

»Was machst du damit?«, fragte er deshalb.

»Den hat Margerita mir mitgegeben«, sagte sie. »Ich muss ihn jemandem bringen.«

Michaels Angebot, den Korb zu tragen, lehnte sie entschieden ab, und als er trotzdem die Hand danach ausstreckte, verrutschte das Tuch. Eine Flasche *Mamajuana*-Schnaps und eine Kiste kubanischer Zigarren kamen zum Vorschein. Rasch deckte Lisa die Sachen wieder zu und bestand darauf, den Korb selbst zu tragen.

Was den Markt anbetraf, hatte sie nicht zu viel versprochen. Er war riesig und erstreckte sich über viele Straßen. Marktstände schienen für die meisten Händler allerdings ein unerschwinglicher Luxus zu sein, denn die angebotenen Waren, meist Berge voller Gemüse, lagen auf großflächigen Plastikfolien direkt auf der Straße. Um sie vor der Sonne zu schützen, waren in regelmäßigen Abständen und in ungefähr zwei Meter Höhe große, blaue Tücher gespannt; ein blaues Dach, das alles in ein unwirkliches Licht tauchte. Alles erschien zart bläulich – von der Kartoffel bis zu den Kochbananen und sogar die Leinensäcke, aus denen Salz, Mehl und Bohnen verkauft wurden. Als Maßeinheit hierfür diente eine einfache Blechdose.

Not macht erfinderisch, dachte Michael und blieb stehen, um die Händler bei der Arbeit zu beobachten. Doch Lisa zog ihn sofort weiter. Sie wollte keine Zeit verlieren, das hatte er inzwischen verstanden. Und ihm war auch klar, dass dieser Markt sie nicht im Geringsten interessierte.

Nachdem sie die Gemüseverkäufer hinter sich gelassen hatten, kamen sie in eine Straße, in der Kleidung verkauft wurde – T-Shirts, Baumwollhosen, Sonnenhüte und auch Unterwäsche, die zwar nicht sexy, aber auch nicht teuer war.

Jetzt wurde Lisa langsamer und ließ irritiert ihren Blick umherschweifen. Der – oder die – Gesuchte schien nicht da zu sein. Hilflos sah sie sich um. Dann fragte sie einen Händler nach Juanita. Der Mann zuckte ratlos mit den Schultern. Erst als Lisa das Wort *Mambo* erwähnte, bekam er einen fast ehrfürchtigen Gesichtsausdruck und erklärte ihr den Weg.

Sie mussten noch ein Stück geradeaus gehen und an der nächsten Kreuzung nach links. Dies schien die Straße der Schneiderinnen zu sein. Eine Frau arbeitete an einer uralten Nähmaschine, während eine andere einer Kundin ein Kleid absteckte und wiederum eine andere auf einem Klapptisch ein Stück Stoff zurechtschnitt. Wieder fragte Lisa nach der *Mambo*, und auch hier zeichnete sich sofort Ehrfurcht in den Gesichtern der Frauen ab.

»Wen suchen wir eigentlich?«, fragte Michael, nachdem sie weitergegangen waren.

»Eine Priesterin«, antwortete Lisa. »Eine Mambo! Das ist eine sehr mächtige Frau.«

Sie fanden sie vor einer weißen Holzhütte auf einem niedrigen Plastikhocker sitzend, unter einem blau-weiß karierten Sonnenschirm. Eine alte, hagere Frau mit dunkler, gegerbter Haut und tiefen Falten im Gesicht. Sie war umgeben von Körben mit getrockneten Blättern und Kräutern und kleinen Schüsseln mit bunten Glassteinen.

Lisa begrüßte die Priesterin, indem sie vor ihr niederkniete und ihr einen Kuss auf die knochige Hand hauchte. Die Alte nickte ihr lächelnd zu und hob kurz die andere Hand, woraufhin drei Frauen aus der Holzhütte kamen und zwei Miniplastikhocker brachten, damit Lisa und Michael sich setzen konnten. Sie klappten hinter ihnen eine spanische Wand aus, die vor neugierigen Blicken schützen sollte, und zündeten allerlei Kerzen und Räucherstäbchen um die Alte herum an. Danach verschwanden sie so wortlos, wie sie gekommen waren.

Stocksteif saß die Priesterin inmitten dieses Qualms da und nahm mit wohlwollendem Kopfnicken den Korb zur Kenntnis, den Lisa ihr zuschob. Dann lauschte sie aufmerksam Lisas Worten – in einer fremden Sprache, die Michael noch nie gehört hatte. Statt dabei aber Lisa anzuschauen, starrte die Alte mit ihren dunklen Knopfaugen Michael an. Das war ihm sehr unangenehm, und er hatte das Gefühl, ihr Blick bohre sich in das Innere seiner Seele. Wer war diese Frau? Eine Wahrsagerin?

Die Alte zog aus einem der Körbe ein paar getrocknete Palmblätter heraus, rollte diese mit flinken, geschickten Fingern zusammen, umband sie mit einem Garn und formte daraus ein Gebilde, das aussah wie eine Acht.

»Was tut sie da?«, fragte Michael leise.

Erschrocken legte Lisa den Finger auf ihre Lippen und gab ihm zu verstehen, dass er nicht reden sollte.

Inzwischen wühlte die Alte blind in einer Schüssel mit bunten Glassteinen und tastete einige Steine so lange ab, bis sie sich für einen bestimmten entschieden hatte. Nun öffnete sie wieder die Augen und legte den Stein in die ausgehöhlte Schale einer Kokosnuss. Dazu gab sie einige getrocknete Blätter und zündete diese mit einem Streichholz an. Sie begannen jedoch nicht zu brennen, sondern qualmten nur und stanken abscheulich.

Nun schloss sie erneut die Augen und schwenkte die Kokosnussschale mit dem Stein durch die Luft. Dann nahm sie den Stein heraus, befestigte ihn mit einem Stück Draht in der Mitte der aus Palmblättern gebundenen Acht, legte Lisas linke Hand darauf und Michaels rechte darüber und murmelte monoton etwas vor sich hin. Als sie fertig war, gab sie Lisa die Acht mit dem Glasstein und nahm lächelnd die zehn Dollar entgegen, die Lisa ihr reichte.

Weil Michael den Zauberspuk nun für beendet hielt, wollte er aufstehen, doch die Alte griff abrupt nach seinem Arm und zog ihn zurück auf den Hocker. Fest krallten sich ihre knochigen Finger in seinen Unterarm, und sie fixierte ihn mit ihrem Blick, als wollte sie ihn hypnotisieren. Ein beklemmendes Gefühl überkam ihn. Er fand die Frau auf einmal unheimlich, und die Atmosphäre, die ihn eben noch an einen Wahrsagerstand auf einer Kirmes erinnert hatte, war jetzt merkwürdig gespenstisch.

Die Alte war plötzlich von einer geisterhaften Aura umgeben und so abwesend, als säße nur noch die Hülle ihres Körpers da. Ihre Augen verdrehten sich, sodass kaum noch die Pupillen zu sehen waren, und sie begann, für einen Moment heftig zu vibrieren, bis ein Ruck durch sie hindurchging und wieder Leben in sie zu kommen schien. Dann umklammerten ihre Hände heftig Lisas Gesicht, und sie zog sie an sich heran. Sie griff nach dem Kreuz an Lisas Kette, küsste es inbrünstig und murmelte beschwörende Worte.

Bleich wie eine Kalkwand saß Lisa vor ihr, zitterte wie Espenlaub und schien kaum noch Luft zu bekommen.

Michael hatte genug. Er stand auf und griff nach Lisas Hand. »Ich denke, wir sollten jetzt gehen«, sagte er energisch.

Lisa aber rührte sich nicht von der Stelle, sondern sah fragend die Alte an. Und erst als die ihr zunickte, erhob sie sich und folgte ihm.

Während sie schweigend die Straße hinaufgingen, legte Michael beschützend den Arm um Lisa. Sie schien Mühe zu haben, sich zu beruhigen. Was hatte die Alte ihr erzählt?

Er fragte Lisa danach, und sie sagte: »Juanita ist eine Voodoo-Priesterin. Sie hält den Geist der Toten am Leben.«

Das war zwar keine Antwort auf seine Frage, dennoch lief es ihm eiskalt den Rücken herunter. Sein Entsetzen zauberte ein Lächeln in ihr Gesicht. »Keine Angst. Das Ganze war nur ein harmloser Liebeszauber.«

Er lachte kurz auf. Harmlos war ihm das jedenfalls nicht vorgekommen.

»In welcher Sprache hast du dich mit dieser Frau unterhalten?«, wollte er wissen.

»Kreolisch«, antwortete sie.

»Woher kannst du das?«

Sie winkte ab. »Das lernt man schnell, wenn man hier lebt.«

Er glaubte ihr nicht, doch als er nachhaken wollte, geschah etwas sehr Eigenartiges. Mehrere Polizisten tauchten plötzlich in der Straße auf und wiesen die Schneiderinnen an, ihre Sachen zusammenzupacken. Als Michael einen Blick zurückwarf, sah er, dass auch die Voodoo-Priesterin und ihre drei Gehilfinnen unter Polizeiaufsicht einräumten.

In der nächsten Straße, dort, wo die T-Shirts verkauft wurden, spielte sich genau das Gleiche ab, nur war das Polizeiaufgebot hier viel größer. Gruppen von Menschen verließen unter Aufsicht der Staatsgewalt den Markt.

»Was hat das zu bedeuten?«, fragte Michael.

Lisa zog ihn eilig durch die engen, schmutzigen Gassen in Richtung Jeep.

»Wir sind an der Grenze zu Haiti«, erklärte sie ihm. »Auf diesen Markt kommen viele Haitianer. Sie verkaufen hier ihre Waren und verdienen sich ein wenig Geld. Doch die Polizei achtet streng darauf, dass niemand von ihnen bleibt. Sie sind sehr arm, deshalb will man sie hier nicht haben, und am Abend werden sie wieder zurückgebracht.«

Verdutzt sah Michael Lisa an, nachdem sie in den Wagen gestiegen waren. »Willst du mir erzählen, dass die Polizei diese Menschen persönlich auf der anderen Seite der Grenze wieder abliefert?«

Sie nickte und startete den Jeep. »Genauso ist es, und du wirst dich gleich davon überzeugen können, wie ernst sie es damit meinen.«

Sie fuhren auf die Hauptstraße und steckten sofort in einem dicken Stau. Der hatte sich gebildet, weil jeder, der die Stadt verlassen wollte, von der Polizei angehalten und kontrolliert wurde. Jedes einzelne Auto wurde überprüft, damit kein Haitianer den Markttag dazu benutzte, illegal in die Dominikanische Republik einzuwandern. Auch Lisa und Michael mussten aussteigen und den Kofferraum des Jeeps öffnen. Nachdem feststand, dass sie niemanden einschmuggeln wollten, ließ die Polizei sie die Heimfahrt antreten.

*

Für die Fahrt nach Hause wählte Lisa die landschaftlich schönere Strecke entlang der Küste, für die sie aber wesentlich mehr Zeit benötigten – allein schon deshalb, weil sie mehrmals anhielten, einmal, um in einer der vielen einsamen Buchten nackt zu baden, ein anderes Mal, um in einem kleinen Lokal am Meer *Pescado en Coco* zu essen, Fisch in Kokosmilch.

Es war dunkel, als sie den Berg zu ihrem Haus hinauffuhren, und sie kamen aus einer anderen Richtung, als Michael eine Betonmauer am linken Straßenrand bemerkte, die ihm vorher noch nicht aufgefallen war. Sie war mit Scheinwerfern beleuchtet und mit mehreren Überwachungskameras ausgestattet. Er dachte sofort an militärisches Gebiet, sah aber dann ein weißes Türmchen die Mauer überragen, das eher zu einer schicken Villa als zu einer Militäreinrichtung zu gehören schien. Gab es doch noch ein Haus auf diesem Berg? Da selbst das Eingangstor zu dem Grundstück aus blitzendem Stahl war und keinen Blick ins Innere gestattete, war dies nicht zu erkennen.

Wenn dort jemand wohnte, schottete er sich gekonnt von der Außenwelt ab. Vielleicht war es ein Prominenter oder ein Mafiaboss, überlegte Michael. Oder einfach nur jemand, der genau so eine Phobie hatte wie sein Vater.

Er fragte Lisa danach, aber sie wusste es nicht. Er war enttäuscht. Zu gern hätte er erfahren, wer sich mitten ins Paradies so eine Festung bauen ließ, und vor allen Dingen, warum.

Er nahm sich vor, Margerita danach zu fragen. Vielleicht ergab das eine gute Story für einen neuen Roman.

»Was überlegst du?«, wollte Lisa wissen.

»Ach, nichts«, erwiderte er, obwohl seine Fantasie auf Hochtouren arbeitete. Deshalb hatte er auch nicht mitbekommen, dass der Jeep bereits vorm Haus parkte.

»Wir sind da«, sagte sie und gab ihm einen Kuss, bevor sie ausstieg und ins Haus lief. Gedankenverloren trottete er hinterher. In seinem Kopf spielten sich die aufregendsten Dinge ab. Es könnte ein Großindustrieller dort wohnen, einer mit viel Geld und Macht, ein Russe vielleicht oder ein Chinese …

»Kommst du mal?«, rief Lisa und holte Michael damit zurück in die Realität.

Erschrocken stellte er fest, dass er in der Küche vor der offenen Kühlschranktür stand. Wie er dorthin gekommen war, wusste er nicht mehr.

Lisa war oben im Schlafzimmer. Sie stand auf dem Bett und versuchte, die Palmblätteracht mit einem Bindfaden an dem Haken zu befestigen, an dem das Moskitonetz hing. Aber sie war ein paar Zentimeter zu klein dafür, weshalb Michael ihr helfen musste.

»Dieses Quanga ist schön, nicht wahr?«, rief sie begeistert, als es endlich an dem Haken baumelte.

»Was ist ein *Quanga*?«, fragte er.

»Eine Art Glücksbringer, der mit einem Zauber versehen ist«, erklärte sie ihm und fügte geheimnisvoll lächelnd hinzu: »Es wird unsere Liebe beschützen, egal, was passiert.«

»Meinst du, dass wir das brauchen werden?«, fragte er skeptisch.

»Sicher ist sicher«, flüsterte sie. Dann küsste sie ihn, spontan, leidenschaftlich und heftig. Michael war völlig überrascht. So etwas war er von Lisa nicht gewohnt.

In enger Umarmung ließen sie sich aufs Bett fallen, und Lisa begann ihn auszuziehen. Erst das Hemd, dann die Hose, und schließlich entkleidete sie sich selbst, bis sie beide vollkommen nackt waren. Dann glitt ihre Hand an seinem Oberkörper herab und streichelte ihn, während ihre Lippen jeden Zentimeter seiner Haut abtasteten, bis sie dort ankam, wo sie ihn restlos verrückt machte. Noch nie hatte er bei ihr so viel Lust gespürt, noch nie waren ihre Finger so zärtlich gewesen, ihre Küsse so gefühlvoll und ihre Berührungen so weich. Etwas hatte sich verändert.

Dieses Mal, das wusste er, würde er von ihr bekommen, was er vermisst hatte. Dieses Mal gab sie ihm nicht nur ihren Körper, sondern schenkte ihm ihre Seele. Dieser Gedanke versetzte ihn in unglaubliche Erregung. Er liebkoste ihre Brüste, fuhr mit der Zunge zu ihrem Bauchnabel herab und noch ein Stück weiter … und als sie ihre Schenkel öffnete, wollte er nur noch eins, in ihr sein und ihre Wärme spüren. Und es machte ihn wahnsinnig glücklich, dass auch sie sich in diesem Moment nichts anderes zu wünschen schien. Nur das eine. Nur ihn.

13

Der Vollmond leuchtete so hell in das Schlafzimmer herein, dass Lisa kein Licht machen musste, als sie leise aus dem Bett aufstand. Sie schlang sich ein Handtuch um ihren nackten Körper und schlich nach unten, hinaus auf die Veranda.

Es war eine milde Nacht. Das helle Mondlicht floss kegelförmig über das Meer in den Horizont hinein, und die Sterne spiegelten sich auf der ruhigen Wasseroberfläche.

Damit das Bambusdach ihr nicht den Blick in den Himmel versperrte, schob sie leise einen der Korbsessel nach vorn und setzte sich hinein. Sie zog die Beine an, legte den Kopf auf die Knie und begann zu träumen – davon, dass Michael nicht der Sohn von Rudolf Westphal wäre und sie sich in ihn verlieben könnte.

Sofort aber erschrak sie über diesen Gedanken. War sie wahnsinnig geworden? Nur weil sie mit ihm geschlafen und dabei jede Minute genossen hatte, durfte sie nicht gleich den Kopf verlieren. Es war aus einer Laune heraus passiert. Aus keinem anderen Grund. Sie hatte keine Gefühle für ihn. Und sie wollte auch keine für ihn haben. Sie verfolgte nur einen Plan. Sonst nichts.

Natürlich hatten seine Berührungen sie erregt und seine Zärtlichkeiten sie glücklich gemacht. Schließlich war er ein gut aussehender, liebevoller Mann. Sie war in seinen Armen schwach geworden. Das wäre jeder Frau passiert. Doch jetzt musste sie sich wieder unter Kontrolle haben.

Für Michael etwas zu empfinden konnte alles gefährden. *Wer liebt, macht Fehler* – das hatte Yoshitoki sie gelehrt. Ihren Krieg gewann sie nicht mit dem Herzen. Es war unmöglich, mit einem Mann glücklich zu werden, der Rudolf Westphals Sohn war. Das hieße, die Vergangenheit zu vergessen. Doch dazu waren die Ereignisse viel zu tief in ihr Inneres gebrannt.

Sie durfte sich nicht in Michael verlieben. Davor hatte auch Juanita gewarnt. Die Rache der Toten stand über allem. Juanita hatte die Geister gespürt und die Stimmen gehört. Sie waren da gewesen, heute Nachmittag, auf dem Markt in Dajabón. Sie hatten ihr durch Juanita ein Zeichen gegeben. Sie war auf dem richtigen Weg.

Deshalb war es gefährlich, Gefühle für Michael zu entwickeln. Ihre Liebe hatte keine Chance. Da konnte Juanita noch so viele Rituale vollziehen und Quangas anfertigen. Es gab keinen Zauber, der stark genug war, diese Liebe überleben zu lassen. Das wusste Lisa. Das sagte ihr der Verstand, obwohl in ihrer kreolischen Seele der Glaube an den Zauber tief verwurzelt war. Im Voodoo hieß es, dass niemand die Wirkung eines Quanga außer Kraft setzen konnte. Doch das traf auf sie und Michael nicht zu, denn ihre Liebe war nichts anderes als reine

Illusion. Allein schon deshalb, weil er eine Frau liebte, die es eigentlich gar nicht gab. Und die würde er morgen sogar heiraten.

14

Die Trauung fand wie vereinbart nach Sonnenuntergang statt, in einer kleinen, mit Fackeln beleuchteten Bucht.

Michael trug einen weißen Leinenanzug und Lisa ein weißes, langes Leinenkleid, dazu Flip-Flops mit glitzernden Steinchen, und in ihrem Haar steckten rote Blüten. Sie hatte auch einen kleinen Brautstrauß in der Hand. Es war alles so wie bei einer richtigen Hochzeit, dachte Michael. Nur die Gäste fehlten – und vor allem fehlten ihm seine Eltern. Die vermisste er in diesem Augenblick schon sehr. Aber wenigstens waren zwei Trauzeugen anwesend, die er inzwischen sehr gern mochte, Margerita und ihr Sohn Julio.

Margerita trug zur Feier des Tages ein glitzerndes Tuch über den Schultern, und Julio hatte seinen Strohhut abnehmen müssen. Er fand Hochzeiten uncool und verriet Michael, dass er auf keinen Fall heiraten werde.

Michael hingegen wollte das sehr gern – und am liebsten noch heute, so wie es geplant war. Aber der Pfarrer war noch nicht gekommen. Nervös sah Michael auf seine Armbanduhr. Der Pfarrer hätte schon vor einer Viertelstunde da sein sollen. Doch in der Karibik nahm man es mit der Pünktlichkeit nicht so genau.

Es dauerte noch einmal fünfzehn Minuten, bis der Pfarrer endlich auf einem Mofa angetuckert kam. Den Übersetzer brachte er mit. Er hieß Pietro, arbeitete in einer Autovermietung und hatte kaum noch einen Zahn im Mund.

Der Pfarrer stellte sich als Pater Domenico vor, und Michael fiel auf, dass er barfuß war. In diesem Land schien man auf solche Dinge wenig Wert zu legen, Hauptsache, man war glücklich.

Margerita hatte eine Schachtel aus Bananenblättern mitgebracht und bat Michael nun, die Ringe dort hineinzulegen. Dann begann die Zeremonie.

Musik gab es keine, was Michael sehr bedauerte, denn dadurch war die Atmosphäre nicht sehr feierlich. Nicht einmal Julio hatte seine Gitarre dabei. Doch das war nun nicht mehr zu ändern.

Sie stellten sich vor Pater Domenico im Sand auf. Margerita an der Seite von Michael und Julio neben Lisa. Lisa überreichte dem Pfarrer das Ehefähigkeitszeugnis. Der sah es sich an, gab es an den Übersetzer weiter, schlug seine Bibel auf und begann mit seiner Rede. Die dauerte allerdings keine fünf Minuten, und Pietro schien sie für so unbedeutend zu halten, dass er kein einziges Wort davon übersetzte.

Erst als Pater Domenico die entscheidende Frage stellte, legte er los. Die Ringe wurden getauscht, Michael küsste die Braut, die Eheschließung wurde auf der Eheurkunde durch Unterschrift bestätigt. Dann war alles zu Ende.

Ein bisschen romantischer hätte Michael sich das vorgestellt, zumal die verträumte Bucht, der unendliche karibische Sternenhimmel und die brennenden Fackeln im Sand eine wunderbare Kulisse waren.

Doch kaum hatte er sich's versehen, waren der barfüßige Pater Domenico und der zahnlose Pietro schon wieder davongetuckert. Enttäuscht ging er mit Lisa und den Trauzeugen zum Jeep zurück, um in Margeritas Lokal zu fahren. Für das Essen nach der Trauung hätte Michael gern ein anderes Restaurant gewählt, aber Margerita hatte darauf bestanden. Er versuchte, es gelassen zu nehmen. Hauptsache glücklich, dachte er.

Sie stiegen in den Jeep ein. Lisa und Michael hinten, wie es sich für das Brautpaar gehörte, Margerita auf dem Beifahrersitz und Julio am Steuer.

Michael protestierte. Der Junge hatte gar keinen Führerschein. Aber Margerita beruhigte ihn. Bis zum Lokal sei es nicht weit, und tatsächlich hörten sie in der Ferne schon die Musik.

Je näher sie kamen, desto lauter wurde sie. Und klang anders als die sonstige allabendliche Unterhaltung. Auch die Beleuchtung war bunter, und als Michael die vielen Lampions und Girlanden sah, wurde ihm schlagartig bewusst, dass eine echte karibische Hochzeitsfeier auf ihn wartete.

Margerita hatte einen wahnsinnigen Aufwand betrieben. Alle Tische des Lokals waren am Strand zu einer langen, fein gedeckten Tafel zusammengestellt, auf der Bühne spielte eine richtige Band, und hübsche Mädchen in kurzen Röcken tanzten zu den heißen karibischen Rhythmen. Statt Flavio stand ein Koch mit weißer Mütze am Grill, ein Barkeeper mixte die Cocktails, und unzählige Menschen, die Michael nicht kannte, jubelten ihm zu, als er mit Lisa aus dem Jeep stieg. Sie klatschten und gratulierten ihnen, beschenkten sie mit Blumen und Glücksbringern, Schnapsflaschen und Gebäck.

Sogar Herr Yoshitoki, der Japaner, war gekommen, um seine Glückwünsche auszusprechen – in perfektem Englisch übrigens. Leider blieb er nicht lange, sodass Michael nicht nachfragen konnte, ob er einen neuen netten Nachbarn gefunden hatte, mit dem er sich nun das Bad teilte.

Der Abend jedenfalls wurde zu einem rauschenden Fest mit exotischem Essen, bunten Getränken und wilden Tanzeinlagen. Eine der Tänzerinnen brachte Michael das Salsa-Tanzen bei, und heute Abend stellte er sich gar nicht so dumm an. Es schien reine Übungssache zu sein, richtig mit den Hüften zu schwingen.

Um Mitternacht mussten Lisa und Michael die vielen Blumen und Glücksbringer in ein kleines, extra dafür gebautes Boot legen, das, mit einer Laterne beleuchtet, aufs Meer hinausgeschickt wurde. So wie das Boot sollten auch die Brautleute in Zukunft alle Klippen umschiffen. Der Wind trug es fort, und in der Ferne leuchtete es wie ein Glühwürmchen, so lange, bis die Sonne aufging und nichts mehr davon zu sehen war. Erst dann war auch die Party vorbei.

*

Am Tag vor dem Rückflug saß Michael nachmittags auf der Veranda und arbeitete an seinem Roman, als er plötzlich ein Auto auf das Grundstück fahren hörte.

War Lisa schon zurück? Sie wollte mit Flavio tauchen gehen und eigentlich nicht vor sechs Uhr da sein. Er sah auf seine Armbanduhr. Es war noch nicht einmal vier.

Er stand auf und ging um das Haus herum. Auf dem Rondell parkte ein Cabriolet, ein silberner Sportflitzer, dem ein Typ im knallbunten Hawaiihemd und olivgrüner Bermudahose entstieg. Er stellte sich als James Perlman vor. Er war der Besitzer des Hauses.

»Bin rein zufällig da«, sagte der Amerikaner, »und dachte, ich schau mal vorbei. Gefällt's euch hier?« Er grinste, während Michael ihm versicherte, dass es wirklich sehr schön sei.

»Willst du die Hütte kaufen?«, fragte James Perlman frei heraus. »Ich lebe ja jetzt drüben in Florida. Deshalb steht das Haus immer leer. Ist doch schade, oder? Überleg's dir mal. Ist 'ne tolle Gegend hier. Super-Ausblick, keine direkten Nachbarn. Und ich mach 'nen echt guten Preis.«

Michael schüttelte den Kopf. Dieses Angebot war verlockend, aber was sollte er mit einem Haus in der Karibik? Zeit zum Urlaubmachen hatte er kaum. Somit war das Thema für ihn schnell abgehakt, doch bei der Erwähnung des Wortes Nachbar kam ihm eine Idee. Da er immer noch nicht herausgefunden hatte, wer in dem imposanten Haus hinter der videoüberwachten Mauer wohnte, fragte er James Perlman danach.

»Keine Ahnung«, erwiderte Perlman achselzuckend. »Ich hab mal gehört, dass da ein stinkreicher Japaner lebt. Soll aus einer alten Samurai-Familie stammen und mit dem Schwert die Familienehre verteidigt haben. Deshalb musste er Japan verlassen, so hat man es mir zumindest erzählt. Ob das stimmt, weiß ich nicht. Es wird ja viel geredet.«

James Perlman gab Michael seine Visitenkarte und stieg in sein silberfarbenes Spielzeug. Er ließ den Motor aufheulen und rauschte davon, während Michaels Fantasie Purzelbäume schlug. Was dieser Perlman ihm gerade erzählt hatte, eignete sich perfekt für einen neuen Roman.

Er ging zurück auf die Veranda, nahm sein Notizbuch zur Hand, das griffbereit neben dem Laptop lag, und begann, die Geschichte aufzuschreiben. Hier leben anscheinend viele Japaner, schoss es ihm durch den Kopf. Er dachte an Herrn Yoshitoki. Ein schmächtiger, kleiner Mann. Schüchtern, aber keineswegs unsympathisch, und mit Sicherheit sehr intelligent. Sein Englisch jedenfalls war einwandfrei, als hätte er in Oxford studiert. Kurzerhand machte Michael Yoshitoki zum Helden der Story – zum Oberhaupt einer reichen japanischen Dynastie, einer alten Samurai-Familie, deren Macht und Einfluss durch aufstrebende Großindustrielle in Gefahr geraten war und verteidigt werden musste. Familienfehden im Zeitalter der Hochtechnologie. Das fesselte ihn, und er entwickelte die Idee immer weiter, bis sein Laptop ihn unsanft in die Realität zurückholte.

Sie haben eine E-Mail, verkündete die monotone Computerstimme. Schwer seufzend öffnete er die Nachricht. Sie kam von Frau Meierhöfer und verdeutlichte ihm, dass der Urlaub vorbei war. Dabei wäre er gerne noch geblieben. Verträumt blinzelte er in den türkisfarbenen

Himmel. Diese Farbe hatte er tatsächlich noch nie zuvor gesehen.

*

Lisa und Michael hatten den Jeep vor der Autovermietung am Flughafen geparkt und stellten gerade die Koffer auf einen Gepäckwagen, als hinter ihnen das tuckernde Geräusch eines Mopeds ertönte. Jemand rief Lisas Namen. Erstaunt drehten sie sich um. Es war Julio. Er wirkte sehr aufgeregt und schien heilfroh zu sein, Lisa nicht verpasst zu haben. Es musste etwas vorgefallen sein. Etwas ziemlich Ernstes sogar, denn Lisa wurde ganz blass, während Julio aufgelöst erzählte.

»Was ist los?«, fragte Michael.

»Margerita ist zusammengebrochen«, sagte sie. »Flavio hat sie ins Krankenhaus gefahren. Die Ärzte haben gesagt, es sei etwas mit dem Herzen. Aber sie wollen sie nicht behandeln, weil sie keine Kreditkarte hat und das Bargeld nicht reicht.«

»Um Himmels willen, da müssen wir etwas tun«, sagte Michael entsetzt und begann bereits, die Hilfsaktion zu planen. Sie mussten sofort in das Krankenhaus fahren, dort konnte er die anfallenden Kosten mit seiner Karte bezahlen. Für ihren Flug war es dann zu spät, doch das war in diesem Fall gleichgültig.

»Die Koffer zurück in den Jeep«, ordnete er an und rief entschlossen: »Wir fahren ins Krankenhaus.«

Erschrocken sah Lisa ihn an. »Dann verpassen wir aber den Flug. Dein Vater erwartet dich morgen zu einem wichtigen Meeting. Erinnere dich an die E-Mail von Frau Meierhöfer.«

»Es wird genauso gut ohne mich stattfinden«, sagte er, verwundert darüber, dass ausgerechnet Lisa in diesem Moment daran dachte. »Wir können doch nicht nach Hause fliegen und Margerita ihrem Schicksal überlassen.«

»Das werden wir auch nicht«, erwiderte Lisa. »Ich werde mich darum kümmern. Du wirst nach Hause fliegen und morgen früh pünktlich zu deinem Meeting erscheinen.«

Michael glaubte, sich verhört zu haben.

»Wir bleiben hier«, sagte er, »und jetzt genug der Diskussion. Wenn Margerita wirklich etwas am Herzen hat, zählt vielleicht jede Minute.«

Lisa küsste ihn auf die Wange. »Das ist furchtbar lieb von dir, aber du wirst trotzdem fliegen und deinen Vater nicht verärgern. Ich werde mich um alles kümmern und mit der nächsten Maschine nachkommen.«

Daraufhin stieg sie zu Julio auf das Moped und fuhr mit ihm davon. Entgeistert schaute Michael ihnen nach. Sie konnte ihn doch nicht einfach hier stehen lassen! Und während er immer noch nicht glauben wollte, was gerade passiert war, bog das Moped auf die Schnellstraße ab und verschwand aus seinem Blickfeld.

Vollkommen perplex trottete Michael mit seinem Gepäckwagen zum Flughafengebäude. Vor einer Woche war er allein hier angekommen, und nun flog er allein wieder nach Hause. Es erforderte eine gehörige Portion Galgenhumor, um darüber lachen zu können. Wahrscheinlich war er der erste Mann, der ohne Braut auf Hochzeitsreise gegangen war.

Er hoffte inständig, nicht wieder auf die netten Stewardessen vom Hinflug zu treffen. Die hielten ihn sonst für einen Spinner und meinten am Ende, seine Hochzeit hätte es überhaupt nicht gegeben.

15

Lisa drückte sich fest in den Sitz der großzügigen Limousine und rutschte so weit nach unten, dass Harry sie im Rückspiegel nicht mehr sehen konnte. Er beobachtete sie schon die ganze Fahrt über, das war ihr nicht entgangen.

Wieso hatte Michael diesen Harry zum Flughafen geschickt? Er war nicht selbst gekommen, um sie abzuholen. Den wichtigen Termin hielt Lisa für eine Ausrede. Das nahm sie ihm nicht ab. Nicht um acht Uhr abends. Michael war beleidigt, daran lag es. Und das konnte sie sogar verstehen, nachdem sie einfach mit Julio davongefahren war. Nur hatte sie keine andere Wahl gehabt.

Es hatte Michael schon nicht gefallen, allein in der Karibik anzukommen. Ohne sie zurückzufliegen hätte er nie akzeptiert. Aus diesem Grund hatte sie so handeln müssen, auch wenn das unfair gewesen war. Noch viel unfairer aber war es, ihn zur Marionette in ihrem Spiel zu machen, seine ehrlichen und tiefen Gefühle auszunutzen und ihm eines Tages sehr wehzutun. Er hatte das nicht verdient, denn er war ein guter Mensch. Doch so war diese Welt. Die Guten waren immer die Verlierer. Das hätte Gott anders einrichten müssen.

Der Wagen bog in das Firmengelände von MediCare ein, und Harry parkte unmittelbar vor dem Bürogebäude. Sie stiegen aus und gingen die Treppe zum Haupteingang hinauf. Die große Glastür öffnete sich um diese Zeit nicht mehr von selbst, der Nachtportier musste sie von innen aktivieren.

Nachdem Lisa sich in die Besucherliste eingetragen hatte, wurde sie von Harry in Michaels Büro begleitet. Es gab strikte Anweisungen bei MediCare, das wusste sie bereits. Harry hätte sie nie allein durch das Gebäude gehen lassen – dieser Mann mit den grünen, kalten Adleraugen. Aber nicht nur seine wachsamen Augen fielen Lisa auf. Auch seine besondere Art zu gehen bemerkte sie. Obwohl er stämmig und muskelbepackt war und unbeweglich wirkte wie ein Schrank, hatte sein Gang etwas Katzenhaftes an sich. Garantiert war er in Gefahrensituationen genauso leise und schnell wie ein Leopard beim Angriff. Dieser Mann war nicht zu unterschätzen. Er war trainiert, topfit, konzentriert und kalt wie Eis. Ein absolut gefährlicher Gegner.

16

Michaels Begrüßung fiel zurückhaltend aus, denn er war noch immer gekränkt.

»Hattest du einen guten Flug?«, fragte er kühl.

Sie nickte und sah ihn mit ihren großen, schwarzen Augen flehend an.

»Bitte sei mir wegen der Sache am Flughafen nicht mehr böse«, flüsterte sie. »Ich war so aufgeregt und hatte solche Angst um Margerita.«

Er räusperte sich. Er hätte Lisa jetzt gern in den Arm genommen und geküsst, doch er hatte sich vorgenommen, genau das nicht zu tun. Was sie getan hatte, war nicht in Ordnung gewesen, und das wollte er ihr durch sein Verhalten auch zeigen.

»Wie geht es Margerita denn?«, fragte er.

»Wieder besser«, sagte Lisa. »Es war eine Herz-Kreislauf-Geschichte. Nichts Ernstes, obwohl der Arzt sie gern ein paar Tage im Krankenhaus behalten hätte. Natürlich ist sie nicht geblieben – du kennst sie ja. Wortwörtlich hat sie zu dem Doktor gesagt, dass der liebe Gott sie holen soll, wenn er sie bei sich haben will, aber in einem Krankenhaus würde sie nicht bleiben.«

»Das passt zu ihr«, entgegnete Michael und konnte sich ein Schmunzeln nicht verkneifen, was Lisa wohl als Versöhnungsangebot deutete. Deshalb stellte sie sich kurzerhand auf die Zehenspitzen und gab ihm einen Kuss. Der schmeckte so honigsüß, dass Michael dahinschmolz und sie doch in die Arme schloss. Ihr lange böse zu sein war unter solchen Umständen nicht möglich, und er befürchtete, dass ihr das längst klar war.

»Bitte mach so etwas nie wieder«, flüsterte er.

»Ich verspreche es dir«, hauchte sie an sein Ohr.

Ihr schien ein Stein vom Herzen zu fallen, denn ihre Gesichtszüge entspannten sich zusehends. Danach befreite sie sich aus seiner Umarmung und zauberte aus ihrer Leinentasche ein in buntes Papier gewickeltes Geschenk. »Ich habe dir etwas mitgebracht«, rief sie fröhlich.

Überrascht nahm er das Geschenk entgegen und versuchte, den Inhalt zu ertasten. Er fühlte einen Bilderrahmen, tat aber so, als könne er absolut nichts erraten. Darüber freute sich Lisa wie ein Kind.

Als er das Päckchen aufriss, kam tatsächlich ein eingerahmtes Foto zum Vorschein. Das kleine Boot mit den Blumen und Glücksbringern war darauf zu sehen, das sie in der Hochzeitsnacht hinaus aufs Meer geschickt hatten.

»Ich habe gar nicht bemerkt, dass es jemand fotografiert hat«, sagte Michael.

Fragend legte Lisa ihre Stirn in Falten. »Lag das am *Mamajuana* oder an den Cocktails? Flavio hat den ganzen Abend lang fotografiert. Aber wer mit hübschen Mädchen Salsa tanzt, dem kann so etwas schon einmal entgehen.«

Sie war eifersüchtig, stellte Michael zufrieden fest, während er einen passenden Platz für das Bild suchte. Er beschloss, es auf seinen Schreibtisch zu stellen.

Dann schaltete er den Computer aus und fragte: »Möchtest du noch etwas essen gehen oder gleich nach Hause fahren?«

»Am liebsten nach Hause«, antwortete sie. »Aber vorher könntest du mir die Firma zeigen. Was hältst du davon?«

»Jetzt?« Erstaunt sah er sie an.

»Warum nicht?«, fragte sie. »Jetzt stören wir niemanden.«

Damit hatte sie natürlich recht, aber für einen richtigen Firmenrundgang war es trotzdem zu spät. Da Lisa sich aber nicht für die Produktion, sondern nur für das moderne Bürogebäude interessierte, willigte Michael letztendlich ein.

Er begann den Rundgang in MediCares Heiligtum, dort, wo die Fäden zusammenliefen und die großen Entscheidungen getroffen wurden: im Büro seines Vaters. Dieser großzügige Raum war ein Chefbüro durch und durch – die Möbel aus edlem Kirschholz, der wuchtige Schreibtisch auf Hochglanz poliert, der protzige Chefsessel mit dunkelgrünem Leder bezogen. An der Wand hing ein riesiges Porträt von Michaels Großvater. Es zeigte ihn als Mann in den besten Jahren, groß, schlank und sportlich, das haselnussbraune Haar an der Seite gescheitelt und das kantige Gesicht von einem gutmütigen Lächeln überzogen.

»Du kommst nach ihm«, sagte Lisa, während sie das Bild betrachtete.

»Das sagen alle«, stimmte Michael lachend zu.

»Wann hat dein Großvater die Firma gegründet?«, fragte sie.

»1956«, sagte Michael. »Wie ich dir schon erzählt habe, hieß sie damals Westphal-Pharmazeutika und war ein kleines Pharmaunternehmen. Mein Großvater war nie ein richtiger Geschäftsmann gewesen. Er war Mediziner, wollte forschen und neue Medikamente entwickeln. Leider blieb das Geldverdienen dabei auf der Strecke, und ohne meinen Vater gäbe es die Firma heute sicher nicht mehr. Als er Geschäftsführer wurde, stand sie kurz vor der Pleite, aber er hat das Steuer herumgerissen und aus der kleinen, unbedeutenden Westphal-Pharmazeutika innerhalb kürzester Zeit das international tätige Unternehmen MediCare gemacht. Das war eine Glanzleistung, das muss man ihm lassen, auch wenn das nicht im Sinne meines Großvaters gewesen wäre.«

»Wieso?«

»Weil wir nicht mehr forschen und nichts Neues mehr entwickeln, sondern nur auf bereits existierende Wirkstoffe und Medikamente zurückgreifen. Wir bauen Medikamente nach, jedoch einfacher, unkomplizierter und deshalb um vieles kostengünstiger als die Originale. Darin besteht unser weltweiter Erfolg.«

»Aha«, sagte Lisa, während er mit ihr das Büro verließ. Er zeigte ihr den großen Konferenzraum und die Büros der Marketingabteilung und fuhr danach mit ihr hinunter ins Erdgeschoss. Dort schlug das Herz der Firma MediCare, wie sein Vater so schön sagte, denn dort befand sich das Labor.

Sie gingen über den langen Flur, und Lisa wollte wissen, was sich hinter all den Türen rechts und links verbarg.

»Teilweise sind es Lagerräume für Dinge, die im Labor benötigt werden«, erklärte ihr Michael, »oder Umkleideräume für die Mitarbeiter. Da drüben sind die Toiletten und dort vorn die Ruhe- und Schlafräume für den Sicherheitsdienst.«

»Wird die Firma auch nachts bewacht?«

»Rund um die Uhr. Und alle drei Stunden wird ein Kontrollgang durch das gesamte Gebäude durchgeführt. Darauf besteht mein Vater.«

»Sind hier auch überall Kameras?« Lisa warf einen prüfenden Blick zur Decke.

Michael lachte. »Nein. Nur die zwei, die du hier siehst. Aber sie sind ausschließlich in der Nacht eingeschaltet, um den Gang zu kontrollieren. Ansonsten gibt es im Bürogebäude keinerlei Kameras. Ich glaube, das würde unseren Mitarbeitern nicht gefallen.«

Sie kamen zu einer dicken Stahltür, die aussah wie der Tresor der Bundesbank. *Achtung – Labor* stand in orange leuchtenden Großbuchstaben darauf. Zugang hatte nur derjenige, der über eine entsprechende Magnetkarte und den passenden Zahlencode verfügte.

Michael zog seine Karte aus der Jackentasche, steckte sie in das Lesegerät an der Wand und drückte die Zahlenkombination ein. Dass Lisa ihm dabei zusah, störte ihn keineswegs.

»92556?«, fragte sie erstaunt. »Ihr benutzt denselben Code wie für das Eingangstor der Villa?«

Er lachte kurz auf, sah sich um, ob auch niemand in der Nähe war, und flüsterte ihr ins Ohr: »Wir benutzen für alles denselben Code.«

Überrascht sah sie ihn an. »Das ist nicht dein Ernst?«

»Doch.« Er grinste. »Mein Vater hat eine kleine Schwäche, von der kaum jemand etwas weiß. Er kann sich keine Zahlenkombinationen merken. Er kennt nicht einmal unsere Telefonnummer auswendig. Hätten wir überall andere Codes, käme er nirgendwo hinein. Deshalb gibt es nur diese eine Zahlenkombination, und zwar für alles. Für die Firma, die Villa, das Tor, die Garagen … Witzig, nicht wahr?« Und achselzuckend fügte er hinzu: »Aber welcher moderne Einbrecher rechnet schon damit? Deshalb ist das System wahrscheinlich sehr sicher. Bis jetzt jedenfalls ist noch nie etwas passiert.«

Er zog die Karte aus dem Lesegerät und öffnete die Stahltür.

Im Labor brannte Licht, und jemand saß an einem der Arbeitstische hinter den hohen Regalen am Computer. Martin Schuster.

»Guten Abend, Herr Schuster«, grüßte Michael freundlich.

Erschrocken drehte der Chemiker sich um. »Herr Westphal … guten Abend … Sie haben mich jetzt ganz schön erschreckt.«

»Sie arbeiten noch um diese Zeit?«

Martin Schuster nickte und wollte gerade etwas antworten, als Harry ins Labor kam.

»Ach, Sie sind es, Herr Westphal«, sagte Harry, bemerkte dann aber Martin Schuster und fragte in scharfem Ton: »Was machen Sie denn hier, Herr Schuster? Laut Abmeldeprotokoll sind Sie doch vor zwei Stunden gegangen.«

»Ich hatte etwas vergessen«, rechtfertigte sich Schuster, während er blitzschnell, mit einem Mausklick, die benutzten Programme schloss und den Computer herunterfuhr. Dabei wirkte er nervös und bekam sogar rote Flecken am Hals. Er wandte sich an Michael: »Wollten

Sie gerade gehen, Herr Westphal?«, fragte er, und ohne die Antwort abzuwarten, fügte er hinzu: »Ich komme mit Ihnen.«

»Gerne«, erwiderte Michael, fand Martin Schusters Verhalten aber etwas eigenartig. Während sie gemeinsam zum Parkplatz liefen, überlegte er, ob er ihn darauf ansprechen sollte. Doch bevor er sich dazu durchgerungen hatte, war Martin Schuster in seine zitronengelbe Ente eingestiegen und davongefahren.

*

Grübelnd saß Michael zu Hause auf dem Sofa vorm Kamin und schaute in die Flammen.

»Was beschäftigt dich?«, wollte Lisa wissen. Sie hatte sich in die dicken Sofakissen gekuschelt, trug wieder einen von Michaels Schlafanzügen, in denen sie sich besonders wohlzufühlen schien, und trank eine Tasse japanischen Tee.

»Als wir vorhin im Labor waren, wirkte Herr Schuster auf mich sehr nervös«, sagte Michael nachdenklich. »Oder habe ich mir das nur eingebildet?«

»Ich kenne den Mann zwar nicht«, entgegnete Lisa, »aber seine Nervosität war nicht zu übersehen. Welche Position hat er in der Firma?«

»Er ist der Assistent des Chefchemikers. Ein ausgesprochen kompetenter und fleißiger Mann – und sehr, sehr aufmerksam«, fügte Michael hinzu und dachte an die Sache mit den Strycon-Tests. Martin Schuster war nicht nur der Erste gewesen, sondern bisher auch der Einzige, dem dieser gravierende Fehler in den Testergebnissen aufgefallen war. Eigentlich hätte das der Chefchemiker selbst bemerken müssen.

Lisa stellte noch eine andere Überlegung an: »Kann es sein, dass er nicht deshalb so nervös war, weil *wir* in das Labor kamen, sondern weil dieser Harry dort auftauchte?«

Michael wehrte ab. »Dazu besteht kein Grund. Harry hat nur seinen Job gemacht. Er hat im Labor Licht gesehen, und weil laut Protokoll niemand dort sein sollte, hat er nachgeschaut.«

»Ach so.« Lisa trank den Tee aus und wechselte dann die Sofaseite, damit sie ihren Kopf auf Michaels Schoß legen und die Beine ausstrecken konnte.

»Ich bin so müde«, murmelte sie, während ihr bereits die Augen zufielen.

Um es ihr bequemer zu machen, hob er ihren Kopf an, schob ein Kissen darunter und deckte sie mit einer Wolldecke zu. Dann beugte er sich zu ihr herab, gab ihr einen Kuss auf die Stirn und flüsterte: »Ich liebe dich.« Doch Lisa war bereits tief und fest eingeschlafen.

17

Sie wusste nicht, wie lange sie schon hinter der Gardine stand. Sie wusste nur, dass sie panische Angst hatte und kaum zu atmen wagte.

War sie allein im Haus? Es war so still. Erschreckend still. Und so dunkel. Selbst am nächtlichen Himmel, den sie durch das Fenster sehen konnte, leuchtete nicht ein einziger Stern, und auch der Mond war verschwunden. Bestimmt hatte er genauso viel Angst wie sie und sich hinter den Tannenbäumen versteckt. Oder hinter den Wolken verkrochen. Warum sollte der Mond keine Angst haben?

Sie drückte die Puppe fest an sich und schluckte die Tränen herunter. *Große Mädchen weinen nicht.*

Wenn sie nur wüsste, wo ihre Mama war! Sie hatte ihr doch versprochen, sie niemals allein zu lassen. Aber jetzt war sie allein. Ganz allein. War wirklich niemand da? War niemand in diesem Haus?

Sie bekam keine Luft mehr hinter dem schweren Samtvorhang und glaubte zu ersticken. Sollte sie es wagen, ihr Versteck zu verlassen? Ihr Herz schlug bis in den Hals hinein, als sie zitternd die Gardine ein Stück zur Seite schob.

Das Zimmer war dunkel, nur vom Treppenhaus fiel ein roter Lichtschein herein. Woher kam das rote Licht? Es hatte hier bisher kein rotes Licht gegeben.

Ein lautes Poltern drang durch das Haus. Erschrocken ließ sie die Gardine zurückfallen und presste sich wieder an die Wand. Nicht atmen. Bloß nicht atmen. Sie krallte die Finger in die Zöpfe der Puppe.

Dann hörte sie Schritte – schwere, kraftvolle Schritte auf den Holzdielen –, die langsam näher kamen. Direkt auf sie zu. Doch kurz vor dem Vorhang verstummten sie.

Ein Mann stand im Zimmer. Ein fremder Mann, glaubte sie, obwohl sie ihn nicht sehen konnte. Sie hatte seine Stimme noch nie zuvor gehört. Er sprach mit jemandem. Also war noch jemand im Haus.

Wieso verstand sie nicht, was gesagt wurde? Die Worte waren so undeutlich, so verzerrt …

An dieser Stelle riss der Traum abrupt ab, und Lisa wachte schweißgebadet auf. Ihr Herz raste, sie rang nach Luft.

Wo war sie?

Sie machte das Licht an. Es war alles in Ordnung. Neben ihr lag Michael und lächelte im Schlaf.

Mit der Hand wischte sie sich die Schweißperlen von der Stirn. Danach löschte sie das Licht und starrte in die Dunkelheit. Sie versuchte, sich an den Traum zu erinnern – versuchte, ihn zurückzuholen, um ihn zu Ende zu träumen. Doch er hatte sich verflüchtigt. In Luft aufgelöst.

Trotzdem war ihr eines klar: Sie hatte damals, als sie hinter dem Vorhang stand, genau verstanden, was im Raum gesagt wurde. Irgendwo in ihrer Seele waren die Worte abgespeichert und würden so lange in den Tiefen ihres Unterbewusstseins vergraben bleiben, bis die Träume sie zurückholten.

Die Stimmen der Vergangenheit schwiegen nicht länger. Das hatte auch Juanita prophezeit.

Lisa sah die Augen der Puppe vor sich. Große, blaue Kulleraugen. Sie hatte ihrer jüngeren Schwester gehört. In Gedanken gab sie der Kleinen einen Kuss.

Schlaf schön, du süße Maus … Und dir, Mama, verspreche ich, dass ich nicht weinen werde!

18 Michael war eigentlich schon wach, schlummerte aber noch träge vor sich hin und wartete darauf, dass der Radiowecker sich einschaltete, als er plötzlich diesen Schrei hörte. Erschrocken schnellte er hoch.

Der Schrei war aus dem Garten gekommen.

In diesem Augenblick schrie jemand ein zweites Mal, so hysterisch, dass es ihm durch Mark und Bein ging.

Er sprang aus dem Bett, war mit einem Satz am Fenster und sah seine Mutter in der Nähe des Bootshauses im Gras knien.

Um Himmels willen, was war passiert?

Er raste aus dem Zimmer, hastete die Treppe hinunter und durch die offen stehende Terrassentür hinaus in den Garten.

War seine Mutter gestürzt? Womöglich verletzt?

Als er jedoch näher kam, sah er Yakko neben ihr liegen – bewegungslos, alle Gliedmaßen von sich gestreckt und mit weißem Schaum vor der Schnauze.

Schockiert starrte er auf den Hund, während seine Mutter fürchterlich weinte. Auch sein Vater kam angelaufen, noch im Morgenmantel, und ihm stand bei Yakkos Anblick das blanke Entsetzen im Gesicht. So bestürzt und fassungslos hatte Michael ihn noch nie erlebt. Und er hatte ihn noch nie weinen gesehen. Jetzt allerdings, als Rudolf schockiert auf Knien ins Gras sank und seinem Hund die Hand auf den Hals legte, standen Tränen in seinen Augen.

»Er ist tot«, sagte er leise.

*

»Vergiftet?«, rief Hilde entsetzt.

Der Tierarzt nickte. »Allerdings kann ich zum jetzigen Zeitpunkt nicht sagen, welches Gift verwendet wurde. Dazu müsste ich ihn mitnehmen …«

»Kommt nicht infrage«, fiel Rudolf ihm barsch ins Wort. Er trug noch immer seinen dunkelblauen Morgenmantel und hatte Reste von Rasierschaum im Gesicht.

Der Tierarzt zuckte mit den Schultern. »Ohne weitere Untersuchung kann ich Ihnen kaum etwas sagen. Nur so viel, dass es sich um ein starkes und wahrscheinlich schnell wirkendes Gift handelt und dass es – vermutlich – vor mindestens drei, höchstens fünf Stunden verabreicht wurde.«

Erschüttert sah Rudolf den Tierarzt an. Eine tiefe senkrechte Falte grub sich zwischen seine Augenbrauen.

»Wollen Sie mir erklären, dass Yakko nicht erst heute Morgen, sondern in der Nacht vergiftet wurde?«

»Davon dürfen Sie ausgehen«, erwiderte der Tierarzt. »Der Hund ist seit mehreren Stunden tot. Da bin ich ganz sicher.«

»Was hat das zu bedeuten?«, kreischte Hilde mit weit aufgerissenen Augen. Doch sie überließ es Rudolf auszusprechen, was sie kaum zu denken wagte.

»Das bedeutet, dass heute Nacht jemand auf unserem Grundstück war«, sagte er. »Und nicht nur auf dem Grundstück, sondern auch in unserem Haus.«

Hilde erstarrte zu Stein. Auch Michael lief ein kalter Schauer über den Rücken.

Diese Vorstellung war entsetzlich. Aber sein Vater hatte recht. Der Hund war heute Morgen nicht im Wohnzimmer gewesen, als Hilde ihn rauslassen wollte. Deshalb hatte sie ihn gesucht und tot im Garten gefunden. Nur, wie war er dorthin gekommen? Schließlich konnte er sich die Terrassentür nicht selbst öffnen. Jemand anders hatte es getan. Doch genau das sollte in dem hochgesicherten Haus unmöglich sein. Hätte jemand mitten in der Nacht die Terrassentür von außen auch nur berührt, wären normalerweise die Alarmanlagen angesprungen, und die Kameras hätten blitzschnell Bilder zum Sicherheitsdienst in die Firma übertragen. Warum war von alledem nichts geschehen?

»Ruf Harry an«, sagte Rudolf zu Michael.

Dann verabschiedete er sich wortkarg von dem Tierarzt und marschierte schnurstracks auf die Villa zu. In dieser Nacht hatte sein komplettes Überwachungssystem versagt. Deshalb war sein Hund gestorben. Das konnte er so nicht stehen lassen.

*

Harry und seine Leute trafen ein, als Michael gerade die Villa verlassen wollte, um ins Büro zu fahren.

»Mein Vater erwartet Sie im Wohnzimmer«, sagte er, während er hastig seine Jacke anzog und den Autoschlüssel vom Sideboard nahm. Dabei bemerkte er, dass auf dem Sideboard eine Puppe saß. Eine Puppe in einem rosa Kleid, mit blonden Zöpfen und großen, blauen Kulleraugen. Woher kam diese Puppe?

Wer weiß, dachte er und rief nach Lisa, um ihr einen Abschiedskuss zu geben. Doch er bekam keine Antwort. Wo steckte sie nur?

Er rief ein zweites Mal, und als es wieder keine Reaktion gab, beschloss er zu fahren. Er hatte es eilig, denn sein Vater würde heute nicht ins Büro kommen. Deshalb war er für das morgendliche Meeting verantwortlich und auch entsprechend aufgeregt. Er warf noch einen kurzen Blick in den Spiegel und rückte seine Krawatte zurecht.

Wem gehörte die Puppe? Er hatte sie noch nie zuvor gesehen. Eigenartig, dachte er, nahm seinen Aktenkoffer und ging.

*

Nachdem das Meeting vorbei war und auch die zwei Termine, die er anstelle seines Vaters wahrgenommen hatte, beschloss Michael, zu Hause anzurufen. Diese Geschichte ließ ihm einfach keine Ruhe. Dass jemand vom See aus auf das Grundstück gelangt war, konnte er noch nachvollziehen. Dass aber jemand unbemerkt in die Villa eingedrungen sein sollte, war ihm unbegreiflich.

Er nahm einen großen Schluck Kaffee und griff zum Telefon, das im selben Moment zu klingeln begann. Die Nummer seines Freundes Erik erschien im Display. Er seufzte leicht auf – das kam ihm jetzt überhaupt nicht gelegen. Deshalb zögerte er, den Anruf anzunehmen, tat es dann aber doch.

»Hey, alter Freund«, dröhnte es in sein Ohr. »Dass ich dich mal an die Strippe kriege! Du bist ja schwieriger zu erreichen als der Papst. Wo hast du bloß gesteckt?«

»Ich war verreist«, entgegnete Michael.

»Schon wieder? Das kenne ich ja überhaupt nicht von dir. Hat dich das Reisefieber gepackt? Wo warst du?«

»In der Karibik.«

»Ist nicht dein Ernst!«, staunte Erik. »Etwa wegen dieser kleinen Maus?«

Michael holte tief Luft. Eigentlich wollte er Erik nicht am Telefon von seiner Hochzeit erzählen, denn das verdutzte Gesicht des Freundes zu sehen wäre sicherlich ein ganz besonderes Vergnügen. Doch er konnte die Neuigkeit nicht verschweigen. Sie lag ihm einfach auf der Zunge.

»Diese kleine Maus ist inzwischen meine Frau«, sagte er. »Ich habe sie vor ein paar Tagen in der Dominikanischen Republik geheiratet.«

Am anderen Ende herrschte Schweigen. Bis Erik vorsichtig fragte: »Willst du mich auf den Arm nehmen?«

»Das würde ich nie tun.«

»Aber du kennst die Kleine doch höchstens drei Wochen.«

»Als ich ihr den Heiratsantrag gemacht habe, kannte ich sie genau eine Woche«, erwiderte Michael gut gelaunt.

»Warum machst du denn so einen Blödsinn?«, rief Erik. »Wollte sie keinen Sex vor der Ehe? Heiraten ist nicht gut für uns Männer, wie oft habe ich dir das schon gesagt? An deiner Stelle würde ich mir das noch mal überlegen. In der Karibik sind sie bekanntlich nicht die Schnellsten, deshalb dauert es bestimmt noch ein paar Wochen, bis der Wisch hier eintrifft. So lange hast du noch Zeit.«

»Welcher Wisch?«, fragte Michael.

»Na, die Eheurkunde«, sagte Erik. »Die musstet ihr doch bei der deutschen Botschaft abgeben, damit sie an das hiesige Standesamt geschickt wird. Und das passiert meistens erst nach sechs bis acht Wochen. Bis dahin könntest du den Postboten bestechen oder mit der Tante vom Standesamt nett essen gehen. Wenn du es geschickt anstellst, landet das Ding dann vielleicht im Papierkorb. War nur 'n Spaß! Nimm's nicht so ernst.«

»Moment mal«, sagte Michael verwirrt, »wovon redest du eigentlich? Wieso hätten wir die Eheurkunde bei der deutschen Botschaft abgeben müssen?«

Erneutes Schweigen am anderen Ende, bis Erik anfing zu lachen. »Sag bloß, das hast du nicht getan? Du hast diese verdammte Eheurkunde nicht abgegeben? Aber dann bist du ja überhaupt nicht verheiratet.« Er lachte immer lauter.

Michael hingegen fand das nicht komisch. Was erzählte Erik denn da? Lisa hatte sich doch extra erkundigt. »Bist du dir sicher, dass man das tun muss?«

»Klar bin ich mir sicher«, rief Erik. »Von der deutschen Botschaft wird sie legalisiert und danach versiegelt an das zuständige Standesamt nach Deutschland geschickt. Irgendwie müssen sie hier doch von offizieller Stelle erfahren, dass du geheiratet hast.«

Das leuchtete Michael ein. »Und was soll ich jetzt tun?«, fragte er hilflos.

»Auf jeden Fall sofort mit der Eheurkunde zum Standesamt gehen«, riet Erik ihm.

Michael warf einen Blick auf die Wanduhr. Wenn er sich beeilte, konnte er das heute noch erledigen.

»Ich rufe dich später zurück«, rief er hektisch, legte auf und rannte aus dem Büro.

Wenn das stimmte ... Das wäre nicht auszudenken! Wieso hatte Lisa das nicht gewusst? Hatte man ihr falsche Informationen gegeben?

Er stieg in sein Auto und raste davon. Dieser Tag schien wirklich nichts Gutes zu bringen. Hoffentlich ging das nicht so weiter. Doch er sollte jetzt versuchen, positiv zu denken. Vielleicht klärte sich alles auf.

*

Er fuhr nach Hause, wo er das organisierte Chaos vorfand. Während Harry und seine Leute jeden Winkel des Grundstücks nach Spuren durchkämmten, untersuchten Techniker und Computerspezialisten die Alarmanlage.

»Haben sie schon etwas gefunden?«, fragte Michael seine Mutter, die gerade mit einer Kaffeekanne in der Hand aus der Küche kam.

»Mit der Alarmanlage scheint alles in Ordnung zu sein«, sagte sie und fügte im Flüsterton hinzu: »Im Wohnzimmer sitzt ein Bestattungsunternehmer, weil ich für Yakko einen Grabstein aussuchen will. Würdest du mir dabei helfen?«

»Jetzt nicht, Mama.« Er legte seinen Autoschlüssel auf das Sideboard, auf dem noch immer die Puppe saß.

»Wem gehört eigentlich diese Puppe?«, fragte er.

Seine Mutter zuckte mit den Schultern. »Keine Ahnung. Vielleicht hat Frau Becksteins Enkelin sie hier vergessen.«

Das wunderte ihn, aber er hatte gerade andere Sorgen.

»Hast du Lisa gesehen?«

»Vorhin ganz kurz«, sagte Hilde. »Sie ist vor einer Stunde weggefahren, hat aber nicht gesagt, wohin.«

Er versuchte, seine Frau auf dem Handy zu erreichen. Doch das war ausgeschaltet, und auch die Mailbox sprang nicht an.

»Hat sie gesagt, wann sie zurückkommt?«

»Nein. Ist etwas passiert?«, fragte Hilde besorgt.

»Nein, nein … alles in Ordnung«, rief Michael zerstreut. Dann lief er nach oben, schnappte sich Ehe- und Geburtsurkunden und fuhr damit unverzüglich zum Standesamt.

Dort schilderte er einer netten Standesbeamtin aufgeregt sein Anliegen und berichtete, dass er in der Karibik zwar geheiratet, die Eheurkunde aber nicht bei der deutschen Botschaft abgegeben hatte.

»Hat man Ihnen in der Botschaft nicht gesagt, dass Sie die Eheurkunde legalisieren lassen müssen?«, fragte die Frau leicht verständnislos.

»Aber wir waren gar nicht in der Botschaft«, entgegnete Michael.

»Und wo haben Sie das Ehefähigkeitszeugnis abgegeben?«

»Beim Pfarrer.«

Die Standesbeamtin kräuselte die Stirn. »Ich glaube, Sie bringen jetzt etwas durcheinander, Herr Westphal. Das Ehefähigkeitszeugnis ist das, was Sie hier bei uns auf dem Standesamt bekommen haben. Und dieses Dokument müssen Sie in der Dominikanischen Republik vor der Hochzeit auf der deutschen Botschaft abgeben. Dann bekommen Sie eine offizielle Bescheinigung, die besagt, dass keine Ehehindernisse vorliegen. Ohne die können Sie dort gar nicht heiraten.«

»Aber genau das stand in dem Ehefähigkeitszeugnis«, widersprach Michael.

»Ja.« Leicht genervt atmete die Standesbeamtin tief durch. »Aber Sie als Deutscher brauchen eine offizielle Bescheinigung des deutschen Konsulats, wenn Sie in der Dominikanischen Republik heiraten wollen. Und die bekommen Sie nur, wenn Sie ein Ehefähigkeitszeugnis vorlegen, das ein deutsches Standesamt ausgestellt hat.«

Michael hatte das untrügliche Gefühl, dass er und die Frau aneinander vorbeiredeten. Schließlich war das Papier ordnungsgemäß vom deutschen Konsulat abgestempelt gewesen. Daran erinnerte er sich genau. Also war Lisa in der Botschaft gewesen, sonst wäre sie nicht an dieses Papier gekommen. Er war vollkommen verwirrt.

»Und was machen wir nun?«, wollte er wissen.

»Wir werden schon eine Lösung finden.« Die Standesbeamtin lächelte freundlich. »Ich werde Ihnen jetzt ein Formular ausdrucken, das Sie gemeinsam mit Ihrer Frau ausfüllen, und danach kommen Sie beide mit Ihren Ausweispapieren wieder zu mir. Haben Sie Ehe- und Geburtsurkunden dabei?«

Er schob ihr die Papiere über den Tisch, und sie gab die Daten in den Computer ein, bis sie plötzlich stutzig wurde.

»Haben Sie tatsächlich *Lisa Marie Elbert* geheiratet?«, fragte sie erstaunt.

»Ja, das habe ich. Was stört Sie daran?«, erwiderte er beunruhigt.

»Daran stört mich«, sagte die Standesbeamtin irritiert, »dass Lisa Marie Elbert laut unseren Akten als vermisst gilt.«

»Vermisst?« Michael sah die Frau ungläubig an.

Sie nickte und fügte hinzu: »Seit zehn Jahren schon. Vor ein paar Monaten hat die Mutter des Mädchens sogar ein Verfahren angestrebt, sie für tot erklären zu lassen. Sie ging wohl nicht davon aus, dass ihre Tochter noch lebt. Allerdings ist die Mutter inzwischen verstorben, weshalb das Verfahren ausgesetzt wurde.«

Lisas Mutter? Aber das war unmöglich!

»Es muss sich um eine Verwechslung handeln«, sagte Michael.

Doch die Standesbeamtin schüttelte den Kopf. »Ganz bestimmt nicht, Herr Westphal. Ich kann mich sogar an den Fall erinnern. Es ist hier am Starnberger See passiert, in der Umgebung des Possenhofener Waldes, und ging damals durch alle Zeitungen. Das Mädchen verschwand am Abend seines zehnten Geburtstages und ist nie mehr aufgetaucht. Doch es wurde auch nie eine Leiche gefunden. Schrecklich, nicht wahr? Die Mutter war vollkommen verzweifelt. Deshalb wundert es mich sehr, dass sie ihre Tochter für tot erklären lassen wollte.«

»Aber es muss sich um eine Verwechslung handeln«, wiederholte Michael eindringlich. »Schließlich habe ich Lisa vor ein paar Tagen geheiratet.«

»Ja, das ist wirklich sehr eigenartig«, gab die Standesbeamtin zu. »Denn laut Aktenlage gilt Ihre Frau wie gesagt seit ihrem zehnten Lebensjahr als spurlos verschwunden. Das heißt, auf sie wurde nie ein Ausweis, ein Reisepass oder ein Führerschein ausgestellt. Nur, wenn das so wäre, hätten Sie sie ja nicht heiraten können. Irgendetwas stimmt also tatsächlich nicht.« Sie gab ihm das ausgedruckte Formular sowie die Ehe- und Geburtsurkunden zurück und fügte hinzu: »Wir werden das klären. Und für die nicht legalisierte Eheurkunde finden wir auch eine Lösung.«

Doch die Urkunde war im Augenblick Michaels kleinstes Problem.

DRITTER TEIL

1 Die Grübelei der letzten Tage hatte Michael zu keinem Ergebnis geführt. Es war, als wollte er ein Puzzle zusammenlegen, ohne die passenden Teile zu haben. Nichts fügte sich ineinander, nichts ließ sich miteinander verbinden, nichts gehörte zusammen. In welche Richtung seine Gedanken auch gingen, sie endeten immer bei derselben Frage: Wer war Lisa? Wer war die Frau, die sein Herz entflammt hatte und die er für immer lieben wollte? Das kleine Mädchen, das an seinem zehnten Geburtstag verschwand? Das nicht wieder aufgetaucht war und von dem nie eine Leiche gefunden wurde? Das die eigene Mutter für tot erklären lassen wollte? Je mehr er darüber nachdachte, umso stärker wurde das mulmige Gefühl in seinem Bauch.

So kam er nicht weiter, das wusste er. Er musste mit Lisa reden und ihr von seinem Besuch auf dem Standesamt erzählen. Doch genau davor hatte er Angst. Obwohl sein Verstand ihm sagte, dass es für alles eine Erklärung geben würde, geben musste. Eine innere Stimme aber flüsterte ihm etwas anderes zu. Vielleicht war alles nur Illusion gewesen? Hatte er durch seine rosarote Brille den Blick für die Realität verloren? War sein Glück nichts anderes als ein Traum? Ein Luftschloss, gebaut in seiner Fantasie. Pure Einbildung, die für ihn Wirklichkeit geworden war.

Er dachte an die Menschen in der Wüste, die eine Oase sahen, obwohl diese gar nicht existierte. Eine Fata Morgana.

War Lisa eine Fata Morgana? Er hatte einmal gelesen, dass diese Trugbilder nach der *Fee Morgana* benannt worden waren, jener schönen, mystischen Frau, die auf der von dichten Nebeln umgebenen Insel Avalon lebte. Laut der Sage gab sie sich in Luftspiegelungen zu erkennen, die als Vorboten dramatischer Ereignisse galten – als der Beginn von Katastrophen.

Vielleicht hatte er deshalb so viel Angst – weil er glaubte, dass auch seine Liebe zu Lisa, und seine Träume von einem Leben mit ihr, in einer Katastrophe enden könnten; in den Nebeln versinken, so wie einst die Insel Avalon und die Fee Morgana.

*

Gedankenverloren starrte Michael hinaus auf den See. Es war Sonntagmorgen, er saß zu Hause am Schreibtisch und wollte an seinem Roman weiterarbeiten. Nur gelang ihm das nicht, er brachte keinen einzigen Satz zustande. Deshalb hatte sich sein Laptop auch schon von selbst in den Ruhezustand versetzt.

Er zog die Schreibtischschublade auf und nahm Lisas Geburtsurkunde heraus. Er glaubte nicht, dass sie das vermisste Mädchen war. Das konnte nicht sein. Sie war mehrfach in die Karibik geflogen, hatte dort ein Auto gemietet und als Tauchlehrerin gearbeitet. Somit musste sie nicht nur über einen gültigen Reisepass, sondern auch über einen Führerschein verfügen.

Der Gedanke beruhigte ihn. Er bewegte die Maus, wartete, bis sich das Bild wiederhergestellt hatte, und versuchte, sich auf den Anfang eines neuen Kapitels zu konzentrieren. Er schrieb einen Satz und löschte ihn wieder; schrieb einen neuen und fand ihn noch schlimmer. Es war einfach zwecklos.

Seufzend beschloss Michael, den Computer herunterzufahren und sich aus der Küche einen Kaffee zu holen. Vorher aber legte er die Geburtsurkunde zurück in die Schublade. Er würde jetzt nicht mit Lisa darüber sprechen. Nicht heute. Etwas hielt ihn davon ab.

Auf dem Weg nach unten begegnete er seinem Vater, der früh von seinem sonntäglichen Waldspaziergang zurückkam. Normalerweise hatte er den immer mit Yakko unternommen, und nun schien es ihm keine Freude zu machen, allein im Wald umherzulaufen. Das konnte Michael verstehen. Der Hund fehlte seinem Vater mehr, als er je zugeben würde.

Bevor Rudolf die Jacke auszog, legte er einen Stein auf das Sideboard, an dem noch die feuchte Walderde klebte. Der war sicher für Yakkos Grab bestimmt, denn der Hund hatte die Angewohnheit gehabt, von jedem Sonntagsspaziergang einen Stein mitzubringen. Große und kleine Steine hatte er in seiner Schnauze nach Hause geschleppt, um sie unter der alten Trauerweide zu sammeln. Und wehe, jemand wagte es, einen Stein zu entfernen. Jeden Tag hatte der Hund den Steinhaufen kontrolliert und ein furchtbares Theater veranstaltet, wenn Hilde einige Steine mit der Schubkarre weggeschafft oder in den See geworfen hatte.

»Willst du einen Kaffee mit mir trinken?«, fragte Michael seinen Vater.

Rudolf lehnte ab. Etwas anderes hatte Michael auch nicht erwartet. Somit ging er allein zu seiner Mutter in die Küche, wo es köstlich nach gebrutzeltem Speck duftete.

»Was gibt es zu essen?«, fragte er und versuchte neugierig, einen Blick in den Topf zu erhaschen, in dem sie gerade herumrührte.

»Rindergulasch und Rotkraut«, antwortete sie und erkundigte sich nach Lisa.

»Die ist joggen«, sagte Michael, während er einen Löffel aus der Schublade nahm, um vom Rotkraut zu kosten. »Aber sie ist schon seit einer Stunde weg; ich nehme an, sie wird gleich zurück sein. Papa ist übrigens auch schon wieder da.«

»Dass ihm der Waldspaziergang ohne Yakko keinen Spaß macht, dachte ich mir«, seufzte Hilde. »Er fehlt deinem Vater wirklich sehr. Und ehrlich gesagt, mir fehlt er auch, obwohl er mich …«, sie setzte einen beleidigten Gesichtsausdruck auf, »… eigentlich nie richtig leiden konnte.«

»Er konnte dich nur deshalb nicht leiden, weil du ihm immer wieder seine Steine weggenommen hast«, flachste Michael.

»Er hat die Dinger mit ins Wohnzimmer gebracht und mir damit den ganzen Fußboden zerkratzt«, verteidigte sie sich. Doch auch an ihr ging der Tod des Hundes nicht spurlos vorüber, und so tupfte sie sich mit einem Zipfel ihrer schneeweißen Schürze eine Träne aus dem Augenwinkel. »Ich will nur wissen, wer unseren armen Yakko vergiftet hat«, schluchzte sie.

In diesem Moment hörten sie plötzlich einen entsetzlichen Schrei – einen Schrei, der ihnen durch Mark und Bein fuhr. Erschrocken blickten sie sich an.

Dann folgte der zweite Schrei, so gewaltig, dass er fast das ganze Haus zum Erzittern brachte, mit der Heftigkeit eines Erdbebens drückte er grenzenlose Verzweiflung aus, die direkt unter die Haut ging.

»Das war Papa«, rief Hilde entsetzt.

Sie stürzten zur Tür hinaus, und weil Rudolf nicht im Wohnzimmer war, liefen sie ins Büro. Dort fanden sie ihn, auf dem Teppich kauernd, das Gesicht in den Handflächen vergraben, weinend und schluchzend. Nach den ersten Schrecksekunden registrierten sie, was geschehen war. Die Picassosammlung war vollständig zerstört.

Fassungslos starrte Michael die Bilder an. Von oben nach unten und von rechts nach links waren sie aufgeschlitzt, gradlinig und akkurat durchkreuzt. Der ganze Stolz seines Vaters, die wertvollen Originale, die es kein zweites Mal gab, waren unwiederbringlich ruiniert. Wer hatte das getan? Und warum?

Michael hörte, wie die Haustür aufgeschlossen wurde. Lisa kam zurück. Sie trug einen Jogginganzug und hatte kleine Schweißperlen auf der Stirn. Verwundert und mit hochgezogenen Augenbrauen kam sie auf ihn zu und fragte leise: »Was ist los?«

Er konnte nicht antworten, sondern nur wortlos auf die Bilder zeigen. Ihm fiel auf, wie erschrocken sie reagierte, und dass sie unwillkürlich das Kreuz an ihrer Kette umklammerte.

Inzwischen war Hilde zu Rudolf gegangen. Weinend kniete sie sich neben ihn, um ihn liebevoll in den Arm zu nehmen. Doch er stieß sie weg. Er wollte ihren Trost nicht. Und auch kein Mitleid. Er sann auf Rache, das sah Michael seinem zornigen Gesicht an, als er den hochrot angelaufenen Kopf hob und voller Wut schrie: »Wer – war – das?«

*

Innerhalb weniger Minuten traf Harry ein und schlug vor, statt der Polizei ein Spezialistenteam aus München kommen zu lassen. Seiner Meinung nach arbeiteten diese privaten Ermittler wesentlich schneller und effektiver als jede Polizei dieser Welt.

Michael war dagegen. »Wieso keine Polizei?«, fragte er seinen Vater.

»Weil ich es nicht will«, zischte Rudolf, während er vor seinen Bildern stand und seine zitternden Hände über *Jacqueline mit Hut* gleiten ließ. Er war noch immer leichenblass und hatte schwarze Schatten unter den Augen. Er sah aus wie sein eigener Geist.

»Aber das hier ist keine Lappalie«, versuchte Michael seinen Vater umzustimmen. »Jemand ist in unser Haus eingedrungen und hat deine Bilder zerstört. Das gehört in die Hände der Polizei.«

»Ihr Vater möchte aber keine Polizei«, mischte Harry sich ein. »Diesen Wunsch sollten wir akzeptieren.«

»Wenn mein Vater mir den Grund dafür erklärt, akzeptiere ich das gerne«, erwiderte Michael und fügte verärgert hinzu: »Wir haben schon auf die Polizei verzichtet, als Yakko vergiftet wurde. Aber jetzt wird es höchste Zeit, sie zu rufen. Und genau das werde ich jetzt tun.«

Entschlossen griff er zum Telefon, welches auf Rudolfs Schreibtisch stand, und wollte gerade den Notruf wählen, als auf einmal das Freizeichen verstummte. Er drehte sich um und sah, dass Harry den Stecker gezogen hatte.

»Was soll das?« Verdutzt blickte Michael seinen Vater an.

Der aber nahm ihm wortlos den Telefonhörer aus der Hand, gab ihn Harry und sagte: »Ruf dieses Spezialistenteam an.«

*

Keine zwei Stunden später erschien die Firma *Dexter-International-Security*.

John Dexter und sein Team waren ein Geheimtipp, wenn es darum ging, schwierige Fälle diskret zu lösen, und wurden von Privatpersonen, aber auch von großen Konzernen beauftragt – eben von allen, die es sich leisten konnten, denn die Honorare waren keineswegs niedrig. Dafür konnte *Dexter-International-Security* eine fünfundneunzigprozentige Erfolgsquote vorweisen.

John Dexter, ein schlanker Mittvierziger im schwarzen Designeranzug, hatte vor seiner Selbstständigkeit viele Jahre beim SEK Bayern und bei der GSG 9 der Bundespolizei gearbeitet. Er war ein Profi durch und durch und seine Mitarbeiter ebenso, jeder auf seinem Gebiet. Vier davon begleiteten ihn, darunter ein Computerexperte in zerlöcherten Jeans, der früher bei Microsoft gewesen war, und eine Frau, die beim FBI Täterprofile erstellt hatte.

Zunächst verschafften die Dexter-Leute sich einen kurzen Überblick, überprüften die Alarmanlage, untersuchten Türen und Fenster nach Einbruchsspuren und begannen dann, Rudolfs Büro in eine Art Kommandozentrale zu verwandeln. Zumindest empfand Michael das so und kam sich vor wie in einem James-Bond-Film. Laptops wurden installiert, diverse technische Geräte miteinander verkabelt, Headsets hinter die Ohren geklemmt und Bluetooth-Verbindungen aufgebaut.

Als alles fertig war, ging ein Mitarbeiter mit einem kleinen, schwarzen Kasten, der aussah wie eine Fernsteuerung für Spielzeugautos, hinaus in den Garten. Ein paar Sekunden später ertönte nacheinander in jedem der Laptops ein Piepton.

»Signal steht«, sagte der Computerexperte zu John Dexter.

»Dann schalten Sie jetzt bitte die Alarmanlage ein«, wandte dieser sich daraufhin an Harry.

Harry nickte und ging hinaus, um das System zu aktivieren.

Kaum hatte er das getan, begannen unzählige Zahlenfolgen in irrer Geschwindigkeit über die Monitore zu laufen. Auf einem Bleistift kauend sah der Computerexperte dabei zu, bis es erneut piepste und er sich grinsend zu seinem Chef umdrehte. Den Daumen nach oben haltend sagte er: »Funktioniert. Wird nur ein bisschen dauern.«

Es dauerte genau zehn Minuten, bis alles wieder von den Monitoren verschwand. Nur auf einem blieb eine fünfstellige Zahl übrig. Dexter zog erstaunt seine Augenbrauen nach oben. »Sie benutzen für alles den gleichen Code?«, fragte er Rudolf.

»Woher wissen Sie das?«, entgegnete dieser sichtlich überrascht.

Ein Lächeln huschte über Dexters kantiges Gesicht. »Keine Sorge. Ihre Alarmanlage ist okay. Sie ist sogar sehr gut, sonst hätten wir nicht so lange gebraucht, um den Code zu knacken. 92556 – nicht wahr?«

Rudolf und Harry wechselten einen kurzen Blick miteinander.

»Hier waren Profis am Werk«, fuhr Dexter fort, »denn es gibt keine Spuren eines Einbruchs. Die Täter müssen also den Code geknackt und das Alarmsystem außer Kraft gesetzt haben. Wie sonst sollten sie ins Haus gekommen sein? Das waren keine Anfänger. Das war gute Arbeit.«

»Sie gehen davon aus, dass es mehrere waren?«, fragte Harry.

»Ein Einzelner wäre dazu nur schwer in der Lage«, antwortete Dexter.

Und Michael stellte fest: »Als Yakko getötet wurde, gab es auch keine Einbruchsspuren.«

»Yakko?« Fragend sah Dexter ihn an.

»So hieß der Hund meines Vaters, der vor ein paar Tagen vergiftet wurde«, erklärte ihm Michael. »Meine Mutter hat ihn morgens im Garten gefunden. Der Tierarzt war sich sicher, dass er zu diesem Zeitpunkt schon ein paar Stunden tot war. Wie er mitten in der Nacht aus dem Haus gekommen ist, wissen wir bis heute nicht.«

»Klingt nach einem persönlichen Rachefeldzug«, meldete sich die Profilerin zu Wort und fügte an Rudolf gewandt hinzu: »Wir sollten uns Ihre Feinde anschauen.«

Michael lachte kurz auf. Da werden Sie aber zu tun haben, dachte er, hütete sich jedoch, das auszusprechen.

»Wer von Ihnen hat das Büro zuletzt betreten?«, wollte Dexter wissen.

»Vermutlich ich«, knurrte Rudolf.

»Wann war das?«

»Gestern Nachmittag.«

»Seitdem war niemand mehr hier drin?«

Rudolf zuckte mit den Achseln. »Ich glaube nicht. Aber wir sollten trotzdem meine Frau und die Frau meines Sohnes befragen.«

»Ich werde sie holen«, rief Michael und verließ daraufhin sofort das Büro. Er warf einen Blick ins Wohnzimmer. Weil dort aber niemand war, wollte er in die Küche gehen, als er auf dem Sideboard wieder eine Puppe entdeckte. Irritiert blieb er stehen. Die Puppe hatte schwarzes, gelocktes Haar, braune Augen mit langen Wimpern und trug ein rotes Kleid mit einer weißen Spitzenschürze. Das Kleid war an verschiedenen Stellen eingerissen und die Schürze teilweise vergilbt. Er nahm die Puppe in die Hand. Ein muffiger Geruch haftete ihr an. Neu gekauft war sie jedenfalls nicht. Und dass sie Frau Becksteins Enkelin gehörte, bezweifelte er stark. Sie war viel zu altmodisch für ein Mädchen von heute. Genau wie die andere Puppe, die an dem Morgen hier saß, als Yakko gefunden wurde. Die mit den blonden Zöpfen und den Kulleraugen. Was war aus der geworden? Er hatte seine Mutter nicht mehr danach gefragt.

Er setzte die Puppe zurück auf das Sideboard und überlegte, ob er den Dexter-Leuten davon erzählen sollte. Doch das kam ihm komisch vor.

Er sah jetzt schon ihre grinsenden Gesichter vor sich und hielt es für besser, erst einmal mit seiner Mutter darüber zu sprechen. Dexter konnte er auch später davon in Kenntnis setzen.

Also zog er die obere Schublade des Sideboards auf und legte die Puppe zu Handschuhen, Mützen und Schals. Danach ging er in die Küche, wo Lisa und Hilde am oberen Ende des langen Tisches saßen.

»Ihr sollt bitte ins Büro kommen«, sagte er.

Sofort sprang Hilde auf. Ihre Wangen glühten vor Aufregung. »Haben sie etwas gefunden?«

»Nein. Sie wollen nur wissen, wer zuletzt im Büro war«, erwiderte er.

»Dein Vater natürlich. Wer sonst?«, sagte Hilde. Damit sollte sie recht behalten.

Rudolf war tatsächlich der Letzte gewesen, der gestern zwischen drei und fünf Uhr nachmittags in dem Raum gewesen war.

»Sind die Kameraaufzeichnungen vom Eingangstor schon ausgewertet?«, wandte Dexter sich an Harry.

Der nickte. Dann nahm er seine Aufzeichnungen zur Hand, die auf Rudolfs Schreibtisch lagen, und las vor: »Michael Westphal hat gestern Abend, genau um neunzehn Uhr fünf, mit seiner Frau im Mercedes-Cabriolet das Grundstück verlassen …«

»Wir waren zum Essen in der *Villa am See* und sind gegen elf wieder zurückgekommen«, sagte Michael.

»Richtig«, bestätigte Harry. »Genau um dreiundzwanzig Uhr sieben haben Sie das Eingangstor passiert.«

»Ist Ihnen etwas aufgefallen, als Sie nach Hause kamen?«, wollte Dexter wissen.

»Nein«, erwiderte Michael und sah Lisa fragend an. »Dir vielleicht?«

Sie schüttelte den Kopf.

»Als wir nach Hause kamen, schliefen meine Eltern schon«, fuhr Michael fort, »zumindest nahm ich das an, weil es im Haus ruhig war. Es war alles ganz normal.«

»Wie lange waren Sie noch wach?«

Michael kam sich vor wie bei einem Verhör. »Vielleicht eine Stunde oder länger. Ich weiß es nicht mehr. Ich habe noch etwas ferngesehen, meine Frau hingegen ist ziemlich schnell eingeschlafen.«

Während Dexter die Fragen stellte, nahmen seine Leute das erste Bild von der Wand, *Jacqueline mit Hut*, und legten es auf Rudolfs Schreibtisch. Wahrscheinlich wollten sie es nach Spuren untersuchen, denn sie trugen weiße Baumwollhandschuhe.

»Und es gab in dieser Nacht keine weiteren Bewegungen am Tor?«, wandte Dexter sich erneut an Harry. »Die Kameras haben nichts registriert?«

»Nein«, antwortete er. »Erst wieder heute Morgen. Um halb zehn hat Herr Westphal mit seinem Jeep das Grundstück verlassen. Fünf Minuten nach ihm fuhr Lisa Westphal in ihrem Cabrio weg.«

Plötzlich sagte einer von Dexters Leuten: »Wir haben etwas gefunden.«

Für den Bruchteil einer Sekunde herrschte erwartungsvolle Stille im Büro.

Vorsichtig, ganz vorsichtig, drehten Dexters Leute das Bild um. Auf der Rückseite war ein weißer Briefumschlag mit einem Klebestreifen befestigt.

»Wissen Sie davon?«, fragte Dexter, an Rudolf gewandt.

»Hab ich noch nie gesehen«, antwortete der.

»Dann hat Ihnen der Täter eine Nachricht hinterlassen«, mutmaßte die Profilerin.

Nachdem der Briefumschlag von allen Seiten fotografiert worden war, nahm Dexter ihn ab und öffnete ihn. Darin befand sich eine herausgerissene Buchseite, wie es schien, aus einer Picasso-Biografie. Eine Textstelle war orange markiert: *Der Sturz des Ikarus!*

»Sagt Ihnen das etwas?«, fragte Dexter.

»Nein«, entgegnete Rudolf.

Daraufhin überflog Dexter den Text und fasste zusammen: »Der Sturz des Ikarus ist der Titel eines Wandgemäldes, das Picasso für das UNESCO-Gebäude in Paris gemalt hat.« Wieder sah er Rudolf an. »Können Sie dazu eine Verbindung herstellen?«

Rudolf verneinte erneut, woraufhin die Profilerin meinte: »Es muss auch nicht unbedingt eine geben. Der Titel selbst kann die Nachricht sein, denn er hat immerhin eine ganz besondere Bedeutung. Ikarus flog hoch hinaus und kam der Sonne zu nah, deshalb schmolzen seine Flügel, und er stürzte ins Meer. Der Sturz des Ikarus gilt als die Strafe der Götter für alle, die zu hoch hinauswollen. Das bestätigt eindeutig die Rachetheorie.«

»Und was, bitte schön, soll das alles bedeuten?«, fragte Rudolf.

»Dass jemand Sie fertigmachen will«, antwortete Dexter sachlich.

Daraufhin verfinsterte sich Rudolfs Miene. »Dann finden Sie denjenigen«, sagte er und fügte mit eiskalter Stimme hinzu: »Und finden Sie ihn schnell.«

*

Kaum hatte Michael die Küche betreten, fragte Hilde: »Sind diese Sicherheitsleute weg?«

»Eben gegangen«, antwortete er.

»Und wo ist dein Vater?«

»Mit Harry im Büro. Krisenbesprechung!«

Sie lachte kurz auf. »Krisenbesprechung mit Harry! Wenn ich das höre, geht mir glatt der Hut hoch. Mit uns sollte er sprechen, aber das hält er nicht für notwendig. Sollte ich mich je von deinem Vater scheiden lassen, werde ich ihm empfehlen, Harry zu heiraten. Ich hoffe nur, dass der kochen kann.«

»Das kann er bestimmt nicht«, entgegnete Michael amüsiert.

»Dann soll er es lernen«, brummte Hilde verärgert und sagte: »Geh und frag deinen Vater bitte, wann er essen will. Möchte wissen, was es nach sechs Stunden mit diesen Spezialisten noch zu besprechen gibt.«

Michael zuckte mit den Schultern und verließ wortlos die Küche.

Das wird nicht die letzte Krisenbesprechung sein, dachte er, denn eines war vollkommen klar: Sein Vater würde keine Ruhe geben, bis er denjenigen, der seine Bilder zerstört und seinen Hund vergiftet hatte, persönlich zwischen den Fingern zerquetschen konnte – wie eine faule Tomate.

Er war noch nicht am Büro angekommen, da hörte er bereits Harry und seinen Vater miteinander sprechen, was bei geschlossener Tür nicht möglich war. Doch die Tür war nicht richtig ins Schloss eingeschnappt, und somit konnte er jedes Wort verstehen.

»Hast du eine Vermutung?«, fragte sein Vater.

Woraufhin Harry sagte: »Vielleicht hat Ilona Berger etwas damit zu tun.«

Es folgte ein kurzes Schweigen. Dann wieder die Stimme seines Vaters: »Nein, das glaube ich nicht. Warum sollte sie die Kuh schlachten, die sie melkt.«

»Wer weiß«, meinte Harry. »Sie könnte doch …« Mitten im Satz brach er ab. Er schien die offene Tür bemerkt zu haben, denn sie wurde abrupt zugezogen.

Michael war verwirrt. Was hatte dieses merkwürdige Gespräch zu bedeuten? Eine Ilona Berger würde die zu melkende Kuh nicht schlachten? Wurde sein Vater erpresst? Hatte er deshalb die Polizei nicht geholt?

Er ließ ein paar Minuten verstreichen, bevor er an die Bürotür klopfte. Nachdem Harry ihm geöffnet hatte, stellte er brav seine Fragen und kam sich dabei vor wie ein zwölfjähriger Junge. Und genauso, dachte er verärgert, behandelt ihr mich auch.

»Wir brauchen noch eine halbe Stunde«, knurrte sein Vater. Danach machten sie die Tür wieder zu. Was die beiden zu besprechen hatten, schien für seine Ohren nicht bestimmt zu sein.

Auf dem Weg zurück in die Küche fiel ihm die zweite Puppe wieder ein. Da er in der nächsten halben Stunde mit seiner Mutter allein war, sollte er die Gelegenheit nutzen, mit ihr darüber zu sprechen. Also ging er zum Sideboard, um die Puppe zu holen. Doch sie war nicht mehr da. Sie lag weder in der oberen Schublade zwischen den Mützen und den Schals noch in einer der anderen. Und auch nicht im Garderobenschrank. Er suchte alles ab. Die Puppe war verschwunden. So als hätte es sie nie gegeben, als hätte er das nur geträumt.

Er begann, an sich zu zweifeln. War er jetzt verrückt geworden? Sah er Puppen, die es gar nicht gab? Das wäre bedenklich, sein Zustand reif für die Psychiatrie. Nur gehörte er da nicht hin, denn vorhin saß diese Puppe hier, dafür würde er seine Großmutter verwetten.

Er warf einen kurzen Blick gen Himmel und murmelte eine leise Entschuldigung. Aber er war sich ganz sicher: Er hatte die schwarz gelockte Puppe in die oberste Schublade des Sideboards gelegt. Und nun war sie verschwunden. Das ging nicht mit rechten Dingen zu – es sei denn, seine Mutter hatte sie gefunden und woanders hingebracht.

Aber Hilde wusste überhaupt nichts von einer Puppe und versicherte ihm, in den letzten Stunden nicht am Sideboard gewesen zu sein.

2 Der Gang zum Labor war die ganze Nacht über hell erleuchtet. Die zwei Kameras konnten jede Bewegung sofort registrieren und die Bilder auf die Monitore des Nachtportiers übertragen. Es war praktisch unmöglich, nachts ungesehen in das Labor zu gelangen. Doch Lisa hatte auch dafür eine Lösung gefunden. Ob ihr Plan wirklich funktionierte, wusste sie allerdings nicht.

Ganz in Schwarz gekleidet und mit einer schwarzen Mütze über dem Kopf, die gleichzeitig ihr Gesicht maskierte, stand sie hinter einer Wand und wartete. Es war zwei Uhr dreißig. Laut Zeitplan musste der Sicherheitsdienst in wenigen Minuten seinen Rundgang durch die oberen Stockwerke des Bürogebäudes beenden und beim Nachtportier erscheinen.

Sie wagte einen kurzen Blick in den Empfangsbereich. Ein älterer Herr in Uniform saß Kaffee trinkend hinter der Rezeption und sah gelangweilt auf die zwei Monitore. Wenn gleich der Sicherheitsdienst erschien, musste es ihr gelingen, die beiden Männer für einen kurzen Moment von den Monitoren abzulenken, sie aufzuscheuchen und ihre Blicke zu zerstreuen.

Sie umklammerte den kleinen Vogel in ihrer Jackentasche, der sich gegen ihren festen Griff zu wehren versuchte. Doch er musste sich gedulden und durfte sie bis zu seinem Einsatz nicht verraten. Deshalb drückte sie ihm mit Daumen und Zeigefinger den Schnabel zu.

Dann endlich kam der Wachmann die Treppe herunter.

»Oben alles okay?«, fragte ihn der Nachtportier.

»Alles ruhig«, erwiderte er gähnend, setzte sich an die Rezeption und wollte sich gerade einen Kaffee einschenken, als Lisa die Hand aus der Tasche zog und den Vogel fliegen ließ. Orientierungslos und laut piepsend flatterte er durch den Empfangsbereich und schlug dabei wild mit den Flügeln. In einer ersten Schrecksekunde sprangen der Nachtportier und der Wachmann auf. Genau darauf hatte sie gewartet. Blitzschnell lief sie los, den langen Gang entlang zum Labor, schob dort die Magnetkarte in das Lesegerät, gab den Zahlencode ein und huschte geräuschlos durch die Stahltür hindurch. Dann versteckte sie sich hinter einem der hohen Regale und wartete. Hatte man sie bemerkt? Kam jemand? Doch es blieb alles still. Sie hatte es geschafft.

Eine blaue, beinah gespenstisch wirkende Beleuchtung an der Decke des Labors ließ sie ihre Umgebung erkennen. In dem Regal vor ihr standen Unmengen von Glasfläschchen, und an der Wand gegenüber war ein Arbeitstisch mit einem Computer. Jemand hatte wohl vergessen ihn auszuschalten, denn die Kontrollleuchte blinkte. Er befand sich im Stand-by-Modus. Besser hätte sie es nicht antreffen können.

Bis zum nächsten Rundgang des Sicherheitsdienstes blieben ihr genau zwei Stunden und zwanzig Minuten. Sie durfte keine Zeit verlieren, denn sie wusste zwar, wonach sie suchte, aber sie wusste nicht, wo sie es finden konnte.

Sie überprüfte ihre Ausrüstung. Ein USB-Stick, eine Mini-Digitalkamera und eine kleine Taschenlampe, die sie gerade einschalten wollte, als sie plötzlich etwas hörte.

Sofort war sie in Verteidigungsstellung. Jeder Muskel ihres Körpers spannte sich an, ihr Geist war wachsam und hoch konzentriert. Sie war darauf gefasst, dass im nächsten Moment der Wachmann hereinkam. Aber nichts dergleichen geschah. Die Tür öffnete sich nicht, das Licht ging nicht an, nur dieses Geräusch war wieder da. Dann erkannte sie, dass sich das Computerschränkchen unter dem Arbeitstisch bewegte. Wie von Geisterhand geführt, rollte es langsam vor, bis es auf einmal stehen blieb und ein Kopf dahinter hervorlugte.

Es war also noch jemand im Labor! Sie presste sich enger an das Regal heran, während der andere Einbrecher ungeschickt aus seinem Versteck kroch. Er versicherte sich, dass die Luft rein war, setzte sich an den Arbeitstisch und aktivierte den Computer. Er schien schon daran gearbeitet zu haben, bevor sie gekommen war, denn er öffnete gezielt eine Datei, legte eine CD ins Laufwerk und kopierte die Daten. Danach schrieb er eine E-Mail. In diesem Moment wurde plötzlich die Stahltür aufgerissen. Das Licht ging an, und Harry höchstpersönlich stand im Labor.

»Guten Morgen, Herr Schuster«, sagte Harry, während er mit seinem Adlerblick sofort die Situation erfasste. Er sah den betriebsbereiten Computer, einen Aktenordner, den offenen Aktenschrank und fragte: »Was machen Sie denn um diese Zeit hier im Labor? Konnten Sie nicht schlafen? Oder fangen Sie immer so früh an zu arbeiten?«

Bedrohlich baute Harry sich vor dem schmächtigen Martin Schuster auf, der ängstlich wie ein Hase in leicht geduckter Haltung auf seinem Schreibtischstuhl saß. Seine Hand aber lag noch immer auf der Computermaus, und als er diese mit seinem Zeigefinger kurz anklickte – entweder um die geschriebene E-Mail zu versenden oder um sie zu löschen –, sagte Harry in scharfem Ton: »Hände weg von dem Computer.«

»Was erlauben Sie sich«, entgegnete Martin Schuster und gab sich hörbar Mühe, empört zu klingen. Nur bebte seine Stimme vor Angst. Harry lächelte herablassend, während er ein Funkgerät aus seiner Jackentasche zog.

Lisa war sicher, dass er den Wachmann informieren würde. Deshalb musste sie schleunigst von hier fort, sonst könnte es gefährlich werden. Sich gegen einen Mann zu wehren war kein Problem, gegen zwei oder drei aber wäre sie machtlos.

Um Harry abzulenken, stieß sie die Glasflaschen aus dem Regal, die scheppernd zu Boden fielen, und rannte los. Sie hetzte den langen Gang entlang und sah über ihre Schulter hinweg, dass Harry ihr bereits folgte. Er war unsagbar schnell und kam immer näher. Sie hatte nur noch wenig Vorsprung. Sie musste die Toilette erreichen, dort konnte sie durch das Fenster entkommen. Harrys Hand streifte schon ihren Arm, als sie sich blitzartig umdrehte, ihr rechtes Bein ausstreckte und ihm mit ihrem Fuß einen solch kräftigen Schlag an den Hals versetzte, dass er stöhnend zusammenbrach. Dann floh sie in die Toilette, riss ein Fenster auf und sprang mit einem Satz hinaus. Genau in diesem Augenblick ging die Alarmanlage los.

3 Seit einer Stunde schon lag Michael wach und starrte in die Dunkelheit. Wo war Lisa? Es war drei Uhr nachts, und sie war nicht in ihrem Bett. Sie war nicht im Bad, nicht in der Küche und nirgendwo sonst. Er hatte das ganze Haus nach ihr abgesucht. Sie war nicht da. Dabei war sie noch vor ihm schlafen gegangen.

Er sah auf das rot erleuchtete Display seines Radioweckers. Die Minuten quälten sich dahin, während durch seinen Kopf die irrsinnigsten Gedanken rasten. Doch keinen davon bekam er zu fassen. Da war ein Kindergeburtstag, eine Geburtstagstorte mit zehn bunten brennenden Kerzen, kleine Mädchen, die mit Puppen spielten, ein dunkler Wald, die Suchtrupps der Polizei, Spürhunde, Hubschrauber, die verzweifelten Schreie einer Mutter.

Unheimliche Bilder, so düster und mysteriös, dass es ihm Schauer über den Rücken jagte und er gerade das Licht anmachen wollte, als er Lisa ins Zimmer kommen hörte. Blitzartig rollte er sich in seine Decke ein und stellte sich schlafend. Sie sollte nicht wissen, dass er ihr Verschwinden bemerkt hatte. Erst als sie ins Bett kroch, tastete er nach ihr und murmelte schlaftrunken, so als wäre er eben erst aufgewacht: »Wo warst du?«

»In der Küche«, sagte sie leise. »Ich hatte Durst. Schlaf schnell weiter, es ist erst halb vier.«

*

Als Michael am nächsten Morgen den Sicherheitsraum betrat, wo die Bilder der Überwachungskameras aufgezeichnet wurden, saß bereits ein Mitarbeiter der Firma *Dexter-International-Security* vor den Monitoren.

»Ich hatte keine Ahnung, dass Sie schon da sind«, sagte Michael erschrocken.

Der Mann drehte sich lächelnd um und erklärte: »Ich überprüfe gerade die Aufzeichnungen der letzten Nacht.«

»Und?«, fragte Michael gespannt. »War alles in Ordnung?«

»Keine besonderen Vorkommnisse«, antwortete der Mann.

Michael war überrascht. »Es hat niemand das Grundstück verlassen?«

Der Mann schüttelte den Kopf. »Nein. Es gab keinerlei Bewegung, weder am Eingangstor noch an der Grundstücksmauer. Es ging niemand, und es kam niemand.«

»Aha«, sagte Michael verwundert.

Als er kurz darauf in die Küche kam, um zu frühstücken, saß seine Mutter dort allein an dem langen Tisch, vertieft in eine Einkaufsliste. Er nahm sich Kaffee und bestrich ein frisches Brötchen mit Butter und einer ordentlichen Portion Nutella.

»Was hältst du von einem Hummer als Vorspeise?«, fragte Hilde. »Vielleicht mit Toast und Champagner dazu?«

»Wann? Heute Abend?«

»Ach was!« Sie winkte ab. »Am Freitag. Falls du dich erinnerst, haben Papa und ich Hochzeitstag.«

Daran hatte er nicht mehr gedacht, doch das konnte er unmöglich zugeben. »Selbstverständlich habe ich das nicht vergessen«, erwiderte er mit leicht beleidigtem Unterton. »Allerdings war ich der Meinung, dass es wie immer ein großes Essen bei Käfer geben wird.«

Sie seufzte. »Dieses Jahr nicht. Nach den Ereignissen der letzten Tage ist dein Vater dafür nicht in Stimmung. Wir essen zu Hause. Nur wir vier. Ohne Gäste.«

»Kann ich verstehen«, murmelte er und sah zur Uhr. Wo blieb eigentlich sein Vater? Normalerweise frühstückte er ebenfalls um diese Zeit. »Hat Papa verschlafen?«

»Hat dein Vater je verschlafen?«, gab Hilde mit leicht sarkastischem Unterton zurück. »Er ist schon weg. Er hat vor zwei Stunden einen Anruf von der Firma bekommen und ist daraufhin sofort losgefahren.«

»Dann ist etwas passiert«, stellte Michael fest, verärgert darüber, dass er nicht informiert worden war. Und als könne seine Mutter Gedanken lesen, sagte sie: »Mach dir nichts draus. Mir erzählt er ja auch nie etwas.«

*

Mit seiner Vermutung sollte Michael recht behalten. Was allerdings vorgefallen war, erfuhr er erst von Frau Meierhöfer, die erstaunt war, dass er von nichts wusste.

»Wer sollte es mir denn erzählt haben?«, fragte Michael frustriert.

»Heute Nacht wurde bei uns eingebrochen«, sagte die Sekretärin. »Unten im Labor. Unser Harry hat sein Leben riskiert. Er hätte den Einbrecher beinah überwältigt, aber der hat sich gewehrt und ihm ordentlich eine verpasst. Ganz grün und blau ist er am Hals, der Ärmste! Schlimm, nicht wahr?« Ein hämisches Grinsen huschte über ihr spitzes Gesicht, danach aber wurde sie sofort wieder ernst: »Ihr Vater lässt ausrichten, Sie möchten bitte sofort nach unten kommen. Er ist außer sich vor Aufregung. Das können Sie sich ja denken.«

»Habe ich heute Vormittag wichtige Termine?«, erkundigte sich Michael.

»Sind alle abgesagt«, erklärte Frau Meierhöfer. »Auf Anweisung Ihres Vaters. Irgend so eine Sicherheitsfirma ist im Haus und will ein neues Sicherheitskonzept vorstellen. Das wird wohl den ganzen Tag dauern.«

»Wurde im Labor etwas gestohlen?«, wollte er wissen.

»Keine Ahnung.«

»Und wann genau war dieser Einbruch?«

»Soviel ich weiß, heute Nacht zwischen zwei und drei Uhr.«

Diese Auskunft versetzte Michael einen deutlichen Stich in der Magengegend, denn genau zu der Zeit war Lisa nicht zu Hause gewesen. Sollte sie etwas mit dem Einbruch zu tun haben? Der Gedanke schien ihm absurd.

Er ging hinunter ins Labor, wo John Dexter gerade mit der Rekonstruktion des Tatherganges beginnen wollte.

»Auch schon da?«, begrüßte ihn sein Vater.

»Hättest du es für nötig gehalten, mich über die Geschehnisse zu informieren, wäre ich selbstverständlich eher gekommen.« Er zwang sich, ruhig zu bleiben, obwohl sein Herzschlag sich blitzartig beschleunigt hatte. Dann wandte er sich an Dexter, um endlich zu erfahren, was in der Nacht passiert war.

Dexter fasste die Ereignisse kurz für ihn zusammen: »Gegen zwei Uhr fünfzig überraschte Harry einen maskierten Einbrecher im Labor. Er verfolgte ihn, doch leider konnte der Mann durch das Toilettenfenster entkommen.«

»Der Typ war schnell wie eine Rakete«, verteidigte sich Harry, »aber ich habe ihn trotzdem eingeholt. Und ihm ordentlich eine verpasst! Ich dachte, er geht zu Boden, doch der Bursche hat sich wieder gefangen und mir eine gegeben.« Er griff an seinen Hals. Der Schlag musste mit ziemlicher Kraft ausgeführt worden sein, sonst hätte er in Harrys muskelbepacktem Nacken nicht solche Spuren hinterlassen.

»Wie wir inzwischen wissen«, fuhr Dexter in seiner gewohnt sachlichen Art fort, »gibt es auch dieses Mal keinen Hinweis auf einen Einbruch. Die Stahltür des Labors wurde jedenfalls nicht gewaltsam geöffnet. Fakt ist, dass seit gestern Abend zwanzig Uhr, seitdem der Sicherheitsdienst mit seinem ersten Rundgang begonnen hat, das Labor sechsmal mit einer entsprechenden Magnetkarte betreten wurde. Dreimal vom Sicherheitsdienst und einmal, um zwei Uhr fünfzig, von Harry. Das können wir anhand der Zutrittsdaten im Computersystem nachvollziehen. Jedoch wurde die Labortür noch zwei weitere Male geöffnet, um ein Uhr fünfzehn und um zwei Uhr dreißig. Aber die Zutrittsdaten dafür wurden im Computersystem gelöscht – oder gar nicht erst aufgezeichnet, das wissen wir noch nicht.«

»Das heißt, Sie können nicht erkennen, mit wessen Magnetkarte die Tür geöffnet wurde?«

»Genauso ist es, Herr Westphal. Die Täter müssen Zugriff in Ihr geschütztes Computersystem haben. Damit ist nicht mehr auszuschließen, dass es sich sowohl um Mitarbeiter wie auch um ehemalige Mitarbeiter handeln könnte.«

»Es deutet zumindest sehr viel darauf hin«, bestätigte die Profilerin.

»Sie sprechen wieder in der Mehrzahl«, stellte Michael fest. »Sie gehen also auch dieses Mal von mehreren Tätern aus?«

»Ohne Zweifel«, sagte Dexter.

»Heute Nacht jedenfalls war es nur einer«, erklärte Harry. »Wäre da noch jemand gewesen, wäre der uns nicht entkommen. Ganz sicher nicht.«

Dexter nahm das schweigend zur Kenntnis, doch irgendetwas schien ihn daran zu irritieren.

Auch Michael störte etwas. Nämlich die Tatsache, dass Harry in dieser Nacht in der Firma war, obwohl er keinen Dienst hatte. Deshalb sprach er ihn darauf an.

»Ich war nur hier wegen der Sache mit dem Vogel«, knurrte Harry.

»Welchem Vogel?«, fragte Michael.

Dexter erklärte es ihm: »Ein Vogel hatte sich in die Empfangshalle verirrt und flatterte dort um zwei Uhr dreißig umher. Da der Sicherheitsdienst Order hat, bei jedem Vorkommnis sofort Harry zu informieren, wurde er angerufen.«

»Genauso war es«, meinte Harry grimmig. »Und wie man sieht, war es auch gut so.«

»Lassen Sie uns jetzt bitte mit der Rekonstruktion des Tathergangs beginnen«, sagte Dexter und forderte Harry auf, sich dorthin zu stellen, wo er in der Nacht gestanden hatte, und seine Handlungen genau zu wiederholen. John Dexter wollte detailgenaue Informationen.

Somit ging Harry zwei Schritte zurück, schloss von außen die Stahltür, um sie gleich darauf wieder zu öffnen und das Licht einzuschalten. Dazu erklärte er: »Ich komme also ins Labor und will nach dem Rechten sehen, als plötzlich die Glasflaschen dort aus dem Regal fallen und dieser schwarz maskierte Typ an mir vorbeirennt. Ich natürlich sofort hinterher, den Gang entlang …« Ungläubig sah er Dexter an. »Soll ich jetzt auch …?«

Der nickte. Daraufhin lief Harry im leichten Laufschritt los, bis kurz vor die Toilettentür, wo er stehen blieb und darauf wartete, dass die anderen sich dort einfanden. Dann fuhr er mit seinen Ausführungen fort: »Genau hier krieg ich den Typ zu fassen. Ich schnapp ihn am Arm und verpass ihm eine. Aber ordentlich!« Nun holte er mit seiner Rechten kräftig aus und schlug in die Luft. »Aber er geht nicht zu Boden. Ganz im Gegenteil, er gibt mir eine zurück, rennt ins Klo und macht sich aus dem Staub. So war es!«

»Wo haben Sie ihn denn getroffen?«, fragte Michael. »Im Gesicht?«

Irritiert zog Dexter seine Augenbrauen hoch. »Warum wollen Sie das wissen?«

»Bist du hier der Detektiv oder Herr Dexter?«, blaffte sein Vater ihn an.

Harry jedoch antwortete ganz unbeirrt: »Ich habe ihm voll eins auf die Zwölf gegeben. Nur war der Typ hart im Nehmen, sonst hätte er das nicht überstanden, das dürfen Sie mir glauben.«

»Ich glaube Ihnen«, sagte Michael zufrieden. Und tat das sogar sehr gerne, weil genau diese Tatsache vollkommen unmöglich machte, was er für einen kurzen Moment befürchtet hatte.

*

Als Michael endlich allein in seinem Büro saß, atmete er erst einmal erleichtert auf. Lisa konnte mit der Sache nichts zu tun haben. Zwei Dinge sprachen dagegen: Erstens gab es am Eingangstor der Villa in dieser Nacht keinerlei Bewegung; und zweitens hätte sie heute Morgen ein blaues Auge haben müssen. Aber in ihrem Gesicht war nicht einmal ein blassblauer Fleck gewesen.

Er lehnte sich beruhigt zurück und machte den Computer an. In all dem Durcheinander war er noch nicht einmal dazu gekommen, seine E-Mails abzufragen. Den ganzen Vormittag hatte sich alles nur um den Einbruch und Dexters neues Sicherheitskonzept gedreht, das seiner Meinung nach auf großen Protest bei den Mitarbeitern stoßen würde. Fenster, die sich nicht öffnen ließen, und eine Kameraüberwachung rund um die Uhr im gesamten Bürogebäude waren schlichtweg unzumutbar. Aber seinem Vater war das alles gleichgültig.

Er rief seine E-Mails auf. Es war nichts Besonderes dabei, bis auf eine von Martin Schuster, die lautete: *Muss Sie dringend sprechen. Bin in der Angelegenheit vorangekommen*

Er stutzte und las die Mail ein zweites und auch noch ein drittes Mal, weil er sie recht seltsam fand. Der letzte Satz hatte keinen Punkt, und es fehlte die Signatur. Normalerweise setzte Martin Schuster unter jede E-Mail *FG – MS*, was bedeutete: Freundliche Grüße – Martin Schuster.

Er schaltete die Sprechanlage ein und bat Frau Meierhöfer, im Labor anzurufen. »Richten Sie Herrn Schuster aus, er soll bitte sofort zu mir kommen.«

»Wird gemacht«, erwiderte sie, meldete sich aber keine drei Minuten später zurück. »Herr Schuster ist gar nicht da. Er ist heute Morgen nicht zur Arbeit erschienen und hat sich auch nicht entschuldigt. Im Labor macht man sich bereits Sorgen.«

»Ist er krank?«, fragte Michael. »Hat man versucht, ihn zu Hause zu erreichen?«

»Mehrfach. Aber es geht niemand ans Telefon«, berichtete Frau Meierhöfer.

»Die vom Labor sollen uns Bescheid geben, sobald er sich gemeldet hat«, sagte Michael. Dann las er noch einmal die E-Mail. Etwas stimmte damit nicht. Dieses Wort *Angelegenheit* störte ihn. Und was meinte Herr Schuster mit *vorangekommen*? Die Frage nach den falschen Testergebnissen ruhte im Augenblick, weil er zuerst mit Dr. Kolberg darüber sprechen wollte, der aber noch im Urlaub war. Eine andere aktuelle *Angelegenheit* gab es nicht.

Er stützte die Ellenbogen auf die Tischplatte, legte sein Kinn in die Handflächen und starrte grübelnd die E-Mail an, als ihm etwas auffiel, was er die ganze Zeit zwar gesehen, aber nicht bewusst wahrgenommen hatte. Die Mail war von Martin Schusters Computer im Labor versendet worden, was eigentlich nichts Besonderes war. Doch der Zeitpunkt war außergewöhnlich: gestern Nacht um zwei Uhr fünfzig. Genau, als Harry im Labor den Einbrecher überrascht hatte.

Sollte Martin Schuster etwas damit zu tun haben?

Michael hielt das für unwahrscheinlich. Kaum vorstellbar, dass der schmächtige Herr Schuster den bulligen Harry mit nur einem einzigen Schlag umhaute. Trotzdem stimmte etwas nicht.

Er ging hinaus zu Frau Meierhöfer. »Haben wir von Herrn Schuster vielleicht eine Handynummer? Oder eine Nummer von seinen Eltern? Oder hat er eine Freundin, bei der er sein könnte? Versuchen Sie doch bitte, das herauszufinden.«

Sie nickte und griff bereits nach dem Telefonhörer, als Michael einfiel, dass er sie noch etwas anderes fragen wollte: »Sagt Ihnen der Name Ilona Berger etwas?«

Frau Meierhöfer machte ein nachdenkliches Gesicht. »Ist mir nicht bekannt. Aber wir hatten mal einen Chefchemiker, der Berger hieß.«

Interessiert horchte er auf, während Frau Meierhöfer erzählte: »Berger wurde damals fristlos gekündigt. Ich weiß nur nicht mehr, warum. Das ist schon so lange her.«

»Wie lange?«

Sie zuckte ratlos mit den Schultern. »Vielleicht zehn Jahre? Genau kann ich es Ihnen nicht sagen. Aber wenn Sie wollen, suche ich die Personalakte raus. Die muss noch im Archiv sein – wir heben doch alles jahrzehntelang auf.«

»Das wäre sehr nett«, sagte Michael und ging zurück in sein Büro.

Dort rief er Kolbergs Sekretärin an, ließ sich Kolbergs Handynummer geben und erreichte ihn auf den Malediven bei einer Ayurveda-Massage.

»Gibt es ein Problem?«, fragte Kolberg überrascht und sagte: »Warten Sie einen Augenblick.« Dann hörte Michael, wie er der Masseurin auf Englisch zu erklären versuchte, dass er eine Pause wollte. Allerdings schien die Frau ihn nicht zu verstehen.

»Diese Leute hier sprechen einfach kein Englisch«, regte er sich auf. »Obwohl man das bei den Preisen doch erwarten kann. Ist etwas passiert, Herr Westphal? Ich hoffe, nichts Ernstes.«

»Das weiß ich noch nicht«, entgegnete Michael, woraufhin er von den letzten Testergebnissen berichtete, die mit denen der ersten Testreihe vollkommen identisch waren. »Haben Sie dafür eine Erklärung, Dr. Kolberg?«

Am anderen Ende der Leitung herrschte tiefes Schweigen. Wäre nicht im Hintergrund leise Entspannungsmusik zu hören gewesen, hätte er gemeint, die Verbindung sei unterbrochen.

»Sind Sie noch da?«, erkundigte er sich trotzdem.

»Ja, ja«, sagte Kolberg und fragte hörbar irritiert: »Wem ist das denn aufgefallen?«

Einem aufmerksamen Mitarbeiter, wollte Michael spontan darauf antworten, und es lag ihm bereits auf der Zunge, als er dachte: Was ist das überhaupt für eine Frage? Kolberg müsste erstaunt und überrascht sein und ihm versichern, dass es sich nur um einen Fehler handeln konnte. Wem das aufgefallen war, dürfte ihn im Moment herzlich wenig interessieren.

»Mir selbst«, sagte Michael deshalb.

»Ach so«, erwiderte Kolberg und fügte unterkühlt hinzu: »Ich werde das prüfen, wenn ich zurück bin.« Danach beendete er sehr abrupt das Gespräch, weil angeblich die Masseurin mit ihrer ayurvedischen Massage fortfahren wollte.

Verwundert legte Michael auf. Dr. Kolberg hatte vollkommen anders reagiert, als er erwartet hatte. War doch Manipulation im Spiel? So, wie Martin Schuster es von Anfang an vermutet hatte?

Es klopfte an seine Bürotür. Frau Meierhöfer kam herein, um Neues von Martin Schuster zu berichten: »Ich habe seine Mutter erreicht und die gute Frau in helle Aufregung versetzt«, erzählte sie. »Sie ist sofort in seine Wohnung gefahren, weil sie dachte, dass er vielleicht ohnmächtig geworden sei. Aber er war nicht da, und in der Wohnung war alles in Ordnung. Bis auf das Bett!«

»Das Bett?«

»Ja. Das war unbenutzt, und das fand Frau Schuster merkwürdig, weil ihr Sohn keine Freundin hat und normalerweise nicht auswärts übernachtet. Aber immerhin hat er ein Handy, und sie hat mir seine Nummer gegeben. Ich habe schon versucht, ihn zu erreichen. Leider geht nur die Mailbox an, aber ich habe eine Nachricht hinterlassen. Hoffentlich hatte der arme Herr Schuster keinen Unfall. Ob ich mal bei der Polizei anrufe?«

»Das ist eine gute Idee«, sagte Michael, obwohl er an einen Unfall nicht glauben wollte.

Frau Meierhöfer nickte eifrig. Anstatt nun aber, wie es ihrer Art entsprach, sofort der Tür entgegenzustreben, trat sie näher an seinen Schreibtisch heran und sagte leise mit verschwörerischer Miene: »Die Personalakte von Herrn Berger ist übrigens nicht mehr da. Ich habe alles danach abgesucht. Sie ist weg. Wir heben die Akten immer sehr lange auf, gerade die von leitenden Angestellten. Und Sie werden es nicht glauben, aus dieser Zeit sind auch noch alle vorhanden. Nur diese eine nicht. Aber ich habe ein bisschen nachgedacht, und mir ist Folgendes eingefallen: Dieser Herr Berger war nicht sehr lange bei uns, vielleicht ein oder zwei Jahre. Er war ein sehr zurückhaltender Mensch, galt aber als zuverlässig und korrekt. Deshalb kam seine Kündigung für uns alle überraschend. Privat weiß ich nicht viel von ihm, nur, dass er eine Frau hatte und eine kleine Tochter. Die war gerade geboren worden, als er bei uns anfing. Ob die Frau allerdings Ilona hieß, kann ich Ihnen nicht sagen. Aber dass die Tochter blind war, daran erinnere ich mich genau.«

*

Martin Schusters plötzliches Verschwinden und seine nächtliche E-Mail ließen Michael keine Ruhe. Am späten Nachmittag beschloss er, einen Blick in Herrn Schusters Computer zu werfen, und ging hinunter ins Labor.

Wie erwartet waren die meisten Mitarbeiter um diese Zeit bereits nach Hause gegangen, bis auf eine junge Laborantin namens Monika Lechleitner. Sie war gerade dabei, sich ihre Jacke anzuziehen.

Michael wusste, dass Martin Schuster auf diese Monika heimlich ein Auge geworfen hatte, und jetzt, da er sie zum ersten Mal ohne ihre Laborkleidung sah, war ihm auch klar, warum. Blonde Löwenmähne, lange Beine, Minirock und rot angemalte Lippen – ein Typ Frau, der Männerherzen höherschlagen ließ.

»Haben Sie inzwischen was von Martin Schuster gehört?«, fragte sie.

»Leider nicht«, antwortete Michael, während er den Computer einschaltete und das Passwort eingab. Plötzlich war Monika Lechleitner dicht hinter ihm und zwitscherte: »Darf ich mal …« Sie zeigte auf das Computerschränkchen, vor dem er stand. Eine Entschuldigung murmelnd, trat er einen Schritt beiseite, woraufhin sie sich tief herabbeugte, um die unterste Schublade zu öffnen. Dabei rutschte ihr der Rock über den Po, und der tiefe Ausschnitt ihres Pullis ließ einen ungehinderten Blick auf ihren imposanten Busen zu.

Michael war unsicher, wo er zuerst hinschauen sollte. Vor lauter Busen und Po wäre ihm fast entgangen, was Monika Lechleitner in die Schublade legen wollte.

»Was haben Sie da?«, fragte er. Normalerweise war er nicht so neugierig, aber im Augenblick fand er alles wichtig, was mit Martin Schuster in Zusammenhang stand.

Sie zeigte ihm eine CD. »Nabucco«, sagte sie naserümpfend, »die italienische Gesamtausgabe. Das hört unser Martin in der Mittagspause. Angeblich entspannt ihn das, so etwas soll es ja geben. *Ich* kann diesem Gedudel zwar nichts abgewinnen, aber jeder hat eben seinen Geschmack. Sie lag heute Morgen bei mir am Platz, deshalb wollte ich sie zurückbringen. Damit er sie nicht sucht.« Sie legte die CD in das Computerschränkchen, richtete sich wieder auf und schob ihren Rock zurecht. Dann wünschte sie ihm einen schönen Abend und verließ mit wippenden Hüften das Labor.

Nur ein paar Minuten später beobachtete Michael durchs Fenster, wie sie in einen schwarzen Porsche einstieg, der kurz zuvor vor der Firma angehalten hatte. Kaum vorstellbar, dass der schüchterne Martin Schuster bei dieser Frau landen konnte. Aber traurig musste er deswegen nicht sein.

Nun, da Michael allein im Labor war, setzte er sich vor den Computer und versuchte herauszufinden, welche Dateien Martin Schuster zuletzt aufgerufen hatte. Natürlich die Testreihen von Strycon, aber auch Testreihen von Medikamenten, die seit Jahren erfolgreich von MediCare verkauft wurden.

Michael ging ins Internet und machte eine spannende Entdeckung. Auf allen zuletzt angesehenen Seiten ging es um Dr. Kolbergs Klinikzentrum und sein Testinstitut. Martin Schuster schien etwas Bestimmtes recherchiert zu haben. Ihm kam wieder die E-Mail in den Sinn: *Bin in der Angelegenheit vorangekommen …*

Er sah sich die von Schuster angelegten Dateien an, in der Hoffnung, auf eine zu stoßen, in der er die Ergebnisse seiner Recherchen zusammengefasst hatte. Doch er fand nichts. Auch die Mappe mit den manipulierten Testergebnissen war unauffindbar. Alle Schubladen zog er auf, suchte den Aktenschrank und den Arbeitstisch danach ab. Die Mappe aber war verschwunden. So spurlos wie Herr Schuster selbst.

Einem plötzlichen Impuls folgend, rief Michael die Strycon-Datei auf und klickte den Ordner *Testergebnisse* an. Die letzte Testreihe tauchte nirgendwo mehr auf. Jemand musste sie gelöscht und die Mappe als Beweisstück an sich genommen haben. Das wäre ein unglaublicher Vorgang.

Er dachte an die Mappe, die er selbst von Martin Schuster bekommen und in die unterste Schublade seines Schreibtisches gelegt hatte. Bisher hatte er niemandem davon erzählt, also müsste sie sich dort noch befinden.

Er fuhr den Computer herunter, raste zurück in sein Büro und zog sofort die Schreibtischschublade auf. Die rote Mappe lag da. Gott sei Dank, dachte er, denn im Augenblick war sie der einzige Beweis dafür, dass es diese letzte Testreihe überhaupt gegeben hatte. Deshalb beschloss er, sie mit nach Hause zu nehmen. Das hielt er für das Sicherste.

Dann öffnete er das E-Mail-Programm, um Martin Schusters Mail auszudrucken. Doch sie war gelöscht – sowohl aus dem Posteingang wie auch aus dem Papierkorb. Was wurde hier eigentlich gespielt?

*

»War jemand in meinem Büro, als ich weg war?«, fragte Michael Frau Meierhöfer, die sich gerade den Mantel anzog.

»Nein, niemand. Warum?«

»Komisch«, murmelte er und bat sie, sich noch einmal zu setzen. Das tat sie auch, allerdings ohne den Mantel auszuziehen.

»Was ist denn los?«, fragte sie. »Ist was passiert?«

»Das kann man wohl sagen«, meinte Michael und sprach automatisch ganz leise, obwohl sie allein im Sekretariat waren. Offensichtlich musste man hier auf alles gefasst sein.

»Gestern Nacht um zwei Uhr fünfzig hat Martin Schuster mir vom Labor aus eine E-Mail geschickt«, erzählte er Frau Meierhöfer.

Sie machte große Augen. »Wie bitte? Aber das war doch genau der Zeitpunkt …«

Er nickte und vervollständigte den Satz. »… als Harry den Einbrecher überrascht hat.«

»Meinen Sie, das ist Herr Schuster gewesen?«, fragte sie ungläubig.

»Der unseren Harry umgehauen hat?« Michael grinste sie an. »Können Sie sich das vorstellen?«

»Kaum.«

»Tatsache aber ist«, fuhr er fort, »dass jemand diese E-Mail gelöscht hat. Und zwar eben, als ich nicht da war.«

»In Ihrem Büro war jedenfalls niemand«, erwiderte Frau Meierhöfer kopfschüttelnd. »Ich war die ganze Zeit über hier.«

»Dann muss es vom Zentralrechner aus passiert sein«, stellte er fest.

Sie legte skeptisch ihre Stirn in Falten. »Wer löscht denn vom Zentralrechner aus Ihre E-Mails? Was geschehen hier für merkwürdige Dinge?«

»Das weiß ich noch nicht«, meinte Michael. »Aber das will ich herausfinden, und dafür brauche ich Ihre Hilfe.«

»Ich bin bereit.« Sie klang so entschlossen, als wollte sie an seiner Seite in den Krieg ziehen. Sie wäre ein guter General, dachte er.

»Zuerst einmal interessiert mich unsere Datensicherung«, sagte Michael. »Es ist doch richtig, dass wir von allen Daten täglich Sicherheitskopien anfertigen, nicht wahr?«

»Das ist richtig«, bestätigte sie. »Außerdem kopiere ich alle laufenden Projekte zusätzlich auf USB-Sticks, die ich in meinem Tresor aufbewahre.«

»Haben Sie die Strycon-Dateien auch kopiert?«, wollte Michael wissen

»Selbstverständlich«, erwiderte die Meierhöfer fast beleidigt.

»Und dieser Stick liegt im Tresor?«

»Natürlich, wo sonst?«

»Dann her damit!«, rief er aufgeregt und machte den bereits ausgeschalteten Computer wieder an, während Frau Meierhöfer den USB-Stick aus dem Tresor holte. Nachdem er ihn angeschlossen hatte, rief er sofort den Ordner *Testergebnisse* auf. Doch er hatte sich zu früh gefreut. Auch hier war die letzte Testreihe gelöscht worden.

»Da wurde ganze Arbeit geleistet«, sagte er.

Frau Meierhöfer schluckte. »Soll das etwa heißen, dass jemand von meinem Stick, der in meinem Büro im Tresor lag, Daten gelöscht hat?«

»So sieht es aus«, entgegnete Michael.

Nachdenklich runzelte sie die Stirn. »Sehr viele Personen kommen dafür nicht infrage.«

»Nein, ganz bestimmt nicht«, sagte er, denn von den USB-Sticks wusste nur ein kleiner, auserwählter Kreis, und Zugang zum Tresor hatten nur wenige Mitarbeiter. So wie zum Zentralrechner. Da er die Angelegenheit aber nicht an die große Glocke hängen wollte, bat er Frau Meierhöfer um Stillschweigen.

»Sie können sich auf mich verlassen«, versicherte sie mit verschwörerischer Miene.

Daraufhin sagte er zögernd: »Ich habe noch eine andere Bitte … Könnten Sie Ihre guten Kontakte innerhalb der Firma nutzen, um mehr über diesen Herrn Berger zu erfahren?«

»Nichts leichter als das.« Sie lächelte verschmitzt, während sie einen Blick auf ihre Armbanduhr warf und erklärend hinzufügte: »Ich habe gleich meinen Pilateskurs, und zufälligerweise ist auch Frau Schulze vom Labor dabei. Morgen früh wissen wir mehr.«

Frau Meierhöfer war einfach unschlagbar. Nicht mit Gold zu bezahlen!

»Dann will ich Sie jetzt auf keinen Fall aufhalten«, rief Michael amüsiert. Nur eine letzte Frage hatte er noch: »Seit wann lassen wir eigentlich bei Dr. Kolberg testen? Würden Sie das morgen früh einmal nachschauen?«

»Das muss ich nicht nachschauen«, erwiderte Frau Meierhöfer, »das weiß ich auch so. Wir lassen bei Dr. Kolberg testen, seit Ihr Vater aus der Westphal-Pharmazeutika MediCare gemacht hat. Dr. Kolberg hatte sein Testinstitut damals gerade eröffnet, und da die zwei alte Schulfreunde sind …«

»Ach«, sagte Michael überrascht.

»Wussten Sie das nicht?«, fragte sie spitz. »Ihr Vater und Dr. Kolberg kennen sich schon ewig. Dr. Kolberg war lange in Entwicklungsländern tätig, hauptsächlich in Afrika und Südamerika. Wenn Sie mich fragen, kam

Ihr Vater durch ihn überhaupt erst auf die Idee, Medikamente in diese Länder zu liefern.« Sie stand auf, strich ihren Mantel glatt und sagte: »Jetzt muss ich aber wirklich gehen, sonst komme ich noch zu spät zum Pilates.«

*

Als Michael die Tür zur Villa aufschloss, stand seine Mutter im Empfangsbereich und machte einen ziemlich verstörten Eindruck.

»Was ist los?«, wollte er wissen. »Hast du einen Geist gesehen?«

»Das nicht«, sagte sie. »Aber die Puppen sind wieder da. Auf Papas Schreibtisch.«

Ungläubig folgte er ihr ins Büro. Und tatsächlich saßen dort, auf dem Schreibtisch seines Vaters, die beiden Puppen. Die eine mit dem rosa Kleid und den Kulleraugen und auch die andere mit den schwarzen Locken und der Spitzenschürze.

»Wie kommen die hierher?«, fragte Hilde.

Er drehte sich nach allen Seiten um, als suche er einen Hinweis. Doch ihm fiel lediglich auf, wie leer und trostlos das Büro ohne die Bilder wirkte. Es war nicht mehr derselbe Raum, daran konnten auch die dicken Teppiche, die gediegenen Möbel und das weiche Licht nichts ändern. Dem Büro fehlte die Seele. Derjenige, der die Bilder zerstört hatte, hatte es zu einem Zimmer ohne Bedeutung degradiert. Die Atmosphäre glich der eines Friedhofs.

Geistesabwesend starrte Michael die Puppen an, während in seinem Kopf sich die Bilder eines alten Super-8-

Films abspulten. Er sah einen Kindergeburtstag, eine Geburtstagstorte mit zehn brennenden Kerzen und kleine Mädchen, die mit Puppen spielten. Die Bilder waren in Schwarz-Weiß und ohne Ton und von Streifen durchzogen, so wie die der alten Familienaufnahmen, die sein Großvater früher mithilfe eines ratternden Vorführgerätes an die Wand geworfen hatte.

»Müssen wir das nicht deinem Vater zeigen?«, hörte er seine Mutter sagen.

Entschieden verneinte er. »Auf keinen Fall. Nachher denken diese Sicherheitsleute sich wieder irgendwelche Geschichten aus. Wir haben schon genug Durcheinander.«

Dieses Argument schien sie zu überzeugen. »Du hast recht«, seufzte sie. »Wir haben tatsächlich schon genug Theater. Überall wollen diese Leute Alarmanlagen, Kameras und Bewegungsmelder installieren. Ich werde kein Fenster mehr aufmachen können, ohne vorher einen Zahlencode eingeben zu müssen, und wenn ich das vergesse, wird sofort Harry mit seinem Team anrücken. Das ganze Grundstück wird verkabelt, die Mauer höher gezogen, und selbst das Seeufer soll eingezäunt werden. Das Seeufer! Kannst du dir das vorstellen? Deshalb lässt dein Vater sogar das Bootshaus abreißen. Geht das nicht alles zu weit?«

»Wie bitte?« Michael glaubte, sich verhört zu haben. »Was will Papa tun?«

»Er lässt das Bootshaus abreißen«, wiederholte Hilde und tippte sich mit dem Zeigefinger an die Stirn, »weil es zu nah am Haus steht. Er lässt im hinteren Teil des

Grundstücks ein neues bauen, ein sehr modernes natürlich. Hier vorn jedenfalls wird alles eingezäunt. Aber keine Angst, wir werden den Zaun nicht sehen. Es wird eine schöne Schilfbepflanzung angelegt, so eine Art Biotop, weißt du …« Ihre Worte troffen vor Ironie. Sie redete sich in Rage, und ihre Wangen liefen puterrot an vor Erregung. »Zukünftig sitzen wir in lauen Sommernächten nicht mehr am Seeufer, sondern in unserem Biotop, umgeben von asiatischem Schilfgras, Zäunen und Kameras. Und am nächsten Tag setzen wir uns vor den Fernseher und schauen uns alles noch einmal auf DVD an. Ist doch toll, nicht wahr? Wer kann das schon! Kennst du jemanden? Ich nicht.«

»Was soll denn aus Großvaters Büro werden?«, fragte Michael entsetzt.

»Das wird natürlich auch abgerissen«, sagte sie zornig, nahm die Puppen vom Tisch und fügte hinzu: »Wir werden deinem Vater erst mal nichts davon erzählen. Ich bringe die Puppen ins große Gästezimmer und lege sie in Omas alte Truhe.«

Bei dem Wort *Truhe* kam ihm blitzartig ein Gedanke – eine Erinnerung, ein kurzes Déjà-vu, etwas, das eine Verbindung suchte. Doch bevor er es greifen konnte, verschwand es unwiederbringlich in den Tiefen seines Unterbewusstseins.

»Was überlegst du?«, wollte seine Mutter wissen.

»Ich bin verärgert«, sagte er. »Ich muss darüber mit Papa reden. Wo ist er eigentlich?«

»Unten am Bootshaus. Vor einer halben Stunde ist jemand von der Abrissfirma gekommen.«

Ihm blieb fast der Mund offen stehen. »So geht das nicht«, rief er erbost. »Er kann nicht immer machen, was er will. Er muss uns doch wenigstens mal fragen – immerhin wohnen wir auch hier.«

»Diese Information wird ihm neu sein«, sagte Hilde. Dann drehte sie sich um und verließ mit den Puppen im Arm das Büro.

*

Entschlossen marschierte Michael hinunter zum Bootshaus, doch als er dort ankam, war weder sein Vater noch jemand von der Abrissfirma zu sehen. Suchend sah er sich um. Und als er wirklich niemanden entdecken konnte, ging er hinein. Die Erinnerungen an die Zeiten, die er hier mit seinem Großvater verbracht hatte, würden bald nur noch in seinen Gedanken existieren, das zumindest befürchtete er. Denn hatte sein Vater sich etwas in den Kopf gesetzt, interessierten ihn die Einwände der anderen herzlich wenig.

Trotzdem wollte Michael versuchen, ihn umzustimmen. Schließlich ging es hier nicht um irgendein Bootshaus, sondern darum, das Andenken an seinen Großvater zu erhalten. Darüber konnte sein Vater sich nicht ohne Weiteres hinwegsetzen. Während er das überlegte, bemerkte er, dass die Tür zum Büro offen stand. Sie war nur angelehnt, und der Schlüssel steckte im Schloss. Verwundert warf er einen Blick hinein. Als er feststellte, dass dort niemand war, betrat er, beinah ehrfürchtig, den halbdunklen Raum.

Statt das Licht anzuschalten, öffnete er die Fenster und die Fensterläden, ließ frische Seeluft und die Abendsonne herein. In den geradlinig einfallenden Sonnenstrahlen tanzten Millionen winzig kleiner Staubkörnchen, die Möbel waren von einer dicken Staubschicht überzogen, von der Decke hingen Spinnweben herab, und fette, schwarze Spinnen saßen inmitten ihrer kreisförmigen Netze. Außerdem roch es muffig und modrig, nach Schmutz und feuchtem, verfaultem Holz. Sein Großvater würde sich im Grab umdrehen, könnte er seinen geliebten Hobbyraum in diesem Zustand sehen.

Traurig setzte sich Michael auf den wuchtigen Mahagonischreibtisch, ließ die Füße in der Luft baumeln und betrachtete die alten Fotos an der Wand. Genauso hatte er früher hier gesessen, wenn er seinem Großvater eine seiner selbst geschriebenen Geschichten vorgelesen hatte. Sein Großvater war der einzige Mensch, der sich je für seine Geschichten interessierte. Ganz besonders mochte er die von dem raubeinigen Piratenkapitän, der, zu Zeiten von Christoph Kolumbus, vor den Karibischen Inseln mit seinem Gefolge spanische Schiffe überfiel und die Schätze an die Armen verteilte. Eines Tages aber raubte er von einem der Schiffe eine spanische Prinzessin und verliebte sich in sie. Doch die spanische Kriegsflotte verfolgte ihn so lange durch das Karibische Meer, bis er sie zurückgab, um das Leben seiner Leute zu retten. Somit fand seine Liebe kein Happy End. Die Prinzessin war für immer verloren. Während Michael an seine mit zwölf Jahren geschriebene Geschichte dachte, fiel ihm auf, dass er inzwischen einiges gemeinsam hatte mit dem Piratenkapitän. Auch er hatte seine Prinzessin mitten im Karibischen Meer gefunden, um genau zu sein: in acht Meter Tiefe. Blieb zu hoffen, dass seine Liebe glücklicher enden würde als die des Piratenkapitäns. Denn Lisa zu verlieren war für ihn unvorstellbar. Er liebte sie und hatte noch nie zuvor so tief für eine Frau empfunden. War sie nicht bei ihm, verspürte jede Faser seines Körpers Sehnsucht nach ihr, und war sie in seiner Nähe, begann seine Haut so stark zu kribbeln, als liefen tausend Ameisen darüber. Er wollte nur sie. Keine andere, obwohl ein Gefühl ihm sagte, dass etwas mit ihr nicht stimmte. Doch was es auch war, er wollte sie unter keinen Umständen verlieren. Er musste nur endlich herausfinden, was es mit diesem vermissten Mädchen auf sich hatte.

Ein Ruck ging plötzlich durch ihn hindurch. Es war, als hätte sein Großvater zu ihm gesagt: Quäle dich nicht weiter, sondern pack es an!

Mit einem Satz sprang er vom Schreibtisch. Er hatte jetzt einen Plan. Er musste Lisa die richtigen Fragen stellen. Er musste sie endlich dazu bringen, ihm ihre Geheimnisse zu offenbaren, ohne sie dabei unter Druck zu setzen oder ihr von seinem Besuch auf dem Standesamt zu erzählen. Und wenigstens ein einziges Mal wollte er von ihr hören, dass sie ihn liebte, denn das hatte sie bisher noch nie gesagt. Auch nicht in dieser einen besonderen Nacht in der Karibik.

Er schloss die Fenster und die Fensterläden. Bevor er den Raum jedoch verließ, blieb er noch einmal an der Tür stehen und drehte sich nachdenklich um. Hier war alles wie immer, und trotzdem vermisste er etwas. Doch er wusste nicht, was. Es wollte ihm beim besten Willen nicht einfallen.

*

Als Lisa in einem kuscheligen weißen Bademantel aus dem Bad kam, öffnete Michael alle Schubladen seines Schreibtisches und wühlte so lange darin herum, bis sie endlich fragte: »Was suchst du eigentlich?«

»Das Quanga«, antwortete er und beobachtete aus den Augenwinkeln heraus ihr verdutztes Gesicht. »Weißt du vielleicht, wo es ist?«

Sie ging zum Kleiderschrank und zog die Palmenblätteracht unter ihren Pullovern hervor.

»Was hast du damit vor?«, wollte sie wissen, als sie ihm das Quanga gab. Dann nahm sie auf dem Sofa Platz, und er setzte sich dicht neben sie.

»Ich möchte es über unserem Bett aufhängen«, erklärte er ihr. »Du hast doch gesagt, dass es unsere Liebe beschützt.«

Sie wirkte verwirrt. Wahrscheinlich konnte sie sich nicht vorstellen, dass er plötzlich an den Zauber glaubte. Doch er blieb bei seiner Version: »Du hast gesagt, es sei ein Glücksbringer für unsere Liebe, eine Art Talisman. Dann wäre der Platz über dem Bett genau richtig.«

»Aber warst du nicht der Meinung, dass wir so etwas nicht brauchen?«, fragte sie.

»Da hast du recht. Nur inzwischen sehe ich das anders.« Er betrachtete die Palmenblätteracht mit dem Glasstein in der Mitte. »Du hast gesagt, dass nichts und niemand die Wirkung eines Quangas außer Kraft setzen kann. Und wenn das so ist, dann werden wir uns für immer lieben, nicht wahr?«

Sie lächelte. Seinen plötzlichen Sinneswandel nahm sie ihm nicht ab, das verriet ihr misstrauischer Blick.

Er hakte noch einmal nach: »Ist es denn so?«

»Das weiß ich nicht«, erwiderte sie leise. »Manchmal gibt es böse Dämonen, die stärker sind als die Liebe.«

»Obwohl die Liebe vom Himmel beschützt wird?«

»Wird sie das?«

»Ganz sicher. Aber nur, wenn zwei Menschen sich wirklich lieben.« Er legte ihre linke Hand auf die Palmenblätteracht, seine rechte darüber, so wie es auch die Priesterin getan hatte, und fragte: »Liebst du mich?«

Erschrocken sah sie ihn an.

Er wiederholte seine Frage: »Liebst du mich?«

Eine Antwort bekam er jedoch nicht.

»Liebst du mich?«, fragte er noch einmal.

Sie schwieg.

Er merkte, dass er sie mit dieser Frage quälte. Dabei wollte er die drei Worte so gern aus ihrem Mund hören. Doch Lisa sagte sie nicht. Warum nur?, dachte er. Weil sie ihn nicht liebte? Oder weil sie es nicht sagen konnte? Weil Liebe für sie Schmerz bedeutete? Plötzliches Verlassenwerden? Weil die Vergangenheit noch immer ihre Schatten auf das Hier und Heute warf? Deshalb musste er herausfinden, was damals geschehen war. Um endlich etwas über ihre Familie und über diesen Unfall zu erfahren, sagte er spontan:

»Erzähl mir von deiner Familie. Was genau ist damals passiert?«

Diese Frage schien sie zu treffen wie ein Schlag. Anscheinend war er so plötzlich auf dieses Thema gekommen, dass sie nicht die Möglichkeit hatte, sich darauf vorzubereiten und einen Schutzwall aufzubauen. Somit war sie ihren Gefühlen, die sie sonst mit großer Willenskraft kontrollierte, rigoros ausgeliefert. Ihre Mimik wurde zu Stein, ihr Körper verkrampfte sich, sie schien kaum noch zu atmen, und ihre Hand, die unter der seinen lag, begann zu zittern. Sie hatte Angst, panische Angst, das sah er in ihren Augen. In diesem Moment befand sie sich nicht mehr in der Gegenwart, sondern war zurückversetzt in ein schreckliches Ereignis. In ein Ereignis, das sie Nacht für Nacht in ihren Albträumen durchlebte, das nicht verarbeitet war, sich tief in ihre Seele gebrannt hatte und sie nicht zur Ruhe kommen ließ. Es schien ein nie endender Schmerz zu sein, den die Zeit nicht zu heilen vermochte. Sie war traumatisiert, das wurde Michael zum ersten Mal richtig bewusst.

Spontan nahm er sie in die Arme und zog sie eng an sich heran, während Lisa bitterlich zu weinen anfing. Sie hatte solche Angst, dass sie sich in seinen Armen verkroch, als suche sie dort Schutz. Er hielt sie, so fest er konnte, und flüsterte ihr zu, dass er bei ihr sei, wiederholte die Worte, bis sie sich allmählich beruhigte und den Kopf still an seine Brust lehnte. Dann küssten sie sich; küssten sich wie zwei Ertrinkende – und schliefen miteinander. Nicht in leidenschaftlicher Erregung, wie in dieser Nacht in der Karibik, nicht mit dieser explodierenden Lust und der Begierde, sondern zärtlich und sanft, mit aller Hingabe an den anderen, liebevoll und ineinander verschlungen, wie umgeben von einem hauchzarten Kokon – gewebt aus den drei Worten, die die Antwort auf Michaels Frage waren.

*

Mit aller Macht kämpfte Michael gegen die Müdigkeit. Er musste wach bleiben und hatte sich das so fest vorgenommen, dass er sofort aufschreckte, wenn der Schlaf ihn zu übermannen drohte. Er wollte wissen, ob Lisa in dieser Nacht wieder wegging. Und er wollte erfahren, wohin. Deshalb musste er unbedingt wach bleiben. Noch schlief sie ruhig neben ihm, aber es war auch erst kurz vor halb eins, die Nacht war noch lang. Wie sollte es ihm nur gelingen, nicht einzuschlafen? Vielleicht half es, sich auf etwas zu konzentrieren. Er könnte ein Gedicht aufsagen. Ihm fiel der Erlkönig ein:

Wer reitet so spät durch Nacht und Wind?
Es ist der Vater mit seinem Kind …

Da stockte er bereits, weil ihm der Rest der ersten Strophe entfallen war. Doch an die nächste konnte er sich noch gut erinnern:

Mein Sohn, was birgst du so bang dein Gesicht?
Siehst, Vater, du den Erlkönig nicht?

Er hörte ein Geräusch. Lisa stand auf. Sie flüsterte seinen Namen und flüsterte ihn ein zweites Mal, aber er stellte sich schlafend und reagierte nicht. Im Dunkeln kleidete sie sich an und huschte lautlos aus dem Zimmer.

Jetzt musste er sich beeilen. Er sprang aus dem Bett, zog hastig die bereitgelegten Sachen an, Jeans, Pullover und Schuhe, öffnete vorsichtig die Tür und warf einen prüfenden Blick hinaus. Es war alles dunkel und still. Von unten hörte er das leise Klacken der Haustür. Lisa hatte die Villa verlassen. Nun durfte er keine Zeit mehr verlieren, flog fast die Treppe hinunter und sah sie gerade noch in Richtung Eingangstor laufen. Im Schutz der Zypressenbäume folgte er ihr und hoffte inständig, sie nicht zu verlieren, denn sie war eindeutig schneller als er.

Deshalb wunderte er sich auch, dass er sie am Eingangstor einholte. Sie stand vor den sich öffnenden Flügeln und wartete. Aber worauf? Wieso war sie nicht längst hinausgeschlüpft? Dann aber beobachtete er etwas sehr Eigenartiges. Nachdem das Tor vollkommen geöffnet war, legte sich Lisa auf den Bauch und robbte, eng an der rechten Mauerseite entlang, hindurch. Danach sprang sie auf und verschwand in der Dunkelheit, während sich die zwei schmiedeeisernen Flügel des Tores lautlos wieder schlossen. In letzter Sekunde huschte er noch hindurch und erkannte im matten Schein der Laternen, dass Lisa die Straße in Richtung Starnberg entlanglief.

Sie war wirklich sehr schnell und lief wie eine Athletin, sodass er Mühe hatte, den Anschluss nicht zu verpassen, zumal er auf der Hut sein musste, nicht von ihr bemerkt zu werden.

Keine fünfhundert Meter entfernt befand sich ein kleiner Waldparkplatz, auf dem Ausflügler und Spaziergänger ihre Autos abstellten. In diesen bog Lisa jetzt ein. Kurz darauf schoss ein Wagen auf die Straße – Michael konnte sich gerade noch hinter einem Baum verstecken – und raste an ihm vorbei in Richtung See. Er erkannte ein Hamburger Kennzeichen, mehr war in der Kürze der Zeit nicht möglich. Er sah dem Wagen nach, bis die Rücklichter immer schwächer und schwächer wurden und in der Dunkelheit verschwanden. So fand seine Verfolgung ein jähes Ende. Doch er durfte nicht enttäuscht sein. Er war einen großen Schritt vorangekommen.

Er wusste jetzt nicht nur, dass Lisa ein Auto fuhr, das er nicht kannte, sondern auch, dass eine der beiden Kameras am Eingangstor einen toten Winkel hatte. Zumindest nahm er das an und startete, wieder am Tor angekommen, einen Selbstversuch. Da er keine Fernbedienung bei sich trug, gab er den Zahlencode manuell in den kleinen Kasten am unteren Mauerwerk ein und wartete, bis das Tor sich vollends geöffnet hatte. Nun legte er sich auf den Bauch und kroch, so wie Lisa vorhin, entlang der Mauer durch das Tor hindurch. Das war nicht gerade die bequemste Art der Fortbewegung und sogar ziemlich anstrengend. Bei Lisa hatte es viel leichter ausgesehen.

Später im Sicherheitsraum bestätigten sich seine Vermutungen. In den Aufzeichnungen war nichts zu erkennen. Nicht einmal das Öffnen des Tores hatten die Kameras in der Dunkelheit registriert. Es war lediglich zu sehen, dass er selbst das Grundstück verlassen hatte und durch das sich schließende Tor hinausgehuscht war.

Da die Sicherheitsleute, und auch sein Vater, von dieser Aktion aber nichts erfahren durften, nahm er die DVD aus dem Aufzeichnungsgerät und legte eine neue, noch unbespielte ein. Er startete die Aufzeichnung jedoch nicht, so konnten die Sicherheitsleute morgen früh ein Versagen der Technik vermuten oder sich etwas anderes zusammenreimen. Diese DVD jedenfalls würde Frau Meierhöfers Aktenvernichter in schmale, unbrauchbare Streifen zerteilen. Sein nächtlicher Ausflug hatte somit niemals stattgefunden.

*

Michael war gerade mit dem Ankleiden fertig, als Lisa in ihren Sportsachen vom See zurückkam. Dort hatte sie wie jeden Morgen ihre Yogaübungen gemacht; das hatte er vom Fenster aus beobachtet. Obwohl sie sehr wenig geschlafen hatte, schien sie vollkommen fit zu sein, während ihm die letzte Nacht in den Gliedern steckte. Nur durfte er sich das nicht anmerken lassen.

»Guten Morgen, Schatz«, rief er ihr deshalb betont fröhlich zu. »Hast du gut geschlafen?«

»Wie ein Bär«, sagte sie.

Interessant, dachte er und fragte: »Was hast du heute vor? Wolltest du nicht mit Mama nach München fahren, um bei Käfer für den Hochzeitstag einzukaufen?«

»Das machen wir auch«, gab sie zurück, »aber erst heute Nachmittag.«

Sein Handy klingelte. Es war Frau Meierhöfer. Sie hatte Neuigkeiten von Martin Schuster.

»Stellen Sie sich vor, er hat gestern Abend bei seinen Eltern angerufen«, berichtete sie. »Angeblich ist er bei einem Freund in Stuttgart, der einen schweren Autounfall hatte. Das hat ihn wohl so mitgenommen, dass er vergaß, die Firma zu informieren.«

Skeptisch fragte Michael: »Glauben Sie das?«

»Eigentlich nicht«, antwortete Frau Meierhöfer. »Aber seine Mutter scheint es zu glauben. Trotzdem halte ich es für unwahrscheinlich. Was schlagen Sie vor? Was sollen wir tun?«

Er überlegte. »Gar nichts. Wir warten erst einmal ab, wie die Dinge sich entwickeln.«

Martin Schuster würde sich im Laufe des Tages in der Firma melden, da war er ganz sicher.

»Wie war Ihr Pilateskurs?«, fragte er.

»Sehr aufschlussreich«, sagte sie. »Doch das erzähle ich Ihnen später. Ihr Vater kommt gerade.«

»In Ordnung, bis gleich.« Er drückte das Gespräch weg und sah auf die Uhr. Wieso war sein Vater schon wieder so früh im Büro?

»Was war los?«, wollte Lisa wissen. »Was Ernstes?«

»Einer unserer Chemiker ist gestern nicht zur Arbeit erschienen«, erzählte er ihr. »Vielleicht erinnerst du dich, du hast ihn neulich im Labor kurz kennengelernt. Wir haben uns große Sorgen gemacht. Aber inzwischen hat sich alles aufgeklärt. Er ist wohl bei einem Freund in Stuttgart.«

»Aha«, sagte Lisa.

Er horchte auf. »Wieso sagst du das so komisch?«

»Weil es doch komisch ist«, entgegnete sie und blickte ihn an. »Oder nicht? Du selbst hast mir erzählt, dass dieser Mann sehr pflichtbewusst und korrekt ist. Und dann bricht er Hals über Kopf auf, um einen Freund zu besuchen? Ohne in der Firma Bescheid zu geben?«

»Der Freund hatte einen schweren Autounfall«, wandte Michael ein.

Sie zog zweifelnd ihre Stirn in Falten.

Daraufhin sagte er: »Du hast ja recht. Ich finde diese Angelegenheit auch ziemlich eigenartig. Aber was soll ich tun? Zumal seine Mutter uns inzwischen informiert hat.«

»Man kann immer etwas tun«, erwiderte Lisa und fügte leise und eindringlich hinzu: »Wegschauen ist nie der richtige Weg. Also schau nicht immer weg, Michael.« Dann verschwand sie im Bad. Verblüfft sah er ihr nach.

4

Lisa hörte das Klavierspiel schon, bevor sie das weiße Einfamilienhaus erreichte. Es kam aus einem offen stehenden Giebelfenster. Die Musik war sehr düster, die Töne klangen dunkel und kraftvoll. Trotzdem klang es sehr schön. Es gefiel ihr, und sie wäre am liebsten stehen geblieben, um weiter zuzuhören. Nur, dafür war sie nicht hierhergekommen.

Sie stieß das kleine Tor auf und ging durch den Vorgarten. Dort blühten Blumen in zarten Frühlingsfarben und dichte Forsythiensträucher in leuchtend hellem Gelb. Das weiße Haus und sein gepflegter Garten täuschten eine Idylle vor, die es hinter dieser Fassade nicht geben konnte.

Sie klingelte. Wie immer wurde ihr nicht aufgemacht. Aber Ilona Berger kam auch nicht an die Tür, um sie wegzuschicken. Deshalb ging Lisa davon aus, dass sie das Klingeln nicht gehört hatte. Sie sah zu dem offenen Fenster hinauf. Das Klavierspiel war inzwischen verstummt, und so klingelte sie noch einmal. Statt Frau Berger an der Tür erschien der Kopf der Tochter an dem offenen Giebelfenster.

»Hallo, Anja«, rief Lisa ihr zu. »Ist deine Mama zu Hause?«

»Ja, das ist sie«, rief das Mädchen zurück und stellte fest: »Sie sind doch die Frau, die mir neulich über die Straße geholfen hat, nicht wahr?«

Lisa war erstaunt, dass Anja sie erkannt hatte.

»Genau die bin ich«, sagte sie und fragte: »Hast du eben so schön Klavier gespielt?«

Ein stolzes Lächeln überzog Anjas Gesicht. »Hat es Ihnen gefallen?«

»Es war wunderschön«, sagte Lisa ehrlich. »Was für ein Stück war das?«

»Der Mephisto-Walzer – mögen Sie ihn?«

»Ich habe noch nie davon gehört.«

»Es ist eines meiner Lieblingsstücke«, erzählte Anja. »Ich beherrsche ihn schon ganz gut. Nur manche Passagen muss ich noch üben. Aber eines Tages werde ich ihn in einer großen Halle, vor ganz vielen Menschen spielen. Ich will nämlich Pianistin werden und deshalb an die Musikhochschule gehen. Klingeln Sie doch noch mal! Mama ist bestimmt im Garten.«

Gerade als Lisa das tun wollte, sah sie plötzlich einen Wagen auf das Haus zufahren und schräg gegenüber einparken.

Erschrocken zog sie ihre Jacke über den Kopf, sprang mit einem Satz über die Blumen und flüchtete in die Forsythiensträucher.

Von dort aus hörte sie Anja rufen: »Hallo, sind Sie noch da?«

»Meinst du mich?«, fragte Michael verdutzt, der inzwischen ausgestiegen war und vor dem Gartentor stand.

»Wo ist denn die Frau?«, fragte das Mädchen irritiert.

»Hier ist keine Frau«, antwortete er.

»Aber eben war sie doch noch da.«

Er drehte sich nach allen Seiten um. »Nein, ich sehe niemanden. Bist du Anja Berger?«

»Ja.«

»Ich würde gern deine Mama sprechen. Ist sie zu Hause?«

»Ich sage ihr Bescheid«, entgegnete Anja, noch immer sehr verwundert, und verschwand vom Fenster.

5 »Sind Sie Ilona Berger?«, fragte Michael die Frau mit den wasserblauen, traurigen Augen, die ihm die Tür geöffnet hatte.

Sie nickte.

Daraufhin stellte er sich vor und sagte: »Ich wollte gern ein paar Minuten mit Ihnen sprechen. Wäre das möglich?«

Misstrauisch sah sie ihn an.

»Es wird wirklich nicht lange dauern«, fügte er hinzu.

»Worüber wollen Sie denn mit mir sprechen?«, fragte sie leise. Ihre Stimme klang sehr zart, beinah zerbrechlich.

»Über Ihren Mann«, antwortete er.

Sie zuckte zusammen, wirkte überrascht. Nervös strich sie eine Haarsträhne zurück, die sich aus dem locker am Hinterkopf gebundenen Zopf gelöst hatte. Ihr Haar war so goldblond wie in der Sonne leuchtender Weizen und reichte bis zur Taille. Sie war groß und sehr schlank, im Grunde eine sehr schöne Frau, fand Michael. Nur ihr Gesicht wirkte so freudlos und betrübt wie ein wolkenverhangener Novemberhimmel.

»Da gibt es nichts zu besprechen«, murmelte sie abweisend.

»Ich habe wirklich nur ein paar Fragen, Frau Berger«, erwiderte er mit Nachdruck. »Es wird garantiert nicht lange dauern.«

Sie zögerte. Sie wusste genau, wer er war, daran zweifelte Michael keine Sekunde. Doch sie schien unschlüssig zu sein, wie sie sich ihm gegenüber verhalten sollte. Dann endlich trat sie zaghaft einen Schritt zur Seite und ließ ihn eintreten.

Ihr Haus war großzügig und hell. Er wurde von ihr in ein gemütliches Wohnzimmer geführt, wo bis zur Decke reichende Sprossenfenster den Blick in den Garten freigaben. Darin blühte ein prachtvoller Magnolienbaum, dessen ausladende Äste eine Hollywoodschaukel umrankten.

Frau Berger bat ihn, Platz zu nehmen. Er setzte sich auf ein cremefarbenes Ledersofa vor dem Kamin, das zur Hälfte von einem riesigen, weich und kuschelig aussehenden Plüscheisbären in Beschlag genommen wurde.

Sie selbst blieb stehen, als hoffte sie, ihr Gast würde sich dadurch unwohl fühlen und schnell wieder gehen. Aber diesen Gefallen tat Michael ihr nicht, obwohl er ihre Hilflosigkeit bemerkte. Wie ein verlegenes Kind stand sie vor ihm in ihrem dunkelblauen, knielangen Kleid, das so leger an ihrem schmalen Körper herabfiel, als wäre es ihr zwei Nummern zu groß. Dazu trug sie Wollstrümpfe, und ihre Füße steckten in hellen Birkenstocksandalen.

»Was kann ich für Sie tun?«, fragte sie mit zitternder Stimme. Sie war ausgesprochen blass, und ihr Gesicht bestand nur aus diesen großen, wasserblauen Augen, die aussahen wie ein Ozean voller Traurigkeit. Sie glich ganz und gar nicht der strahlend schönen Frau auf den Fotografien, die in dem Glasregal neben dem Kamin standen. Dort schmiegte sie sich lachend in die Arme ihres Mannes und hielt stolz ihr Baby in die Kamera. Auf diesen Bildern sah sie sehr glücklich aus, hatte ein hübsches, volles Gesicht und mindestens zehn Kilo mehr an Gewicht.

Klavierspiel klang plötzlich durch das ganze Haus. Jemand griff stark in die Tasten und spielte voller Leidenschaft eine düstere Musik.

Eine Entschuldigung murmelnd, lief Frau Berger aus dem Wohnzimmer. Als sie kurz darauf zurückkam, war die Musik noch zu hören, aber wesentlich leiser.

»Spielt Ihre Tochter so gut Klavier?«, fragte Michael und entdeckte ein Aufleuchten in ihren Augen.

»Sie will einmal Pianistin werden«, antwortete Frau Berger mit unüberhörbarem Stolz in der Stimme. Dann setzte sie sich in einen der zwei Sessel, die dem Ledersofa gegenüberstanden, und fragte: »Was möchten Sie wissen?«

Michael holte tief Luft. Auch wenn er seine Fragen vorher gut überlegt hatte, fiel es ihm jetzt schwer, sie zu stellen. Diese Frau wirkte so empfindsam und verletzlich wie ein gerade gepflanztes Bäumchen, das der kleinste Windhauch umwehen könnte.

»Vor zehn Jahren war Ihr Mann bei MediCare als Chefchemiker beschäftigt«, begann er vorsichtig und wartete ihre Reaktion ab. Ihr Gesicht aber war wie versteinert. Deshalb fuhr er fort: »Nach nur zwei Jahren wurde ihm allerdings fristlos gekündigt. Und ich möchte herausfinden, welchen Grund es dafür gab.«

»Wieso fragen Sie das nicht Ihren Vater?«, entgegnete sie überraschend schroff.

»Das habe ich getan«, erwiderte er, »und zur Antwort bekommen, dass Ihr Mann Rezepturen von MediCare an die Konkurrenz verkauft hat.« Das hatte er zwar nicht von seinem Vater, sondern von Frau Meierhöfer erfahren, aber das spielte keine Rolle.

»Also kennen Sie doch den Kündigungsgrund«, sagte sie.

»So?« Er sah sie fragend an. Irritiert wich sie seinem Blick aus.

Frau Meierhöfer hatte ihm erzählt, dass die Labormitarbeiter, die Herrn Berger kannten, bis heute nicht an diesen Kündigungsgrund glaubten. So etwas hätte ein Frank Berger niemals getan, hatte Frau Schulze vom Labor gestern Abend zu Frau Meierhöfer gesagt.

»Sie leben von Ihrem Mann getrennt, nicht wahr?«, tastete Michael sich behutsam an sein eigentliches Anliegen heran.

Ihre Antwort war ein knappes: »Ja.«

»Ich würde gern mit Ihrem Mann sprechen. Können Sie mir sagen, wo und wie ich ihn erreichen kann?«

»Nein.«

»Das wissen Sie nicht?«

»Nein.«

»Sie haben nicht einmal eine Telefonnummer?«

»Das sagte ich Ihnen doch!« Sie faltete verkrampft ihre Hände ineinander und drückte die Fingerkuppen tief in die Handrücken ein. Sie log ihn an, das spürte er. Es lag förmlich in der Luft.

Plötzlich sprang sie ruckartig auf. »Ich kann Ihnen nicht helfen. Bitte gehen Sie jetzt. Es tut mir leid.«

Verwundert über das abrupte Ende ihres Gespräches folgte er ihr zur Haustür. Doch er wollte sie nicht verlassen, ohne wenigstens einen kleinen Hinweis erhalten zu haben. Deshalb blieb er zögernd vor ihr stehen und überlegte, was er sagen oder fragen konnte, um ihr eine Information zu entlocken.

Da hörte er wieder die Klaviermusik, diese dramatischen, dunklen Töne, die so finster und beinah diabolisch klangen.

»Hat Ihr Mann auch zu seiner Tochter den Kontakt abgebrochen?«, fragte er ungläubig. »Wo er doch so stolz auf das Mädchen sein könnte?«

Sie schluckte. Statt aber etwas zu erwidern, wie er es gehofft hatte, öffnete sie wortlos die Tür und wartete darauf, dass er ihr Haus verließ.

»Was ist das eigentlich für ein Stück, das Ihre Tochter da spielt?«, wollte er wissen.

»Der Mephisto-Walzer«, entgegnete sie. »Sie übt ihn für eine Aufnahmeprüfung.«

»Dann richten Sie ihr aus, dass sie ab heute ihren ersten Fan hat«, sagte Michael augenzwinkernd. »Ich werde kommen, wenn sie ihr erstes Konzert gibt.«

Ein zaghaftes Lächeln huschte über ihr Gesicht. Und als er schon fast zur Tür hinaus war, sagte sie plötzlich: »Die Situation hat meinen Mann in eine tiefe seelische Krise gestürzt. So wachte ich eines Morgens auf, und er war weg. Ich habe ihn als vermisst gemeldet, aber wir haben nie mehr von ihm gehört. Das ist alles, was ich Ihnen sagen kann.«

»Das tut mir sehr leid«, erwiderte er mitfühlend. Danach bedankte er sich für das Gespräch und ließ sie mit ihrem Schmerz allein.

*

Irritiert stieg Michael in seinen Wagen und fuhr aus dem Neubaugebiet hinaus, um dann irgendwo am Straßenrand wieder anzuhalten und seine Gedanken zu ordnen.

Er war verwirrt, denn die Geschichte von der Vermisstenanzeige passte ganz und gar nicht zu dem, was Frau Meierhöfer erfahren hatte. Laut ihrer Information lebten die Bergers seit Jahren getrennt. Herr Berger arbeitete angeblich für ein großes Pharmaunternehmen in Asien, hatte seiner Frau das Haus überlassen und zahlte ihr einen großzügigen monatlichen Unterhalt. Davon, dass er vermisst wurde, war jedenfalls keine Rede gewesen.

Er ließ den Besuch bei Ilona Berger in seinem Kopf Revue passieren, sah sich wieder in ihrem Wohnzimmer sitzen und die hübsch eingerahmten Bilder in dem Glasregal neben dem Kamin betrachten. Ließ eine Frau solche Fotos im Wohnzimmer stehen, wenn sie seit Jahren von ihrem Mann getrennt war? Hätte sie unter diesen Umständen die gesamte Bildergalerie nicht in eine Kiste in den Keller oder auf den Dachboden verbannt? Frauen neigten doch zu Konsequenz in dieser Hinsicht. Hatte Ilona Berger ihren Mann aber tatsächlich als vermisst gemeldet, erschienen die Dinge in einem anderen Licht. Dann hoffte sie vielleicht Tag für Tag, dass er zurückkam, und wollte die Erinnerung an ihn aufrechterhalten.

Entschlossen startete Michael den Wagen. Er wollte wissen, ob sie die Wahrheit gesagt oder ihn belogen hatte. Das herauszufinden sollte keine Schwierigkeiten bereiten.

Deshalb saß er, nur eine Viertelstunde später, auf dem Starnberger Polizeirevier in Zimmer drei, vor dem Schreibtisch eines älteren, gemütlich wirkenden Mannes mit Schnauzbart und stark bayrischem Akzent.

»Sie wollen also jemanden als vermisst melden?«, fragte der Beamte.

»Nein«, entgegnete Michael. »Ich möchte mich lediglich über eine vermisst gemeldete Person informieren.«

»Und um welche Person handelt es sich?«

»Um einen Frank Berger.«

Daraufhin gab der Beamte etwas in seinen Computer ein und wartete eine Zeit lang, bis er entnervt den Kopf schüttelte.

Er schien den Fall Berger nicht zu finden. Vielleicht, weil es ihn gar nicht gab? Hatte Ilona Berger also doch gelogen?

»Wie lange liegt die Vermisstenanzeige denn zurück?«, erkundigte sich der Beamte.

»Ungefähr zehn Jahre«, erwiderte Michael. »Aber so genau weiß ich es nicht.«

Schnaufend stand der Mann von seinem Stuhl auf und erklärte: »Seit heute Morgen haben wir hier ein Computerproblem, und ich komme nicht in das entsprechende Programm. Deshalb gehe ich jetzt die Akte raussuchen.«

Damit verließ er das Büro, um kurz darauf mit einer beigebraunen Mappe unterm Arm zurückzukehren. Wieder an seinem Schreibtisch sitzend, entnahm er ihr ein Foto. »Meinen Sie diesen Herrn?«

»Genau den«, sagte Michael, als er den sympathisch lachenden Mann mit den kurzen, aschblonden Haaren erkannte, den er vorhin auf den Bildern in Ilona Bergers Haus gesehen hatte.

Der Polizeibeamte erinnerte sich: »Das war so ein typischer Fall. Junge Familie, dicker Kredit für den Hausbau, ein Kind war schon da, das zweite unterwegs …«

»Ein zweites Kind?«, fragte Michael erstaunt. Er wusste nur von einem – einer Tochter, die blind war und wunderschön Klavier spielte.

»Die Frau war hochschwanger«, erzählte der Beamte. »Das weiß ich noch genau. Ich selbst habe die Anzeige ja entgegengenommen. Die junge Frau hat mir leidgetan, sie wirkte total verstört, und es ging ihr wirklich nicht gut. Ich war kurz davor, den Notarzt zu holen, aber das wollte sie nicht. Das plötzliche Verschwinden ihres Mannes hat sie sehr mitgenommen. Aber leider kommt so etwas immer wieder vor, und oft dort, wo man es nicht vermutet.«

»Und Frank Berger ist bis heute nicht mehr aufgetaucht?«, wollte Michael wissen.

Der Beamte warf einen Blick in die Akte. »Nein, der Mann ist spurlos verschwunden«, sagte er und fügte, wie zum Trost, hinzu: »Trotzdem darf man in solchen Fällen die Hoffnung nie aufgeben.«

»Selbstverständlich …«, murmelte Michael geistesabwesend, denn ihm schoss gerade ein Gedanke durch den Kopf und so fügte er hinzu: »Ich würde mich gerne noch über einen anderen Vermisstenfall informieren. Dabei handelt es sich um ein kleines Mädchen, das ebenfalls vor zehn Jahren verschwand. Eine Lisa Marie Elbert.«

»Lisa Marie Elbert? Ach, du lieber Himmel«, rief der Beamte, während er noch einmal aufstand und das Büro verließ. Als er mit der Akte unterm Arm zurückkam, sagte er: »Auch daran erinnere ich mich genau. Das war im Jahr 1998. Eine tragische Geschichte! Die Kleine verschwand an ihrem zehnten Geburtstag. Tagelang haben wir mit den Sondertrupps von München die ganze Gegend abgesucht, jedes Stück Wald und jedes Stück Wiese durchkämmt. Herrgott, war das schlimm. Alles war im Einsatz, Hunde, Hubschrauber und sogar die Leute aus den Dörfern haben mitgeholfen. Doch es gab keine Spur, das Mädchen war weg.«

Der Mann reichte ihm ein Foto. Darauf war das Gesicht eines kleinen Mädchens zu sehen – ein süßes, rundes Gesicht mit aufgeweckten, blaugrauen Augen, umrahmt von strohblonden Kringellöckchen.

»Das ist Lisa Marie Elbert?«, fragte Michael heiser. Der Beamte nickte, und Michaels Herz begann zu pochen. Das Mädchen auf dem Foto glich einem Engel – ihre Augen waren blau, nicht schwarz, ihre Haut war hell, und ihre Haare hatten nicht die Farbe von Mahagoniholz. Dieses Mädchen war nicht die Frau, die er geheiratet hatte. Ganz bestimmt nicht.

Er versuchte, sich nichts anmerken zu lassen, und fragte: »Ist es richtig, dass Lisa Marie Elbert in der Nacht vom dritten zum vierten April verschwand?«

Der Beamte las in der Akte. »Richtig.«

»Und wann verschwand Frank Berger?«, wollte Michael jetzt wissen.

Daraufhin warf der Mann erneut einen Blick in seine Unterlagen und sagte, fast ein wenig erstaunt: »In genau derselben Nacht. Das war mir gar nicht mehr in Erinnerung. Wahrscheinlich deshalb, weil Frau Berger erst drei

Tage später zu uns kam. Schlimm, wenn Menschen einfach so verschwinden, nicht wahr? Vor allem Kinder. Das ist doch grausam.«

*

Das Standesamt hatte schon geschlossen, als Michael dort ankam. So ein Mist, dachte er verärgert und studierte die Öffnungszeiten. Er musste sich bis morgen gedulden, daran führte kein Weg vorbei.

Also fuhr er zurück zur Firma und parkte den Wagen auf dem für ihn reservierten Parkplatz. Anstatt aber ins Bürogebäude zu gehen, steuerte er auf die Produktionshallen zu und schlug den Weg zum Hochregallager ein, wo Herr Wiesner, der Hausmeister, sein Büro hatte. Allerdings war Herr Wiesner dort nur selten anzutreffen, weil es irgendwo in der Produktion immer etwas zu reparieren gab. Auch jetzt war er nicht da.

»Wenn Sie den Wiesner suchen, der ist in Halle zwei«, rief ihm jemand vom Gabelstapler aus zu. »Die Ampullenmaschine spinnt mal wieder.«

Michael bedankte sich und ging in Halle zwei, wo er Herrn Wiesner unter der Ampullenabfüllmaschine liegend antraf, umringt von einigen Frauen in langen, weißen Kitteln und Hygienehauben auf den Köpfen.

»Bin gleich fertig«, rief Wiesner, nachdem Michael sich bemerkbar gemacht hatte. Währenddessen schoss ein entnervter Produktionsleiter auf ihn zu.

»Gott sei Dank, dass sich endlich einmal jemand von oben darum kümmert«, rief der Mann verzweifelt. »Seit Tagen ist die Maschine defekt. Wie sollen wir da unser Wochenpensum schaffen? Dabei machen meine Damen schon jeden Tag Überstunden. Ihr Vater reißt mich in Stücke, wenn wir bis Ende der Woche mit der Abfüllung nicht fertig sind.«

Da Michael mit der Problematik nicht vertraut war und deshalb auch nichts zu erwidern wusste, war er froh, als der ölverschmierte Herr Wiesner unter der Maschine hervorkroch.

»Sie müsste jetzt wieder laufen«, sagte er.

Daraufhin betätigte eine der Frauen den Schalter, und die Maschine vollführte ihre gewohnt eleganten, leise surrenden Drehbewegungen.

Der Produktionsleiter atmete erleichtert auf, und die Mitarbeiterinnen gingen zurück an ihre Arbeitsplätze.

»Ist es etwas Ernstes?«, fragte Michael Herrn Wiesner und zeigte auf die Maschine.

»Sie spinnt immer wieder«, antwortete er, während er mit einem Tuch seine schmutzigen Hände säuberte. »Wenn es so weitergeht, müssen wir den Kundendienst kommen lassen. Was kann ich für Sie tun, Herr Westphal?«

»Ich wollte mir den Golf ausleihen«, sagte Michael. »Ich hoffe, Sie brauchen ihn in den nächsten Tagen nicht.«

Herr Wiesner schüttelte seinen zerzausten Kopf. »Kein Problem. Sie wissen ja, wo die Schlüssel sind. Der Wagen steht vor Halle eins. Wenn Sie ihn nicht mehr brauchen, stellen Sie ihn einfach dorthin zurück und legen die Schlüssel in mein Büro.«

»Wird gemacht«, sagte Michael und winkte ab, als Wiesner ihn darauf aufmerksam machte, dass der Wagen total dreckig sei. Das interessierte ihn herzlich wenig. Er brauchte lediglich ein Auto, das Lisa nicht kannte.

*

Als Michael aufwachte, war es fast Mitternacht. Er war eingeschlafen, obwohl er fest entschlossen gewesen war, wach zu bleiben. Aber schon in der letzten Nacht hatte er zu wenig Schlaf bekommen, sodass er sich gegen die Müdigkeit kaum hatte wehren können.

Nun aber hatte ein Geräusch ihn geweckt. Lisa stand auf! Still blieb er liegen und lauschte in die Dunkelheit. Sie flüsterte wieder seinen Namen. Er reagierte nicht, atmete stattdessen ruhig und gleichmäßig. Er hörte, dass sie sich anzog, und kurz darauf schnappte leise die Tür ins Schloss. Nun sprang er blitzartig aus dem Bett. In Sekundenschnelle zog er sich an, stürzte die Treppe hinunter und folgte ihr im Schutz der Zypressenbäume zum Eingangstor. Dort fand wieder dasselbe Prozedere statt. Lisa wartete, bis das Tor vollends geöffnet war, robbte auf dem Bauch liegend hindurch und verschwand in der Nacht.

Auf alles vorbereitet, nahm Michael die Fernbedienung aus der Tasche seiner Jeans, stoppte damit das Schließen des Tores und rutschte, ebenfalls auf dem Bauch liegend, hindurch. Es war nicht die eleganteste Art der Fortbewegung und außerdem sehr mühevoll, doch zweifellos hatte sie einen entscheidenden Vorteil. Morgen früh nämlich würde der Mitarbeiter der Firma *Dexter-International-Security* zu ihm sagen, dass alles in Ordnung gewesen sei, es keinerlei Bewegungen am Eingangstor gegeben habe. Dabei waren die Dexter-Leute nicht dumm und hatten seinem Vater bereits eine komplette Modernisierung der Kameraanlage nahegelegt, auch weil aus unerfindlichen Gründen in der letzten Nacht die Aufzeichnungsgeräte ausgefallen waren.

Da ihm schon beim Planen seiner Verfolgungsaktion klar war, dass er Lisa niemals einholen konnte, hatte er den Golf nur ein paar Meter vom Parkplatz entfernt am Waldrand abgestellt. Kaum saß er darin, preschte der Wagen mit dem Hamburger Kennzeichen bereits an ihm vorbei. Er startete den Golf und jagte hinterher. Allerdings fuhr Lisa so schnell die Seestraße entlang, dass er nicht nur Mühe hatte, ihr zu folgen, sondern auch inständig hoffte, nicht der Polizei zu begegnen.

Irgendwann bog sie rechts ab, raste durch ein Waldstück und passierte, ohne auch nur ein einziges Mal abzubremsen, das Ortseingangsschild eines friedlich schlummernden Dorfes. War sie verrückt geworden? Wohin fährt sie überhaupt mitten in der Nacht, fragte er sich, obwohl ihm die Strecke bekannt vorkam.

Nachdem sie den Ort verlassen hatte, leuchteten die roten Bremslichter ihres Wagens kurz auf. Sie bog nach links in einen unbeleuchteten Waldweg. Jetzt wusste er, wo er war. Was wollte Lisa an dieser kleinen Kirche?

Damit sie die Verfolgung nicht bemerkte und keinen Verdacht schöpfte, fuhr er weiter geradeaus, bis er eine kleine Straße zum Wenden fand. Weil dort aber ein Hinweisschild mit der Aufschrift *St.-Anna-Kapelle* stand, fuhr er in die Straße hinein und gelangte tatsächlich zu der kleinen Waldkirche. Er parkte den Wagen in entsprechender Entfernung und schaltete die Scheinwerfer aus. Es war jetzt stockfinster. Straßenlaternen gab es hier draußen nicht, und am Himmel leuchtete nur eine schmale Mondsichel. Er sah hinaus in die Dunkelheit, wobei ihm bewusst wurde, dass er keine Taschenlampe bei sich hatte. Glücklicherweise fand er eine hinter dem Beifahrersitz.

Als er ausstieg, war ihm unheimlich zumute. Aus dem dunklen, düsteren Wald drangen eigenartige Geräusche – das leise Rascheln von Blättern, das Knacken von Ästen, der Ruf eines Käuzchens, der Schrei eines Fuchses. Plötzlich schreckte kreischend ein Tier vor ihm auf und flüchtete in das dichte Geäst. Dabei erschrak er so sehr, dass ihm beinah die Taschenlampe aus der Hand gefallen wäre. Ihm war nicht wohl, hier nachts am Waldrand. Schon früher hatte er für Nachtwanderungen nichts übriggehabt, und auf die Idee, den Pfadfindern beizutreten, war er auch nie gekommen. Doch er wollte unbedingt wissen, was Lisa zu dieser Zeit hierherführte. Deshalb fasste er sich ein Herz und marschierte los. Er nahm sogar die Abkürzung über die dunkle Wiese und stapfte im matten Lichtkegel seiner Lampe tapfer durch das feuchte Gras auf die St.-Anna-Kapelle zu, die ruhig und friedlich dalag.

Als er die Kirche erreichte, war dort alles dunkel und still. Außerdem stellte er fest, dass sie verschlossen war. Verwundert blickte er sich um. Auch den Wagen mit dem Hamburger Nummernschild konnte er nirgendwo entdecken. Aber dafür bemerkte er etwas anderes. In einem Fenster des alten Hauses schräg gegenüber sah er einen flackernden Lichtschein. Lisa war nicht in der Kirche! Sie war in dem alten Haus. Ein Schauer jagte ihm über den Rücken. Es war kurz nach Mitternacht. Geisterstunde. Ihm fiel ein, was sie damals zu ihm gesagt hatte: *Es ist ein Geisterhaus. Hast du das nicht gespürt?*

Er schlich sich an, wobei das hohe Gras ihm Schutz bot, und wollte einen Blick durch das Fenster werfen, aber es war zu hoch. Er versuchte, etwas zu finden, worauf er sich stellen konnte. Ohne Erfolg.

Deshalb schlich er vorsichtig, um kein Geräusch zu verursachen, um die Hausecke herum und stieß dort auf ein zweites Fenster. Dieses Mal hatte er Glück. Wie für ihn bestellt, stand darunter eine kleine Bank. Sie war fast zugewachsen von Gras und von den Rosenbüschen, die so nah an das Haus heranragten, dass ihre Blätter schon das Mauerwerk berührten. Außerdem rankte dichter Efeu über das Fenster, sodass zum Hineinsehen nur ein schmaler Streifen blieb. Doch es genügte, um alles zu erkennen. Michael sah drei brennende Kerzen vor dem dunkelgrünen Kachelofen auf dem Fußboden stehen. Und er sah Lisa. Unter dem anderen Fenster, fest an die Wand gepresst wie ein ängstliches Tier, kauerte sie auf dem Boden und weinte.

Er war wie vor den Kopf geschlagen und wäre am liebsten sofort zu ihr geeilt, um sie in den Arm zu nehmen. Doch sein Verstand warnte davor, diesem ersten Impuls nachzugeben. Besser wäre es, nach Hause zu fahren, sich ins Bett zu legen und morgen früh so zu tun, als hätte er tief und fest geschlafen. Alles andere konnte sich gegen ihn wenden.

Er wusste nun etwas sehr Wichtiges, und allein dafür hatte sein nächtlicher Ausflug sich gelohnt. Lisa hatte dieses Haus nicht durch Zufall entdeckt und die Hausbesichtigung nicht veranlasst, weil es eine verrückte Idee von ihr gewesen war. Das Haus war der Schlüssel zu ihrem Geheimnis, darin war er sich absolut sicher. Hier lebten ihre bösen Dämonen, von denen sie glaubte, dass sie stärker seien als die Liebe. Deshalb musste er alles über dieses Haus herausfinden, um die Dämonen zu verjagen und ein für alle Mal in die Flucht zu schlagen.

Er bahnte sich einen Weg durch das hohe Gras, stieg über den Gartenzaun und drehte sich noch einmal nach dem Haus um. Es lag im Dunkeln, eingehüllt in das Blauschwarz der Nacht, umrankt von Efeu und von den Rosenbüschen. *Es ist ein Geisterhaus,* hatte Lisa gesagt und ihn gefragt: *Hast du das nicht gespürt?* Nein, damals nicht, dachte er. Aber jetzt, in dieser Nacht, spürte er es ganz deutlich.

6

Das flackernde Kerzenlicht warf Schatten an die Wand – schwarze, zuckende Schattengebilde in einem leeren Raum. Es war, als gaben sich die Geister im Kerzenlicht zu erkennen. Und wispernde Stimmen schwirrten umher, die Lisa etwas zuflüsterten, was sie nicht verstand.

Sie war hierher zurückgekehrt, um sich dem Schrecken der Nacht zu stellen, dem Teufel ins Angesicht zu blicken und sich zu erinnern. Ihre Seele hatte das letzte Stück der damaligen Nacht in die Tiefen ihres Unterbewusstseins verbannt; sie erinnerte sich nicht mehr, was passiert war, nachdem der fremde Mann den Raum betreten hatte. Sosehr sie sich auch bemühte, ihre Seele gab das Wissen nicht frei. Ihre Träume endeten immer an demselben Punkt, und auch in diesem Haus kam die Erinnerung nicht zurück. Lediglich die Angst ergriff wieder Besitz von ihr, diese übermächtige Angst, die seit damals ihr ganzes Leben beherrschte und die sie nie überwinden würde – egal, wie schnell sie mit dem Boot übers Wasser preschte oder wie tief sie in die Ozeane tauchte.

Gott wusste, dass sie mit dem Tod spielte. Deshalb ließ er sie leben und leiden – Tag für Tag. Wieso holte er sie nicht dorthin, wo auch ihre Mutter war? Weil Ungerechtigkeit Rache brauchte und er sie zu seinem Werkzeug machte? Warum gab er ihr dann nicht die Erinnerung zurück, die sie brauchte, um den Plan mit aller Konsequenz durchzuführen?

Auf dem Boden kauernd, sah sie in das leere Zimmer hinein. Links neben der Tür hatte der Tisch mit der Nähmaschine gestanden und vor dem Kachelofen die Bank, auf der ihre Mutter so gern gesessen hatte. Und zu ihren Füßen, auf einer Decke, hatte Sina mit ihrer Puppe gespielt. Sie hatte der Puppe mit den Kulleraugen einen wunderschönen Namen gegeben, aber selbst den hatte Lisa vergessen. Wieso hatte sie Sinas Puppe im Arm, als sie damals hinter dem Vorhang stand? Sina wollte sie doch nie hergeben? Sie wusste es nicht mehr. Die Ereignisse waren in einem Raum eingeschlossen, zu dem sie keinen Schlüssel fand.

Sie sah ihre Mama auf der Bank vor dem Kachelofen sitzen und streckte die Hand nach ihr aus, um sie zu berühren. Nur ein einziges Mal noch wollte sie von ihr in den Arm genommen werden, den Kopf an ihre Schulter legen und sie sagen hören, dass alles gut werde. Ihre Mutter hatte fest an das Glück geglaubt, doch es war ihr nie recht gewogen gewesen. Sie hatte daran geglaubt, dass Gott auf ihre kleine Familie aufpassen würde, und jeden Abend dafür gebetet. Er schien es nicht gehört zu haben.

Das letzte Stück dieser Nacht, das ihr fehlte, sollte den Weg in ihr Bewusstsein zurückfinden. Sie musste sich erinnern! Das war sie ihnen schuldig.

Was war passiert, nachdem der fremde Mann gekommen war?

Sie hatte den Vorhang ein Stück beiseitegeschoben und das rote Licht gesehen, als er plötzlich im Zimmer stand und etwas sagte. Etwas sehr Wichtiges, was sie sich unbedingt merken wollte. Woran sie immer denken und was sie nie vergessen wollte.

Konzentriert starrte sie in die brennenden Kerzen, die auf einmal zu flackern begannen, als gäben die Geister ihr einen Hinweis. Ein Fetzen Erinnerung durchzuckte ihren Kopf. Es war in dem Zimmer stockdunkel gewesen. Nur im Flur brannte eine Glühbirne, die an einem Draht über der Treppe baumelte. Sie hatte ein rotes Licht gesehen, doch das hatte es nie gegeben. Es war das Blut auf dem Fußboden, das den schwachen

Lichtschein vom Flur rot färbte. Blut! Überall war Blut gewesen!

Wie von Sinnen rappelte sie sich auf und rannte aus dem Haus, lief hinein in den Wald und schrie, so laut sie konnte. Sie schrie … und schrie … und es war, als gäbe der Wald ihren Schrei zurück, wie ein Echo, das all ihren Schmerz, ihre Angst und ihre Verzweiflung reflektierte. Dann war es totenstill. Alle Geräusche des Waldes schienen verstummt. Nur der Ruf eines Käuzchens hallte durch die Dunkelheit, während silbriges Mondlicht durch die Kronen der Bäume fiel. Sie flehte Gott an, sie zu ihrer Mutter zu holen. Er konnte sie hier nicht allein lassen – in dieser kalten, dunklen Nacht, in dieser kalten, dunklen Welt.

7

Michael war an diesem Morgen früh aufgestanden. Nach seiner nächtlichen Verfolgungsaktion war sein Körper zwar todmüde, doch sein Geist strotzte vor Energie. Er hatte sich für den heutigen Tag viel vorgenommen und wollte keine Zeit verlieren. Deshalb saß er bereits vor seinem Laptop und googelte im Internet, bis Lisa, in ein Handtuch gewickelt, aus dem Badezimmer kam. Da klickte er die gefundene Seite blitzschnell wieder weg, drehte sich zu ihr um und rief fröhlich: »Guten Morgen, Schatz. Wie hast du geschlafen?«

»Sehr unruhig«, erwiderte sie. »War etwa Vollmond?«

»Ich glaube nicht«, sagte er und betrachtete ihr blasses Gesicht. Sie sah müde und erschöpft aus, wirkte traurig und bekümmert. Es tat ihm weh, sie in diesem Zustand zu sehen, weshalb er ihr gern etwas Liebes sagen wollte. So stand er auf, schloss sie in die Arme und flüsterte zärtlich: »Ich liebe dich. Ich werde immer für dich da sein und dich beschützen.«

Sie legte ihren Kopf an seine Schulter und schien seine Umarmung für einen kurzen Moment zu genießen. Dann blickten ihre großen, schwarzen Augen ihn ernst an. »Das kannst du nicht«, erwiderte sie leise und ging zurück ins Bad. Unentschlossen sah er ihr nach. Was sollte er tun? Zu ihr gehen und mit ihr reden? Sie bitten, ihm alles zu erzählen? Nein, dachte er, das wäre zu früh.

Also setzte er sich wieder an den Laptop und rief erneut die Internetseite mit den Immobilienmaklern der Umgebung auf. Fix notierte er sich Telefonnummer und Anschrift von Frau Lämmers, ließ den Zettel in seiner Hosentasche verschwinden und schaltete den Computer aus.

»Ich gehe frühstücken«, rief er ihr zu. »Kommst du mit?«

»Ich habe keinen Hunger«, antwortete sie.

*

Der Tag und die Morgensonne nahmen dem alten Haus das Bedrohliche. Michael fand, dass es längst nicht mehr so unheimlich wirkte wie in der vergangenen Nacht. Trotzdem war es von einer düsteren Aura umgeben und hatte, selbst bei strahlendem Sonnenschein, etwas Übernatürliches und Gespenstisches an sich.

Er war an diesem Morgen noch einmal hierhergefahren, um sich auf Spurensuche zu begeben. Jetzt, da er das Haus mit anderen Augen sah, registrierte er vielleicht Dinge, die ihm vorher gar nicht aufgefallen waren.

Er war darauf eingestellt, die Haustür mit einem kräftigen Fußtritt zu öffnen, stellte jedoch fest, dass sie nicht verschlossen war. So betrat er das Haus, mit leicht eingezogenem Kopf, um sich nicht am Türbalken zu stoßen, und schaute sich um. Er versuchte, etwas zu erspüren – etwas von der Atmosphäre dieses Hauses aufzunehmen. Doch da war nichts. Außer dass es muffig roch und der Schimmel an den Wänden klebte, konnte er nichts feststellen, nichts empfinden und nichts hören. Höchstens das lustige Treiben der Holzwürmer oder das Scharren der Mäuse unter den Dielen. Das war alles.

In dem Zimmer mit dem Kachelofen standen drei abgebrannte Kerzen auf dem Fußboden. Er ging in den Raum hinein, durchschritt ihn langsam von rechts nach links und wieder zurück und ließ seinen Blick dabei aufmerksam über den Fußboden zu den Wänden und bis hinauf zur Decke gleiten. Dort war ein Haken, an dem früher wahrscheinlich eine Lampe gehangen hat. Sonst nichts.

In der oberen Etage erging es ihm ähnlich, und auch auf dem Dachboden sah er nur die Dinge, die ihm beim ersten Mal schon aufgefallen waren. Unter der Dachluke stand die alte Nähmaschine mit dem Nähkorb, in dem noch Nadeln und Garn lagen. Außerdem waren unzählige Knöpfe darin, ein Reißverschluss, eine Schere, und unter bunten Stoffresten lag ein Foto. Er nahm es heraus und erschrak, weil er glaubte, Lisa darauf zu sehen. Doch sie war es nicht. Die Frau auf dem Foto sah ihr nur unglaublich ähnlich.

Sie hatte ebenso schwarze Augen, ein ebenso schmales Gesicht, den dunklen Teint, und sie hatte Lisas Lächeln. Sie trug einen Strohhut und hielt eine Gartenschere in der Hand, mit der sie dicke, gelbe Blüten von den Rosenbüschen schnitt. Er betrachtete das Bild in allen Details. Es war hier am Haus aufgenommen, am rechten Bildrand erkannte er ein Stück von der Holzbank, auf der er vergangene Nacht gestanden hatte. Er steckte das Foto ein, zog es aber sofort wieder aus der Tasche und legte es zurück. Lisa sollte nichts ahnen. Es durfte nichts fehlen. Es musste alles so bleiben, wie es war.

Auf diesem Dachboden gab es so viele stumme Zeugen, die von dem Leben in diesem Haus erzählten, Geschichten von den Menschen und ihren Schicksalen. Nur leider verstand er es nicht. All diese Dinge waren für ihn wie Hieroglyphen und bargen eine rätselhafte Symbolik, die er nicht entziffern konnte. Die zwei Koffer zum Beispiel und die verschlossene Truhe, in der wahrscheinlich persönliche Schätze lagen: Bücher, die die Menschen in diesem Haus gelesen, oder Tagebücher, die sie geschrieben hatten, ihre Poesiealben, Liebesbriefe oder alte Fotografien in Schuhkartons. Er rüttelte am Schloss der Truhe, doch es gab nicht nach. Und einen Schlüssel konnte er nirgendwo entdecken. Dabei hätte der Inhalt ihn wirklich brennend interessiert, doch er tröstete sich damit, dass vielleicht nur Tischdecken, Bettlaken und Spitzendeckchen darin waren, so wie in der Truhe bei ihnen zu Hause, in der jetzt auch die Puppen lagen.

*

Zwei Ortschaften von der St.-Anna-Kapelle entfernt befand sich das Büro von Frau Lämmers. Es war untergebracht in einem kleinen Anbau ihres Einfamilienhauses, eines biederen Häuschens mit roten Zwergen im Vorgarten. Dieses Ambiente erstaunte Michael sehr, denn er hätte sie in einem schicken Münchner Glasbau vermutet. So war es immer, dachte er amüsiert. Kleider machten Leute, das wusste schon der Schneider Strapinski.

Er hatte sich nicht angemeldet. Aber er sah den BMW vor der Garage stehen, weshalb er davon ausging, sie anzutreffen. Nachdem er an die Tür mit der Aufschrift *Immobilienbüro* geklopft hatte und nichts passiert war, klopfte er ein zweites Mal, nur wesentlich energischer. Daraufhin hörte er sie trällern: »Es ist offen.«

Er gab der Tür einen sanften Ruck und stand in einem schmalen Flur gegenüber einem hässlichen Garderobenständer. Da schoss auch schon Frau Lämmers um die Ecke. Bei Michaels Anblick wirkte sie hocherfreut, wenn auch sehr überrascht, und manövrierte ihn umgehend und wortreich in ihr Büro. Die Einrichtung bestand aus einfachen weißen Wandregalen, einem weißen Schreibtisch mitten im Raum und einem Gummibaum unter dem Fenster.

»Setzen Sie sich doch, Herr Westphal. Möchten Sie einen Kaffee?«, rief sie überschwänglich.

Er lehnte ab, mit einem Hinweis darauf, dass seine Zeit begrenzt sei.

»Meine Frau schickt mich, um die Mappe mit den Angeboten abzuholen, die Sie uns zusammenstellen wollten«, erklärte er ihr. Und mit ernster Miene fügte er hinzu: »Wir sind wirklich sehr an einem Haus in Waldrandlage interessiert. Aber es ist so schwer, das passende zu finden.«

»Wie recht Sie doch haben«, gab sie mitfühlend zurück, ohne das Aufblitzen der Dollarzeichen in ihren Augen zu unterdrücken, und zauberte eine hellgelbe Mappe aus ihrer Schreibtischschublade. »Darin finden Sie die schönsten Häuser in Waldrandlage, die Sie je gesehen haben«, schwärmte sie euphorisch. »Ihre Frau wird entzückt sein, das schwöre ich Ihnen.«

Er nahm die Mappe entgegen und sagte lächelnd: »Davon bin ich überzeugt. Ich soll Sie übrigens von ihr schön grüßen. Den Schlüssel für das kleine Haus an der St.-Anna-Kapelle wird sie Ihnen in den nächsten Tagen vorbeibringen.«

Frau Lämmers winkte ab. »Das hat keine Eile. Sie muss deswegen nicht extra kommen. Sie kann mir den Schlüssel bei einem unserer nächsten Termine geben, denn ich weiß jetzt schon, dass Sie es kaum werden abwarten können, die herrlichen Häuser auch zu besichtigen. Ach, was rede ich! Richtige Anwesen sind das. Sie werden sehen, alles überhaupt kein Vergleich mit diesem kleinen, alten Haus an der Kirche.«

Vielen Dank für die nette Überleitung, dachte Michael und fragte: »Wie lange steht das Haus schon leer?«

»Zweihundert Jahre?« Sie wieherte wie ein Pferd. »Na ja, so sieht es jedenfalls aus. Aber ehrlich gesagt habe ich keine Ahnung. Zehn Jahre vielleicht, das könnte stimmen. Sie müssen wissen, ich habe das Immobilienbüro erst vor zwei Jahren nach dem Tod meines Schwiegervaters übernommen. Was hier für eine Unordnung herrschte, können Sie sich nicht vorstellen. Zu manchen Objekten habe ich bis heute keine Unterlagen gefunden, so wie auch zu diesem Haus.« Sie seufzte. »So ein Objekt hätte ich nie angenommen – das kriegt man doch niemals verkauft.«

»Nicht unbedingt!«, erwiderte Michael. »Das Haus müsste nur in einem besseren Zustand sein. Wem gehört es eigentlich?«

»Weiß ich auch nicht«, sagte Frau Lämmers. »Und ich kümmere mich auch nicht darum. Ich will mit diesem Haus nichts zu tun haben und werde bald das Schild entfernen, auf dem meine Telefonnummer steht. Das ist doch peinlich. Ich hatte dieses Objekt vollkommen vergessen. Bis jetzt hat sich ja nie jemand dafür interessiert. Deshalb war ich ganz erschrocken, als Ihre Frau anrief und danach fragte. Ich bin gerade dabei, mir geschäftlich einen Namen zu machen, und so ein Objekt schadet eindeutig meinem guten Ruf.«

»Wissen Sie denn, wer früher in diesem Haus gelebt hat?«, bohrte Michael weiter.

»Nicht genau«, antwortete sie. »Doch soviel ich gehört habe, ein einsamer, alter Mann, der sich in seinem Wohnzimmer aufgehängt hat. Schrecklich, nicht wahr?« Sie schüttelte sich voller Abscheu. Eine Wolke ihres süßen Parfüms schlug ihm entgegen.

Einen Hustenreiz unterdrückend, fragte er: »Kennen Sie den Namen des Mannes?«

»Leider nicht«, sagte sie.

Daraufhin stand Michael auf, verabschiedete sich und hätte beinahe vergessen, die Mappe mitzunehmen. Doch Frau Lämmers drückte sie ihm mit professioneller Unaufdringlichkeit in die Hand.

»Und liebe Grüße an Ihre Frau«, zwitscherte sie, während sie ihn zur Tür brachte.

Er bedankte sich und beeilte sich fortzukommen.

*

Als Michael das Standesamt betrat, war er schlagartig vor ein großes Problem gestellt, denn heute saßen zwei Frauen hier, eine rechts vom Schreibtisch und eine links. Und er erinnerte sich nicht mehr, mit welcher der beiden er beim letzten Mal gesprochen hatte. Sie ähnelten sich so sehr, als wären sie Schwestern. Beide waren ungefähr Mitte fünfzig, von kräftiger Statur, mit leicht geröteten Wangen, und beide hatten eine Kurzhaarfrisur in der Farbe von leuchtendem Kupfer. Ein wenig hilflos sah Michael von der einen zur anderen, bis die rechts sitzende zu ihm sagte:

»Guten Tag, Herr Westphal. Sie wollen mir bestimmt das Formular zurückbringen. Konnten Sie die Angelegenheit inzwischen klären?«

»Wir sind noch dabei«, erwiderte er erleichtert. »Aus diesem Grund bin ich heute auch noch einmal hier. Sie erwähnten beim letzten Mal, dass die Mutter des vermissten Mädchens verstorben sei …« Die Standesbeamtin nickte. Daraufhin fuhr er fort: »Wir würden trotzdem gern mit jemandem von der Familie sprechen. Wissen Sie vielleicht etwas über den Vater des Mädchens? Oder darüber, ob es noch Verwandte gibt?«

Die Frau legte nachdenklich ihre Stirn in Falten. Dann schob sie die Zimmerpflanze beiseite, die in der Mitte des Schreibtisches stand, und sagte zu ihrer Kollegin: »Übrigens, Gisela, das ist der Herr, von dem ich dir erzählt habe. Du weißt schon, der Fall Lisa Marie Elbert.«

»Ach der«, meinte Gisela und musterte Michael interessiert, was ihm reichlich unangenehm war. Danach wandte sie sich wieder ihrer Kollegin zu und fragte: »Ist die arme Frau Elbert nicht vor Kurzem an Krebs verstorben?«

Die andere verdrehte die Augen. »Das hat er doch eben gesagt. Aber erinnerst du dich an den Vater der kleinen Lisa Marie? Von einem Vater hat man doch nie etwas gehört, oder?«

Entschieden schüttelte Gisela den Kopf. »Nein, es hat keinen Vater gegeben. Außer zum Zeitpunkt der Zeugung natürlich.« Die beiden kicherten wie zwei Teenager, dann fügte Gisela hinzu: »Frau Elbert und die kleine Lisa lebten im Haus der Großmutter.«

»Natürlich«, rief die andere Standesbeamtin. »Es gab ja diese Oma.«

»Wissen Sie, ob sie noch lebt?«, fragte Michael aufgeregt. »Kennen Sie die Adresse? Oder ihren Namen?«

Fast synchron schüttelten die beiden ihre kupferroten Köpfe, bis Gisela plötzlich sagte: »Als die junge Frau Elbert so krank wurde, ist die alte Dame in ein Altersheim gegangen, das habe ich jedenfalls gehört. Rufen Sie doch einfach mal überall an.«

»Das werde ich tun«, entgegnete Michael und war schon fast zur Tür hinaus, als die zwei ihm im Chor nachriefen: »Viel Glück!«

*

Auf dem Firmengelände war das Chaos ausgebrochen. Ein Lkw mit einem Motorschaden blockierte die Zufahrt zur Halle eins. Deshalb konnte ein anderer den Hof nicht verlassen, und ein dritter, der Ware anliefern wollte, musste rückwärts im Schritttempo wieder herausfahren.

Den Golf vor Halle eins abzustellen war also vollkommen unmöglich. Wieder vom Hof zu fahren und draußen zu parken ging aber, wegen des zurücksetzenden Lkws, auch nicht. Und der Parkplatz vor dem Bürogebäude war belegt. Michael war ratlos. Er stand inmitten dieses Durcheinanders und kam nicht vor und nicht zurück. Dann endlich entdeckte er Herrn Wiesner, der hektisch versuchte, dieses Chaos zu organisieren.

»Wo soll ich den Golf abstellen?«, rief Michael ihm durch das Fenster mit heruntergelassener Scheibe zu.

»Hinter der zwei«, rief Wiesner zurück und gab durch Handzeichen zu verstehen, dass er Halle eins umfahren und hinter der Halle zwei parken solle.

Gute Idee, dachte er. Darauf hätte er auch selbst kommen können. Doch den kleinen Parkplatz hinter Halle zwei hatte er vollkommen vergessen. Seit es den neuen Mitarbeiterparkplatz gab, stellte kaum noch jemand sein

Auto dort ab. Um die riesigen Hallen herumzulaufen war den Mitarbeitern zu aufwendig.

So standen auch nur fünf Autos auf dem Parkplatz, zwei schmutzige Kleinwagen, zwei silberfarbene Japaner und eine gelbe Ente. Als er die sah, wurde er stutzig. Fuhr Martin Schuster nicht so ein Auto? Er parkte den Golf, stieg aus und schlich um die Ente herum. Durch das Fenster auf der Fahrerseite warf er einen Blick in das Innere. Es gab nicht viel zu sehen. Nur eine CD, die auf dem Beifahrersitz lag. *Songs und Arien von Luciano Pavarotti.* Das erinnerte ihn an: *Nabucco – die italienische Gesamtausgabe.* Und an das, was Monika Lechleitner gesagt hatte: *Das hört unser Martin in der Mittagspause.*

Nachdenklich verließ er den Parkplatz, legte den Autoschlüssel in Wiesners Büro und machte einen Abstecher ins Labor. Der Chefchemiker war gerade in einer Besprechung. Doch er traf auf Frau Schulze, die Informantin von Frau Meierhöfer. Sie erzählte ihm, dass Martin Schuster noch immer nicht von seinem Kurzurlaub zurück sei und dass sie das alles höchst eigenartig fände.

»Dieses plötzliche Verschwinden ist doch gar nicht seine Art«, empörte sie sich.

»Meinen Sie?«, fragte Michael und stellte sich absichtlich ein bisschen dumm.

»Ach was!« Sie winkte ab und fuhr aufgeregt fort: »Nicht einmal angerufen hat er, obwohl wir kurz vorher noch eine Rezeptur verändert haben. Es hätte ihn sicher interessiert, ob das alles im Reagenzglas nun explodiert ist oder nicht.«

»Aber vielleicht blieb ihm zum Telefonieren keine Zeit«, sagte Michael. »Er soll bei einem Freund in Stuttgart sein, der einen schweren Autounfall hatte.«

»So?« Sie schaute ihn an, als wollte sie fragen: Glauben Sie das wirklich?

Nein, er glaubte es nicht. Und Frau Meierhöfer ebenso wenig, zumal sie gerade mit Martin Schusters Mutter gesprochen hatte. Als Michael das Sekretariat betrat, berichtete sie ihm umgehend davon: »Die gute Frau ist inzwischen sehr aufgeregt, weil ihr Sohn sich nach diesem ersten Anruf nicht mehr gemeldet hat. Sie und ihr Mann haben hin und her überlegt, von einem Freund in Stuttgart aber haben sie noch nie etwas gehört. Herr Schuster hat dort einen Cousin, zu dem jedoch kein Kontakt besteht. Trotzdem haben die Eltern ihn angerufen, ohne Erfolg. Der Mann hat von Martin Schuster weder etwas gehört noch ihn gesehen. Sie sagen, dass sie zur Polizei gehen, wenn ihr Sohn sich bis morgen früh nicht meldet.«

»Das kann ich verstehen«, sagte Michael und fügte in Gedanken hinzu: Vielleicht ist es auch das einzig Richtige. Ihm schossen plötzlich die verschiedensten Möglichkeiten durch den Kopf. Er dachte an die nächtliche E-Mail, die falschen Testergebnisse und die USB-Sticks aus dem Tresor. Hier spielte jemand ein übles Spiel. Jemand, der auf alles Zugriff hatte und sich mit allem auskannte.

Dazu kam die gelbe Ente, die hinter Halle zwei stand und wahrscheinlich Martin Schuster gehörte – der angeblich bei einem Freund in Stuttgart war. Diese Geschichte stimmte nicht. Wo, in aller Welt, steckte Martin Schuster? War er gekidnappt worden? Von Dr. Kolberg vielleicht? Wegen der falschen Testergebnisse? Michael schüttelte über sich selbst den Kopf. Er schaute in letzter Zeit zu viele Krimis.

Sein Handy klingelte. Es war seine Mutter. Sie weinte und erzählte ihm, dass ein Bagger vor dem Eingangstor der Villa stand und den Auftrag hatte, das Bootshaus abzureißen.

»Was soll ich denn jetzt tun?«, schluchzte sie.

»Lass das Tor zu, ich bin gleich bei dir«, rief er und stürmte aus dem Sekretariat. Er war auf einmal so wütend wie noch nie. Allein der Plan seines Vaters, das Bootshaus abzureißen, war schon unglaublich. Dass er aber einen Bagger bestellte, ohne ein einziges Wort darüber zu verlieren, schlug dem Fass den Boden aus. Glaubte er tatsächlich, sich über alles und alle hinwegsetzen zu können?

Damit musste jetzt Schluss sein, das stand für Michael fest. Jetzt war es genug. Der Anruf seiner Mutter gab den Ausschlag. Von nun an würde es anders laufen.

*

»Sie werden hier überhaupt nichts abreißen«, schrie Michael den erschrocken dreinblickenden Baggerfahrer an. »Und schon gar nicht unser Bootshaus.«

»Aber ich habe Auftrag …«

»Was Sie für einen Auftrag haben, ist mir egal. Sie werden hier jedenfalls nichts abreißen.«

Der Mann zuckte gleichgültig mit den Schultern. »Dann richte ich das meinem Chef mal so aus«, brummte er, setzte sich wieder in seinen Bagger und tuckerte in gemäßigtem Tempo davon.

Michael kochte vor Wut. Unmut, Empörung und Verdruss stiegen in ihm auf wie schmelzendes Gestein in einem Vulkan kurz vor dem Ausbruch. Als zwei Stunden später Rudolf nach Hause kam, hatte er sich noch immer nicht beruhigt.

Er erwartete seinen Vater im Empfangsbereich und beobachtete von dort aus, wie Rudolf den Wagen vor der Garage parkte, in Richtung See ging und mit einem erstaunten Gesicht zurückkam. Gut so, dachte Michael und fühlte sich ähnlich kampfbereit wie Napoleon in Waterloo. Obwohl Waterloo nicht unbedingt ein vertrauenerweckendes Beispiel war. Er jedenfalls würde nicht kapitulieren. Er würde nicht die Waffen strecken und sich geschlagen geben. Dieses Mal nicht.

Mit verbissenem Gesicht und verschränkten Armen stand er da, als sein Vater die Tür aufschloss. Das schien Rudolf nicht beachtenswert, denn er begrüßte Michael nur kurz und rief sofort nach Hilde.

»Die ist in der Küche«, sagte Michael scharf. »Aber das, was du sie fragen möchtest, kann ich dir auch beantworten.«

Sein ungewöhnlicher Tonfall ließ Rudolf aufhorchen. »Was wollte ich sie denn fragen?«, entgegnete er spitz.

»Du möchtest doch sicher wissen, warum das Bootshaus noch steht? Genau das kann ich dir sagen: weil ich die Abrissfirma weggeschickt habe, weil das Bootshaus nicht abgerissen wird, weil es eine Erinnerung an meinen Großvater ist und weil du – verdammt noch mal –

nicht der alleinige Herrscher in diesem Haus bist.« Er war in Rage. In den vergangenen zwei Stunden hatte er viel nachgedacht und war zu der Ansicht gelangt, sein Leben ändern zu müssen. Seit er denken konnte, hatte er sich dem Willen seines Vaters untergeordnet. Und war stets wie ein kleiner Junge behandelt worden. Das zeigten die Ereignisse der letzten Tage nur allzu deutlich. Er wurde über nichts informiert. Welche Fäden hinter den Kulissen gezogen und welche Spiele dort gespielt wurden, wusste er nicht. Er war eine Marionette – mehr nicht.

»Dann bestimmst du also jetzt, was in diesem Haus passiert?«, gab sein Vater verächtlich grinsend zurück.

Dieses Grinsen fand Michael widerlich. Es wirkte arrogant und selbstgefällig. Jedes Mal, wenn sein Vater ihn so ansah, fühlte er sich klein und unbedeutend. Auch jetzt. Doch er wollte dieses Gefühl nicht länger zulassen.

»Nein, das tue ich nicht«, entgegnete er. »Nur du wirst es auch nicht mehr tun. Wir haben deinen Absolutismus satt. Du bist nicht der Sonnenkönig, und wir sind nicht länger deine Untertanen, daran wirst du dich in Zukunft gewöhnen müssen.«

»Ich werde mich in meinem Haus an überhaupt nichts gewöhnen«, brüllte Rudolf zornig. »Und wenn dir das nicht passt …«

In diesem Augenblick kam Hilde angerannt. »Warum streitet ihr denn?«, rief sie erschrocken.

Doch weder Mann noch Sohn beachteten sie. Michael sah seinen Vater so provozierend an, als wollte er ihn zum Duell herausfordern. »Was ist, wenn mir das nicht passt? Soll ich dann gehen?«

»Um Himmels willen«, jammerte Hilde, »was redet ihr denn da?«

»Das hörst du doch«, rief Michael wutentbrannt. »Ich werde gehen, denn ich habe es satt, von meinem Vater wie ein Schuljunge behandelt zu werden. Egal ob zu Hause oder in der Firma, ich bin für ihn immer nur der letzte Dreck.«

»Ach, daher weht der Wind«, schrie Rudolf. »Dem gnädigen Herrn gefällt es nicht, ein Lehrling zu sein. Er möchte gleich den großen Chef spielen und kann es nicht verkraften, einen Vater über sich zu haben.« Seine Augen funkelten böse, und seine Wangen glühten vor Zorn. »Ich habe diese Firma aus dem Nichts geschaffen. Ich habe sie groß gemacht und dafür meinen verdammten Kopf hingehalten. Deshalb sage ich auch, was und wie es gemacht wird. Ohne mich würde es das alles hier überhaupt nicht geben. Ohne mich säßt ihr nicht in dieser hochherrschaftlichen Villa, hättest *du* nicht in Amerika studiert und wäre deine Mutter nicht Stammkundin beim Juwelier Hofstetter.«

»Vielleicht wollte ich ja gar nicht in Amerika studieren«, konterte Michael angriffslustig, »und vielleicht würde Mama auf den Hofstetter pfeifen und lieber in ihrer eigenen Konditorei arbeiten?«

»Hört auf damit«, rief Hilde entsetzt. Tränen standen ihr in den Augen. »Hört sofort auf damit! Rudolf, du sagst jetzt nichts mehr. Wir haben morgen unseren dreiunddreißigsten Hochzeitstag, und ich will keine zerstrittene Familie am Tisch. Schluss mit der Streiterei. Bitte …« Das war ein mit weinerlicher Stimme gesprochenes Machtwort, an das Rudolf sich jedoch unerwartet hielt. Er warf Michael einen letzten, grimmigen Blick zu und verschwand in seinem Büro.

Sobald er fort war, nahm Michael seine Mutter in den Arm und versuchte, sie zu beruhigen, obwohl er selbst noch so erregt war, dass ihm die Knie zitterten. Dennoch war er stolz auf sich. Zum ersten Mal war er stark geblieben und hatte echten Widerstand geleistet.

»Solche Streitereien kann ich überhaupt nicht leiden«, schluchzte Hilde. »Schon gar nicht vor unserem Hochzeitstag.«

»Trotzdem musste das alles einmal gesagt werden«, erwiderte Michael. »So geht es wirklich nicht weiter.«

Sie befreite sich aus seiner Umarmung und schnaubte in ein Taschentuch. »Dabei ist doch alles in Ordnung«, sagte sie und fügte mit ihrem einzigartigen Talent für Schönfärberei hinzu: »Rudolf ist kein schlechter Vater und auch kein schlechter Ehemann. Das war er nie.«

Michael glaubte, nicht richtig gehört zu haben. »Aber er hat uns ständig nur herumkommandiert und hintangestellt«, hielt er dagegen. »Auch für dich hatte er kaum Zeit, weil er rund um die Uhr für die Firma da war. Immer ging es nur um die Firma. Alles andere zählte nicht.«

»Na ja.« Sie zuckte mit den Schultern. »Er hat wirklich viel gearbeitet, das stimmt. Und wenig Zeit mit uns verbracht, das stimmt auch. Aber so hatte er auch keine Gelegenheit, auf dumme Gedanken zu kommen und mich zu betrügen, so wie Renates Mann. Alles hat auch immer etwas Gutes. Sieh es doch einmal von dieser Seite.«

Sprachlos starrte er sie an. Die Betrachtungsweise seiner Mutter versetzte ihn immer wieder in Erstaunen. Sie beherrschte eine Form des positiven Denkens, die ihm nicht zugänglich war. Mit ihr darüber zu diskutieren hatte allerdings keinen Sinn. Deshalb erwiderte er nur kurz und knapp: »Selbstverständlich.« Und in Gedanken fügte er hinzu: So kann man es natürlich auch sehen.

*

Michael war fasziniert, als Lisa aus dem Bad kam, denn in einem solchen Aufzug hatte er sie noch nie gesehen. Sie trug einen weit geschnittenen, schwarzen Hosenanzug mit einer schneeweißen Bluse und einer schwarzen Krawatte. Dazu hatte sie die Haare hochgesteckt und einen knallroten Lippenstift aufgelegt. Sie wirkte maskulin, aber so sexy, dass er sie am liebsten sofort wieder ausgezogen und auf der Stelle verführt hätte. Nur leider war dazu keine Zeit, weil in zehn Minuten, um Punkt neunzehn Uhr, das Essen zum Hochzeitstag seiner Eltern begann.

Der Hochzeitstag war für Hilde jedes Jahr ein großes Ereignis, und es gefiel ihr ganz und gar nicht, dass er dieses Mal nicht mit vielen geladenen Gästen im Restaurant von Feinkost Käfer stattfand.

Um trotzdem gebührend zu feiern, hatte sie in der Feinkostabteilung von Käfer einen Großeinkauf gestartet und den ganzen Tag über in ihrer Küche ein mehrgängiges Menü gezaubert. Aus diesem Grund wollte Michael sie auch nicht warten lassen.

Als er auf die Minute genau mit Lisa im Esszimmer erschien, erstrahlte der Raum in hellem Glanz. Überall brannten Kerzen in imposanten Leuchtern, die aussahen, als hätte Hilde sie aus Schloss Versailles kommen lassen; der Tisch war mit dem besten Geschirr gedeckt, Besteck und Gläser funkelten im Lichtermeer. Hilde trug ein langes, schwarzes Kleid mit einem bordeauxroten Seidenschal, als wollte sie in die Oper gehen, und Rudolf – ihr zuliebe – einen Smoking. Wie jedes Jahr. Und wie jedes Jahr gab es *La Grande Dame*, Hildes Lieblingschampagner.

Zumindest für diesen Abend hatten Michael und sein Vater Waffenstillstand vereinbart. Jeder bemühte sich um gute Laune, doch sie vermieden es strikt, sich anzuschauen. Selbst beim Anstoßen blickten sie aneinander vorbei. Natürlich wurde dieses Verhalten von Hilde registriert, das las Michael in ihren Augen. Doch sie sagte nichts, um die Stimmung nicht zu verderben.

Frau Beckstein, die heute auch am Abend blieb, servierte den ersten Gang. Es gab Hummer, so wie Hilde es geplant hatte. Danach stand Rudolf auf, um seine alljährliche Rede zu halten. Er klopfte an sein Glas, als wäre der Raum voller Gäste, und begann wie immer mit den Worten: »Meine über alles geliebte Hilde …«

Sie strahlte ihn an. Sie war heute ganz die glückliche Ehefrau, auch wenn das Publikum fehlte. Er schenkte ihr ein Lächeln und sagte: »Ich danke dir für all die schönen Jahre, obwohl ich vielleicht nicht immer der Ehemann war, den du dir erträumt hast. Aber ich habe mich redlich bemüht ...«

... dich glücklich zu machen, vervollständigte Michael in Gedanken den Satz. Sein Vater hatte diese Ansprache irgendwann einmal auswendig gelernt und trug sie nun jedes Jahr mit einer Inbrunst vor, als würde er auf der Bühne den Hamlet spielen.

Unterdessen fuhr Rudolf fort: »Du, meine liebe Hilde, bist die Frau, die ich heute noch so liebe wie am ersten Tag. Du machst mich immer wieder sehr, sehr glücklich. Ich wünsche mir, dass das noch viele Jahre so bleibt. Deshalb nimm dieses kleine Präsent als Zeichen meiner Liebe und Zuneigung.« Daraufhin überreichte er ihr eine flache Schachtel, in rotes Geschenkpapier verpackt und mit einer riesigen goldenen Schleife versehen.

Hofstetter, dachte Michael.

Entzückt nahm Hilde das Präsent entgegen und warf ihm einen zärtlichen Blick zu, während sie vorsichtig Schleife und Papier entfernte und in freudiger Erregung die flache, rote Schmuckbox öffnete. Ein Collier lag darin – funkelnde Diamanten, in Gold gefasst, auf rotem Samt.

Sie verdrückte eine Träne der Rührung. Herr Hofstetter hatte zweifelsohne aufs Neue ihren Geschmack getroffen.

»Oh, Rudolf, ist das schön«, flüsterte sie.

Und er erwiderte: »Für dich ist nichts zu schön.«

Michael lehnte sich zurück. So viel gespielte Harmonie konnte er nicht ertragen.

In diesem Moment kam Frau Beckstein herein. Sie trug ein Päckchen unter dem Arm, das in glänzendes weißgoldenes Papier gewickelt war, gab es Hilde und sagte: »Das hat gerade eine Bote für Sie abgegeben.«

»Ein Bote?« Erstaunt sah Hilde erst Frau Beckstein und dann Rudolf an. »Noch ein Geschenk für mich?«

Er wehrte ab. »Ich habe keine Ahnung.«

»Was hat der Bote denn gesagt?«, wollte Hilde von der Haushälterin wissen.

»Nichts«, erwiderte diese. »Nur, dass ich Ihnen das geben soll.«

»Na, dann sehen wir mal nach, was drin ist!« Erwartungsvoll riss sie das Papier auf. Ein flacher Pappkarton kam zum Vorschein, verklebt mit braunen, breiten Klebestreifen. Frau Beckstein brachte eine Schere. Während Hilde die Klebestreifen durchschnitt, herrschte am Tisch gespanntes Schweigen. Sie klappte den Deckel nach oben und blickte in das Päckchen hinein, erst verwundert, dann irritiert, bis ihr Gesichtsausdruck sich plötzlich verfinsterte und ihre Mimik schließlich zu Stein erstarrte.

»Was ist los?«, fragte Michael.

Daraufhin legte sie wortlos den Inhalt des Päckchens auf den Tisch – Fotos im A4-Format, auf denen Rudolf mit einer jungen, attraktiven Blondine zu sehen war, nackt und in eindeutigen Positionen. Auf einem der Bilder tranken sie Champagner in der Badewanne, auf einem anderen lag Rudolfs Hand auf ihrem Busen, und auf dem nächsten waren ihre Körper eng umschlungen.

Rudolf wurde kreidebleich. Er wollte etwas sagen, holte tief Luft und setzte zum Sprechen an, aber nicht ein einziger Ton löste sich aus seiner Kehle. Zum ersten Mal erlebte Michael seinen Vater sprachlos. Und seine Mutter so würdevoll wie nie. Statt in Tränen auszubrechen, hysterisch zu werden oder schluchzend eine Szene zu veranstalten, stand sie stumm vom Tisch auf, blickte Rudolf voller Verachtung an, drückte ihm die Schachtel mit dem Diamantencollier in die Hand und verließ geradewegs das Esszimmer.

Nachdem sie gegangen war, war es totenstill. Empört sah Michael seinen Vater an, der entgeistert auf die Fotos starrte. Niemand sagte etwas. Nach minutenlangem Schweigen kam erneut Frau Beckstein herein. Sie trug wieder ein Paket unter dem Arm, diesmal war es etwas größer, doch in dem gleichen weißgoldenen Papier verpackt.

»Es war noch ein Bote da«, sagte sie verwundert, während ihr Blick auf die Fotos fiel. Vor Entsetzen weiteten sich ihre Augen, und ihre Wangen liefen puterrot an. »Das soll ich Ihnen geben.« Damit stellte sie das Paket abrupt vor Rudolf auf den Tisch und stürmte hinaus.

Zunächst ließ Rudolf es dort unberührt stehen und musterte es so skeptisch, als vermute er eine Bombe darin. Doch die Neugier siegte, und er öffnete es. In dem Paket befand sich eine Puppe – eine Puppe in einem weißen Spitzenkleid, das aussah wie ein Brautkleid.

»Was soll das?«, fragte er barsch, warf die Puppe auf den Tisch und sprang unbeherrscht auf. Er holte sich ein dickbauchiges Glas aus dem Schrank und schenkte sich am Getränkewagen einen doppelten Kognak ein.

Inzwischen nahm Michael die Puppe zur Hand. Sie glich den beiden anderen, ihr Kleid war leicht vergilbt, und ihrer blonden Haarpracht haftete dieser muffige Geruch an, so als hätte sie für lange Zeit auf dem Dachboden eines alten Hauses gelegen. Misstrauisch und fragend sah er Lisa an. Doch die erwiderte offen und unbedarft seinen Blick. Dann griff sie nach der Puppe, betrachtete diese und sagte leise: »Sie hat einen Blutfleck auf ihrem Kleid.«

*

Vielleicht war inzwischen eine Stunde vergangen, vielleicht auch nur wenige Minuten, das konnte Michael nicht so genau sagen. Im Esszimmer herrschte noch immer eisiges Schweigen. Auf dem Tisch lagen nach wie vor die Fotos, die niemand anrührte.

Wie angewurzelt stand Rudolf neben dem Getränkewagen und schüttete den Kognak hinunter, während Lisa und Michael stumm am Tisch saßen. Gern hätte Michael das Kriegsbeil wieder ausgegraben, eines der Bilder in die Hand genommen und gesagt: Du bist gut getroffen. Aber er wagte nicht, es auf die Spitze zu treiben. Diese Geschichte war keine vorübergehende Krise, das verriet ein Blick in Rudolfs gequältes Gesicht. Ihm war klar, dass diese Situation nicht mit ein paar Geschenken, ein bisschen Reue und einem Candlelight-Dinner wieder ins Lot zu bringen war. Hilde war tief getroffen, und niemand wusste, wie sie darauf reagieren würde.

Sie mussten nicht lange warten.

Nur wenig später hörten sie Hilde die Treppe herunterkommen und eilten ihr entgegen.

Sie hatte sich umgezogen. Sie trug jetzt eine beigefarbene Hose und einen braunen Pullover, in der rechten

Hand hielt sie einen Koffer und in der linken ein Beautycase.

»Hilde, was soll das?«, rief Rudolf entsetzt.

»Ich werde gehen«, sagte sie entschlossen. Sie hatte geweint, das sah Michael ihren geröteten Augen an.

»Aber Hilde …«

»Ich habe dich immer darum gebeten, mich niemals zu betrügen«, schnitt sie ihm das Wort ab, »weil ich das nicht verkraften würde. Das habe ich dir immer gesagt. Du hast mich oft schlecht behandelt, mich angeschrien, keine Zeit für mich gehabt, und meine Wünsche waren dir gleichgültig. Jawohl, vollkommen egal! Alles habe ich dir verziehen. Alles! Aber das, Rudolf, werde ich dir nicht verzeihen.«

So zornig hatte Michael seine Mutter noch nie gesehen.

»Hilde … lass uns miteinander reden«, flehte Rudolf sie an.

»Reden?« Sie lachte verbittert auf, stellte Koffer und Beautycase ab, um ihren Mantel anzuziehen.

»Aber Hilde, du kannst doch jetzt nicht gehen.« Rudolf schien vollkommen ratlos zu sein. Noch nie hatte Michael seinen Vater in diesem Zustand erlebt.

»Und ob ich das kann«, entgegnete Hilde. »Es wird sogar höchste Zeit dafür.«

»Bitte bleib hier«, bat Rudolf eindringlich. »Du kannst mich doch nicht einfach so verlassen. Wo willst du überhaupt hin?«

»Zu Renate!« Entschlossen nahm sie den Koffer und das Beautycase und ging zur Tür. »Ich werde mich von dir scheiden lassen. Du hörst von meinem Anwalt«, rief sie ihm zu, bevor die Tür laut krachend ins Schloss fiel.

Niedergeschlagen drehte Rudolf sich zu Michael um und stammelte: »Sie kann doch nicht einfach so gehen.«

Michael schwieg. Was sollte er dazu sagen? Der große König war seiner Macht enthoben, seine Untertanen waren dabei, ihn zu verlassen. Zeit seines Lebens war Rudolf ein Despot gewesen, hatte auf niemanden Rücksicht genommen und die Gefühle anderer mit Füßen getreten. Nun schlug das Leben zurück. Ikarus stürzte ins Meer.

Seinen Vater keines Blickes würdigend, legte Michael den Arm um Lisas Schultern und ging mit ihr wortlos die Treppe hinauf. Dabei hoffte er, Rudolf möge endlich einmal die Bedeutung des Wortes *Verzweiflung* begreifen.

*

Als Michael am nächsten Morgen das Sekretariat betrat, berichtete Frau Meierhöfer ihm sofort, dass Martin Schusters Eltern zur Polizei gegangen waren. Ihr Sohn hatte sich nicht mehr bei ihnen gemeldet, und das fanden sie sehr beunruhigend.

Auch Michael war inzwischen davon überzeugt, dass der junge Chemiker nicht zufällig verschwunden war. Kurz zuvor hatte er noch einmal auf dem Parkplatz hinter der Halle zwei nachgesehen. Die gelbe Ente war fort.

Deprimiert ging er in sein Büro. Was war in letzter Zeit nur los? Er hatte das Gefühl, an allen Fronten kämpfen zu müssen. Überall gab es Probleme und Sorgen.

Sein Privatleben war überschattet von Lisas mysteriösem Geheimnis, und in seinem Elternhaus passierten scheußliche Dinge. Auch in der Firma herrschte ein einziges Durcheinander. Da wurden Testergebnisse manipuliert und aus dem Computer gelöscht, und Mitarbeiter verschwanden spurlos von der Bildfläche. Es kam ihm vor, als stehe die ganze Welt buchstäblich kopf. Überall gab es Schwierigkeiten. Doch er konnte nur Schritt für Schritt vorgehen, musste Prioritäten setzen, um sie zu lösen.

Da das Verschwinden von Martin Schuster in den Händen der Polizei gut aufgehoben war, wollte er sich jetzt darum kümmern, die Großmutter des vermissten Mädchens zu finden. Deshalb ging er ins Internet und suchte alle Altersheime rund um den Starnberger See heraus. Am Ende hatte er so viele Adressen und Telefonnummern, dass es Stunden dauern würde, alle anzurufen.

Er begann mit den Häusern in unmittelbarer Umgebung und wiederholte jedes Mal seinen Spruch: Er suche eine alte Dame namens Elbert, der Vorname sei ihm nicht bekannt … Weiter kam er oft nicht, weil es eine Bewohnerin dieses Namens nicht gab. In einem Altenheim in Feldafing war eine Frau Elbert gerade verstorben, doch es stellte sich heraus, dass diese keine Kinder gehabt hatte. Nur einen Neffen, der sich nun um alles kümmerte.

Das Telefonieren war mühsam, und eine gute Stunde später war er kurz davor aufzugeben. Aber dann wurde er fündig. In einem Seniorenstift in Starnberg gab es tatsächlich eine alte Dame mit Namen Elbert, Wilhelmine Elbert, deren Tochter kürzlich verstorben war. Michael gab sich als Freund der Tochter aus und erkundigte sich, ob er Frau Elbert besuchen dürfe. Man sagte ihm, er könne am Nachmittag vorbeikommen.

Nachdem das erledigt war, holte er sich bei Frau Meierhöfer einen Kaffee, stibitzte zwei Pralinen aus einer offenen Schachtel auf ihrem Schreibtisch und ging zurück in sein Büro. Er war mit seinen Recherchen noch nicht fertig und gab nun bei Google ein: Heiraten in der Dominikanischen Republik. Das ergab sechsundsiebzigtausendfünfhundert Treffer. Schon an zweiter Stelle aber fand er, was er suchte. Eine Seite, die Auskunft darüber gab, welche Papiere für eine solche Hochzeit benötigt wurden. Und dort stand:

»Um in der Dominikanischen Republik heiraten zu können, müssen Sie dem Standesbeamten folgende Unterlagen vorlegen: Reisepass, Geburtsurkunde und eine Bescheinigung der deutschen Botschaft von Santo Domingo, wonach keine Ehehindernisse existieren. Diese bekommen Sie nur dann, wenn Sie ein von Ihrem zuständigen Standesamt in Deutschland ausgestelltes und legalisiertes Ehefähigkeitszeugnis vorlegen, das außerdem ins Spanische übersetzt sein muss.«

Aha, dachte Michael und las weiter, obwohl er bereits ein leichtes Grummeln im Magen verspürte.

»Der Standesbeamte stellt nach der Trauung eine Heiratsurkunde aus, die zuerst von der Konsularabteilung des dominikanischen Außenministeriums beglaubigt wird, danach von der deutschen Botschaft in Santo Domingo legalisiert und von dort aus versiegelt an das zuständige Standesamt in Deutschland geschickt wird.«

Er lehnte sich zurück und atmete tief durch. Um dies herauszufinden, war ein einziger Klick im Internet nötig gewesen. Wieso war er nicht früher auf diese Idee gekommen? Weil er Lisa vertraut hatte.

Er überlegte, bei der deutschen Botschaft in Santo Domingo anzurufen, um die Informationen aus dem Internet abzusichern. Doch er ließ den Gedanken schnell wieder fallen. Genauso hatte es ihm auch die Standesbeamtin erklärt. Nur hatte er es damals nicht verstanden oder hatte es nicht verstehen wollen.

Denn, das wurde ihm jetzt bewusst, er war gar nicht verheiratet. Eine bittere Erkenntnis, mit der er sich, wohl oder übel, abfinden musste. Lisa hatte ihn belogen. Die Trauung am Strand war eine Farce gewesen. Der barfüßige Pfarrer war überhaupt kein Pfarrer und die Hochzeitsfeier nichts anderes als ein Komödienstadel mit vielen gut gelaunten Komparsen. Doch warum hatte Lisa diesen Aufwand betrieben? Hätte sie ihn nicht geheiratet, hätte das an seiner Liebe zu ihr nichts geändert. Seit sie an diesem Abend bei Margerita sein Herz in Flammen gesetzt hatte, war das Feuer nicht mehr zu löschen.

Er dachte zurück an den Karibikurlaub und an das erste gemeinsame Abendessen am Meer. Wahrscheinlich wäre es nie dazu gekommen, hätte sie ihm vorher nicht das Leben gerettet. Es gab schon eigenartige Zufälle. Zufälle? Er wurde plötzlich stutzig. Ein Telefongespräch mit seinem Freund Erik fiel ihm ein. Vage erinnerte er sich daran, dass das Sportgeschäft Hülfinger diese Karibikreise gar nicht verlost hatte. Woher die Tickets und Hotelgutscheine kamen, hatte Erik auch nicht gewusst. Und woher stammte der Gutschein für den Tauchkurs, der auf seinem Hotelzimmer gelegen hatte?

Ein Gedanke drängte sich ihm auf. Er versuchte, ihn beiseitezuschieben. Doch das war nicht mehr möglich. Es war, als säße er im Theater, wo sich gerade der Vorhang hob, sodass er Stück für Stück die Bühne überblicken konnte, bis das Bühnenbild klar vor seinen Augen lag. Ganz deutlich war es nun für ihn zu erkennen: Das alles war kein Zufall! Er hatte Lisa nicht getroffen, weil das Schicksal es so gewollt und er das kleine Quäntchen Glück gehabt hatte, zur richtigen Zeit am richtigen Ort zu sein. Es war ein Plan gewesen! Ein ausgeklügelter, von langer Hand vorbereiteter, gut inszenierter Plan. Sie hatte ihn benutzt. Eiskalt benutzt.

Er fühlte sich elend. Lisa war die Erfüllung seiner Träume gewesen, die erste Frau, in die er sich Hals über Kopf verliebt hatte und mit der er sein Leben verbringen wollte. Er wollte sie auf Händen tragen, Kinder mit ihr haben, den Himmel auf Erden für sie schaffen und alles tun, um sie glücklich zu machen. Und sie hatte sich seiner bedient.

Aber wozu? Was wollte sie von ihm?

Von ihm? Es ging nicht um ihn. Es ging um seinen Vater! Seit Lisa in der Villa lebte, geschahen dort die unglaublichsten Dinge. Der Hund wurde vergiftet, die Picassos zerstört, intime Fotos tauchten auf, und immer saß irgendwo eine Puppe. Stets eine andere. Drei an der Zahl. Und es war noch mehr passiert. Im Labor wurde eingebrochen, Martin Schuster war plötzlich weg, und die Testergebnisse wurden gelöscht. Alles geschah zur selben Zeit. Auf den ersten Blick hatten die Dinge nichts miteinander zu tun, so wie vor zehn Jahren, als in ein und derselben Nacht der Chefchemiker von MediCare und ein kleines Mädchen verschwanden.

Es gab nicht mehrere verschiedene Fronten, das erkannte Michael nun. Es gab nur ein einziges Problem. Alles gehörte zusammen. Das alte Haus, die Puppen, das Mädchen Lisa, der vermisste Frank Berger, der verschwundene Martin Schuster, die manipulierten Testergebnisse, die gelöschte E-Mail. All diese Geschehnisse waren ineinander verwoben und nichts anderes als Puzzleteile eines Bildes, einer einzigen Geschichte – einer Wahrheit, die er nicht kannte. Noch nicht kannte, denn er würde sie herausfinden.

*

Die Seniorenresidenz »Haus am See« in Starnberg erinnerte ihn mehr an ein Fünf-Sterne-Hotel als an ein Altenpflegeheim. Der moderne, schneeweiße Bau mit dem blau schimmernden Ziegeldach und den blau getönten Fenstern stand inmitten einer gepflegten Parkanlage. Der Eingangsbereich war verglast und die Empfangshalle mit weißen Ledersofas ausgestattet. Es gab eine Rezeption, an der Michael sich anmeldete. Kurz darauf wurde er von einer jungen Schwester abgeholt, die ihn zu Frau Elbert brachte.

Mit dem Fahrstuhl fuhren sie zwei Stockwerke nach oben und gingen einen mit dicken Teppichen ausgelegten Gang entlang. Auf der linken Seite gab eine Fensterfront den Blick in den Park frei, während auf der rechten

Seite die Zimmer lagen. Frau Elbert wohnte in Nummer sechsunddreißig. Die Schwester klopfte zaghaft an und öffnete, nach einem energischen »Herein«, die Tür.

»Sie haben Besuch, Frau Elbert«, sagte sie. »Es ist der junge Mann, der heute Vormittag angerufen hat.«

»Er soll hereinkommen«, rief Frau Elbert temperamentvoll. »Ich bin schon ganz gespannt auf ihn.«

Daraufhin ließ die Schwester ihn eintreten, nicht etwa in ein kleines Zimmer, wie er es vermutet hatte, sondern in ein sehr komfortables, elegant eingerichtetes Appartement. Auf Hochglanz polierte Kirschholzmöbel, beigefarbene Teppiche und überall frische Blumen. Die hohen Sprossenfenster gaben den Blick auf die Berge frei.

»Setzen Sie sich doch«, sagte Frau Elbert freundlich. Sie war eine sehr gepflegte, rüstige ältere Dame, gut gekleidet, obwohl ganz in Schwarz, mit Kostüm, Bluse und Seidenschal, und sorgfältig frisiert. Sie mochte höchstens siebzig sein, schätzte Michael, keinen Tag älter.

Er hatte ihr einen bunten Frühlingsstrauß mitgebracht, den sie an die junge Schwester weitergab. »Sind Sie so lieb, Schwester Katrin, die Blumen in eine Vase zu stellen?«

Die Schwester nickte und verschwand samt Strauß aus dem Appartement.

»Schön haben Sie es hier«, sagte Michael, während er sich in einen chintzbezogenen Sessel setzte und dachte: Arme Leute waren die Elberts jedenfalls nicht.

Frau Elbert hatte inzwischen ihm gegenüber Platz genommen. »Ich fühle mich hier auch sehr wohl«, entgegnete sie und fügte mit einem Seufzer hinzu: »Obwohl ich mich lange Zeit nicht von unserem Haus trennen konnte. So ein schönes Haus. Mein Hubert – Gott hab ihn selig – und ich haben es so sehr geliebt. Aber erzählen Sie, junger Mann, was führt Sie zu mir?«

Zunächst einmal stellte er sich vor und sagte dann: »Ich bin gekommen, weil …«

Weiter kam er nicht, denn Frau Elbert fiel ihm ins Wort: »Weil Sie meine Lucia kannten, nicht wahr?«

»Ja«, sagte er, »aber nur flüchtig, und ich kannte auch Ihre Enkelin Lisa Marie.«

»Meine Enkelin Lisa Marie?« Erstaunt schüttelte Frau Elbert den Kopf, als Schwester Katrin mit den Blumen zurückkehrte und diese auf den Tisch stellte.

»Bitte nicht auf den Tisch. Sie werden hübscher aussehen auf dem Sideboard«, rief Frau Elbert und sagte zu Michael: »Meine Lucia hatte keine Kinder.«

»Ach so«, erwiderte er, und ihm wurde schlagartig klar, dass er hier falsch war.

»Soll ich Kaffee bringen? Oder Tee?«, fragte indes Schwester Katrin.

»Stellen Sie sich vor, der junge Mann hat mich verwechselt«, lachte Frau Elbert und wandte sich wieder an Michael: »Ich würde mich trotzdem freuen, wenn Sie zum Tee bleiben.«

Sofort winkte er ab. »Nein, nein, unter diesen Umständen möchte ich Ihre Zeit nicht länger in Anspruch nehmen.«

»Zeit habe ich genug«, gab Frau Elbert zurück. »Doch ich verstehe Ihre Eile. Junge Menschen haben es immer eilig, und das ist auch gut so.« Sie stand auf und gab ihm zum Abschied ihre mit Goldringen besetzte Hand. Danach bat sie die junge Schwester, ihn wieder nach unten zu begleiten.

Enttäuscht und grübelnd lief er neben ihr in Richtung Fahrstuhl. Was sollte er nun tun? Er hatte schon so viele Heime erfolglos angerufen, dass er die Chance, die richtige Frau Elbert zu finden, inzwischen als sehr gering einstufte. Vielleicht lebt sie ja auch gar nicht mehr, dachte er. Aber das musste doch irgendwie herauszufinden sein. Nur wie? Wo konnte man so etwas erfragen? Während er sich darüber das Hirn zermarterte, begann Schwester Katrin aus ihrem Leben zu plaudern.

»Ich arbeite noch nicht sehr lange hier, seit vier Monaten erst«, erzählte sie. »Aber es ist eine schöne Arbeit. Es macht mir sehr viel Spaß.«

»Das freut mich«, erwiderte Michael höflich.

»Und die Arbeit ist überhaupt nicht schwer. Manchmal kommt es mir vor, als wäre ich eine Hausdame in einem schönen Hotel. Dann serviere ich Tee und Gebäck oder bringe frische Blumen. Schön, nicht wahr? Dort, wo ich vorher gearbeitet habe, war so etwas undenkbar. Das war wirklich eine sehr schwere Arbeit, das dürfen Sie mir glauben.«

»Aha«, sagte er uninteressiert. Er hatte im Augenblick andere Sorgen. Aber das schien die junge Dame nicht zu bemerken, denn sie redete munter weiter, während sie auf den Fahrstuhl warteten.

»Dort in Kampberg, im Pflegeheim St. Theresa, gab es eine alte Dame, die ziemlich verwirrt war, aber hin und wieder auch ganz klar im Kopf. Sie hieß Johanna Elbert und hat ständig von ihrer Enkelin Lisa erzählt.«

Der Fahrstuhl kam. Sie stiegen ein, und Schwester Katrin fuhr fort: »Aber die Enkelin ist verschwunden, ich glaube sogar vor vielen Jahren, und an meinem letzten Arbeitstag bekam Frau Elbert die Nachricht, dass ihre einzige Tochter an Krebs verstorben ist.«

Jetzt sah Michael die junge Schwester mit großen Augen an. »Wo, sagten Sie, war das?«

»In Kampberg«, erwiderte sie. »Im Pflegeheim St. Theresa. Fragen Sie nach Johanna Elbert. Und sagen Sie ihr liebe Grüße von mir.«

*

Das Pflegeheim St. Theresa hatte mit der Starnberger Seniorenresidenz nichts gemeinsam. Es war ein altes Haus am Ortsrand, das dringend einen neuen Anstrich brauchte und statt eines Parks nur ein mickriges Blumenbeet vor dem Eingang aufweisen konnte. Auch gab es hier keine Rezeption zum Anmelden, sondern lediglich einen muffigen Empfangsbereich, in dem ein runder Holztisch mit vier Stühlen stand. Da Michael dort niemanden fand, den er ansprechen konnte, öffnete er die einzige Tür, die es außer der Eingangstür gab, und landete in einem Durchgangsraum. Links war der Speisesaal, und rechts saßen mehrere alte Leute in einer Reihe nebeneinander und blickten ihn neugierig an.

»Ich suche eine Frau Elbert«, sagte er. Niemand reagierte. Deshalb probierte er es noch einmal, allerdings ein bisschen lauter: »Ich suche Johanna Elbert.«

»Schreien Sie doch nicht so«, beschwerte sich eine der alten Frauen. Und der einzige Mann unter ihnen zeigte mit seinem Stock auf den vor Michael liegenden Gang und knurrte: »Das zweite Zimmer rechts.«

Michael bedankte sich höflich, ging zu dem Zimmer mit der Aufschrift *Johanna Elbert* und klopfte an die Tür. Es passierte nichts. Also klopfte er ein zweites Mal, und weil es auch daraufhin keine Reaktion gab, drückte er kurzerhand die Klinke nach unten. Die Tür war offen. Er sah in das Zimmer hinein. Es war klein und sehr eng. Rechts stand ein Bett, dahinter ein Kleiderschrank, gegenüber ein Fernseher und davor ein winziger, runder Tisch. Am Fenster, in einem Lehnstuhl, saß eine schmächtige, alte Frau mit dünnem, weißem Haar.

»Frau Elbert?«, fragte er.

Sie drehte ihm den Kopf zu, sagte aber nichts.

»Frau Johanna Elbert?«, fragte er noch einmal.

Sie antwortete wieder nicht.

Daraufhin trat Michael ein, schloss die Tür hinter sich und ging zu ihr.

»Guten Tag, Frau Elbert, mein Name ist Michael Westphal«, stellte er sich vor. »Ich kannte Ihre Tochter.«

»Meine Maria?«

Ihre Stimme klang schwach und zittrig, ihre faltigen Hände zuckten vor Aufregung. »Sie sind ein Freund von meiner Maria?«

»Nein«, sagte er. »Ich war kein Freund von Maria. Ich habe sie nur flüchtig gekannt.«

»Wissen Sie, warum sie mich so lange nicht besucht hat?«, fragte die alte Dame, während sie aus dem Fenster hinaus auf die Straße sah. »Jeden Tag sitze ich hier und warte auf sie. Ob sie mich vergessen hat?«

»Ich weiß es nicht«, sagte Michael unbeholfen und fügte nach einer kurzen Pause hinzu: »Ich bin hier, weil ich etwas über Ihre Enkelin Lisa Marie wissen möchte.«

»Über Lisa Marie?« Ihre trüben Augen blickten ihn traurig an. »Aber unsere Lisa ist doch tot.«

»Soviel ich weiß, wird sie vermisst«, erwiderte er verblüfft.

Johanna Elbert aber schüttelte den Kopf. »Sie ist tot. Das habe ich immer gesagt. Ich habe das gespürt, auch wenn es niemand glauben wollte. Sie hat in dieser Nacht den Teufel getroffen. Der Teufel selbst hat es mir im Schlaf zugeflüstert: *Lisa Marie ist tot.*«

Sie war jetzt sehr aufgeregt. Ihre Mundwinkel zuckten, und in ihrem schmalen Gesicht zeichneten sich unter der faltigen, pergamentartigen Haut rote Flecke ab. Er ließ ihr ein wenig Zeit, sich wieder zu beruhigen. Dann fragte er: »Können Sie mir sagen, was in dieser Nacht geschehen ist?«

Doch sie antwortete nicht, sondern starrte nur aus dem Fenster. Deshalb wiederholte er seine Frage: »In dieser Nacht, Frau Elbert, was war in dieser Nacht?«

Nun schien sie zu überlegen und sagte nach einer Weile: »Das war die Nacht, in der sich der Puppendoktor aufgehängt hat.«

»Der Puppendoktor?«, fragte Michael erstaunt.

»Ja.« Sie sah ihn verwundert an. »Ich habe das auch nie verstanden. Er war ein so lebenslustiger alter Mann und keineswegs einsam, weil er allen Kindern die Puppen repariert hat. Ich habe nie verstanden, wieso er sich aufgehängt hat. In seinem Wohnzimmer. An einem Haken an der Decke.«

»Wo hat der alte Mann denn gelebt?«, wollte Michael wissen, obwohl diese Frage sich erübrigte.

»In dem Haus an der St.-Anna-Kapelle«, antwortete Frau Elbert.

»Und wie hieß der Puppendoktor? Wissen Sie das noch?«

Sie schüttelte wieder den Kopf. »Nein«, sagte sie und fragte gequält: »Warum nur besucht meine Maria mich nicht mehr? Sie hat mich bestimmt vergessen, nicht wahr?«

Liebevoll strich er über ihre knochigen, ineinandergefalteten Hände, die in ihrem Schoß ruhten, und erwiderte mit einem Kloß im Hals: »Nein, das glaube ich nicht.«

Tränen liefen über ihre eingefallenen Wangen. »Wir waren damals so verzweifelt, Sie können sich das gar nicht vorstellen. Unsere Lisa war unser Sonnenschein, und als sie weg war, war es nur noch dunkel um uns herum. Es war, als nähme die Nacht, in der sie verschwand, kein Ende. Es wurde nicht mehr hell, für uns wurde es einfach nicht mehr Tag.« Sie weinte leise vor sich hin. Michael gab ihr ein Papiertaschentuch aus einer Packung, die auf dem runden Tisch lag. Dann zog er ein Foto aus seiner Jackentasche, das er in der Dominikanischen Republik aufgenommen hatte. Es zeigte Lisa am Strand. Ihr mahagonifarbenes Haar glänzte in der Sonne, auf ihrer dunklen Haut perlten die Wassertropfen, und sie lachte in die Kamera.

»Könnte das Ihre Enkelin sein?«, fragte er, während er ihr das Foto zeigte.

Sie setzte die Brille auf, die sie an einer Kette um ihren Hals trug, und betrachtete es. »Nein. Das kann nicht unsere Lisa sein. Unsere Lisa sah aus wie ein Engel. Sie hatte blonde Locken und eine schneeweiße Haut.« Wieder blickte sie ratlos aus dem Fenster. »Ich verstehe das nicht. Meine Maria ist sonst jeden Tag gekommen. Sie hat mir immer Blumen mitgebracht, und nun habe ich keine einzige Blume mehr. Sie waren alle verwelkt. Ich musste sie wegwerfen. Wo ist sie denn nur? Verstehen Sie das?« Bekümmert fügte sie hinzu: »Wenn Sie sie sehen, sagen Sie ihr bitte, dass ich auf sie warte.«

»Das werde ich tun«, entgegnete Michael leise.

Als er später auf dem Weg nach Hause an einem Blumenladen vorbeikam, kaufte er einen Strauß gelber und orangefarbener Tulpen und fuhr noch einmal zurück. Frau Elbert war inzwischen in ihrem Lehnstuhl eingenickt. Er ließ sich von einer Schwester eine Vase bringen, stellte die Blumen auf den winzigen Tisch und zog behutsam die Tür hinter sich zu.

*

Jedes Mal, wenn Michael den großen Lesesaal der Bayerischen Staatsbibliothek betrat, überkam ihn ein ehrfürchtiges Gefühl. Er hatte oft davon geträumt, einmal nachts hier eingeschlossen zu sein, in diesem hohen, majestätisch anmutenden Raum, und all die Bücher ganz für sich allein zu haben. Früher war er regelmäßig hier gewesen, manchmal, weil das Studium es erforderte, oder auch nur um zu stöbern und zu lesen – aus Herzenslust und am liebsten den ganzen Tag lang. Diesen Luxus konnte er sich heutzutage nicht mehr leisten. Und auch jetzt war er nicht gekommen, um sich den Büchern zu widmen. Er wollte in den Zeitungsarchiven den Fall Lisa Marie Elbert recherchieren. Das Verschwinden des Mädchens und die spektakuläre Suchaktion, von der ihm der Polizeibeamte in Starnberg erzählt hatte, mussten Thema in den Tageszeitungen gewesen sein. In der *Süddeutschen Zeitung* garantiert. Vielleicht ließ sich dort ein Hinweis finden.

Da er nicht wusste, wie er es anstellen sollte, an die entsprechenden Artikel zu kommen, ging er zur Information. Eine freundliche Bibliotheksangestellte half ihm weiter. Statt aus hohen Regalen gebündelte alte Zeitungen herauszusuchen, setzte sie ihn vor einen Computer.

»Von der *Süddeutschen Zeitung* haben wir alle Artikel bis zurück ins Jahr 1992«, sagte sie. »Sollten Sie noch frühere Ausgaben suchen, ist das auch kein Problem, dann allerdings kostenpflichtig. In das Feld hier oben können Sie das gewünschte Datum eingeben, Jahr, Monat und Tag. Oder Sie geben hier in dieses Feld einfach nur ein Stichwort ein und bekommen alle entsprechenden Artikel dazu. Sie können ausdrucken, kopieren, je nachdem, wie Sie es gern hätten.«

Dann ging sie. Michael gab in die Stichwortsuche ein: *Lisa Marie Elbert.*

Der erste Treffer war ein Artikel, erschienen am 5. April 1998.

> ZEHNJÄHRIGES MÄDCHEN VERMISST
> In der Nacht vom dritten zum vierten April verschwand die zehnjährige Lisa Marie Elbert. Ihr Verschwinden wurde am Morgen des 4. April von der Mutter bemerkt. Das Bett des Mädchens war leer, und das Fenster stand weit offen. Die Mutter alarmierte sofort die Polizei. Eine großräumige Suchaktion wurde eingeleitet.

Der nächste Artikel war vom 6. April:

> KEINE SPUR VON LISA MARIE
> Die Suche nach dem vermissten Mädchen wird fortgesetzt. Sondertrupps der Polizei sind mit Hubschraubern und Spürhunden in und um den Possenhofener Wald im Einsatz. Das gesamte Gelände wird von Grund auf durchkämmt. Auch die Anwohner der umliegenden Ortschaften helfen mit. Nach wie vor gibt es aber keine Spur. Es wurde eine Sonderkommission gebildet.

Am 7. April 1998:

> LISA MARIE BLEIBT SPURLOS VERSCHWUNDEN
> Die Sonderkommission »Lisa« hat die intensive Suche nach dem verschwundenen zehnjährigen Mädchen inzwischen großräumig ausgedehnt. Die Maisinger Schlucht wurde durchkämmt und der Maisinger See von Tau-

chern abgesucht. Noch immer gibt es keine Spur. Der Leiter der Sonderkommission, Hauptkommissar Helmut Stiegler, bittet die Bevölkerung weiterhin um aktive Mithilfe. Außerdem werden Zeugen gesucht, die ein blond gelocktes Mädchen oder eine verdächtige Person gesehen haben könnten.

Am 8. April 1998:

SOKO »LISA« RATLOS

10. April:

NOCH IMMER KEINE SPUR VON DEM VERMISSTEN MÄDCHEN

14. April:

SUCHE EINGESTELLT
Der Leiter der Sonderkommission, Hauptkommissar Stiegler, erklärte gestern Abend in einer Pressekonferenz, dass die aktive Suche nach der vermissten Lisa Marie Elbert eingestellt wird. Auch zehn Tage nach ihrem Verschwinden gibt es keinerlei Hinweise, weder Spuren noch Zeugenaussagen. Der Fall bleibt mysteriös. Trotzdem setzt die Sonderkommission ihre Arbeit fort und versucht, eine Spur des vermissten Mädchens zu finden. Die Bevölkerung wird gebeten, weiterhin achtsam zu sein. Hinweise nimmt jede Polizeidienststelle entgegen.

Das war der letzte Artikel, den Michael unter dem Stichwort *Lisa Marie Elbert* finden konnte.

*

Kriminalhauptkommissar Stiegler war inzwischen pensioniert, doch es war nicht schwer gewesen, ihn ausfindig zu machen. Er hatte sich mit seiner Frau an den Chiemsee zurückgezogen und züchtete dort voller Leidenschaft Tomaten. Er empfing Michael in seinem kleinen Gewächshaus, in dem er – in grüner Latzhose und Gummistiefeln – inmitten hoch gewachsener Tomatenstauden stand und seine Züchtungen begutachtete. Sie waren von unterschiedlichster Form und Farbe – manche klein und rund, manche groß und prall, und andere wiederum sahen aus wie Birnen, schimmerten gelb und grün oder violett wie eine Aubergine.

Ohne sich nach Michaels Anliegen zu erkundigen, zupfte Stiegler eine kleine, runde Tomate von einem Strauch – eine Zuckertraube, wie er Michael erklärte – und gab sie ihm zum Probieren. Es war die süßeste Tomate, die Michael je gegessen hatte. So süß, dass sie wie ein Stück Würfelzucker schmeckte. Er fand das nicht sehr angenehm, trotzdem lobte er Stieglers Züchtung in den höchsten Tönen.

Stolz lächelnd fragte Herr Stiegler daraufhin: »Was führt Sie zu mir, junger Mann?«

»Ich recherchiere im Fall Lisa Marie Elbert«, sagte Michael. »Und weil Sie damals die Ermittlungen geleitet haben, würde ich Ihnen gern ein paar Fragen stellen.«

Stiegler zupfte erneut eine Tomate von einem Strauch. Diesmal eine, die so länglich aussah wie ein kleiner Stab. Außerdem war sie nicht rot, sondern grün und gelb. Auch diese musste Michael probieren. Sie schmeckte nicht ganz so süß wie die vorhergehende, dafür aber um einiges fruchtiger.

»Lecker«, sagte er.

»Eine Green Zebra«, erklärte Stiegler. »Sie stammt ursprünglich aus Amerika. Wussten Sie, dass es vor der Entdeckung Amerikas dort schon über zweihundert Sorten Tomaten gab?«

»Nein«, entgegnete Michael. So detailliert hatte er sich mit Tomaten noch nie beschäftigt. Er bevorzugte sie als Soße, zu Spaghetti und Parmesankäse.

»Sind Sie von der Presse?«, fragte Herr Stiegler.

»Nein, ich recherchiere für meine Abschlussarbeit. Ich studiere Psychologie und widme mich dem Komplexitätsmanagement. Mein Thema lautet: *Psychologische Erkenntnisse zum Umgang mit komplexen Problemstellungen unter Einbeziehung kreativer Problemlösungen* – ein sehr spannendes Thema«, antwortete er.

»Aha«, sagte Stiegler.

»Wirklich sehr spannend«, betonte Michael mit todernster Miene und fuhr fort: »Aus diesem Grund möchte ich anhand spektakulärer unaufgeklärter Fälle herausfinden, was Ermittler bewegt, diese an einem bestimmten Punkt abzubrechen.«

»Wir haben den Fall nicht abgebrochen«, entgegnete Stiegler, während er eine große, gelbe, birnenförmige Tomate pflückte, zu einem kleinen, scharfen Messer griff und ein Stück aus ihrem Fleisch herausschnitt, das er Michael anbot. »Wir haben nur die aktive Suche nach dem Mädchen eingestellt, weil wir auch zehn Tage nach seinem Verschwinden nicht einen einzigen Hinweis hatten.«

»Sie hatten tatsächlich keine Spur?«, fragte Michael neugierig. »Es war also wirklich so, wie es in der Presse stand?«

Stiegler nickte, erwiderte jedoch nichts.

Deshalb sagte Michael: »Lisa Marie verschwand am Tag ihres zehnten Geburtstages. Glauben Sie, dass ihr Geburtstag mit dem Verschwinden in unmittelbarem Zusammenhang stand?« Er wollte Herrn Stiegler irgendwie in das Thema verwickeln. Das schien ihm zu gelingen, denn plötzlich wurde der ehemalige Kriminalhauptkommissar gesprächig.

»Genau da lag ja der Hase im Pfeffer«, sagte er, »denn hätte sie nicht diese Puppe geschenkt bekommen, wäre das alles wohl nie passiert.«

Jetzt wurde Michael hellhörig. »Eine Puppe? Was für eine Puppe?«

»Eine Puppe in einem weißen Spitzenkleid, das aussah wie ein Brautkleid«, erzählte Stiegler. »Sie hat sie von ihrer Mutter bekommen. Die arme Frau hat sich deswegen die schlimmsten Vorwürfe gemacht. Aber wer kann so etwas schon ahnen? Maria Elbert, die Mutter der kleinen Lisa Marie, hatte ein kleines Geschäft in München, für Wolle und Strickwarenartikel, und auch eine Angestellte, die am Geburtstag ihrer Tochter aber krank wurde. Also musste sie bis zum Abend im Geschäft bleiben, während die kleine Lisa wie immer von ihrer Großmutter beaufsichtigt wurde. Weil Maria Elbert nun aber ein schlechtes Gewissen hatte, hielt sie auf dem Heimweg an einem Spielzeugladen und kaufte eine Puppe, die ihre Tochter sich gewünscht hatte.

Als die Mutter am Abend mit dem Geschenk nach Hause kam, war die kleine Lisa darüber so erfreut, dass sie die Puppe sofort ihrer besten Freundin zeigen wollte. Doch es war schon spät, deshalb hat die Mutter es verboten und Lisa zu Bett gebracht. Am nächsten Morgen war das Bett leer, und das Fenster stand offen. Jedoch gab es keinerlei fremde Spuren und keinen Hinweis darauf, dass es gewaltsam aufgebrochen wurde. Aus diesem Grund stellten wir die Theorie auf, dass Lisa das Fenster selbst geöffnet und hinausgeklettert war. Das hatte sie, laut der Oma, schon öfter gemacht, allerdings nicht spätabends oder mitten in der Nacht, sondern dann, wenn sie Stubenarrest oder keine Lust auf Hausaufgaben hatte. Ihr Zimmer lag im ersten Stock, und davor stand ein Apfelbaum. Hinauszuklettern war kein Problem für sie. Wir nahmen an, dass sie zu ihrer Freundin laufen und ihr die Puppe zeigen wollte, denn die Puppe war ebenfalls weg. Bei ihrer Freundin allerdings kam Lisa nie an.«

»Können Sie sich an den Namen der Freundin erinnern?«, fragte Michael.

Stiegler überlegte. »Krämer, hieß sie … Sabine Krämer. Sie wohnte nur zwei Häuser weiter und ging mit Lisa in dieselbe Klasse. Wir haben das Mädchen natürlich befragt, ebenso seine Eltern. Wir haben alle befragt, die Lisa kannten. Aber die Ermittlungen blieben ohne Erfolg.«

»In dieser Nacht gab es noch einen anderen Vermisstenfall«, sagte Michael. »Ein Frank Berger aus Starnberg verschwand spurlos. Wissen Sie darüber etwas?«

Stiegler schüttelte den Kopf. »Nein, von einem Fall Berger habe ich nie gehört. Und auch zu Lisa Marie gibt es leider nicht viel mehr zu sagen.«

Daraufhin steckte Michael das Stück Tomate in den Mund, das er noch in der Hand hielt, und sagte: »Sie haben mir sehr geholfen.«

»Wenn Sie meinen«, erwiderte Stiegler achselzuckend. Doch etwas schien ihn noch zu beschäftigen, denn er kratzte sich nachdenklich am Hinterkopf und sagte nach einer Weile: »Wissen Sie, was wirklich merkwürdig war in dieser Nacht?«

»Nein«, entgegnete Michael gespannt.

»Dass sich der Puppendoktor erhängt hat«, fuhr Stiegler fort. »In derselben Nacht, in der Lisa Marie verschwand, erhängte sich ein alter Mann in einem kleinen Haus gegenüber der Waldkirche an einem Deckenhaken in seinem Wohnzimmer. Schon damals habe ich nach einem Zusammenhang gesucht, aber allem Anschein nach gab es keinen. Dabei hätte ich geschworen, dass der Tod des Puppendoktors irgendetwas mit dem Verschwinden des Mädchens zu tun hat. Ich hatte das in der Nase, wie man so schön sagt. Die Kollegen aber haben mich ausgelacht, und es gab ja tatsächlich keinen Beweis. Ein einsamer alter Mann hängt sich auf, und ein kleines Mädchen verschwindet.

Solche Zufälle gibt es, ohne Zweifel. Doch das Haus der Elberts stand nicht weit vom Haus des Puppendoktors entfernt. Nur fünf Minuten zu Fuß, wenn Sie die Abkürzung durch den Wald nehmen. Und Lisa Marie hat den Puppendoktor oft besucht, weil sie den alten Mann sehr gern mochte. Was, wenn sie gar nicht zu ihrer Freundin, sondern dorthin gelaufen ist? Aber wie ich schon sagte, für diese Vermutungen gab es keine Beweise. Deshalb haben wir uns auch nicht weiter damit beschäftigt.«

*

Michael hatte in dieser Nacht sehr schlecht geschlafen. Ständig war er aufgewacht und hatte geglaubt, Lisa sei gerade aus dem Zimmer geschlichen. Doch seine Befürchtungen hatten sich nicht bestätigt. Sie war nicht weggegangen. Sie hatte die ganze Nacht neben ihm gelegen und so tief und fest geschlafen, wie sie auch jetzt noch schlief. Michael, der bereits hellwach war, beobachtete sie dabei. Das zarte Morgenlicht umschmeichelte ihr Gesicht. Sie sah wunderschön aus, und er hätte sie so gerne berührt – auch wenn sie eigentlich eine Fremde war. Er kannte ihren Namen nicht und auch nicht ihre Geschichte und wusste nicht, woher sie kam und welche Pläne sie verfolgte. Sie war tatsächlich zu einer Fata Morgana geworden, zu einem Trugbild, das nicht existierte. Alles war nur Illusion und trotzdem so real, weil sie neben ihm lag und er sie in den Arm nehmen und küssen konnte. Er liebte sie, obwohl er das Gefühl hatte, im Augenblick zwischen den Welten zu stehen – inmitten von Wahrheit und Täuschung, tief in einem dichten

Nebel, in dem das eine vom anderen nicht zu unterscheiden war.

Es war inzwischen hell geworden und das Zimmer überflutet vom Morgenlicht. Ein Sonnenstrahl tanzte auf Lisas Wange und holte sie aus dem Schlaf. Vorsichtig blinzelte sie in den hellen Raum. Als sie jedoch bemerkte, dass Michael sie beobachtete, schlug sie ihre Augen auf und sah ihn an, zärtlich und traurig, unendlich traurig. Und sagte kein einziges Wort. Auch Michael schwieg und erwiderte ihren Blick, während ihre Hände sich zaghaft annäherten und ihre Finger sich sanft berührten. So lagen sie minutenlang schweigend nebeneinander, bis Lisa ihm plötzlich ihre Hand entzog, aufstand und ins Bad ging.

Er würde sie verlieren. Zum ersten Mal spürte er das ganz deutlich, und es machte ihm Angst. Er hatte das Gefühl, eine gewaltige Lawine bewegte sich auf ihn zu, die er nicht aufhalten, der er nicht entfliehen konnte und die seine Zukunftsträume gnadenlos unter sich begraben würde.

Um die düsteren Gedanken aus seinem Kopf zu vertreiben, sprang er mit einem Satz aus dem Bett. Er wollte sich nicht länger mit solchen negativen Dingen beschäftigen.

Er ging zum Kleiderschrank, legte seine Sachen für den Tag bereit und machte, wie jeden Morgen, das Handy an. Er gab den PIN-Code ein und legte es auf den Schreibtisch. Kurz darauf ertönte das SMS-Signal – dieser laute, helle Gong, der anzeigte, dass es eine neue Nachricht gab. Dann ertönte er noch ein zweites Mal, und wieder und wieder … das Telefon überschlug sich fast. Erstaunt nahm Michael es zur Hand, während Lisa erschrocken aus dem Bad kam.

»Was ist los?«, fragte sie.

Er sah auf das Display und stellte verwundert fest: »Es sind fünfunddreißig neue Nachrichten auf dem Handy, und alle sind in dieser Nacht gekommen.«

»Von wem?«, wollte sie wissen.

»Von Martin Schuster«, sagte er entgeistert und konnte kaum glauben, was er sah. Die Nachrichten waren alle gleich, sie waren nur zu unterschiedlichen Zeitpunkten verschickt worden. Und lauteten: *Hilfe, FG – MS.*

8

»Machen Sie auf, Frau Berger. Bitte machen Sie auf!«, rief Lisa und hämmerte gegen die Tür des weißen Einfamilienhauses. Sie wusste, dass Ilona Berger zu Hause war. Sie hatte gesehen, wie sie ihre Tochter in den Schulbus gesetzt und danach ins Haus zurückgegangen war.

»Öffnen Sie, Frau Berger. Wir müssen miteinander sprechen!« Sie trommelte weiter an die Tür, denn sie war wütend. Sie hatte schon so oft versucht, mit dieser Frau zu reden, und wurde jedes Mal wieder abgewiesen. Ilona Berger verschanzte sich in ihrem schönen Haus und glaubte, der Vergangenheit entfliehen zu können. Doch das würde ihr nicht gelingen.

»Bitte öffnen Sie die Tür, Frau Berger. Bitte machen Sie auf«, rief Lisa.

Aus dem Haus aber kam keine Reaktion. Dabei war Lisa sicher, dass Ilona Berger hinter der Tür stand. Das konnte sie spüren. So wie sie spürte, dass diese Frau mit sich kämpfte. Sie war nicht die starke Frau, die sich eiskalt über die Geschehnisse hinwegsetzte, das hatte Lisa in ihren Augen gesehen. Sie war jemand, der sich Tag für Tag quälte, seit zehn Jahren, der zerbrochen war an den Ereignissen einer einzigen Nacht.

»Sie müssen mit mir reden«, flehte Lisa sie an. »Bitte geben Sie mir eine Chance!«

Keine Reaktion. Im Haus blieb es still. Lisas Wut wich allmählich einer leisen Verzweiflung. Aber sie durfte jetzt nicht weggehen, denn wieder war ein Mensch in Lebensgefahr. Sie durfte nicht zulassen, dass alles von Neuem begann. Deshalb musste sie hier stehen bleiben und Ilona Bergers Willen brechen. Den Willen, die schlimmsten Stunden ihres Lebens zu vergessen, so als hätte es diese Nacht nie gegeben.

»Sie sind die Einzige, die mir helfen kann«, rief Lisa der Frau zu, die sie noch immer hinter der verschlossenen Tür vermutete. »Die Geschichte wiederholt sich, und das dürfen Sie nicht zulassen. Wissen Sie, warum Michael Westphal bei Ihnen war? Weil wieder ein Chemiker bei MediCare verschwunden ist, der Licht in das Dunkel bringen wollte. Doch ohne Sie wird das nicht gelingen. Sie müssen mir helfen. Ich flehe Sie an, mit mir zu sprechen, Frau Berger. Nur ein einziges Mal, bitte, nur ein einziges Mal …« Sie nahm sich vor, mit dem Reden nicht mehr aufzuhören. Sie würde weiterreden, stundenlang, wenn es sein musste, und so lange hier stehen bleiben, bis Ilona Berger bereit war, sie anzuhören.

Sie setzte erneut zum Sprechen an, um von Martin Schusters Hilferuf per SMS zu erzählen, als auf einmal die Tür geöffnet wurde, langsam und zaghaft, und Ilona Berger mit tränenüberströmtem Gesicht vor ihr stand. Schweigend blickten sie sich in die Augen, minutenlang, bis Ilona Berger leise sagte: »Bitte kommen Sie herein.«

9

Mit einer Flasche Rotwein saß Michael auf dem Sofa vor dem Kamin und starrte in die Flammen. Im Augenblick fühlte er sich verlassen und allein – und er war es auch. Seine Mutter wohnte jetzt bei ihrer Freundin Renate, sein Vater war nicht zu Hause, und auch von Lisa gab es kein Lebenszeichen. Den ganzen Tag war sie auf ihrem Handy nicht erreichbar gewesen. Frustriert trank er weiter und hatte die Flasche mit dem edlen Bordeaux fast geleert, als sie endlich kam.

»Hast du Kummer?«, fragte sie und setzte sich neben ihn.

Er nickte.

»Ich war heute bei der Polizei«, sagte er. »Ich habe ihnen die Nachrichten auf meinem Handy gezeigt und ihnen auch von der gelben Ente erzählt, die auf dem Parkplatz hinter der Halle zwei stand.«

»Das war richtig so«, erwiderte Lisa.

Deprimiert lachte Michael auf. »Nein, das war es nicht. Es war nicht richtig, denn ich hab ihnen auch von der gelöschten E-Mail erzählt.«

»Von welcher E-Mail?«, fragte sie erstaunt.

»Die, die Martin Schuster mir vom Labor aus geschickt hat, in der Nacht, in der dort eingebrochen wurde und die irgendjemand am nächsten Tag aus meinem Computer gelöscht hat.«

Sie schaute ihn fragend an. Weil der Wein ihn gesprächig gemacht hatte, erzählte er weiter: »Martin Schuster hat herausgefunden, dass die Ergebnisse der letzten Strycon-Testreihe manipuliert wurden. Er hatte mir die entsprechenden Beweise in einer Mappe zusammengestellt, damit ich mir alles anschauen konnte. Allerdings habe ich die Angelegenheit nicht so ernst genommen und die Mappe weggelegt, bis dann diese E-Mail kam. Er hat sie vom Labor aus gesendet, in der Nacht, in der dort eingebrochen wurde. Und am nächsten Tag war sie gelöscht. So wie auch die manipulierten Testergebnisse aus dem Computerprogramm und die USB-Sticks, die Frau Meierhöfer im Tresor aufbewahrt.«

»Und wo ist diese Mappe jetzt?«, wollte Lisa wissen.

Er grinste und antwortete mit einem Blick auf sein Bücherregal. »Hinter der Raymond-Chandler-Sonderedition! Und dort liegt sie gut, denn im Moment ist sie der einzige Beweis dafür, dass es die falschen Testergebnisse überhaupt gegeben hat.« Dann goss er den letzten Schluck Rotwein in sein Glas, trank es aus und fuhr fort: »Ich wollte mit meinem Vater reden. Ich wollte ihm alles sagen, bevor ich zur Polizei gegangen bin, und auch danach, weil ich das von der E-Mail erzählt und somit die Firma in die Sache verwickelt habe. Aber mein Vater hatte keine Zeit. Er hatte wie immer keine Zeit für mich! Diese Dexter-Leute haben das neue Kamerasystem installiert, und das war wichtiger, als mit mir zu sprechen. Das gesamte Bürogebäude wird jetzt rund um die Uhr überwacht, bis in den kleinsten Winkel. Und das Gleiche wird hier bei uns zu Hause geschehen. Er war nicht davon abzubringen, ebenso wie er nicht davon abzubringen war, das Bootshaus abreißen zu lassen.«

»Wieso das Bootshaus?«, rief Lisa überrascht. »Das kann er doch nicht abreißen lassen. Das ist eine Erinnerung an deinen Großvater.«

»Und ob er das kann«, sagte Michael verbittert. »Er kann alles. In zwei Tagen kommt der Bagger wieder, und wehe, ich wage es erneut, ihn wegzuschicken. Mein Vater zieht seine Pläne durch, ohne Rücksicht auf Verluste!«

10

Sie stand hinter dem schweren Samtvorhang und drückte die Puppe fest an sich. Sie wagte nicht, sich zu bewegen, wagte es nicht einmal zu atmen, obwohl sie kurz vor dem Ersticken war. Sie krallte die Finger in die Zöpfe der Puppe. Was sollte sie nur tun? Sie hatte nicht den Mut, ihr Versteck zu verlassen, auch wenn es jetzt ganz still im Haus war. Sonderlich still. Trotzdem wusste sie nicht, ob der Mann noch da war.

Sie fasste sich ein Herz und schob mit zitternden Händen die Gardine beiseite, nur ein kleines Stück, nur so viel, dass sie etwas sehen konnte.

Im Flur brannte Licht. Der matte Lichtschein fiel durch die halb geöffnete Tür herein. Sie sah das Blut auf dem Fußboden. Das Blut färbte das Licht rot. Sonst aber war es dunkel im Zimmer. Wieso war es so dunkel, dachte sie, als sie plötzlich die Füße des Puppendoktors sah. Nur seine Füße, die in Wollsocken steckten und direkt vor ihren Augen in der Luft baumelten. Darunter, auf dem Boden, lagen seine Pantoffeln. Langsam glitt ihr entsetzter Blick hinauf zur Decke. Der Puppendoktor hatte sich aufgehängt. Dort oben an dem Haken, an dem sonst die Lampe hing.

Jetzt hörte sie Schritte, schwere, kraftvolle Schritte auf den Holzdielen. Erschrocken ließ sie den Vorhang zurückfallen und presste sich wieder an die Wand. Der Mann kam zurück. Sie hatte solche Angst. Hatte er sie gesehen? Sie musste mucksmäuschenstill sein. Wo war denn nur ihre Mama? Und wo waren ihre zwei Schwestern? Hoffentlich fing Sina nicht an zu weinen, sie fürchtete sich immer so. Aber Fabiana passte bestimmt auf sie auf, das machte sie immer, wenn Mama nicht da war. Vielleicht hatten sie sich in der Truhe versteckt. Auf dem Dachboden würde der Mann sie nicht finden. Die Schritte kamen näher. Kurz vor dem Vorhang blieb der Mann stehen.

Nicht atmen. Nicht bewegen. Mucksmäuschenstill sein.

Sie würde hinter der Gardine ersticken. Sie wollte weinen. Nur das durfte sie nicht. Das hätte sie verraten.

Nicht weinen. Nicht atmen. Nicht bewegen.

Plötzlich kam noch jemand ins Zimmer. Ein Mann, das erkannte sie an den schweren Schritten. Er ging nur ein kleines Stück in den Raum hinein, höchstens bis zum Kachelofen. Dann blieb er stehen und sagte etwas. Seine Stimme war ganz deutlich. Sie konnte alles genau hören, sie verstand jedes Wort …

Schweißgebadet, mit rasendem Herzen und nach Luft ringend, erwachte Lisa aus ihrem Traum. Um sie herum war es dunkel. So dunkel wie damals. Wo war sie?

Nicht hinter dem Vorhang. Und nicht im Haus des Puppendoktors, der sich vor ihren Augen aufgehängt hatte.

Sie versuchte, sich zu orientieren. Sie lag neben Michael in einem Bett mit weichen, kuscheligen Kissen. Es war alles in Ordnung, sie musste nur ruhig und gleichmäßig atmen. Sie stand nicht hinter der Gardine, und sie würde nicht ersticken. Ruhig und gleichmäßig atmen. Tief einatmen und langsam wieder ausatmen – so war es gut. So beruhigte sich ihr Herzschlag, und die Erinnerung an den Traum kehrte zurück. Sie hatte jetzt verstanden, was der Mann damals gesagt hatte. Endlich. Es wurde Zeit, den Plan zu vollenden.

11

Es dämmerte bereits, als Michael erwachte. Sofort drehte er sich zu Lisa um. Das Bett neben ihm war leer.

Er schlug die Decke zurück und setzte sich auf den Bettrand. Er war noch ganz verschlafen und hatte einen so trockenen Mund, dass seine Zunge fast am Gaumen festklebte. Deshalb setzte er die Wasserflasche an, die auf seinem Nachtschrank stand, und leerte sie bis auf den letzten Tropfen. Danach tappte er durch das halbdunkle Zimmer zum Fenster, weil er hoffte, Lisa würde unten am Seeufer stehen und ihre Übungen machen. Doch dort war sie nicht. Alles, was er sah, waren dunkle Wolken, die tief über dem See hingen. Das würde ein trüber Tag werden, dachte er und wollte gerade wieder ins Bett zurück, als er plötzlich etwas Eigenartiges bemerkte: Im Bootshaus brannte Licht. Aus dem Büro seines Großvaters drang ein schwacher Lichtschein durch die maroden Fensterläden.

Lisa!, schoss es ihm durch den Kopf. Warum er ausgerechnet Lisa um diese Zeit im Bootshaus vermutete, wusste er nicht. Doch er war sich sicher, dass er mit dieser Vermutung richtig lag.

Hastig zog er sich an und rannte hinunter zum See. Im Bootshaus jedoch war niemand, und die Eisentür zum Büro seines Großvaters war verschlossen. Nur das Licht darin brannte immer noch.

»Lisa«, rief er und hämmerte wie ein Besessener gegen die Tür. Wieder und wieder drückte er die Klinke nach unten. Doch es blieb alles still.

Daraufhin lief er zurück zur Villa und begann sie zu suchen. Das ganze Haus suchte er nach ihr ab, systematisch von oben nach unten. Jede Tür stieß er auf, machte überall Licht an und rief laut ihren Namen. Doch es gab keine Spur von ihr. Er stellte lediglich fest, dass die Schlafzimmertür seiner Eltern offen stand und das Bett unberührt war. Sein Vater hatte die Nacht wahrscheinlich in den Armen seiner jungen Geliebten verbracht, der er, wie sich inzwischen herausgestellt hatte, seit Jahren schon eine teure Villa in Grünwald und einen aufwendigen Lebensstil finanzierte.

Er stieß die Tür zum großen Gästezimmer auf. Auch hier war Lisa nicht. Sie war fort und würde nicht wiederkommen. Das spürte er. Nur akzeptieren wollte er es nicht. Er musste sie finden. Irgendwo musste sie sein.

Er hastete hinunter in den Empfangsbereich, zog seine Jacke an, griff nach dem Autoschlüssel und hetzte zu seinem Wagen. Dann raste er los, die Seestraße entlang, durch das Waldstück und die kleine Ortschaft hindurch, bis er an der St.-Anna-Kapelle mit quietschenden Rädern zum Stehen kam. Das Haus des Puppendoktors lag im grauen Licht des Morgens, der Dunst hing über dem Wald, und die dichten Wolken versprühten in monotoner Gleichmäßigkeit einen hässlichen Nieselregen.

Er lief durch den Garten, stieß mit einem kräftigen Fußtritt die verschlossene Eingangstür auf und wollte gerade in das Wohnzimmer stürmen, als er wie angewurzelt im Türrahmen stehen blieb. Mitten im Raum, auf den Holzdielen des Fußbodens, saß eine Puppe. Eine Puppe in einem schwarzen Kleid, die einen breitkrempigen Hut aus schwarzer Spitze trug und ihn mit ihren großen, dunklen Knopfaugen so freundlich anlächelte, als hätte sie ihn erwartet.

Nummer vier, dachte er.

Er lief die Treppe nach oben in den ersten Stock, warf einen Blick in jedes der kleinen Zimmer und stieg über die Hühnerleiter hinauf auf den Dachboden. Die alte Truhe stand offen. In ihrem Schloss steckte ein verrosteter Schlüssel, und ihr Deckel war weit nach oben geklappt. Wie hypnotisiert starrte Michael hinein. Unzählige Puppen lagen darin. Puppen mit bunten Kleidern und großen Hüten. Und plötzlich – er konnte nicht sagen, warum – bekam er Angst. Angst davor, was dieser Tag ihm bringen würde.

*

Michael stand in seinem Büro am Fenster und sah hinaus in den Regen. Die Stunden schlichen im Grau des Vormittags dahin, während es ihm einfach nicht gelang, sich auf seine Arbeit zu konzentrieren. Lisas Handy war ausgestellt, und die Mailbox sprang nicht an. Tausendmal schon hatte er versucht, sie anzurufen, und genauso oft hatte die Computerstimme ihm mitgeteilt, dass der Teilnehmer nicht erreichbar sei. Er war inzwischen völlig verzweifelt und überlegte, was er tun sollte, als auf einmal im Hof Unmengen von Polizeiwagen vorfuhren. Es war wie eine Invasion. Innerhalb weniger Minuten standen überall Streifenwagen, und uniformierte Beamte strömten ins Bürogebäude und zu den Produktionshallen.

Was in aller Welt hatte das zu bedeuten?

Erschrocken lief er hinaus zu Frau Meierhöfer, und weil sie nicht an ihrem Platz war, riss er die Tür zum Büro seines Vaters auf. Dort saß Rudolf an seinem Schreibtisch und unterzeichnete gerade einige Papiere, die die Sekretärin ihm aus einer Unterschriftenmappe vorlegte.

»Die Polizei ist da«, rief Michael aufgeregt.

Verwundert blickten Rudolf und Frau Meierhöfer ihn an.

»Wegen Martin Schuster?«, fragte Frau Meierhöfer.

Woraufhin Rudolf knurrte, ohne sich beim Unterschreiben der Papiere stören zu lassen: »Sagen Sie bloß, der ist immer noch verschwunden.«

In diesem Moment betraten zwei Männer in Zivil das Sekretariat.

»Wir möchten zu Herrn Rudolf Westphal«, sagte einer der beiden.

»Moment, bitte«, entgegnete Michael, weil er merkte, dass sein Vater keine Anstalten machte, seine Arbeit zu unterbrechen. Erst als Rudolf alle Papiere unterschrieben hatte, ließ er sich dazu herab, aus seinem Büro zu kommen.

»Ich bin Rudolf Westphal«, sagte er zu den Männern. »Was kann ich für Sie tun?«

»Mein Name ist Zenner, Kriminalhauptkommissar«, erwiderte einer der beiden, während er Rudolf seinen Dienstausweis unter die Nase hielt. »Polizeidienststelle München, Abteilung Wirtschaftsdezernat. Ich setze Sie davon in Kenntnis, Herr Westphal, dass mit sofortiger Wirkung alle Unterlagen, Akten und Computer Ihrer Firma beschlagnahmt sind. Ihre Mitarbeiter werden von unseren Beamten aufgefordert, alle Tätigkeiten umgehend einzustellen. Ebenso weisen wir Sie darauf hin, dass Sie sich mit dem Vernichten von Akten oder dem Löschen von Dateien strafbar machen.«

In Rudolfs Gesicht erstarb jegliches Lächeln. »Was soll das?«, fragte er scharf. »Was werfen Sie uns vor?«

»Manipulation, Betrug, Korruption. Zu den Details kommen wir später«, antwortete der Hauptkommissar.

»Frau Meierhöfer, rufen Sie unsere Anwälte an«, sagte Rudolf barsch.

»Selbstverständlich«, murmelte sie, während nun auch der andere Polizist in Zivil seinen Dienstausweis zückte.

»Kriminalhauptkommissar Ahrend«, stellte er sich vor und fügte hinzu: »Mordkommission!«

Entsetzt schaute Michael seinen Vater an. Rudolf war zu Stein erstarrt. Nicht einmal die Andeutung einer Bewegung zeichnete sich in seinem Gesicht ab, kein Zucken der Mundwinkel, keine in Falten gelegte Stirn, der Blick so ausdruckslos, dass nichts darin zu lesen war. Seine Mimik wirkte wie eingefroren.

Kurz darauf betrat Harry in Begleitung eines uniformierten Beamten das Sekretariat. Er war nicht freiwillig gekommen, das verriet sein verkniffener Gesichtsausdruck.

»Sind Sie Harald Wolfsgruber?«, wurde er von Hauptkommissar Ahrend gefragt.

Statt zu antworten, nickte er nur. Daraufhin zeigte der Kommissar auch ihm seinen Dienstausweis. Dann wandte er sich wieder an Rudolf und sagte: »Herr Westphal, ich fordere Sie und Ihren Mitarbeiter Herrn Wolfsgruber auf, mich zu begleiten.«

»Wohin?«, fragte Rudolf.

»Zu Ihrer Villa«, antwortete der Kommissar.

Michael traute seinen Ohren nicht. Und ebenso wenig seinen Augen, als er die Reaktion seines Vaters sah. Ohne auch nur ein einziges Wort zu sagen oder gar zu protestieren, zog er seinen Mantel an und verließ an der Seite des Hauptkommissars wortlos das Sekretariat, gefolgt von Harry und dem Beamten in Uniform.

Perplex blickte Michael ihnen nach, und auch Frau Meierhöfer stand mit offenem Mund an ihrem Schreibtisch, den Telefonhörer in der Hand.

»Was hat das alles zu bedeuten?«, fragte Michael den Kommissar vom Wirtschaftsdezernat.

»Das wissen Sie nicht?«, entgegnete der mit feinem Spott in der Stimme. »Dann sollten Sie schleunigst Ihren Fernseher anmachen. Seit fünf Minuten gibt der Staatsanwalt in München eine Pressekonferenz, die vom Bayerischen Rundfunk übertragen wird. Die sollten Sie auf keinen Fall verpassen. Mich entschuldigen Sie bitte so lange, ich habe zu tun.«

*

Der Kommissar hatte das Sekretariat kaum verlassen, da stürzten Michael und Frau Meierhöfer in Rudolfs Büro, wo ein riesiger Flachbildfernseher an der Wand installiert war.

Nervös schaltete Michael ihn ein. Sein Herz klopfte vor Aufregung, und ihm wurde furchtbar übel, während Frau Meierhöfer den richtigen Kanal suchte. Er dachte an die falschen Testergebnisse, an den verschwundenen

Martin Schuster, an den vermissten Frank Berger und daran, dass ein Hauptkommissar von der Mordkommission seinen Vater und Harry mitgenommen hatte. Er versuchte, sich auf das Schlimmste vorzubereiten. Trotzdem traf ihn das, was er dann sah, völlig unverhofft.

An einem langen Tisch, vor unzähligen Journalisten und Kameraleuten, saß Staatsanwalt Dr. Mertens. Er sprach über die betrügerischen Geschäftsmethoden von MediCare, erläuterte Punkt für Punkt seine Anklage, stellte sich den Fragen der Presse und dem Blitzlichtgewitter der Kameras … Er redete und redete … Michael verstand kaum, was er sagte. Entgeistert starrte er in den Fernseher, und in seinem Kopf überschlugen sich die Gedanken, denn neben Staatsanwalt Dr. Mertens, an dem langen Tisch vor den Journalisten, saß Lisa.

12

Zehn Jahre lang hatte Lisa diesen Tag herbeigesehnt. Zehn Jahre lang hatte sie nur dafür gelebt, Rudolf Westphal den Todesstoß zu versetzen. Tausendmal hatte sie sich ausgemalt, wie befreit und glücklich sie sich am Tag der Abrechnung fühlen würde – wenn sie der ganzen Welt erzählen konnte, dass Rudolf Westphal ein Mörder war. Befreit und glücklich aber fühlte sie sich nicht, weil sie erkannte, dass sie in diesen Minuten, in denen die Fragen der Journalisten durch den Presseraum wirbelten und das Blitzlicht der Kameras sie blendete, nicht nur Rudolf Westphals Leben, sondern auch das von Michael zerstörte. Nur, daran durfte sie jetzt nicht denken. Sie musste sich zwingen, den Gedanken fortzuschieben, und sich auf die Pressekonferenz konzentrieren. Sie sah auf die Uhr. Ilona Berger war noch nicht da, und das ließ sie langsam unruhig werden.

Sie hatte versprochen zu kommen. Ilona Berger hatte versprochen, ihr Schweigen zu brechen, ihre Geschichte zu erzählen und die Beweise zu präsentieren. Doch nun wurde es immer später, und sie kam nicht.

Auch der Staatsanwalt wurde ungeduldig und warf Lisa fragende Blicke zu, während er der Presse die Anklagepunkte erläuterte. Dr. Mertens war ein Erfolgsmensch, jung, bissig, ehrgeizig, und allein schon der Gedanke, jemanden wie Rudolf Westphal zu Fall zu bringen, versetzte ihn in Hochstimmung. Fast glich er einer Hyäne, die sich hungrig auf das Aas stürzte. Dieser Mann, das wusste Lisa, würde nicht aufgeben, bis er Rudolf Westphal vernichtet hatte. Sie empfand tiefe Genugtuung. Wenn nur Ilona Berger bald käme.

»Über Jahre hinweg«, erklärte Dr. Mertens den Journalisten, »hat die Firma MediCare wirkungslose Medikamente ins Ausland geliefert, vor allem in Drittländer, wobei Rudolf Westphal die Armut und das Elend der Menschen dort nicht im Geringsten interessierte. Er hat Impfstoffe und andere Medikamente nach Afrika und Lateinamerika geliefert, die den angegebenen Wirkstoff nur in so kleiner Konzentration enthielten, dass sie im Grunde reine Placebos waren. Vollkommen wirkungslos.«

Es herrschte kurzes Schweigen in dem kleinen Presseraum, und Lisa blickte in betroffene Gesichter.

»Können Sie das beweisen?«, rief einer der Journalisten Dr. Mertens zu.

»Ja, das können wir«, sagte er und fügte hinzu, während er Lisa ansah: »Frau Alissa Rodriguez hat in den entsprechenden Ländern Medikamente der Firma MediCare erworben. Außerdem hat sie sich an die zuständigen Hilfsorganisationen vor Ort gewandt, die Impfstoffe von MediCare einsetzen. Diese Medikamente und Impfstoffe werden derzeit im Auftrag der Staatsanwaltschaft einer ausführlichen Analyse unterzogen.«

»Wie konnte Rudolf Westphal die Einfuhrkontrollen in den einzelnen Ländern umgehen?«, wollte einer der Journalisten wissen.

Auch diese Frage konnte Dr. Mertens beantworten, zuvor jedoch warf er Lisa noch einmal einen kurzen Blick zu. Sie wusste, was dieser Blick zu bedeuten hatte, denn je mehr es ins Detail ging, umso wichtiger wurde Ilona Bergers Anwesenheit. Doch sie war immer noch nicht erschienen.

»Das Problem der Einfuhrkontrollen war einfach und schnell gelöst«, erklärte Dr. Mertens. »In diesen Ländern herrscht Korruption. Rudolf Westphal hat die entsprechenden Regierungsmitglieder bestochen, dafür haben sie die Einfuhr ermöglicht und ihn geschützt.«

»Aber die Medikamente wurden in Deutschland hergestellt und mussten deshalb verschiedene Tests durchlaufen«, stellte eine junge Journalistin fest. »Heißt das also, dass die Firma MediCare die Testergebnisse manipulierte? Hat ein Testlabor sie dabei unterstützt? Was können Sie uns dazu sagen?«

»Auch hierfür liegen uns entsprechende Beweise vor«, erwiderte Dr. Mertens. Dann aber schaltete er sein Mikrofon aus, beugte sich zu Lisa und fragte leise: »Wo bleibt Frau Berger?«

»Keine Ahnung«, flüsterte Lisa ihm zu. »Sie sollte eigentlich längst hier sein.«

Der Staatsanwalt kontrollierte sein Handy. »Keine Nachricht von ihr«, sagte er, schaltete sein Mikrofon wieder ein und wandte sich erneut an die Journalisten. Er hielt die rote Mappe mit den Strycon-Testergebnissen nach oben und sagte: »MediCare hat eng mit dem Testinstitut von Dr. Kolberg zusammengearbeitet, und in dieser Mappe finden sich eindeutige Beweise dafür, dass Dr. Kolberg die Testreihen manipuliert hat. Allerdings geschah dies nur in besonderen Fällen, denn normalerweise waren die Medikamente während der Test- und Zulassungsphasen absolut in Ordnung und enthielten die angegebenen Wirkstoffkonzentrationen. Erst wenn sie in Produktion gingen, wurden die Rezepturen geändert und die teuren Wirkstoffe durch billige Füllstoffe ersetzt.«

»Dann müssten doch auch Mitarbeiter bei MediCare Bescheid gewusst haben«, rief ein Journalist.

Dr. Mertens nickte, während Lisas Herz wie wild zu klopfen begann. Jetzt war der richtige Zeitpunkt, es zu sagen. Endlich zu sagen, dass Rudolf Westphal ein Mörder war. Wieso nur kam Ilona Berger nicht?

»Mit Ihrer Vermutung haben Sie recht«, erwiderte Dr. Mertens. »Wir gehen davon aus, dass der Chefchemiker – bitte haben Sie Verständnis dafür, dass ich keinen

Namen nenne, da die Beweisführung noch nicht abgeschlossen ist – in die Sache verwickelt war.«

»Das war er ganz sicher«, warf Lisa ein. Sofort richteten sich alle Blicke auf sie. Sie war nervös, und ihre Hände zitterten, denn ohne Ilona Berger konnte sie das, was sie gleich sagen würde, nicht beweisen. Jedenfalls nicht im Augenblick. Doch sie wollte nicht länger schweigen. Die Journalisten sollten in ihren Zeitungen und in ihren Fernsehsendungen darüber berichten. Deshalb musste sie es ihnen jetzt erzählen.

»Es gab bei MediCare eine ganz einfache Regel, und die lautete: Wer Rudolf Westphals Spiel nicht mitspielt, der bezahlt mit seinem Leben«, sagte sie.

Wieder herrschte Schweigen in dem Presseraum. Die Atmosphäre war angespannt, und die Gesichter verrieten Irritation. Dann aber rief einer der Journalisten: »Wollen Sie damit andeuten, dass Rudolf Westphal auch vor Mord nicht zurückschreckte?«

»Haben Sie dafür Beweise?«, fragte der Nächste.

»Ja«, sagte Lisa. Jetzt konnte ihr nur noch ein Wunder helfen. Doch Juanita hatte oft zu ihr gesagt, dass Wunder immer dann geschehen, wenn man sie braucht – man musste nur fest daran glauben. Und sie glaubte daran, unbedingt! Juanita behielt recht, denn genau in diesem Moment ging die Tür des Presseraums auf, und Ilona Berger trat ein. Bei ihrem Anblick kamen Lisa vor Erleichterung die Tränen. Glücklicherweise sah das niemand, weil die Journalisten ihre Augen auf die große, blasse Frau in dem schwarzen, halblangen Mantel gerichtet hatten, die einen dick gefüllten grauen Aktenordner in den Händen hielt.

Ilona Berger ging ein paar Schritte in den Raum hinein, bis sie zwischen den Journalisten stehen blieb und sagte: »Mein Name ist Ilona Berger. Mein Mann, Frank Berger, war zwei Jahre lang bei MediCare als Chefchemiker beschäftigt. Am 3. April 1998 wurde er von Rudolf Westphal in dessen Büro erschossen, weil er den Betrug nicht länger decken wollte.«

Ein Blitzlichtgewitter ging auf sie herab, während die Journalisten von den Stühlen aufsprangen und sie mit ihren Fragen bestürmten. Ilona Berger aber blieb wie angewurzelt zwischen all den aufgeregten Menschen stehen und setzte ihre Ausführungen fort, ohne auch nur auf eine einzige der Fragen einzugehen. Ruhig und gefasst erzählte sie ihre Geschichte.

»Mein Mann arbeitete von 1996 bis 1998 bei MediCare als Chefchemiker. Rudolf Westphal hatte ihn noch nicht in seine Betrügereien eingeweiht, aber mein Mann durchschaute die Manipulation der Medikamentenherstellung und sammelte die entsprechenden Beweise. Entsetzt über die Vorgänge, bat er Rudolf Westphal am Abend des 3. April 1998 um ein Gespräch. Er forderte ihn auf, den Medikamentenbetrug sofort aufzuhalten. Dazu war Rudolf Westphal aber nicht bereit, zu viel schnelles Geld ließ sich damit verdienen. Und als mein Mann ihm drohte, zur Polizei zu gehen und sich an die Öffentlichkeit zu wenden, hat er ihn eiskalt erschossen.«

In dem Presseraum war es jetzt mucksmäuschenstill. Niemand stellte mehr eine Frage oder fotografierte.

»Ich bin halb wahnsinnig geworden«, fuhr Ilona Berger fort, »als mein Mann an diesem Abend nicht nach

Hause kam. Alle Krankenhäuser und Polizeistationen der Stadt habe ich in dieser Nacht angerufen, weil ich glaubte, er hätte einen Unfall. Mit all unseren Freunden habe ich telefoniert, die Kollegen vom Labor angerufen, aber niemand hatte von meinem Mann etwas gehört. Ich war vollkommen verzweifelt. Ich war zu diesem Zeitpunkt hochschwanger und hatte eine zweijährige Tochter. Wir hatten gerade ein Haus gebaut und einen hohen Kredit aufgenommen. Ich hatte wirklich panische Angst um meinen Mann.

Als am nächsten Tag Rudolf Westphal zu mir kam und sagte, dass mein Mann tot sei, war ich am Ende meiner Kräfte. Er sagte, es sei ein Unfall gewesen, aber er wusste, dass ich ihm das nicht abnahm, und es war ihm auch egal. Er war gekommen, um mich vor die Wahl zu stellen: Entweder ich gehe mit den Beweisen meines Mannes zur Polizei und bringe die Wahrheit ans Licht, oder ich schweige, und er wird mir so viel Geld geben, dass ich den Kredit für das Haus bezahlen und mit meinen Kindern ein finanziell abgesichertes Leben führen kann.«

Sie zog ein Taschentuch aus ihrer Manteltasche und trocknete ihre Tränen. Dann sagte sie mit zitternder Stimme: »Ich habe sein Geld genommen, weil ich nicht wusste, was ich sonst tun sollte. Ich habe eine sehbehinderte Tochter, ich erwartete damals das zweite Kind, und der hohe Kredit für das Haus musste bezahlt werden. Deshalb habe ich das Geld genommen, für meine Kinder. Da ich aber in der besagten Nacht überall angerufen hatte und alle Freunde und Bekannten sich nun nach dem Verbleib meines Mannes erkundigten, bin ich – auf

Anraten von Rudolf Westphal – zur Polizei gegangen und habe ihn als vermisst gemeldet. Dabei habe ich mich so aufgeregt, dass ich das Baby verlor. Am nächsten Morgen kam es tot zur Welt. Das war die dunkelste Stunde meines Lebens.

Rudolf Westphal hat sich mein Schweigen erkauft, und ich habe mir all die Jahre über eingeredet, es für meine Tochter Anja zu tun. Aber damit ist jetzt Schluss. Ich werde nicht mehr länger schweigen, so wie auch mein Mann nicht geschwiegen hätte. In diesem Ordner sind alle Beweise, die mein Mann zusammengetragen hat und den ich nun der Staatsanwaltschaft übergebe.«

Daraufhin ging sie zu Dr. Mertens, legte den grauen Aktenordner vor ihn auf den Tisch, warf Lisa einen letzten Blick zu und verließ tränenüberströmt den Presseraum.

13

Wie gebannt starrte Michael in den Fernseher. So gebannt, dass er nichts um sich herum wahrnahm. Nicht einmal Frau Meierhöfer, die mit dem Telefonhörer in der Hand vor ihm stand. Erst als sie ihn leicht am Arm anstieß, kehrte er aus seiner Versenkung zurück.

»Geht es Ihnen gut?«, wollte Frau Meierhöfer wissen.

Er nickte, obwohl davon keine Rede sein konnte. So fürchterlich wie in den letzten Minuten hatte er sich noch nie zuvor in seinem Leben gefühlt.

»Hauptkommissar Zenner hat angerufen«, sagte Frau Meierhöfer und schaltete den Fernseher aus, weil die Pressekonferenz zu Ende war. »Sie möchten bitte sofort ins Labor kommen. Er meinte, es sei dringend.«

Bevor Michael das Büro seines Vaters verließ, blieb er vor dem Gemälde seines Großvaters stehen. Er war Mediziner gewesen – ein guter Mediziner, der sich voller Hingabe der Erforschung von Wirkstoffen und Medikamenten gewidmet hatte, um Menschenleben zu retten. Nie standen Profit und Umsatz bei ihm an erster Stelle, weshalb die *Westphal-Pharmazeutika* auch in finanzielle Bedrängnis geriet. Doch es hätte andere Wege gegeben, sie zu retten, als den, den sein Vater gewählt hatte.

Der Weg ins Labor glich einem Spießrutenlauf. Während die Polizeibeamten die Büros durchsuchten, standen die Mitarbeiter mit erschrockenen Gesichtern im Gang und straften ihn mit bösen Blicken.

Am schlimmsten aber war es im Labor, dort wurde alles buchstäblich auf den Kopf gestellt. Sämtliche Aktenordner der letzten Jahre türmten sich auf den Schreibtischen, die Mitarbeiter wurden befragt, Computer abgebaut, Arbeitstische durchwühlt – und inmitten dieses Durcheinanders stand, an der Seite des Kommissars, Martin Schuster. Er war in einem erbärmlichen Zustand, unrasiert, mit fettigen Haaren und schmutziger Kleidung.

»Herr Schuster wurde seit Tagen in einem der Kellerräume gefangen gehalten«, berichtete Hauptkommissar Zenner.

Michael war schockiert. »Gefangen gehalten? Aber wieso denn?«

»Weil ich zu viel wusste«, rief Martin Schuster aufgeregt. Er zitterte wie Espenlaub und war weiß wie eine Kalkwand, doch es sprudelte nur so aus ihm heraus: »In dieser Firma gab es so viele Unregelmäßigkeiten, dass ich irgendwann zu recherchieren begann. Erst dachte ich, sie manipulieren nur die Medikamententests, um die Zulassungsverfahren zu beschleunigen. Aber es ist alles noch viel schlimmer, Herr Westphal. Ihr Vater ist ein Krimineller. Wenn die Medikamente in die Produktion gehen, lässt er die Rezepturen ändern und die Konzentration der Wirkstoffe drastisch verringern, manchmal sogar komplett entfernen. Dann liefern wir nur noch reine Placebos. Stellen Sie sich das einmal vor! Das ist doch unglaublich, nicht wahr?«

»Ich weiß«, murmelte Michael betreten.

»Wenn wir Glück haben, kann ich das alles auch beweisen«, rief Martin Schuster, während er zu seinem Arbeitstisch lief. Er zog die unterste Schublade des Computerschränkchens auf und nahm die *Nabucco*-CD heraus.

»Ich wusste, dass Monika sie dorthin legen würde«, sagte er, strahlte den Kommissar an und überreichte ihm die CD. »Darauf finden Sie alles, was Sie brauchen, um Rudolf Westphal zu überführen. Beinahe wäre sie verloren gewesen, weil Harry mich in der besagten Nacht, in der ich die letzten Daten kopierte, im Labor erwischt hat. Aber da war dieser Einbrecher, so ein Typ mit schwarzer Maske, und der war meine Rettung, denn als Harry hereinkam und sah, was ich machte, stieß dieser Typ die Glasflaschen aus dem Regal und stürmte an Harry vorbei. Und nur weil der ihm nachlief, konnte ich die CD in die *Nabucco*-Box stecken und dieser Monika auf den Schreibtisch legen. Zwar schaffte ich es nicht mehr zu fliehen, aber wenigstens wurde die CD gerettet.«

Michael kam sich vor wie in einem Hollywoodfilm und spielte darin, zu allem Übel, nun eine Hauptrolle.

Das alles war schlichtweg unbegreiflich. Aber noch viel unbegreiflicher war die Tatsache, dass er von diesen Vorgängen, die sich unmittelbar vor seinen Augen abspielten, nicht das Geringste bemerkt hatte. War er blind gewesen? Oder hatte er wirklich einfach nur weggeschaut?

Sein Handy klingelte, und im Display erschien die Nummer seines Elternhauses.

Seine Mutter war dran. Sie schluchzte und weinte und bat Michael, zur Villa zu kommen.

Fragend wandte er sich an den Kommissar.

»Gehen Sie ruhig«, sagte der. »Wir kommen hier auch ohne Sie zurecht und werden sicherlich noch ein paar Stunden beschäftigt sein.«

*

Als Michael zu Hause eintraf, war auch dort überall die Polizei. Allerdings durchsuchten sie nicht die Villa und beschlagnahmten auch keine Aktenordner und Computer. Zu seinem großen Erstaunen war das Haus vollkommen leer, weil die Polizisten sowie Hauptkommissar Ahrend, sein Vater und Harry unten am Bootshaus standen; sein Vater unter einem schwarzen Schirm mit weißem MediCare-Aufdruck, denn die tief hängenden, grauen Wolken versprühten noch immer hässlichen Nieselregen. Der Himmel schien gewusst zu haben, was dies für ein trüber Tag werden würde, und hatte angemessen darauf reagiert.

Durch das feuchte Gras lief Michael hinunter zum Bootshaus. Er hatte weder einen Schirm, noch trug er eine Regenjacke, und wurde deshalb ganz nass. Doch das war ihm gleichgültig. Er spürte die Nässe nicht einmal.

Ohne seinen Vater eines Blickes zu würdigen, ging er an ihm vorbei. Am Eingang zum Bootshaus stand seine Mutter in einem gelbblauen Regenmantel. Sie weinte so sehr, dass sie nichts sagen konnte. Stattdessen zeigte sie in das Innere des Bootshauses.

Zögernd blieb Michael davor stehen. Er ahnte, dass er der Wahrheit nun ins Angesicht schauen musste. Sie würde grausamer sein, als er sich das in seinen schlimmsten Träumen hätte ausmalen können. Dennoch musste er sich der Wahrheit jetzt stellen. Lange genug hatte er die Augen verschlossen, die Zeichen nicht erkannt und alles von sich geschoben, um in einer heilen Welt zu leben. In einer Traumwelt, in der es keine Konflikte und Probleme gab, sondern nur Glück und Harmonie, und die gerade wie ein Kartenhaus vor ihm zusammenbrach.

Er betrat das Bootshaus und blieb entsetzt an der Tür zum Büro seines Großvaters stehen. Der Raum war leer, die Fußbodenleisten herausgerissen, und vier Polizisten hatten mit Spaten und Schaufeln ein großes, tiefes Loch ausgehoben. Dort, wo früher der Mahagonischreibtisch gestanden hatte, häufte sich nun die frische Erde, und vor diesem Erdhaufen lagen Knochen und ein menschlicher Schädel. Sein Vater hatte Frank Berger erschossen und dessen Leiche unter dem Bootshaus vergraben. Michael schloss kurz die Augen. Als er sie wieder öffnete, fiel sein Blick auf die herausgerissenen Fußbodendielen. Jetzt wusste er endlich, was er die ganze Zeit über im Bootshaus vermisst hatte: das Knarren der alten Holzdielen. Früher hatten sie unter jedem Schritt ein lautes Knarzen von sich gegeben. Ihm war nicht einmal aufgefallen, dass der Fußboden neu verlegt worden war. Gar nichts war ihm aufgefallen. Er war blind und taub gewesen!

Mit hängenden Schultern verließ er das Bootshaus, ging schweigend an seiner Mutter vorbei und blieb vor seinem Vater stehen. Doch nicht einmal in diesem Moment hielt Rudolf es für nötig, ihn anzusehen, sondern starrte an ihm vorbei, während der Regen von seinem Schirm tropfte. Weder Reue noch Bedauern lagen in seinem Blick. Kein Schuldbewusstsein, keine Qual oder Scham – nichts. Nur Eiseskälte und sein verächtliches Grinsen in den Augenwinkeln. Selbst jetzt gab er sich noch überheblich und arrogant. Kopfschüttelnd wandte Michael sich ab. Er konnte das Gesicht seines Vaters nicht länger ertragen.

Ein schwarzer Wagen fuhr vor. Auf der Fahrerseite stieg Staatsanwalt Dr. Mertens aus, auf der anderen Seite Lisa. Sie kamen auf das Bootshaus zu.

Verzeih mir, schienen Lisas Augen zu sagen, als sie Michael gegenüberstand.

»Haben Sie sie gefunden?«, fragte der Staatsanwalt den Hauptkommissar.

Er nickte.

»Alle vier?«, wollte Dr. Mertens wissen.

»Alle vier«, bestätigte der Kommissar.

»Wen haben Sie gefunden?«, fragte Michael verstört. Ihm fiel die Puppe ein, die heute Morgen im Haus des Puppendoktors saß. Vier Puppen waren es gewesen.

Er bekam keine Antwort, weder vom Staatsanwalt noch vom Kommissar. Auch nicht von Lisa. Stattdessen ging Lisa auf Harry zu, stellte sich vor ihn und sah in sein ausdrucksloses Gesicht. »Nun sagen Sie es schon«, zischte sie ihn an. »Erzählen Sie es! Reden Sie!«

Aber Harry schwieg. Er reagierte überhaupt nicht, würdigte Lisa keines Blickes.

»Was hat das zu bedeuten?«, murmelte Michael verwirrt. »Soll das etwa heißen ... dass mein Vater nicht nur Frank Berger ...« Er brachte den Satz nicht zu Ende. Er konnte es nicht aussprechen.

Verbittert lachte Lisa auf. »Nein«, sagte sie. »Frank Berger war der Einzige, der von deinem Vater umgebracht wurde.« Dann fixierte sie Harry erneut mit ihrem Blick und fügte hinzu: »Alles andere hat er für ihn erledigt. Mit der Drecksarbeit macht sich Rudolf Westphal nicht die Finger schmutzig. Dafür hat er seinen Handlanger, den Mann fürs Grobe, nicht wahr, Harry?«

Harry blieb ungerührt.

»Was empfindet man, wenn man unschuldige Menschen umbringt?«, fragte Lisa ihn mit zittriger Stimme. »Vielleicht einen Funken Mitgefühl? Bedauert man es, dass diese Menschen sterben müssen? Oder fühlt man nichts, wenn man so ein Schwein ist wie du, so ein kaltblütiger Mörder!« Sie spuckte ihm voller Verachtung ins Gesicht. »Mörder«, rief sie und wiederholte dieses Wort immer wieder, so lange, bis sie zu weinen begann. Dann drehte sie sich zu Michael um und sagte: »Er hat sie einfach erschossen. Er ist an diesem Abend in das Haus des Puppendoktors gekommen und hat sie alle erschossen.«

»Wen?«, fragte Michael bestürzt.

Woraufhin sie unter Tränen antwortete: »Meine Mutter, meine zwei Schwestern und Lisa. Es ist ihm nicht einmal aufgefallen, dass eines der Mädchen blond war. Er hat sie einfach erschossen. Und danach ist dein Vater gekommen und hat zu ihm gesagt: *Schaff sie ins Bootshaus.*«

Entsetzt blickte Michael seinen Vater an. Der aber stand noch immer mit bewegungsloser Mimik unter seinem schwarzen Schirm und wirkte wie ein Eisblock, den nichts zum Schmelzen brachte. Das Leid, das er anderen zugefügt hatte, interessierte ihn nicht. Nichts erreichte seine Seele. Die hatte bereits der Teufel geholt. Lisas Schmerz berührte ihn nicht und auch nicht ihre Tränen.

Michael nahm ihre Hand und zog sie vom Bootshaus weg. Sie schluchzte so sehr, dass er sie in den Arm nehmen, berühren und festhalten wollte, doch sie schien von einem unsichtbaren Nebel umgeben – einem Nebel aus Verzweiflung und Schmerz –, der es unmöglich machte, sie zu erreichen. Zu mächtig waren die Dämonen der Vergangenheit.

»Was ist damals passiert?«, fragte er.

In ihren schwarzen Augen lag so viel Traurigkeit. »Wir kamen aus Haiti«, erzählte sie, »und waren illegal in Deutschland, meine Mutter, meine große Schwester Fabiana, meine kleine Schwester Sina und ich. Meine Mutter wollte einen Antrag stellen, dass wir bleiben dürfen, und war sicher, dass sie uns nicht fortschicken würden. Sie hat davon geträumt, dass wir eines Tages in Deutschland zur Schule gehen und ein besseres Leben haben als sie. Der Puppendoktor hatte uns in sein Haus aufgenommen und meiner Mutter die Arbeit bei MediCare besorgt, wo sie jeden Abend für einen Hungerlohn die Büros putzte. Es war nur ein Zufall, dass sie mit ansah, wie dein Vater Frank Berger erschoss. Sie lief weg, doch es war zu spät. Dein Vater hatte sie bemerkt. Ganz aufgeregt kam sie nach Hause und erzählte uns, was passiert war.

Lisa, ein Mädchen aus dem Dorf, war gerade bei uns, obwohl es schon spät am Abend war. Aber Lisa hatte zum Geburtstag eine neue Puppe geschenkt bekommen und war heimlich von zu Hause ausgerissen, um sie mir zu zeigen. Sie kam oft zu uns zu Besuch. Erst fanden wir es nur lustig, dass unsere Namen so ähnlich klangen, aber bald wurden wir richtige Freundinnen. Meine Mutter hatte große Angst an diesem Abend und beratschlagte mit dem Puppendoktor, was sie tun sollte. Sie konnte ja nicht zur Polizei gehen, das war unmöglich. Wir Kinder aber nahmen das alles nicht so ernst und spielten miteinander Verstecken. Deshalb stand ich auch hinter dem schweren Samtvorhang, als plötzlich die Tür eingetreten wurde und Harry hereinplatzte. Es ging alles ganz schnell, und es war auch nicht laut. Es gab nur ein paar dumpfe Geräusche, und schon war es vorbei. Lediglich der Puppendoktor hat gewimmert, als Harry ihm die

Schlinge um den Hals legte und ihn an der Decke aufhängte. Man sollte glauben, der alte Mann habe sich das Leben genommen. Schließlich konnte er den Mann nicht einfach so verschwinden lassen. Ihn hätte man vermisst. Mit meiner Familie hingegen war es leichter, denn nach uns fragte niemand.« Sie schaute auf den See hinaus, und es dauerte eine Weile, bis sie weiterreden konnte.

»Irgendwann im Morgengrauen lief ich durch den Wald ins Nachbardorf, zu der einzigen Freundin, die meine Mutter hatte. Ich weiß bis heute nicht, wie sie es angestellt hat, aber sie schaffte es, mich in ein Flugzeug zu setzen, das mich zurück in die Dominikanische Republik brachte. Ich war damals zehn Jahre alt, genau wie Lisa, und habe fortan nur noch dafür gelebt, mich eines Tages an Rudolf Westphal zu rächen. Letztes Jahr, kurz vor Weihnachten, bin ich zu Lisas Mutter gegangen. Ich habe ihr erzählt, was in dieser Nacht geschehen ist, und ich habe sie in meinen Plan eingeweiht. Sie war zu diesem Zeitpunkt schon schwer krank und wusste, dass sie sterben würde. Sie hat mir Lisas Geburtsurkunde gegeben, damit ich, sollte es erforderlich sein, ihre Identität annehmen kann. Zuerst habe ich gezögert, aber dann habe ich mich entschlossen, Lisas Namen zu benutzen. So wurde es auch ihre Rache, und außerdem hatte ich Angst, dass dein Vater eine Ausländerin in seinem Haus nicht dulden würde.«

Weinend griff sie nach Michaels Hand und sagte mit tränenerstickter Stimme: »Es tut mir so unendlich leid, dass ich dich in diese schreckliche Geschichte hineingezogen habe. Aber ohne diese Rache hätte ich nicht überlebt. Ich wäre zugrunde gegangen, hätte ich nicht gewusst, dass ich Rudolf Westphal zerstören werde. Nun habe ich auch dich zerstört. Verzeih mir, Michael. Bitte verzeih mir.« Sie hauchte einen letzten Kuss auf seine Wange. Danach ließ sie seine Hand los und ging, ohne sich noch ein einziges Mal umzudrehen.

Hilflos stand Michael im Regen und sah ihr nach. Er war unfähig, etwas zu tun. Was auch? Nichts ergab mehr einen Sinn, sie würde nicht bleiben. Er hatte sie für immer verloren.

EPILOG

Sieben Monate später betrat Michael mit pochendem Herzen das Büro der Tauchschule *Dive in*. Lisa saß hinter dem L-förmigen Schreibtisch und arbeitete am Computer. Sie sah ihn an, als wäre er ein Geist.

»Guten Tag«, sagte er höflich wie ein Fremder. »Mein Name ist Michael Westphal, und ich möchte – eventuell – einen Tauchkurs bei Ihnen belegen.«

Im ersten Moment schien sie sehr verwirrt, doch dann huschte ein Lächeln über ihr Gesicht, und sie fragte: »Haben Sie denn schon einmal einen Tauchkurs absolviert?«

»O ja«, rief er und winkte ab. »Fast ertrunken wäre ich dabei, wenn meine Tauchlehrerin mir nicht das Leben gerettet hätte.«

»Das mit dem Tauchen ist wirklich nicht ganz ungefährlich«, erwiderte sie und fügte augenzwinkernd hinzu: »Aber bei uns dürfen Sie sicher sein, dass Ihnen nichts passiert.«

»Darauf lege ich auch besonderen Wert«, sagte er. »Außerdem wäre es mir sehr wichtig, zu meiner Tauchlehrerin ein Vertrauensverhältnis aufzubauen. Nach meinen bisherigen Taucherlebnissen haben Sie dafür bestimmt Verständnis.«

»Vollkommen«, bestätigte Lisa mit ernster Miene.

»Was halten Sie also davon, mit mir essen zu gehen?«, fragte Michael.

»Für einen neuen Tauchschüler tue ich alles«, antwortete sie resolut.

»Sehr schön.« Er strahlte sie an. »Hier am Strand soll es ein gutes Fischlokal geben. Ich habe gehört, man bekommt dort den besten Fisch der ganzen Insel.«

»Und nicht nur das«, entgegnete Lisa. »In diesem Lokal gibt es die besten Cocktails und auch die beste karibische Musik. Es gehört übrigens meiner Tante Margerita.«

»Ach«, rief er verblüfft.

Sie unterdrückte ein Lächeln und kam um den Schreibtisch herum. Durch den hauchdünnen Stoff ihres geblümten kurzen Kleides konnte Michael die Konturen ihres Körpers erkennen, was es ihm vollkommen unmöglich machte, den Blick von ihr zu lösen. Dabei stellte er fest, dass sie noch viel schöner war, als er sie in Erinnerung hatte. Sie war die schönste Frau der Welt. Wie hatte er es nur zweihundertzehn Tage ohne sie ausgehalten?

»Wollen wir gehen?«, fragte sie und griff nach ihrer Tasche, als Michael plötzlich das Quanga bemerkte, das von der Lampe herunterhing.

»Was ist das?«, fragte er.

»Das?« Sie betrachtete die Palmenblätteracht. »Ein Quanga, eine Art Glücksbringer. Eine Voodoo-Priesterin hat es angefertigt, als sie einen Liebeszauber aussprach.«

»Stimmt es, dass zwei Menschen sich danach für immer lieben?«, wollte Michael wissen.

»Ja«, sagte Lisa.

»Egal, was passiert?«, fragte er skeptisch.

»Egal, was passiert«, antwortete sie. »Im Voodoo heißt es, dass nichts und niemand die Wirkung eines Quanga außer Kraft setzen kann.«

»Auch keine bösen Dämonen?« Fragend blickte er sie an und fügte hinzu: »Mir hat einmal jemand erzählt, dass die Dämonen stärker seien als die Liebe.«

»Nicht immer«, erwiderte sie mit einem wissenden Lächeln. »Manchmal werden sie durch den Liebeszauber verjagt. So jedenfalls heißt es im Voodoo.«

Sie verließen die Tauchschule und schlenderten am Meer entlang. Ein glutroter Sonnenball tauchte gerade in den Horizont ein, die Wellen schwappten leise an den Strand, und das warme Wasser umspülte ihre nackten Füße. Vorsichtig griff Michael nach Lisas Hand. Ganz zart berührten sich ihre Finger, nur flüchtig und beinah zufällig, doch diese Berührung war wie ein Versprechen. Er glaubte jetzt, dass nichts verloren war und ihre Liebe eine neue Chance bekam. In jedem Ende lag immer auch ein neuer Anfang, weil das Leben dem Lauf der Sonne glich, die unterging, um auf der anderen Seite der Welt wieder aufzugehen.

Als Michael die Klänge der Gitarren und Steeldrums und die heißen Rhythmen der karibischen Musik hörte, die Julio mit seinen Freunden spielte, als er die bunten Lampions sah, die den Strand erleuchteten, und ihm der Duft von gegrilltem Fisch in die Nase strömte, wusste er, dass Margeritas Lokal nicht mehr weit war. Kaum war er mit Lisa dort eingetroffen, wurde er überschwänglich in Empfang genommen. Margerita küsste und herzte ihn wie einen Sohn, und auch Flavio kam sofort angelaufen, während Julio von der improvisierten Bühne aus seinen Strohhut durch die Luft schwenkte.

In Windeseile wurde vorn am Wasser der Tisch gedeckt, wurden Kerzen angezündet und bunte Cocktails sowie Berge von Hummer und Meeresfrüchten gebracht. Margeritas *Calalou*-Suppe aber lehnte Michael dankend ab, ebenso den *Mamajuana*-Schnaps.

»Sind Sie das erste Mal in der Dominikanischen Republik?«, fragte Lisa, nachdem Margerita und Flavio sich endlich wieder zurückgezogen hatten.

Michael grinste, weil sie das Spiel fortsetzte, und schob sich eine Garnele in den Mund. »Nein, ich war schon zweimal hier«, sagte er. »Und beim letzten Mal hat es mir so gut gefallen, dass ich mich nun entschlossen habe, für immer zu bleiben.«

Erstaunt zog sie die Augenbrauen nach oben, während er freudig und aufgeregt zugleich fortfuhr: »Meine Mutter und ich haben die Firma und die Villa am See verkauft, und seitdem suche ich einen Platz zum Leben. Ich war mir lange nicht sicher, wo der sein könnte, doch jetzt habe ich ihn gefunden. Dort oben auf dem Berg steht ein wunderschönes weißes Haus, das ich vor drei Stunden gekauft habe. Es hat einen Kakteengarten und eine riesige Veranda, von der aus man aufs Meer schauen kann. Da werde ich nun Tag für Tag sitzen und meine Romane schreiben.«

»Aha«, sagte Lisa.

»Gerade ist mein erster Roman erschienen«, erzählte er voller Stolz. »Ein Wirtschaftsthriller, den ich in China geschrieben habe. Er verkauft sich sehr gut, fast ein richtiger Bestseller, ich kann es kaum glauben. Ich arbeite auch schon an meinem zweiten, nur leider komme ich damit nicht so gut voran.«

»Wovon soll er denn handeln?«, wollte Lisa wissen.

»Von einem reichen Japaner, der einer alten Samuraifamilie entstammt«, sagte Michael und beobachtete dabei jede Bewegung in ihrem Gesicht. »Er verteidigt die Ehre der Familie und bringt jemanden um, deshalb muss er Japan verlassen und gelangt auf Umwegen in die Karibik. Nur weiß ich noch nicht, was er dort tun wird. So weit habe ich die Geschichte noch nicht entwickelt. Hast du vielleicht eine Idee?«

Sie überlegte und sagte nach einer Weile: »Er könnte dort ein traumatisiertes Mädchen kennenlernen und ihr helfen zu überleben, weil er ihren Wunsch nach Rache ernst nimmt, sie lehrt, einen Plan zu entwerfen, und die Umsetzung auch finanziert.«

»Das wäre eine Möglichkeit«, entgegnete Michael nachdenklich. »Obwohl es sehr unwahrscheinlich klingt und im richtigen Leben wohl nicht vorkommt, oder?«

Sie schüttelte den Kopf. »Nein, so etwas gibt es nur in Romanen.«

Ein spanisches Liebeslied erklang. Julio spielte es auf seiner Gitarre. Es hieß *Hasta Mañana* und erzählte die Geschichte von zwei Menschen, die sich verloren und wiederfanden, weil ihre Liebe stark genug war. *Hasta mañana, mi amor!* Damals, an ihrem ersten gemeinsamen Abend bei Margerita, hatte Julio dieses Lied auch gespielt, während eine Sternschnuppe ins Meer fiel, erinnerte sich Michael.

Im Lichtschein der Kerzen blickte er in Lisas schwarze Augen und umschloss zärtlich ihre Hand. »Dieses Haus, dort oben auf dem Berg«, sagte er, »ist für mich alleine viel zu groß, und deshalb wollte ich dich fragen …« Mitten im Satz brach er ab und holte noch einmal tief Luft. »Würdest du mich heiraten, Lisa? Ich meine … richtig heiraten … nicht mit einem barfüßigen Pfarrer am Strand … sondern mit einem Standesbeamten und einem gültigen Ehefähigkeitszeugnis und einer legalisierten Heiratsurkunde … und allem, was sonst noch dazugehört? Ich liebe dich, und ich möchte mein Leben mit dir verbringen.«

Eine Träne lief ihr die Wange herunter.

Er beugte sich zu ihr und wischte sie weg.

»Ja«, sagte sie und lächelte – nicht mehr traurig, nur noch glücklich. So glücklich, wie er sie noch nie gesehen hatte. Die Dämonen waren besiegt. Vielleicht hatte der Liebeszauber sie verjagt oder tatsächlich das Quanga seine Wirkung entfaltet – darin war Michael sich nicht ganz sicher. Nur eines stand für ihn fest: Ihre Liebe hatte der Himmel beschützt. Anders konnte es gar nicht sein.